Los que odian a las mujeres

Los que odian a las mujeres

Pascal Engman

Traducción de Pontus Sánchez

Rocaeditorial

Título original: *Råttkungen*

© 2019, Pascal Engman
Primera publicación por Bookmark Förlag, Suecia.
Publicado en acuerdo con Nordin Agency AB, Suecia.

Primera edición en este formato: septiembre de 2021

© de la traducción: 2021, Pontus Sánchez
© de esta edición: 2021, Roca Editorial de Libros, S. L.
Av. Marquès de l'Argentera, 17, pral.
08003 Barcelona
actualidad@rocaeditorial.com
www.rocalibros.com

Impreso por Liberduplex

ISBN: 978-84-18417-44-3
Depósito legal: B 11632-2021

RE17443

A Linnea

Queremos ser amados; a falta de ello, admirados; a falta de ello, temidos; a falta de ello, detestados y despreciados. Queremos infundirles a las personas algún tipo de sentimiento. El alma se estremece ante el vacío y busca contacto al precio que sea.

Doctor Glas,
HJALMAR SÖDERBERG

El póster, en el que ponía AMOR SORORIDAD MÚSICA, estaba manchado de sangre.

La respiración de Vanessa era pesada, notaba olas de adrenalina recorriéndole el cuerpo. El humo de la pólvora le picaba en la nariz. Se pegó los puños a las sienes, apretó las mandíbulas y ahogó un grito. Debajo del cartel había una compañera policía. Su cuerpo estaba retorcido, le habían disparado a la cabeza. La sangre que no había salpicado el póster había salido a borbotones de su cráneo y se deslizaba por el césped. Había otras cuatro mujeres tiradas en el suelo en un semicírculo. Algunas se movían levemente, otras gritaban de dolor. Llamaban a sus madres, a Dios, a sus hijos.

En la salida, una muchedumbre de mujeres trataba de alejarse a empujones del área del festival.

Las sirenas de la policía y las ambulancias se iban acercando, aullando como si también estuvieran sufriendo un ataque de pánico.

Vanessa percibió un movimiento con el rabillo del ojo. Nicolas le estaba tirando de la manga. Ella se lo quedó mirando estupefacta. Entornó los ojos. La boca de Nicolas se movía, pero Vanessa no oía nada de lo que decía.

De pronto él se abalanzó y se echó al suelo, al lado de una de las chicas abatidas. Era pequeña y delgada.

El cabello, teñido de color verde.

Vanessa dio un paso al frente, pero las piernas le fallaban, trastabilló. Estuvo a punto de caerse. Logró mantenerse en pie y se acercó a Nicolas y a la muchacha. Él le estaba sujetando la cabeza con las manos. El pelo le caía entre los dedos. Nicolas gritó y pegó su frente a la de ella.

Entonces Vanessa cayó en la cuenta de quién era la chica. Deslizó la mirada por su cuerpo. En el estómago tenía un orificio que se abría de par en par. Nicolas le había soltado la cabeza y presionaba ahora la herida para impedir que la sangre abandonara su cuerpo.

—¿Está viva? —gritó Vanessa.

Prólogo

*U*na bolsa de plástico se había quedado enganchada en la valla metálica que rodeaba el Centro Penitenciario de Åkersberga. Emelie Rydén, de veinticinco años, giró la llave en el tambor de arranque de su Kia de color verde y el motor calló de golpe. Se inclinó hacia delante y descansó la frente en el volante.

Dos años atrás había dado a luz a Nova, la hija que tenían en común. Ahora había venido para cortar con Karim, el hombre al que había llegado a considerar el amor de su vida.

Emelie tenía miedo. Se enderezó, levantó el labio superior y se observó la cara en el retrovisor. La parte inferior de uno de sus incisivos estaba amarilla. Cuatro años antes, Karim la había lanzado sobre un radiador en mitad de una discusión. Emelie se había desmayado. Cuando se despertó, él no estaba. Cuarenta y ocho horas más tarde había vuelto a casa, apestando a bar y a sudor, y con ojos enrojecidos le había pedido mil disculpas.

Emelie abrió la puerta del coche y al bajar metió el pie derecho en un charco de agua que se había formado en un hoyo en el asfalto. Tenía que ponerle fin a aquello. Tenía que hacerlo por Nova. Su hija no se merecía criarse con un padre en prisión. Aunque Karim fuera a salir en cuestión de tres meses, Emelie estaba convencida de que lo volverían a encerrar tarde o temprano. Probablemente, más lo segundo que lo primero.

Se dirigió a la entrada de visitas con pasos grandes, pulsó el timbre y la dejaron entrar.

Durante los últimos tres años había estado viniendo cada semana, salvo algunas excepciones contadas. Nova había sido concebida en una de las salas de visita. Algunos de los funcionarios de prisiones le mostraban compasión; otros, desprecio, en mayor o menor medida.

A lo largo de los años había hecho todo lo posible por mantener la cabeza erguida y cruzar los pasillos con la espalda recta. Reconoció al vigilante de la recepción. Era un hombre taciturno, parecía tímido. Pese a haber coincidido varias veces, él no dio señal alguna de reconocerla.

—Vengo a ver a Karim Laimani —dijo Emelie.

El funcionario asintió en silencio.

—¿Me puedes prestar un boli?

El hombre le dio un bolígrafo sin quitar los ojos de la pantalla. Emelie desplegó el dibujo de Nova y apuntó la fecha en la esquina derecha.

El procedimiento que vino luego era el mismo de siempre: chaqueta, bolso, teléfono móvil y llaves, encerrados en un armario. Después la hicieron pasar por el arco detector de metales y la cachearon.

Emelie abrió los brazos en cruz y dejó que el vigilante le palpara el cuerpo.

—Acompáñame —dijo él en tono mecánico, y pegó su pase al lector de tarjetas.

Caminaron por un pasillo, doblaron a la derecha. El funcionario de prisiones iba por delante. Emelie, detrás, con el dibujo de Nova doblado en la mano. El hombre se detuvo delante de una puerta blanca que tenía un ventanuco redondo. Emelie echó un vistazo. Karim estaba sentado con las manos sobre la mesa. Tenía puesta la capucha de la sudadera gris. La puerta se abrió y Emelie entró en el pequeño cuarto. Respiró hondo. Le temblaban las manos y las piernas. Ensayó una última vez lo que le quería decir mientras la puerta se cerraba a su espalda.

Karim se levantó de la silla. Las palabras que Emelie había estado practicando se esfumaron de golpe. Él tiró de ella para acercársela, le magreó los pechos.

—Karim, para...

Él hizo como si no la hubiera oído, pegó el miembro a su entrepierna y le metió la lengua en la boca. Ella se lo quitó de encima.

—¿Qué coño te pasa? —preguntó él.

Karim la miró enfurecido unos segundos, dio media vuelta y volvió a sentarse. Emelie dejó el dibujo de Nova en la mesa, delante de él, que lo miró sin mostrar ningún interés.

—Has engordado, ¿no estarás preñada otra vez?

Emelie se arregló un mechón de pelo que se le había descoloca-do. Abrió la boca, pero tenía la garganta demasiado seca. En cuanto hubiese pronunciado las palabras, ya no sería más su novia, sino su enemiga. El mundo de Karim era blanco o negro. Emelie jamás podría desdecirse. Se aclaró la garganta y trató de mantener la voz firme.

—No quiero que sigamos juntos.

Karim arqueó las cejas, se raspó la barbita del mentón con las uñas.

—Cállate.

—No funciona —dijo ella. Se le quebró la voz. Volvió a carras-pear—. Ya no puedo más.

A Karim se le estrecharon los ojos. Se levantó lentamente y las patas de la silla rascaron el suelo. Su mentón se iba apretando y aflo-jando mientras se acercaba a Emelie.

—¿Te crees que es algo que puedes decidir así como así?

Casi había llegado hasta ella. Emelie hizo de tripas corazón.

—Por favor... —susurró mientras se le empañaban los ojos. Los cerró. Tragó saliva—. ¿No puedes dejar que me vaya y ya está? Po-drás ver a Nova cuando salgas.

—¿Te estás tirando a alguien?

—No.

La cara de Karim se detuvo a diez centímetros de la suya. Olfa-teó el aire.

—Anda que no, siempre has sido pésima mintiendo. ¿Has esta-do correteando por la ciudad y abriéndote de piernas? Eres una puta zorra idiota.

Emelie se dio la vuelta, estiró el brazo para coger la manilla de la puerta. Karim se le adelantó y la agarró.

—No te escaparás. Si me entero de que le has ofrecido el coño a otros, te mato.

El funcionario abrió la puerta de un tirón. Karim la soltó y alzó las palmas de las manos. Emelie recuperó su brazo y se masajeó la muñeca.

Al instante siguiente, la voz de Karim resonó por toda la sali-ta de visitas.

—Te voy a matar. Ya verás. Te vas a arrepentir de esto.

15

El funcionario se interpuso entre los dos.

—Tranquilízate.

Karim fulminó a Emelie con la mirada por encima del hombro del vigilante. Mientras retrocedía, esbozó una sonrisa.

Parte i

Nosotros también somos personas. Solo queremos que nos quieran por lo que somos. Nuestra desesperanza no ha surgido de la nada. Me alegro de que tú nunca te hayas sentido así, pero espero que puedas sentir empatía. Nos margináis, nos humilláis. En todas partes. En lugar de hacer eso, deberíais preguntaros qué es lo que nos ha hecho sentirnos así. A menudo hay una historia que nos ha traído hasta aquí. Si escucharais nuestros relatos, quizá os mostraríais más comprensivos con nuestra situación, que no deja de habernos sido impuesta en contra de nuestra voluntad.

HOMBRE ANÓNIMO

1

$\mathcal{U}$na tira de luz violeta colgaba en el abeto en el parque dedicado a la cantante Monica Zetterlund. La subinspectora Vanessa Frank llevaba un abrigo azul marino. Debajo, pantalón de pinzas oscuro y camisa blanca recién planchada.

Se pasó la lengua por la encía. Por primera vez en su vida, Vanessa había hecho una promesa de año nuevo: dejar de usar *snus*, el vicioso tabaco en polvo que llevaba años colocándose bajo el labio. Se había pasado todo el invierno posponiéndolo. Ahora ya estaba a mediados de abril, la nieve se había derretido. Hacía cuarenta y ocho horas que se había tomado la última monodosis y el síndrome de abstinencia le estaba provocando picores por todo el cuerpo.

La tienda de telefonía móvil de Hassan, que a pesar del nombre ofrecía un poco de todo, seguía iluminada.

La campanilla de la puerta tintineó y Hassan sonrió al ver que era ella.

—Agente Frank —la saludó en sueco con un fuerte acento y le hizo una suerte de reverencia descorazonada—. Espero que no hayas venido para comprar *snus*.

—Córtate, que tengo cuarenta y tres. Dame una cajetilla.

—Hace dos días estabas exactamente en el mismo sitio prohibiéndome que te vendiera *snus*.

—O me vendes una cajetilla o te atraco.

Hassan corrió a bloquear la neverita del tabaco en polvo con todo su cuerpo.

—Cigarrillos electrónicos, menos peligrosos, te mantendrán ocupada —dijo, señalando una vitrina—. Lo digo en serio, Vanessa, me obligaste a hacer una promesa. Pienso cumplirla.

Vanessa soltó un suspiro y se arregló el cuello de la camisa. Apreciaba a la gente que mantenía sus promesas.

—Vale, vale, dame una mierda de esas. Pero, Hassan, procura no rayar el suelo.

Él la miró sin comprender, luego bajó la vista a sus pies.

—¿Qué?

—Con la vara moral que llevas metida en el culo, digo.

En la esquina de Odengatan, Vanessa hizo un alto y encendió el cigarro electrónico, dio una calada y estudió pensativa el humo blanco que se diluyó en la oscura tarde de primavera. Paseó en dirección a la avenida Sveavägen. Las terrazas habían abierto. La gente tomaba cerveza con mantas en los hombros, inclinada sobre mesas destartaladas de madera.

La vida de Vanessa estaba en plena transformación. En diciembre, Natasja, la adolescente siria de dieciséis años que Vanessa tenía en acogida, había recibido de forma inesperada una llamada de su padre. El hombre había sobrevivido a la guerra, lisiado pero vivo. El día de Navidad, mientras la nieve caía a raudales, Vanessa se despidió de Natasja delante del portal y vio los faros traseros del taxi desaparecer por Surbrunnsgatan. Las luces de freno se habían encendido. Por un momento, Vanessa había tenido la esperanza de que Natasja fuera a saltar del coche, coger su maleta, bajar la calle corriendo y decirle que todo había sido un malentendido. Habían pasado cuatro meses, y aun así notaba la soledad como una cadena de bici oxidada rascándole las costillas cada día.

En la avenida Sveavägen los coches antiguos iban de aquí para allá mientras los *raggare*, con sus Cadillac tuneados y sus chalecos y camisas a cuadros, berreaban canciones de Eddie Meduza y Bruce Springsteen. Vapores de combustible. Banderas de los Estados Confederados. Un Chevrolet blanco con un hombre pegando sus nalgas anémicas al cristal del asiento trasero. Vanessa había pensado doblar a la derecha y pasar por Vanadisparken de camino a casa, pero en la acera se erguía ahora un gran andamio. Detestaba pasar por debajo de ellos, le parecía que iban a colapsar en cualquier momento. Así que cruzó lOdengatan y siguió en paralelo a la parada de autobús.

Al pasar por delante del bar Storstaden vio un rostro familiar: el del director de teatro Svante Lidén. Habían estado casados doce años, hasta que ella se enteró de que había dejado embarazada a una joven actriz. Sin hacer ni una sola mueca, Vanessa siguió caminando. Apenas le dio tiempo de recorrer un par de metros antes de oír que la llamaban por el nombre.

—Podrías saludar.

—Hola.

Dio la vuelta, Svante corrió tras ella y le puso con cuidado una mano en el hombro.

—¿No podrías entrar un rato?

La miraba con ojos suplicantes. La alternativa era ir a casa, espatarrarse en el sofá y ver *Animal Planet*.

—Vale.

Svante le aguantó la puerta y le preguntó qué quería tomar. Vanessa pidió un *gin-tonic* y se sentó junto a la ventana. Lanzó una mirada al espacio entre la barra y las mesas, donde había gente borracha ligando.

«Los humanos no somos más que mamíferos en ropa de colores —pensó Vanessa—. En cien años, todos los que estamos en esta sala estaremos muertos. Huesos blancos y polvo, enterrados a dos metros bajo tierra. Nadie sabrá que pasamos estas horas juntos.» La idea la desanimó.

—Te veo radiante —dijo Svante, y dejó la copa en la mesa.

Vanessa alzó la copa hacia él.

—Tú tienes pinta de haber muerto en 2003.

—Salud —dijo Svante sin dejarse perturbar—. ¿Qué tal te va?

Vanessa dio un trago. Era ella la que había decidido estar allí, así que lo mejor que podía hacer era ser amable. Por los viejos tiempos. A pesar de todo, se alegraba de ver a Svante.

Durante los años que estuvieron juntos habían estado bien. Vanessa había aprendido a vivir con el hecho de que Svante se ponía cachondo con cualquier cosa que tuviera pulso. Lo que le había dolido era que le hubiera negado un hijo. Cuando Vanessa se quedó embarazada, un tiempo antes del divorcio, él la había convencido para que abortara. Y ahora era demasiado tarde.

—He cambiado de trabajo.

—¿Has dejado la policía?

Vanessa negó con la cabeza.

—Departamento nuevo. He dejado el Grupo Nova, ahora soy inspectora en la Unidad de Homicidios.

21

Se metió un cubito de hielo en la boca y lo machacó con los dientes.

—¿Homicidios?

Por los altavoces sonaba «Piano man», y Vanessa se inclinó hacia delante para superar a Billy Joel.

—Viajo por el país para asistir a compañeros en casos de homicidio.

—Comercial de asesinatos, vaya. Sería un título para una película. Y ahora hay trabajo de sobra, a juzgar por la prensa.

Una hora y tres *gin-tonics* más tarde, Vanessa se sentía embriagada. No quería irse a casa. Svante era un capullo en muchos sentidos, un cobarde y un mierdas, pero le gustaba. Aún no habían sacado el tema de Johanna Ek, la actriz con la que Svante estaba viviendo ahora. Ni tampoco el de la hija que tenían en común. Vanessa temía estropear el momento, pero al final ya no pudo contenerse más.

Detuvo a Svante en mitad de una pregunta alzando la mano.

—¿Qué tal con la cría? O sea, la de un año, no la otra por la que me dejaste.

Svante abrió la boca para responder, pero Vanessa se le coló.

—¿Cómo la habéis bautizado? ¿Yasuragi Lidén?

—¿Yasuragi? ¿Cómo el *spa*? ¿Por qué íbamos a...?

—Encontré un recibo de hotel en una de tus chaquetas, con fecha de nueve meses antes de que naciera. ¿No soléis bautizar los famosos a vuestros hijos con el nombre del lugar en el que los engendrasteis?

Svante se rascó la mejilla.

—Reconozco que no gestioné el asunto demasiado bien, no —dijo—. Lo siento.

Se miraron a los ojos unos segundos, hasta que Vanessa hizo un aspaviento con la mano.

—No lo sientas.

Observó los ojos castaños de Svante, luego siguió subiendo hasta su flequillo alborotado. Había echado más canas que la última vez que lo vio, ahora el color gris casi dominaba por completo su cabeza.

Vanessa dejó caer la mirada hasta sus grandes manos, las uñas mordidas.

Echaba de menos su sentido del humor. La seguridad. Su manera de morderse el labio inferior mientras leía algo en la prensa matutina con lo que no estaba de acuerdo. Su forma de tocarla. Con decisión. Con propiedad. Sus celos mal disimulados cuando se daba cuenta de que ella se estaba sintiendo atraída por otra persona.

—¿Eres feliz con ella?

Svante descansó la barbilla en la mano.

—Es diferente. Más fácil, de alguna forma.

—¿Hace falta que seas tan sincero?

Un hombre dio un leve empujón a Vanessa en la espalda. Ella acercó la silla a la de Svante.

—¿Sabes qué es lo que más me cabrea? —preguntó.

—¿Qué?

—Que me convertiste en un cliché.

Svante arqueó las cejas. Vanessa lo cogió de la mano, se la llevó por dentro de la chaqueta desabrochada, a su pecho. Se los había operado hacía seis meses.

—Un puto cliché con patas de la mujer envejecida y traicionada.

Él soltó una risotada y retiró la mano. Un poco demasiado despacio como para que Vanessa no se diera cuenta de ello. ¿Por qué quería que Svante la deseara? ¿Por qué él tenía ese efecto en ella? Se las estaba apañando bien. No lo necesitaba. Él había elegido su camino.

¿Quería vengarse de Johanna? ¿Era así de simple?

—Dilo.

—¿Que diga el qué, Vanessa?

Ella se inclinó hacia delante, notó el aroma de su colonia Fahrenheit.

—Que todavía me deseas.

2

Jasmina Kovac se quitó las gafas redondas y la redacción de *Kvälls-pressen* se convirtió en el acto en una niebla borrosa. Palpó la mochila que colgaba del respaldo de su silla. Encontró la funda, sacó la gamuza y frotó con movimientos resueltos los dos cristales.

Volvió a ponerse las gafas sobre la nariz. Sillas, personas y pantallas de ordenador recuperaron sus perfiles definidos.

Jasmina solía pensar que, si hubiese tenido la mala suerte de haber nacido antes de que se inventaran las gafas, jamás habría podido llegar a los veintiocho años; probablemente, habría sido devorada mucho antes por los lobos.

Se rio por lo bajini ante la imagen de sí misma con un pareo en la cintura, y su compañero Max Lewenhaupt, que estaba sentado en el escritorio de al lado, se volvió para mirarla.

—¿Qué es lo te hace tanta gracia? —le preguntó con despecho, y miró de reojo la pantalla de Jasmina.

—Nada, nada —respondió ella, y notó que le subían los colores a las mejillas.

Max abrió la boca para decir algo más, pero se vio interrumpido por una voz que sonó a espaldas de ambos.

—¡Jóvenes! ¿Queréis un café?

Hans Hoffman, un reportero de mayor edad que a veces se sumaba a la plantilla los fines de semana y algunas tardes, asomó la cabeza por detrás de su pantalla. Max puso los ojos en blanco y dijo «Pelmazo» con los labios. Jasmina sintió lástima por Hoffman.

—Me apunto —dijo, y se levantó de la silla.

Se alejaron entre las filas de mesas y pasaron por delante del despacho acristalado del redactor jefe. La cafetera eléctrica soltó un tosido y comenzó a liberar un líquido parduzco.

—¿Provincia de Småland?

Jasmina asintió con la cabeza.

—Vengo de Växjö.

—¿Y Kovac? ¿Croata?

—Bosnio.

Jasmina se preparó para volver al ordenador y terminar de escribir el último artículo de la tarde, un texto sobre un gato en Ånge que había vuelto a casa después de llevar dos años desaparecido. Pero Hoffman le hizo una señal para que se quedara.

—Tienes que venir con más ideas propias si quieres quedarte en el periódico. Si no, la gente como ese se te va a comer —dijo Hoffman, señalando en dirección a Max Lewenhaupt.

—Lo sé. Tengo un filón sobre William Bergstrand. Ya sabes, el diputado del Parlamento.

—Bien. Las patitas de delante, *kiddo*. Son esas las que tienes que enseñar. Eres buena, he leído tus cosas. El análisis sobre los asesinatos de mujeres no resueltos fue fantástico, pero tienes que ampliar. Poner a los políticos contra la pared.

Jasmina miró de reojo la mesa de reuniones donde el jefe de noticias, Bengt *el Bollo* Svensson, estaba sentado con los pies encima y el portátil sobre la barriga. La joven se armó de valor. Volvió a su mesa y abrió el archivo del análisis. A principios de esa misma semana le había solicitado al Parlamento copias de los recibos del político socialdemócrata William Bergstrand. Este había estado recientemente en París, y entre los recibos de la capital francesa había dos cuentas de restaurante de cinco mil coronas cada una, hotel de lujo y compras variadas; todo pagado con la tarjeta del Parlamento. Lo que resultaba todavía más embarazoso para Bergstrand, a quien se le auguraba un futuro brillante en el partido, era que había escrito que había contado con la compañía de la diputada Annie Källman. Sin embargo, según la cuenta de Instagram de esta última, ella estaba en Sundsvall.

—¿Y ahora adónde vas? —le preguntó Max.

—Solo voy a buscar una impresión.

—Deja de hablar tan flojito, no oigo lo que dices —dijo Max. Se llevó la mano a la oreja como para captar mejor los sonidos—. ¿Qué has imprimido?

—Estoy trabajando en una cosa. —Titubeó, volvió a sentarse en

25

su sitio y se inclinó hacia Max. Era un tío sagaz. Jasmina le resumió brevemente lo que había visto en los recibos de Bergstrand—. Pero no consigo dar con él. Me esquiva. ¿Querrías ayudarme?

Max asintió lentamente con la cabeza. Jasmina observó que estaba reaciamente impresionado. Se puso contenta.

Mientras la impresora iba zumbando, Jasmina contempló las portadas clásicas y las primeras planas que decoraban las paredes. El Día de la Victoria de 1945. La tragedia de la plaza Norrmalmstorget de 1973, el atentado contra la embajada de Alemania Oriental de 1975, la Catástrofe de Estonia de 1994, el ataque a las Torres Gemelas de 2001.

Jasmina se plantó detrás del Bollo. Él siguió mirando fijamente la pantalla.

—¿Sí? —dijo, y se rascó la oreja.

—Quería preguntar si podrías… ¿Tienes unos minutos? He estado trabajando en algo.

El Bollo se miró el dedo con asco y se lo limpió en el muslo. Una manchita amarilla se quedó pegada a los vaqueros.

—Jessica, no sé…

—Jasmina.

Sonrió insegura.

—Jasmina —dijo el Bollo, y suspiró—. No sé cómo funcionan las cosas en Norrköping, o donde sea que…

—Växjö. Vengo de Växjö.

El Bollo pasó a hacer inspección de la otra oreja.

—Lo que sea —dijo—. El único texto que espero de ti son las tres columnas sobre el puto gatito resucitado en, ¿dónde coño era?, ¿Haparanda?

—Ånge.

—Eso. ¿Ya lo tienes?

—A grandes rasgos, pero…

—Sin peros —jadeó el Bollo irritado—. Vuelve a tu sitio y haz lo que se te ha pedido. Así es como funciona aquí en *Kvällspressen*. Ha sido un concepto ganador en el periódico desde su fundación, en 1944. Seguro que has tenido una ocurrencia supersimpática, pero no tengo tiempo.

Una hora más tarde, Jasmina Kovac salió de la redacción de *Kvällspressen* y se sentó en la última fila del autobús número uno.

Hasta que no llegaron a la plaza Fridhemsplan no subieron más pasajeros. Una ambulancia lo adelantó a toda velocidad. Era un frío viernes por la tarde, el barrio de Kungsholmen estaba bañado de un resplandor dorado que caía de las farolas. Delante de los bares había grupos de gente pasando frío. Los sintecho buscaban cobijo en portales, bajo cualquier saledizo. Dormían apilados, se pegaban unos a otros como animales demacrados y muertos de frío.

Estocolmo era el sueño de Jasmina. Había querido ser periodista desde que tenía uso de razón, igual que su padre, hasta que la guerra asoló Yugoslavia.

Un par de meses atrás, Jasmina, como reportera del diario local *Smålandsposten*, había estado investigando una serie de asesinatos de mujeres no resueltos. En algunos casos había podido aportar pruebas de que los desatinos de los agentes policiales habían conllevado que los homicidios quedaran sin resolver. El artículo había tenido un gran impacto, la agencia de noticias TT y los dos periódicos vespertinos le habían echado el guante. Dos horas después de publicarlo la había llamado el redactor jefe de *Kvällspressen* para ofrecerle una suplencia.

Pero hasta la fecha nada había ido según lo planeado.

—Mañana será un nuevo día —murmuró.

27

3

*Y*a en el pasillo se arrancaron la ropa el uno al otro. Svante levantó a Vanessa contra la pared, se arrepintió, la llevó hasta el sofá, la hizo inclinarse hacia delante y la penetró por detrás. Salvajemente. Rudamente. Desesperadamente. Como ella quería, como siempre lo había querido.

Después, Vanessa fue a buscar una botella de vino tinto. Le pasó el abridor y el vino mientras se encendía el cigarro electrónico.

Vanessa miró al techo a través de la nube de humo blanco.

28 —No me lo hacían tan bien desde… —murmuró Vanessa antes de quedarse callada.

—¿Desde cuándo?

—Había pensado decir desde que tuve un romance muy apasionado con mi profesor en el instituto, pero he pensado que te sentirías herido.

—¿Te acostaste con tu profesor?

—¿No te he hablado de Jacob? Él tenía veintiocho años y era suplente de matemáticas. Yo tenía diecisiete y en aquel momento me iba mal casi todo en la vida. Solíamos…

—Creo que ya es suficiente.

Svante le pasó la botella.

—Por cierto, ¿qué pasa con las ventanas? —preguntó.

Estaban recubiertas de plástico blanco.

—Están renovando la fachada.

—Ni siquiera se puede ver si fuera está oscuro o no.

—No, sin duda, es un ambiente como para volverse loco.

Vanessa deseaba que Svante dijera algo de verdad. Que la vida era más aburrida sin ella. Pero en lugar de eso, se puso a contarle una historia de un ensayo de teatro que ya había oído antes. Vanessa lo escuchó a medias mientras le acariciaba el interior del muslo. «Es curioso —pensó— lo que el tiempo puede hacer con los sentimientos.» A Svante le resultaba cada vez más difícil compartir la anécdota, a medida que la mano de Vanessa iba ascendiendo. Su respiración se tornó más forzada. Ella se le sentó encima a horcajadas. Él cerró los ojos, la boca entreabierta. A Vanessa le vino a la mente la posibilidad de que estuviera pensando en Johanna y le soltó un bofetón. Svante dio un respingo y abrió los ojos estupefacto. Por un segundo, ella creyó que él le devolvería el golpe, pero Svante se limitó a reír, volvió a cerrar los ojos. Vanessa se pegó aún más a su cuerpo, notó su miembro aún más dentro de su vagina, comenzó a hacer movimientos ondulantes.

Al correrse, Vanessa clavó las uñas en el pecho peludo de Svante y este las apartó de un manotazo.

Eran las dos y media cuando Svante murmuró que tenía que irse a casa. Recogió su ropa. Vanessa fue detrás, con el cuerpo envuelto en la manta.

29

—¿Cómo vas a explicar los arañazos?

Él agachó la cabeza para mirarse la camisa negra que se estaba abotonando y se encogió de hombros.

—¿Estás enfadado? —preguntó ella.

—No.

Vanessa apretó los labios para reprimir físicamente la pregunta de si podía quedarse. Se besaron antes de que ella le diera un empujoncito.

—Nos vemos —dijo Svante.

—Supongo que sí —respondió ella, y cerró la puerta.

4

*E*n la redacción de *Kvällspressen* reinaba una calma letárgica de sábado. Jasmina Kovac iba de camino al comedor para coger una empanadilla cuando oyó que el Bollo la llamaba. Supuso que se trataría de algún error cometido en el artículo sobre el gato y se preparó para una bronca.

—Necesito un texto largo para la edición del lunes.

—Claro —dijo Jasmina, ocultando su asombro con cierta dificultad—. ¿Qué tienes en mente?

—Un documento.

En realidad, Jasmina debería terminar su turno por la tarde. Habían estado buscando al diputado William Bergstrand, que seguía rehuyendo la conversación con ellos. Max y Jasmina habían decidido que volverían a intentar localizarlo cuando sus turnos coincidieran de nuevo, a mediados de la semana siguiente. Ella había planeado bajar a Växjö para visitar a su madre. El billete ya estaba reservado. Pero no había más remedio, escribir un documento era una oportunidad que debía aprovechar.

—Por supuesto. ¿De qué trata?

—Un resumen de los últimos movimientos del #*metoo*. Hoffman tenía otras cosas que hacer y te ha propuesto a ti cuando le he preguntado si quería escribirlo. En verdad no tengo claro si estás preparada, así que no me decepciones.

Jasmina no pudo evitar sonreír al volver a su mesa. Hoffman apareció con el periódico del día abierto entre las manos.

Ella se abalanzó para darle un abrazo.

—Gracias —le susurró.

—¿Por? Soy demasiado viejo para pasarme las noches redactando —dijo—. Pero si quieres llegar a tiempo será mejor que te pongas en marcha. Vete a casa. Si te ven aquí, te endosarán más encargos.

Jasmina comprendió que Hoffman estaba en lo cierto. El artículo podría ser su billete de acceso a trabajos más grandes, pero para ello tenía que trabajar sin interrupciones. Recogió sus cosas, metió el portátil en la mochila y se despidió brevemente de los demás reporteros.

Su madre iba a disgustarse. Jasmina era la niña de sus ojos. No se había perdido ni una sola noticia que Jasmina hubiera escrito; recortaba las páginas y guardaba los recortes en cajas que tenía debajo de la cama.

—Hola, mamá.

—¿Ya estás aquí? Pensaba que llegarías por la tarde.

—Tengo que quedarme. Quieren que escriba un artículo largo. Tiene que estar listo mañana.

Pese a que Jasmina había hecho todo lo posible para ocultarlo, su madre había comprendido que en Estocolmo las cosas no habían salido según lo esperado.

—¡Qué bien! —exclamó su madre—. Claro que sí.

—¿Seguro? Te echo de menos. Sabes que tengo muchas ganas de verte, ¿verdad?

—Yo también te echo de menos, pequeña, pero ya me harás una visita la próxima vez que tengas libre.

Jasmina se bajó del autobús en la plaza Stureplan.

Siempre había escrito más a gusto rodeada de gente, sola le costaba concentrarse. El lúgubre estudio que tenía alquilado en la avenida Valhallavägen no la entusiasmaba. Cruzó el paso de peatones y se metió en el Scandic Anglais. El vestíbulo del hotel estaba medio vacío. «Perfecto», pensó, y pidió un agua mineral y un café. Preguntó la contraseña del wifi, se sentó en uno de los sillones junto a la ventana y sacó el portátil.

Antes de empezar sintió una ola de orgullo recorrerle el cuerpo. Estaba sentada en el bar de un hotel redactando un texto para el periódico más importante de Suecia. Un sueño hecho realidad.

La siguiente vez que Jasmina levantó la vista de la pantalla, el vestíbulo estaba lleno. Se había terminado el agua mineral y el café se había enfriado. Había tanta gente que apenas podía ver la barra y un *dj* junto a un tocadiscos.

Le escocían los ojos y tenía el cuerpo rígido. Enderezó la espalda y decidió hacer una pausa. Un poco más allá había un hombre que la estaba mirando fijamente. Jasmina apartó la mirada y cerró el ordenador. Supuso que el hombre había malinterpretado la situación, porque había puesto rumbo a ella.

—¿Quieres una copa? —le preguntó.

Parecía rondar los treinta y cinco años. Iba vestido con camisa negra. Guapo, de una forma tosca. Jasmina señaló el portátil.

—Estoy trabajando, así que por hoy me mantengo abstemia —dijo, y sonrió—. Pero gracias de todos modos.

Él se acomodó al lado de Jasmina.

—¡Venga ya! Una copa. Que es sábado.

Al fin y al cabo, necesitaba tomarse un descanso. Cada frase del artículo tenía que ser perfecta y, si quería poder mantener la concentración, debía pensar en otra cosa.

—¿Un café? —preguntó—. Luego tengo que irme a casa y continuar.

—Me llamo Thomas —dijo él, y se levantó. Después de estrecharle la mano, se la llevó a la boca y la barbita de la barbilla le rascó la fina piel del reverso.

Al cabo de un rato, la taza de café estaba vacía, y en el transcurso de la conversación Thomas se había ido acercando cada vez más a ella. Le iba haciendo una pregunta tras otra, sin mostrar demasiado interés por las respuestas. Sus ojos se arrastraban por el cuerpo de Jasmina, se detenían cada vez más a menudo en sus pechos. A ella le pareció un tipo desagradable. Se sentía torpe y cansada.

Se disculpó, dijo que tenía que ir al baño y se puso de pie.

La sala daba vueltas, las piernas le fallaron y tuvo que sujetarse a la mesa. Thomas se apresuró a ayudarla. ¿Dónde estaba la mochila? ¿El ordenador?

—Gracias —se oyó balbucear a sí misma. Su voz sonaba metálica, como si estuviera hablando en un cubo.

Él la sujetaba del brazo, la otra mano en su cintura. Jasmina notaba el mentón lacio, los párpados pesados, apenas tenía fuerzas para mantenerlos levantados. Trató de protestar cuando él la acompañó por entre la masa de gente, pero de sus labios no salió sonido alguno.

De pronto estaban en la calle. Jasmina vio la acera bajo sus pies, notando la fuerte mano de Thomas en su hombro. Unos faros la cegaron. Jasmina abrió los ojos. La cabeza cayó sobre el hombro de él. Una puerta de coche se abrió y alguien rio. La metieron en el asiento de atrás. El motor arrancó y el coche se puso en movimiento. La cara de Thomas apareció por encima de ella. Jasmina intentó decir algo, pero lo único que salía de su boca era un farfullo. Más risas. Trató de girar la cabeza, pero tampoco pudo.

¿Cuántos eran? ¿Adónde la llevaban? Una mano se metió por debajo de su jersey, le palpó la barriga y le agarró una teta. Otra mano se abrió paso entre sus piernas. El coche aumentó de velocidad, las farolas desaparecieron y Jasmina perdió el conocimiento.

*E*melie Rydén paseó la mirada por el piso vacío de tres habitaciones de la calle Åkerbyvägen en Täby.

Aunque no pensaba reconocerlo nunca en voz alta, le resultaba placentero poder prescindir de Nova de vez en cuando. En realidad, ella e Ilan tendrían que haber pasado el fin de semana juntos, por eso le había pedido a sus padres que cuidaran de Nova.

Pero Ilan se había visto obligado a bajar a Malmö por cuestiones de trabajo.

34   Le había prometido que la llamaría desde el hotel después de cenar con sus jefes, a los que había ido a ver. Ya eran las 22.32 y todavía no la había llamado.

Emelie encendió el televisor y zapeó.

Por un segundo pensó que Karim. De alguna manera, se había enterado de la relación, había ido hasta Malmö y le había hecho daño a Ilan.

Habían pasado tres semanas desde que había ido a ver a Karim a la cárcel por última vez. Podía ser que le hubieran dado permiso sin que ella se hubiera enterado. Además, como faltaban dos meses para que terminara de cumplir la condena, podría salir sin vigilancia.

Emelie había conocido a Ilan hacía cuatro meses, cuando le llegaron varias cajas grandes con productos de belleza para su salón. El transportista le había dicho que no con la cabeza cuando ella le había pedido que las metiera en el local.

Ilan justo pasaba por allí, había mirado a Emelie y las enormes cajas, y le había preguntado si necesitaba ayuda.

Se había arremangado, había metido las cajas y había desaparecido. Al día siguiente, Ilan volvió y, para su gran sorpresa, Emelie notó que se alegraba de verlo y lo invitó a pasar para tomar un café.

Una semana después de aquel encuentro se acostaron por primera vez.

El teléfono empezó a sonar y en la pantalla apareció la cara de Ilan.

—Perdona que haya tardado tanto —fue lo primero que le dijo—. No querían dejar de beber.

—¿Vas borracho? —preguntó ella, y le dio un trago a la taza de té.

—Para nada. He dejado de beber pronto.

Emelie dejó la taza en la mesita de centro y se tumbó, apoyando la cabeza en el reposabrazos.

—Lamento que la cosa haya ido así —dijo Ilan—. Me moría de ganas de pasar el fin de semana contigo.

—No pasa nada. Lo recuperamos la semana que viene.

—Hay algo que tengo que contarte —dijo él.

Emelie oyó un ruido fuera de la ventana y miró hacia allí. Probablemente solo era una rama raspando el cristal por culpa del viento.

—Te he mentido. La razón por la que he venido es porque me han ofrecido un trabajo. Aquí en Malmö.

Una parte de Emelie sintió alivio; otra, tristeza. Ilan iba a aceptar el trabajo y la iba a dejar. Y no podía culparlo. Acababan de conocerse. Era obvio que él no tenía ganas de cargar con una cría que no era suya. Y aunque ella no se lo hubiera contado todo de Karim, daba por hecho que Ilan se lo podía oler.

—Entiendo.

—Sé que es pronto, pero es que tú y Nova me gustáis tanto… A lo mejor estoy loco, pero me preguntaba si no querríais mudaros conmigo.

Emelie soltó una risotada de estupefacción.

—¿Lo dices en serio?

—Sí.

Emelie cerró los ojos.

—Pues claro que queremos.

Se imaginó su cuerpo fino y escuálido delante. Sus ojos afables, castaños. Deseaba que estuviera allí. Con ella. Cuando se fueran a vivir a Malmö, ya no tendría que anhelar más. Un movimiento al otro lado de la ventana le hizo dar un respingo. Ilan siguió hablando, pero Emelie había dejado de escuchar. Se levantó despacio con el teléfono pegado a la oreja y miró la oscuridad.

35

Se acercó a la ventana, descansó la frente sobre el cristal frío y miró a un lado y al otro. Nada. Solo el patio oscuro y tranquilo donde a Nova le encantaba jugar con los niños de los vecinos.

—¿Qué has dicho?

—Que estoy contento —dijo Ilan—. Hoy he pasado por delante de un local que iría perfecto para montar un salón de belleza. No es que haya prisa. Me ofrecen un buen aumento de sueldo, así que no tienes que agobiarte con ponerte a trabajar cuanto antes.

Emelie cruzó el salón, salió al pasillo y comprobó que la puerta del piso tuviera el cerrojo echado.

—Pensaba que me ibas a decir que te habías acostado con otra.

Ilan se rio. Una risa fuerte. Liberadora.

Emelie observó el rellano a través de la mirilla. Vacío. Se tranquilizó. Si Karim estaba de permiso y se presentaba allí, llamaría a la policía. Pero no quería que Ilan supiera qué estaba pasando. Le había hablado de Karim, pero se había reservado los detalles. Le había dicho que vivía en el extranjero.

Emelie se tumbó de nuevo en el sofá, pero ya no lograba relajarse y concentrarse en lo que Ilan le contaba. Detestaba vivir en una planta baja.

Mientras se despedían, oyó abrirse el portal de la calle y se apresuró a colgar. No quería que Ilan empezara a hacerle preguntas si oía golpes en la puerta.

Emelie se puso de pie otra vez y escuchó los pasos en la escalera.

Cerró los ojos, cruzó los dedos para que la persona de ahí fuera pasara de largo su puerta y se pusiera en marcha la maquinaria del ascensor. Justo cuando le pareció oír el familiar zumbido del hueco del ascensor, llamaron al timbre.

*U*na fuerte bofetada hizo que Jasmina volviera en sí. Estaba tumbada en una cama en una habitación oscura. Su cabeza parecía a punto de estallar, sentía náuseas. Otro golpe en la mejilla. ¿Dónde estaba?

—Hora de despertarse.

Recordó el bar, Thomas. La cogieron de la cintura, ella trató de resistirse. Notaba las manos debilitadas, la tela se le escurrió de entre los dedos. Le bajaron los pantalones. Él se le puso encima, le arrancó las bragas.

—No —carraspeó ella.

Oía voces. Entornó los ojos, trató de comprender qué o quiénes tenía a su alrededor. Pero todo estaba borroso. A la derecha había un armario con espejo, en el cual pudo ver movimiento. Había varias personas en la habitación.

Le arrancaron el jersey, le quitaron el sujetador de un tirón.

—Por favor, parad —suplicó Jasmina.

El pánico fue en aumento, comenzó a zarandearse de aquí para allá mientras pataleaba con las piernas.

De pronto le hundieron un puño en el estómago y se quedó sin aire. Resolló, intentó coger aire como pudo.

—Si quieres pelea, tendremos que sacar la navaja, y supongo que no quieres —dijo Thomas. Su mano le rozó la mejilla—. Sería una lástima, con una cara tan preciosa.

Su aliento era ácido y húmedo.

—No es tan tímida como hace ver, mirad esto —dijo Thomas, le agarró el *piercing* que tenía en el pezón y tiró un poco para probar—. Por lo visto eres una auténtica zorrita, ¿eh?

—Por favor, dejadme ir —susurró ella, y pestañeó.

—A las putitas como tú os gustan estas cosas, aunque finjáis que no.

Le dio unas palmadas en la mejilla y luego se desabrochó el cinturón. Unos brazos fuertes le dieron la vuelta para tumbarla bocabajo y la sujetaron. Alguien le aplastó la cara contra el colchón. Le costaba respirar. Trató de liberarse. Sus gritos quedaron ahogados por la espuma.

Thomas la penetró soltando un jadeo. El dolor fue tremendo. Jasmina se sentía impotente. Pequeña. Los movimientos se hicieron más duros, le dolían cada vez más. Jasmina se desgañitaba en el colchón.

—Joder, cuánto tiempo. Un coño bien apretadito tiene. A lo mejor es más pequeña de lo que creíamos.

—O quizá nadie se la ha follado debidamente. Mira cómo disfruta.

Nuevas risas.

Se fueron turnando, la tumbaron bocarriba y le separaron las piernas en cuanto ella opuso resistencia.

Jasmina vio el contorno de sus cuerpos desnudos en el espejo. Apartó la mirada. Se obligó a sí misma a mirar al techo. Su cuerpo estaba como paralizado, ya no tenían que sujetarla. No había huida posible. Jasmina iba perdiendo y recobrando la conciencia, hasta que uno de ellos le arrancó el *piercing*. Gritó. Una gran mano le tapó la boca.

—Que te calles.

Le costaba respirar, resollaba. Agitaba los brazos presa del pánico. Vio un rostro brillante, borroso.

—Separa las piernas.

Siguieron jadeando, animándose unos a otros, humillándola.

Al final se cansaron. Se levantaron y salieron de la habitación. Un momento de silencio. Jasmina yacía inmóvil en la cama, se llevó la mano a la vulva, se miró los dedos. Estaba sangrando.

Unas voces apagadas, afónicas, y humo de tabaco se colaban por la ranura de debajo de la puerta. Jasmina se tumbó de lado, buscó las gafas con la mano. No pudo encontrarlas. Estaba tiritando de frío. Se llevó una mano al pecho. La sangre se le pegaba entre los dedos.

Al oír pasos se hizo un ovillo, se volvió hacia la pared y cerró los ojos. No podía más. Otra vez, no.

—Te vas a ir.

Thomas se sentó en el borde de la cama y la obligó a darse la vuelta. Se inclinó sobre ella.

—Si le cuentas esto a alguien, te matamos, Jasmina Kovac.

La cogió del pelo y se lo retorció para verle la cara, le puso el carné de conducir a unos pocos centímetros de la cara y leyó su número de identidad en voz alta.

Ella empezó a llorar.

—¿Lo oyes, pedazo de furcia? Te iremos a buscar, y entonces no seremos tan cariñosos.

Le tiró la ropa. Jasmina se puso los pantalones. La entrepierna le escocía y le palpitaba. Por el rabillo del ojo vio los contornos de la cara sin afeitar de Thomas. Él tiró de su brazo para ponerla de pie y la empujó para hacerla caminar. Jasmina salió tambaleándose al salón. Su cuerpo se balanceaba, cada paso que daba le dolía.

—Tienes pinta de haber pasado un buen rato —dijo una voz.

La sacaron al rellano, la hicieron bajar las escaleras y la metieron en el asiento de atrás.

El coche se puso en marcha. Los tipos parecían cansados, no decían gran cosa. El sol estaba saliendo. Jasmina trató de leer los carteles para saber dónde se encontraba.

—Aquí está bien —le dijo uno de ellos al conductor.

Se apearon en el arcén y la puerta del coche se abrió de un bandazo. Alguien pitó.

—Recuerda lo que te he dicho, Jasmina Kovac, te iremos a buscar y te mataremos.

Ella puso los pies en el suelo.

—Sal de una puta vez, hostias.

Le dieron un empujón y estuvo a punto de caerse, pero logró mantener el equilibrio.

39

$\mathcal{V}$anessa recogió el ejemplar del *Dagens Nyheter* del felpudo del recibidor. El periódico de papel había dejado de ser moderno y era dañino para un clima que ya estaba sufriendo estragos, pero la Tierra acabaría sucumbiendo de forma inevitable. Y mientras lo hacía, Vanessa podía entretenerse echándole un vistazo a los últimos escándalos políticos, el tema del Brexit y los tuits del presidente estadounidense. El mundo era un lugar cada vez más peculiar, cada vez se sentía menos en casa en él. Por primera vez en la historia de la humanidad, morían más personas por comer demasiado que por falta de alimento. La edad avanzada mataba a más gente que las enfermedades infecciosas. Y, sobre todo, morían más personas por suicidio que por guerra, crímenes violentos y terrorismo. Aun así, la gente tenía más miedo que antes.

Dejó el periódico sobre la isla de la cocina, puso en marcha la cafetera eléctrica y se descubrió a sí misma echando de menos a Svante. La tele parloteaba de fondo.

—Tres hombres han sido hallados muertos en Frihamnen. Según los datos a los que ha podido acceder *Noticias TV4*, habrían perecido de un disparo en la cabeza. Los tres son antiguos conocidos de la policía.

Vanessa subió el volumen.

Otro ajuste de cuentas entre bandas.

Estocolmo estaba desbordada de armas de fuego y chavales jóvenes dispuestos a usarlas para adueñarse de una parte del mercado de cocaína o para vengar una injusticia sufrida. Un arma automática del tipo Kaláshnikov se vendía en las calles de Estocolmo por veinticinco mil coronas. Una pistola costaba diez mil. Una granada podía sacarse por mil coronas, a menos que se tratara de un conflicto mayor, porque entonces los vendedores subían el precio a dos mil quinientas.

Probablemente, las ejecuciones en Frihamnen se debían a negocios de droga, pero vete a saber: los criminales eran incluso más fáciles de ofender que Donald Trump, cuyos ojitos iracundos la miraban ahora fijamente desde la portada del *Dagens Nyheter*.

Tras abandonar lo que tiempo atrás se conocía como el Grupo Nova, pero que después de la reorganización pasó a llamarse Unidad de Investigación, Sección de Vigilancia 5 y 6, Vanessa al menos se libró de tener que meterse en los ajustes de cuentas entre bandas rivales, siempre tan difíciles de resolver, en los que ni los testigos ni los implicados estaban dispuestos a hablar con la policía. La semana anterior había tenido lugar uno en Kallmar, donde una fiesta en un piso se había descontrolado y había acabado con un muerto entre los invitados, apuñalado con unas tijeras.

Vanessa se sirvió café y se preparó para regresar al sofá, cuando de pronto comenzó a sonar su teléfono del trabajo.

—Buenos días —la saludó alegre Mikael Kask, jefe de la Unidad de Homicidios—. ¿Qué tal?

—Me pillas desayunando.

—¿Cuál es el menú?

—Café y cigarro electrónico. Desayuno de campeones.

—Suena muy saludable.

Todo apuntaba a que Mikael había hecho un curso de liderazgo en el que le habían enseñado a mantener un tono amistoso con sus subordinados.

En la tele había terminado la noticia del triple asesinato y ahora había una tertulia de padres que hablaban de fiestas de cumpleaños.

Mikael Kask se aclaró la garganta. Se acabó la cháchara.

—Sé que hoy es tu día libre, pero me han llamado de Crímenes con violencia. Necesitan ayuda.

—¿El triple homicidio en Frihamnen?

—No, pero eso les está chupando todos los recursos. Esta mañana han encontrado muerta a una mujer joven en Täby. No tienen suficientes agentes para investigarlo. ¿Podrías acercarte? Los técnicos de la Científica ya están allí.

Aunque no fuera lo más acertado, a Vanessa le afectaba más cuando las mujeres eran las víctimas de violencia que cuando encontraban a miembros de bandas fritos a tiros. Seguramente se debía a que de joven había perdido a su hija Adeline. Puede que no fuera la muerte en sí de las mujeres lo que la afectaba, sino el sentimiento de pérdida de los padres. Vanessa sabía a qué clase de vida se veían condenados.

—Claro.

Mikael le dio la dirección. Vanessa se metió en la ducha, se vistió con un pantalón de pinzas y una camisa. Se detuvo delante del espejo y se miró a la cara. Después marcó el código del armario de armas y metió su Sig Sauer en la sobaquera.

Tras desarticular la red criminal Södertäljenätverket un par de años atrás, le habían concedido el derecho a tener armas en casa. En los últimos años había habido un aumento en las amenazas a policías. Pero la gran razón por la que Vanessa guardaba el arma de servicio en su casa era algo que la dirección de la policía desconocía.

Hacía cosa de un año, se había visto involucrada en una investigación contra una organización criminal que se hacía llamar la Legión. En un encontronazo en un piso de seguridad al norte de Estocolmo, Vanessa y Nicolas Paredes, un antiguo soldado de élite, habían abatido a cuatro miembros de la organización. Aparte de proveer la zona de Estocolmo con grandes volúmenes de cocaína de primera calidad, la Legión se había dedicado a raptar a niños refugiados y transportarlos a Sudamérica.

Un policía y la testigo que se hallaba en la casa ya estaban muertos cuando Nicolas y Vanessa llegaron al lugar.

El aire entró fresco y seco en sus pulmones cuando salió a Odengatan. Un sol pálido bregaba por superar los altos edificios. La gente que estaba de fin de semana caminaba esquivando charcos para ir a cafeterías y garitos veganos. Por delante del aparcamiento pasó un chico musculoso con tatuajes verdeazulados que asomaban por el cuello de su chaqueta. Llevaba la cabeza rapada. De su brazo iba una mujer de cabello blanco. Se la veía pequeña a su lado y se apoyaba en él. ¿Su madre? El chico caminaba despacio, cauteloso, para que ella pudiera seguirlo. Vanessa pensó que cuarenta años atrás era él quien se aferraba a ella.

Cuando llegó al coche, en el aparcamiento subterráneo, su teléfono volvió a tintinear.

La mujer asesinada se llamaba Emelie Rydén.

$\mathcal{N}$icolas Paredes, de treinta y tres años, esperó a que el hervidor de agua terminara de hacer su tarea antes de levantarse del sofá. Sacó una taza, echó una cucharada de Nescafé en el fondo y ahogó el polvo con el agua humeante. Abrió la puerta del balcón y se protegió los ojos con la mano de los rayos de sol.

En el balcón de al lado había una niña con cabello largo de color verde sentada en la barandilla. Sus piernas se balanceaban muy lejos del suelo.

—Hola, Nicolas —dijo jovial sin volverse para mirarlo.

Él alzó la taza a modo de saludo, pero sin decir nada.

—¿Quieres un caramelo? —preguntó ella.

Él negó en silencio.

—¿Cuántos años tienes, Celine?

—Doce.

—¡Madre mía!

—¿Y unos huevos revueltos? —preguntó ella sin dejarse importunar.

Nicolas le lanzó una mirada cansada y constató que tenía un moratón fresco sobre el ojo. Probablemente, obra de su padre. O de algún compañero de clase. Nicolas debería tener una charla con el padre, o por lo menos llamar a Servicios Sociales, pero no podía meterse en nada que pudiera llamar la atención de las autoridades.

—¿Nunca cocinas nada que no sean huevos revueltos?

—También puedo hacer huevos duros, si te gustan más.

—Prepara lo que quieras, pero no te sientes así, sabes que me pone nervioso. Si me como los huevos revueltos, ¿prometes que no fumarás?

Celine asintió con la cabeza, bajó de un saltito de la barandilla y se metió en el piso. En el suyo, Nicolas oyó que la ranura del buzón

43

integrado en la puerta se abrió y que algo aterrizó en el suelo de parqué. Fue a mirar, se agachó y recogió un sobre marrón. Su nombre y dirección estaban escritos con letra infantil. Nicolas salió de nuevo al balcón con el sobre, al mismo tiempo que Celine regresaba con una sartén. Nicolas usó la cucharilla de la taza de café y probó un bocado. Celine lo miraba con expectación. Como de costumbre, estaban demasiado salados.

—Rico.

Nicolas engulló los huevos, aún no había desayunado nada.

—Gracias —dijo, se limpió la boca y le devolvió la sartén.

Celine la dejó en el suelo junto a sus pies. Se inclinó hacia delante, con los brazos apoyados en la barandilla, y puso cara triste.

—Sé que a ninguno de los dos nos espera un buen día. ¿Quieres oír nuestros horóscopos?

Sin esperar a obtener una respuesta, recogió el periódico del suelo y leyó en voz alta. Nicolas rasgó el canto del sobre.

El mensaje era breve y estaba escrito en el centro del folio DIN A4: «Necesito hablar contigo. Ivan».

—Pinta que será un auténtico día de mierda —dijo Nicolas, y arrugó el papel hasta hacer una pelota.

—Ya te lo he dicho.

*L*os bloques de pisos tenían tres plantas de altura y entre ellos había parcelas de césped y parques infantiles. Vanessa saludó al agente uniformado que estaba haciendo guardia junto al cordón policial, se identificó y levantó la cinta blanquiazul.

La puerta del piso estaba abierta.

—¿Hola?

Mientras esperaba a que salieran a buscarla examinó la cerradura. Ninguna señal de que la hubieran forzado. Por otro lado, el piso quedaba en la planta baja: no hacía falta trabajar en un circo para poder colarse por una ventana abierta. Una técnica con un mono blanco de un solo uso asomó la cabeza.

Van se puso el mono, los protectores de calzado y los guantes de plástico que la mujer le había pasado, y fue poniendo los pies en los sitios indicados. En el salón había otro técnico, que estaba de rodillas con una cámara en la mano grabando el cuerpo.

Emelie Rydén yacía bocarriba en un charco de sangre en el suelo de parqué. El torso y el cuello habían sido perforados con un arma blanca. Sus ojos miraban al vacío y tenía la boca entreabierta, lo cual le otorgaba una expresión de asombro. Vanessa rodeó el cuerpo trazando un arco y se dirigió a la técnica que la había recibido. Por encima de la mascarilla, Vanessa distinguió dos ojos castaños y una piel marrón claro.

—¿Qué sabemos?

La mujer le hizo una señal con el pulgar para que se reunieran en la cocina. Delante de la encimera, se quitó la capucha, bajo la cual llevaba una redecilla para mantener la gruesa y, probablemente, larga melena en su sitio.

Parecía rondar los treinta años; Vanessa adivinó que debía de ser de origen indio.

—Su madre la ha encontrado esta mañana cuando ha venido para dejar a su nieta, a la que ha estado cuidando durante el fin de semana —dijo la mujer, que hablaba con acento noruego—. Más de veinte puñaladas en el abdomen y el cuello. Tenía veinticinco años. Se ganaba la vida como esteticista y tenía su propio salón en un sótano aquí en la zona.

—¿Los vecinos han oído algo?

La mujer se encogió de hombros.

—No lo sé. Tus compañeros son los que hacen el puerta a puerta.

A Vanessa le caía bien. Era aguda, se explicaba de forma escueta y concisa, y prescindía de los detalles innecesarios.

—¿Teléfono móvil?

—Protegido con clave de acceso. Los técnicos informáticos acaban de marcarlo para mandarlo al laboratorio.

—¿Cuánto rato necesitáis aquí? —preguntó Vanessa.

—Si no hay nada más, pronto habremos terminado.

Vanessa oyó un ruido de motor y volvió la cabeza.

Delante de la ventana apareció un coche fúnebre. Mientras dos hombres cargaban con gestos mecánicos el cuerpo ensangrentado que apenas unas horas antes había sido una persona viva, con sueños, recuerdos de infancia y sentimientos, Vanessa se metió en el dormitorio.

La cama doble que había en el centro de la habitación estaba hecha. Abrió el armario. La ropa estaba cuidadosamente doblada o colgada de perchas. Se dio la vuelta y se acercó a una cómoda en la que había tres fotos enmarcadas.

Flanqueada por cuatro amigas, una Emelie Rydén adolescente hacía cuernos con la mano y le sacaba la lengua a la cámara. Tenía el pelo rubio platino, los ojos muy maquillados y los dientes de la hilera superior estaban adornados con una ortodoncia brillante. Llevaba una camiseta con el texto «Tokio Hotel».

A Vanessa le costaba mirar fotografías de gente que ya estaba muerta. «Un día, cuando yo haya muerto —pensaba—, alguien mirará fotos mías.»

Volvió a dejar el marco en su sitio y fue al otro dormitorio.

Delante de la ventana había una cuna y también cajas de plástico transparente apiladas una encima de otra, llenas de juguetes. Vanessa olfateó el aire, le pareció percibir un leve olor a jabón multiusos.

En el alféizar había dos fotos enmarcadas con motivos de Disney. En una, sacada en una playa, Emelie Rydén levantaba a su hija en el aire. Detrás de madre e hija, el sol se estaba poniendo. La niña gritaba de alegría.

Vanessa echó un vistazo a la otra foto. Era en blanco y negro, sacada en una sala de hospital. Un hombre musculoso con cabeza rapada sujetaba en brazos a un bebé recién nacido envuelto en una manta. Estaba mirando a la criatura con seriedad amorosa. Los músculos tensos estaban repletos de tatuajes.

—No puede ser —murmuró.

Oyó un carraspeo a su espalda y Vanessa se dio la vuelta con la foto en la mano. En el quicio de la puerta había un hombre de unos cuarenta y cinco años con pelo rojo y corto, vestido con camiseta de manga larga de color verde, bajo la cual se marcaba claramente la barriga.

—¿Vanessa Frank?

Se saludaron con un apretón de manos enguantadas.

—Ove Dahlberg, Crímenes con violencia.

Vanessa alzó el marco hacia su compañero y señaló al hombre de la imagen.

—¿Sabes quién es este?

Ove miró la foto con ojos entornados, para luego negar con la cabeza.

—Ni idea, pero si me permites el prejuicio, no parece el vendedor de biblias de mi barrio.

—Karim Laimani. Miembro de la red criminal Sätranätverket. Condenado por agresión, delitos de narcotráfico, delitos de armas y violencia de género. Es el padre de la hija de la víctima.

—¿Y dónde está?

—En el Centro Penitenciario de Åkersberga, si no recuerdo mal.

10

Jasmina avanzó a trompicones hasta la mesilla de noche y sacó las gafas de reserva que guardaba en el primer cajón. Le temblaban las manos. El cuerpo se le agitaba con espasmos, como si estuviera sufriendo calambres.

En la retina se le reproducían las escenas de las últimas horas. Los golpes, el dolor. Las risas de los hombres, el olor a alcohol. La cinta retrocedía hasta el principio. Volvía a empezar. Jasmina cayó de bruces en la cama y se acurrucó en posición fetal, tapándose las orejas con las manos. Apretó las mandíbulas. Le rechinaban los dientes, comenzó a hiperventilar. Cerró los ojos. Trató de detener la película, de diluir las figuras borrosas.

Los sonidos que emitió su garganta no eran humanos, fue como si salieran de un animal herido, estresado.

Se pasó la almohada por encima de la cabeza. Se tumbó bocarriba, hundió la cara en la suave tela y gritó a viva voz. Gritó como nunca antes había gritado, con todo el cuerpo.

Cuando Jasmina se recostó de lado y bajó con cuidado los pies al suelo, no sabía cuánto rato llevaba en la cama. Si había estado despierta o si se había dormido. Se le habían torcido las gafas, se las recolocó. Se estiró sobre la fotografía de su padre y giró el despertador para ver la hora. Las cifras digitales de color rojo marcaban las 13.47 horas. Se puso en pie, buscó el teléfono móvil, que estaba en la encimera de la cocina, y vio que tenía diecinueve llamadas perdidas, todas provenientes de números de *Kvällspressen*. Uno era el de Hans Hoffman, el otro era del Bollo.

Jasmina se había perdido la reunión y el artículo no estaba hecho.

Apoyó el cuerpo en la cocina, se llevó una mano a la boca mientras pensaba.

¿Cuántos reportajes y artículos había escrito sobre mujeres violadas? Su dictáfono había grabado montones de citas policiales que siempre repetían lo mismo: «Pon una denuncia».

Jasmina había estado convencida de que, si alguna vez la violaban, no dudaría en contarlo. Se daría voz a sí misma. Pero si acudía a la policía, todo el mundo se enteraría. Todos sus compañeros. Se convertiría para siempre en «aquella reportera a la que violaron». Sobre todo, su madre se enteraría. Su querida madre. No podía exponerla a ello. Cualquier cosa menos eso.

Además, no tenía fuerzas para hablar con nadie, tener que responder a preguntas, recordar y explicar. Al menos no en este momento.

Jasmina abrió el armario y sacó una bolsa del supermercado Ica. Se quitó la ropa y las bragas y lo metió todo en la bolsa. Despacio, fue hasta el cuarto de baño, se puso de pie con las piernas separadas sobre el frío suelo de baldosas y con mucho cuidado se metió un bastoncillo de algodón. Lo removió un poco. Cogió otro y repitió el movimiento. Los metió en una fiambrera, la envolvió en papel de plástico y la guardó en la nevera vacía.

49

Le sonó el teléfono. Se estiró para cogerlo, esperaba que fuera el Bollo o alguien del periódico, pero era su madre.

—Hola, cariño. No te molesto, solo sentía curiosidad. ¿Cómo ha ido con el texto?

Jasmina cerró los ojos.

—¿Hola?

Apretó el puño, se obligó a sí misma a hablar, a parecer normal.

—Al final se ha quedado en nada —dijo conteniéndose.

Se hizo un instante de silencio desconcertado. Jasmina miró al vacío delante de sí.

—¿Qué ha pasado? —preguntó su madre.

Jasmina sabía que estaba tratando de mantener la calma, aparentar no preocuparse, no hacer demasiado de madre.

—Nada. Todo bien. Ya no necesitaban el texto, simplemente. Les ha salido algo que era más importante.

—¿Estás triste, pequeña?

—Son cosas que pasan.

—Sí, exacto. Si quieres, puedes mandarme el artículo a mí. Me encantaría leerlo.

—El ordenador del trabajo se ha quedado en la redacción.

Jasmina sonrió triste. Detestaba mentir.

—¡Qué lástima! ¿Y qué haces esta tarde? —preguntó su madre.

—He quedado con unos compañeros, vamos a tomar una cerveza.

—Me alegro. —Se quedó callada, buscando las palabras—. Si necesitas cualquier cosa, solo tienes que llamarme. Te quiero, pequeña.

—Espera —se apresuró a decir Jasmina. Cogió una bocanada de aire.

—¿Sí?

—¿Qué vas a hacer tú esta noche?

—No te preocupes por mí. Algo me inventaré.

Después de la conversación, Jasmina se quedó de pie con el móvil en la mano. Dio unos pasos al frente, se detuvo delante del espejo de cuerpo entero.

El pezón derecho se había convertido en un tajo grande y pegajoso. Un moratón se extendía sobre sus costillas. Se sacó fotos en varios ángulos, las envió a su propia cuenta de correo electrónico de Gmail y luego las borró para no tenerlas en el móvil del trabajo.

Por último, metió la bolsa con la ropa debajo de la cama. En el último momento cambió de idea. La sacó de un tirón y la hundió en el cubo de la basura.

Pensaba olvidar, seguir adelante. Esta noche nunca había tenido lugar. Se metió en la ducha, dejó que el agua caliente se llevara el olor de los hombres. Temía que fueran a buscarla para hacerle daño.

—Soy una hipócrita de mierda —murmuró entre dientes.

—¿*E*l muy desgraciado estaba de permiso? —preguntó Ove.

Vanessa asintió en silencio sin apartar la vista del asfalto oscuro de la E18. Hacía un día gris, las nubes del cielo estaban cargadas de lluvia. Vanessa se cambió al carril izquierdo para adelantar a un camión.

—¿Y se ha presentado esta mañana, como si no hubiese pasado nada? —dijo Ove con recelo.

—Es lo que me ha asegurado el director de la prisión.

El hombre había sonado nervioso cuando Vanessa lo había llamado y le había explicado el motivo. Podía entenderlo. Si Karim Laimani había apuñalado mortalmente a Emelie Rydén durante un permiso sin vigilancia, el escándalo que se levantaría no sería poco.

—Es increíble. Joder.

Vanessa giró el volante y tomó el desvío a Åkersberga. Dejó un campo de golf a mano derecha, en una rotonda continuó recto y llegó al centro de la localidad. En la estación de tren, Ove señaló un puesto de comida rápida.

—No me ha dado tiempo de comer nada, ¿podrías parar en el quiosco ese?

—Claro.

Un cartel informaba de que la cocina callejera estaba abierta veinticuatro horas al día. Vanessa sentía un aprecio instintivo e inmediato por todo aquello que estaba siempre disponible. Hoteles, hospitales, garitos de *shawarma*, tiendas Seven Eleven. Le infundían calma.

Le pidieron sendos *wraps* a un hombre que tenía harina en los brazos peludos y volvieron a sentarse en el coche.

Ove deslizó los dedos por el salpicadero de madera del BMW.

—Oye, Frank. Estuviste casada con aquel dramaturgo. ¿Es cierto que eres rica?

Vanessa le dio un bocado al bocadillo enrollado, tragó y se limpió un poco de ensalada de gambas que se le había quedado en la mejilla.

Asintió lentamente.

—Asquerosamente rica —dijo.

Ove le señaló el pecho. La Sig Sauer asomaba por la ranura de la chaqueta abierta.

—¿Has tenido tiempo de pasar a buscar tu arma de servicio antes de ir a Täby?

—La tengo en casa.

—¿Por qué?

—Por el riesgo de secuestro.

—¿En serio? ¿Tan rica eres?

—No. Antes trabajaba en el Grupo Nova. Hay unos tíos en Södertälje que no es que estén dando saltos de alegría por nuestras labores allí.

Una gamba cayó de la boca de Ove hasta el pantalón y desapareció entre sus pies. Soltó un taco. Vanessa le pasó una servilleta.

—Gracias. ¿Tienes miedo? —le preguntó mientras trataba de localizar la gamba en la alfombrilla del coche.

—Solo a los tiburones blancos y a las inspecciones de Hacienda.

A Ove se le escapó la risa. En ese mismo momento lo llamaron al teléfono. Miró la pantalla y le levantó un dedo de disculpa a Vanessa.

—Hola, cariño —dijo. Su voz era de pronto fina y complaciente. Vanessa se tapó la boca con una mano y miró para otro lado—. ¿Comiendo? Sí, cariño, un plátano. Y de beber, batido de proteína. Estoy hecho todo un culturista.

Se golpeó el pecho.

Vanessa se limpió las manos con una servilleta, arrancó el coche y se incorporó despacio a la carretera.

—No sé a qué hora llegaré a casa. Me han llamado a primera hora de la mañana, voy de camino a un interrogatorio. Pero te echo de menos.

A Vanessa le gustó cómo hablaba con su mujer. Pese a haberle mentido acerca de lo que estaba comiendo, la ternura en el trato era evidente. Detestaba a los hombres que trataban a sus mujeres como a un apéndice molesto.

Después de colgar con un «Te quiero, besos», se arremangó el antebrazo tirando del jersey, dejando al descubierto una pequeña pegatina blanca.

—Diabetes —refunfuñó—. Me la diagnosticaron hace medio año. Ella me controla con mano de hierro. Lo aprecio, está claro. Pero, joder, a veces lo único que quiero es saquear un quiosco de esos, comerme un *wrap*, meterme los dedos para sacarlo y luego comerme otro.

—No te preocupes, Ove, mientras no me vomites en el coche no me voy a chivar.

En el Centro Penitenciario de Åkersberga entregaron sus armas y teléfonos móviles, se dejaron cachear y se quedaron esperando en una sala de visitas. El centro estaba saturado, como todas las cárceles del país.

Había lista de espera para entrar en la prisión. Después de los juicios, algunos criminales se iban varios meses de vacaciones al Sudeste Asiático y luego volvían bronceados y descansados a Suecia para pasar la condena. En el mejor de los casos. En el peor, seguían cometiendo delitos.

Vanessa y Ove tomaron asiento y esperaron, al cabo de un par de minutos se abrió la puerta y Karim Laimani entró escoltado por dos funcionarios corpulentos. Se sentó sin mirarlos, manteniendo los ojos clavados en un punto un poco a la izquierda de la cabeza de Vanessa.

—Queremos saber dónde estuviste ayer por la noche —dijo Ove.

Karim Laimani ladeó la cabeza e hizo chasquear las vértebras del cuello. Luego repitió el movimiento hacia el otro lado.

—Léete mi solicitud de permiso —dijo.

—Tienes una hija con Emelie Rydén. ¿Quedaste con ella?

Karim recorrió a Vanessa con la mirada para finalmente detenerse en sus pechos. Se pasó la lengua por los labios.

—¿Y bien? —dijo Ove irritado.

—¿Por qué iba a quedar con esa puta?

Se cruzó de brazos y se reclinó en la silla, deslizó el ápice de la lengua por la encía superior. Una bolsita monodosis de *snus* apareció en la mandíbula. Vanessa sintió la abstinencia agitándose en su interior.

53

—La han encontrado esta mañana —dijo Ove—. Apuñalada de muerte.

Karim arqueó las cejas y se los quedó mirando. Parecía francamente sorprendido.

—¿Estás de broma?

Vanessa hizo rodar los ojos.

—Sí, Karim —dijo—. Somos dos payasos que hemos decidido venir hasta aquí para animar un poco el ambiente. Venimos de actuar en el hospital infantil. Ahora, responde a la pregunta: ¿dónde estuviste anoche?

—Estuve en casa de un colega.

Su voz ya no era tan segura de sí misma. Vanessa señaló un papel que había en una funda de plástico sobre la mesa.

—Según pone ahí, hace tres semanas amenazaste con matarla, cuando vino a hacerte una visita.

Vanessa leyó el informe en voz alta. Luego se hizo el silencio.

Karim se miraba las manos.

—¿Por qué discutisteis? —preguntó Ove.

—Eso no es asunto tuyo, pedazo de gordo. Y además, no tiene importancia. Yo no la he tocado.

—No sería la primera vez que agredes a una mujer —infirió Vanessa—. Parece ser un poco tu especialidad.

Karim soltó un ruidoso eructo.

—Pequeña zorra con placa. No diré ni una palabra más hasta que llegue mi abogado.

12

$\mathcal{N}$icolas cogió la línea roja del metro en dirección a Vårberg para hacerle una visita a su hermana Maria. Apenas dos años y medio atrás había sido soldado profesional. Pero tras fracasar en una liberación de rehenes en Nigeria había tenido que abandonar el SOG, la unidad de élite más distinguida del ejército sueco.

Para levantar cabeza de nuevo, junto con su amigo de la infancia Ivan Tomic había atracado Relojes Bågenhielm, una tienda de relojes de lujo de Biblioteksgatan. El objetivo no eran los relojes en sí, sino la lista de clientes, con las direcciones de algunas de las personas más adineradas de Suecia.

La idea era secuestrar a tres hombres de finanzas, presionar a sus familiares para que pagaran un rescate y luego abandonar el país.

Pero todo había salido mal.

Ivan le había contado la existencia de la lista al líder de la Legión. Había vendido a Nicolas. Si no hubiese intervenido Vanessa Frank, ahora mismo Nicolas estaría muerto, o por lo menos entre rejas. Para agradecérselo, Nicolas había acompañado a Vanessa al sur de Chile para salvar a Natasja, la niña siria refugiada que había sido transportada hasta allí por la Legión.

A Ivan lo habían ingresado en el Centro Penitenciario de Åkersberga.

¿Qué quería de Nicolas?

Aunque la policía no tuviera su nombre, y desde luego debería estar ocupada con otros asuntos, nunca bajaba la guardia. En el piso tenía una bolsa de deporte con casi cinco mil coronas en metálico y un arma corta de contrabando.

Estocolmo había cambiado desde que él se crio aquí. Se había vuelto más duro. Chavales jóvenes que apenas habían terminado la escuela se veían atraídos por el dinero rápido. Las bandas eran organizaciones laborales abiertas las veinticuatro horas del día en las que nadie preguntaba por las notas ni por la experiencia laboral previa.

Sobre todo, lo que buscaban era el respeto que la sociedad jamás les había mostrado. Hasta cierto punto, Nicolas podía entenderlos. Él se había criado con el mismo odio y la misma desconfianza hacia las autoridades.

Durante los años de adolescencia había cometido pequeños hurtos con Ivan, hasta que sus padres tomaron cartas en el asunto y lo obligaron a pedir una beca de estudios en la elitista Escuela Humanista de Sigtuna. Lo habían aceptado. El tiempo en el internado había cambiado la vida de Nicolas, consiguiendo encarrilarlo sobre las vías que terminaron por conducirlo al ejército.

Se bajó del metro, caminó despacio por el andén y cruzó el centro vacío del núcleo urbano. Esquivó los céspedes embarrados.

El pisito de Maria quedaba en la segunda planta de la residencia asistida.

Nicolas no tenía ningunas ganas de registrarse en recepción, así que echó un vistazo por encima del hombro y trepó rápidamente hasta el segundo piso por el bajante del canalón. Llamó a la puerta del balcón de Maria. A través del cristal pudo verle el cogote asomando por encima del respaldo del sofá. Como siempre, estaba viendo *Friends*. Volvió a llamar, un poco más fuerte. Nicolas hizo una mueca, ladeó la cabeza y pegó la nariz y los labios contra el cristal.

Maria se rio y se levantó con dificultad. Había nacido con una malformación de caderas que le hacía arrastrar la pierna derecha. Una ola de compasión lo recorrió por dentro mientras la veía acercarse cojeando para abrirle la puerta.

—Hola, hermana —dijo, y le dio un abrazo.

—Hola, hola —dijo ella, y se liberó.

—¿Tienes hambre?

—Sí.

—¿Bajamos al quiosco a comprarte una hamburguesa?

Caminaron uno al lado del otro por la vía peatonal. Se cruzaron con alguna que otra persona que iba a toda prisa en dirección contraria, llegada desde el metro, de camino a los bloques de pisos de alquiler que se erguían iluminados.

56

Nicolas observó que Maria se movía con más torpeza que de costumbre.

—¿Te duele? —preguntó, procurando no sonar intranquilo. Maria detestaba que se preocupara por ella.

—Sí.

—¿Quieres que te lleve a caballito?

Ella lo fulminó con la mirada. Nicolas le sacó la lengua y ella comprendió que se lo había preguntado de broma.

—Tontaina —dijo, y se rio, pero su rostro no tardó en ponerse serio otra vez—. Prométeme que no te enfadarás —dijo Maria con cuidado.

—¿Acaso me he enfadado alguna vez contigo?

—Papá está en Suecia. Quiere verte.

Nicolas se quedó callado. Se imaginó a su padre, Eduardo Paredes, delante de él. Se había ido de Suecia después de que muriera la madre de Nicolas y Maria, y había regresado a Chile. Por la pena que sentía por su esposa. Pero también por una bronca con Nicolas. Eduardo, que había huido de su país natal con motivo del golpe militar de 1973, nunca había podido aceptar que su hijo se hubiese metido a soldado.

—¿Vas a hablar con él?

Nicolas le pasó el brazo por los hombros a su hermana.

—No lo sé. ¿Te pondrías contenta si lo hiciera?

—Sí.

En el quiosco compraron una hamburguesa. Maria la devoró sin apenas masticar. Salsa y lechuga se le esparcieron por las comisuras de la boca y las mejillas. Nicolas pidió una servilleta y la fue limpiando mientras ella mordía y tragaba.

57

13

*E*l Bollo miró a Jasmina con ojos iracundos. Cuando ella lo había llamado desde el Scandic Anglais, donde en vano había tratado de localizar su mochila con el ordenador, y le había contado que el documento no estaba terminado, él le había exigido que se presentara en la redacción para dar explicaciones. La había hecho esperar ostensiblemente durante media hora antes de recibirla en la salita de paredes de cristal que colindaba con el despacho del redactor jefe.

Jasmina le había dicho que le habían robado la mochila en el autobús.

—Es completamente inaceptable.

El Bollo se puso de pie y apoyó las manos en la cintura. Jasmina lanzó una mirada furtiva a su jersey, bajo el cual se había metido papel para que la sangre del *piercing* arrancado no traspasara la tela.

—Hacía años que no topaba con semejante nivel de incompetencia —dijo él, conteniéndose—. No has sido capaz de redactar el texto y, encima, el ordenador del periódico ha desaparecido. ¿Por qué no me has llamado?

—Yo...

Él levantó las manos. Dio unos pasos hacia un lado y echó un vistazo por el cristal, hacia la redacción.

—Ya basta. Hablaré con la jefa de redacción. Te quedan días libres, ¿verdad?

Jasmina se apresuró a decir que sí con la cabeza.

—Bien. Ya te llamaremos. Espero que entiendas que necesitamos reporteras en las que podamos confiar.

—Puedo quedarme esta tarde trabajando, si quieres —dijo ella con cautela.

El Bollo resopló.

—Vete de aquí. Ya.

Max Lewenhaupt pasó por delante de la jaula de cristal. El Bollo llamó al vidrio y le hizo un gesto para que entrara. Jasmina esquivó la mirada de Max cuando se cruzaron en la puerta.

Le temblaba todo el cuerpo, sus genitales palpitaban y le dolían. Se esforzó en caminar erguida y parecer normal.

Hans Hoffman le lanzó una mirada de preocupación, se levantó de su sitio y se le acercó.

—Te acompaño afuera —dijo.

—No hace falta —susurró Jasmina.

—Lo haré igualmente.

Cruzaron la redacción, pasaron por el comedor y se detuvieron en las puertas de cristal. Los fines de semana no había nadie trabajando en recepción.

—¿Qué ha pasado?

—No me dio tiempo de terminar el texto. Y me robaron el ordenador en el autobús. Te pido perdón si te he causado algún problema.

Jasmina notó que le estaban subiendo las lágrimas. Hoffman era el compañero de la redacción que mejor la había tratado hasta el momento. La había apoyado al proponerle al Bollo que fuera ella quien redactara el artículo sobre el #metoo.

—¿Por qué no llamaste antes, para que tuvieran tiempo de reprogramar?

—No lo sé.

Saltaba a la vista que Hans Hoffman estaba confuso, que no la creía. Pero Jasmina le agradeció que no la presionara.

—¿Qué te ha dicho el Bollo?

Jasmina carraspeó. Tenía la boca seca.

—Que me llamarán.

Pulsó el botón y la cerradura emitió un chasquido.

—Jasmina, tienes mucho más talento que la mayoría de los que se han incorporado en los últimos años. Créeme. Me gustaría que me pudieras contar lo que te ha pasado. Pero si no quieres, no quieres. Y entonces no te puedo ayudar.

A Jasmina se le hizo un nudo en la garganta. Quería irse.

En el ascensor de bajada ya no pudo contener las lágrimas.

Se acabó.

En el mejor de los casos, alguien de *Kvällspressen* la llamaría tan

59

pronto como al día siguiente para decirle que no hacía falta que volviera. Y no podía culparlos. La historia que les había contado no se sostenía. Cualquier reportera sabía que, si un artículo corría el riesgo de retrasarse, lo primero que hacías era llamar al jefe de noticias. Pero Jasmina no había tenido fuerzas para inventarse otra excusa.

En el peor de los casos, acabaría en el banquillo. Seguiría en la redacción hasta el final de la suplencia, pero degradada a la edición de crucigramas o a alguna de las revistas de cotilleos.

Jasmina añoraba Växjö. Quería volver con su madre y al ambiente soporífero pero amistoso de la redacción de *Smålandsposten*.

14

*A*ntes de que las puertas del ascensor se abrieran, Nicolas ya se percató de que había alguien más en el rellano de casa.

Celine estaba recostada delante de su puerta con una gorra azul en la cabeza y el teléfono móvil en la mano. Cuando vio a Nicolas, se le iluminó la cara.

—Me he quedado encerrada fuera. Suerte que has llegado.

Nicolas pasó por encima de sus piernas estiradas, se detuvo delante de la puerta de su casa y abrió con la llave. Sentía lástima por ella, pero no podía tener a una niña de doce años en el piso.

Además, la cháchara de Celine lo volvería loco. Necesitaba estar tranquilo, reflexionar sobre cómo iba a gestionar el encuentro con su padre.

—¿Nicolas? —dijo Celine en tono lastimoso—. Me han quitado las llaves. No me las he dejado, lo juro.

Él cerró la puerta y colgó la chaqueta en el recibidor, se sentó en el sofá. Llamaron al timbre. Nicolas recostó la cabeza en el respaldo. Cerró los ojos. Pasaron unos segundos de silencio y luego volvió a sonar el timbre. La ranura del buzón se abrió.

—Vamos, déjame entrar. Venga. Aquí fuera es un rollo.

—Sal a esperar al patio.

—Está lloviendo.

Celine continuó llamando al timbre, a intervalos cada vez más cortos. A los dos minutos Nicolas comprendió que no pensaba rendirse. Se levantó y fue a abrir.

—Gracias —dijo ella, y se coló en el piso.

Nicolas volvió al sofá mientras Celine se quitaba los zapatos. Cuando entró en el salón se quedó quieta, se llevó una mano a la boca y soltó una risita. Él la miró sin entender.

61

—¿Qué pasa?

—La tele. Es una de esas gordas.

—¿Y cuál es el problema?

—Solo las había visto en las pelis —dijo, y se sentó a su lado—. ¿Dónde está el mando a distancia?

La niña olía fuerte a sudor. Nicolas se apartó un poco.

—Si la quieres mirar, levántate y pulsa el botón. Pero baja el volumen. Necesito calma.

—Puedo cocinar algo, si lo prefieres —dijo, y fue hasta la nevera—. Mi padre dice que los musulmanes pegáis a vuestras mujeres y dejáis que se encarguen de todas las tareas domésticas.

—Primero, eso no es correcto. Segundo, yo no soy musulmán, mi padre es de Chile, y allí la mayoría son católicos. Tercero, tu padre te pega a ti.

Celine abrió la nevera.

—Y en casa también soy la única que limpia y cocina —dijo Celine, y volvió a cerrar—. Dame dinero. —Alargó una mano—. Voy a comprar huevos. Y aceite.

Nicolas tenía hambre. Tan solo con que no le echara tanta sal, podían sentarle bien unos huevos revueltos. Salió al recibidor, sacó cien coronas y le clavó la mirada mientras Celine se ponía la chaqueta.

—Yo echaré la sal. Y si compras algo más con el dinero, te quedarás esperando en el rellano. Huevos y aceite. Nada más.

—Lo juro por nuestra amistad —dijo Celine, y se santiguó.

Nicolas no pudo evitar reírse un poco.

Celine casi había cerrado la puerta cuando él la llamó por el nombre. La puerta se abrió de nuevo y Celine asomó la cabeza.

—¿Sí?

—Compra un desodorante, también.

—¿Por?

—Porque apestas. Por eso se meten contigo en el colegio.

—¿Tú crees?

—No, lo sé. Huele como si se te hubiese metido un animalillo en el sobaco y se hubiese muerto.

Ella se rio entre dientes, bajó la cremallera de la chaqueta, se olfateó la axila e hizo una mueca.

—Sí, la verdad es que apesta.

Υ

Cuando Celine hubo vuelto, Nicolas la mandó al cuarto de baño con el desodorante, le dijo que se lavara las axilas y luego se lo pusiera. Comieron en silencio, viendo el canal SVT y con los platos en el regazo. De vez en cuando Celine levantaba el brazo y se olía satisfecha.

—¿Quieres oler?

—Estoy bien así, gracias —dijo Nicolas, y esbozó media sonrisa.

Se preguntaba por qué el padre de Celine pasaba tanto tiempo fuera de casa. Sus problemas con el alcohol saltaban a la vista, costaba entender que pudiera conservar un trabajo. Pero Nicolas no quería preguntar; si Celine empezaba a hablar, ya no paraba. Al final los platos quedaron vacíos, y él los metió en el lavavajillas mientras ella se tiró en el sofá.

—¿Puedo cambiar de canal?

—Mientras no subas el volumen.

—¿Jugamos a algún juego?

—No.

Llamaron a la puerta.

—Creo que es mi padre —susurró Celine con los ojos brillando de miedo.

Nicolas reconocía esa mirada. Sabía lo que era ser pequeño y estar abandonado.

Los golpes en la puerta aumentaron de intensidad. Nicolas le puso una mano en el hombro a Celine. No podía permitir que su padre siguiera maltratándola. Era una niña. Una niña sola. Se avergonzaba de no haber actuado antes. De haber sido tan egoísta.

—Voy a hablar con él —dijo Nicolas.

—Abre la puerta, puto pederasta —gritó el padre de Celine por la obertura del buzón.

Nicolas abrió. Un puño dirigido a la puerta se detuvo en mitad del movimiento y retrocedió.

—¿Por qué cojones tienes a mi hija en tu casa, puto árabe? Ya sé lo que queréis la gente como tú, lo que hacéis con las niñas pequeñas —rugió el hombre.

Estudió a Nicolas con asco en la mirada. Tenía la boca abierta, el pelo apuntando en todas direcciones. Nicolas permaneció tranquilamente donde estaba.

63

—Aparta.

El padre de Celine intentó meterse en el piso. Nicolas le puso una mano en el pecho y lo sacó de un empujón al rellano. No quería que Celine viera lo que pasaba y cerró la puerta al salir.

—No me toques, moro asqueroso.

El hombre cerró los puños y lanzó un golpe. Nicolas dio un paso hacia él y le cazó el brazo. Lo retorció. Aplastó la cara del hombre contra la pared, al mismo tiempo que sentía la rabia y las ganas de hacer daño esparciéndose como un fogonazo por su cuerpo.

—Tendrás que cuidar mejor de tu hija si no quieres que venga aquí —dijo.

El hombre intentó girar para liberarse.

—¡Suéltame! —gritó.

Nicolas subió más el brazo. El padre de Celine jadeó de dolor, se puso rojo.

—Si vuelvo a oírla llorar una sola noche más, saltaré a tu balcón, reventaré la ventana y te estrangularé. ¿Te ha quedado claro?

El hombre respiraba con dificultad, parecía haber comprendido que no valía la pena oponer resistencia. Asintió en silencio con las mandíbulas apretadas. Nicolas lo soltó y se arregló un poco el jersey. Celine estaba en el pasillo, tenía la mochila colgada al hombro.

—Me parece que ya me voy —dijo.

Pasó cabizbaja por al lado de Nicolas.

—¿Celine?

La niña se volvió para mirarlo.

—¿Sí?

Nicolas sonrió.

—¿El desodorante?

—Lo tengo en la mochila.

$\mathcal{V}$anessa cogió el ejemplar de *Dagens Nyheter* que no había podido leer por la mañana en el bar McLaren, en Surbrunnsgatan. Saludó al dueño, Kjell-Arne, le pidió el plato de siempre de hamburguesa con extra de queso y después se sentó a una mesa con ventana.

—Hemos añadido una opción vegana al menú: pasta de legumbres con salsa de tomate —dijo Kjell-Arne lleno de orgullo.

Vanessa levantó la vista del periódico y estudió el menú que el de la provincia de Norrland le había dejado en la mesa.

—¿Lo han pedido los clientes?

—No, pero yo digo lo mismo que el fabricante de coches Henry Ford. «Si les hubiese preguntado a mis clientes lo que querían, me habrían dicho caballos más rápidos.»

Vanessa sentía simpatía por los intentos de Kjell-Arne de renovar el McLaren, aunque dudara mucho que alguien fuera a pedir la pasta vegana. La mayoría de los clientes eran medio alcohólicos que vivían de las prestaciones sociales y las pensiones de invalidez y que se aferraban a los pocos pisos de alquiler que el barrio de Vasastan tenía que ofrecer. Al McLaren iban para tomarse una cerveza a la espera de que sus pisos se convirtieran en cooperativas de viviendas y se vieran forzados a mudarse a la periferia. Probablemente, el garito olía mejor cuando aún no se aplicaba la prohibición de fumar.

—El bar es tuyo. Haz lo que quieras.

—¿Lo vas a probar? Podrías ser la primera clienta de la historia del McLaren en pedir algo vegano.

Vanessa esbozó una sonrisa. Kjell-Arne le caía bien. Si podía hacerlo feliz comiéndose su pasta vegana, habría merecido la pena.

—Dale.

Kjell-Arne cerró los puños en el aire, recogió el menú y se metió a toda prisa en la cocina.

—No te arrepentirás —gritó por encima del hombro—. Si te gusta, la casa te invita a una porción extra.

Dado que Karim Laimani no había sido capaz de presentar una coartada sólida, habían llamado a la Científica para que examinaran su celda. Vanessa no tenía grandes esperanzas de que fueran a encontrar nada. Karim Laimani era un criminal profesional, dominaba las labores policiales y las pruebas técnicas. Si había matado a Emelie, difícilmente se presentaría en la penitenciaría con la misma ropa que había llevado durante el asesinato.

Sin embargo, no carecía de móvil. Emelie lo había dejado por otro. Vanessa y Ove habían quedado con Ilan, el novio nuevo, el lunes al mediodía.

A Vanessa le costó concentrarse en el periódico. El cuerpo destrozado de Emelie le venía una y otra vez a la mente.

Toqueteó el teléfono, sopesó la opción de escribirle algo a Natasja para saber cómo se encontraba. Pero no se vio capaz. Con tal de que la niña pudiera empezar de nuevo, estaba obligada a cortar todos los lazos con ella. Aun así, Vanessa no podía desprenderse de la sensación de haber sido abandonada. Sabía que no estaba siendo razonable. No se podía culpar a una adolescente que había huido de su país de volver a él al descubrir que su padre seguía con vida.

Vanessa le dio la vuelta al teléfono, clavó los ojos en el periódico y trató de borrar tanto los recuerdos de Natasja como los de Emelie Rydén.

El móvil comenzó a vibrar.

—Buenas, Frank —dijo Ove. De fondo se oían voces de niños.

—Qué tal.

—Acabo de hablar con los técnicos —empezó Ove, pero se vio interrumpido por una mujer—. Y… espera… no, yo no me como ni un solo trozo de salchicha de Falun, cariño. La estoy asando para los niños.

La mujer de Ove soltó una retahíla de palabras que se vieron ahogadas por el ruido del extractor.

—Entonces Liam lo ha visto mal, me la he puesto entre los dientes para ver si estaba lo bastante hecha. Tengo muy claro que a mí esta noche me toca ensalada.

Vanessa sonrió.

—*Sorry*. Mi casa está secuestrada por los modales de la Stasi, ya no te puedes fiar de nadie. Al grano: me han llamado los técnicos. ¿Adivinas qué han encontrado bajo los zapatos que Karim llevaba puestos al volver del permiso? Sangre. Y un pelo largo que podría ser de Emelie.

—Ese puto malnacido —murmuró Vanessa.

—La prensa se va a poner como loca si se confirma que ha sido él. En cualquier caso, el Instituto Forense ha prometido que se darán prisa. En principio la respuesta llegará mañana mismo.

Las estadísticas apuntaban a que había sido Karim. En Suecia, el año anterior habían sido asesinadas veintidós mujeres a manos de sus maridos o exmaridos. Por norma, seis de cada ocho mujeres asesinadas habían pedido ayuda previa a la policía, en los hospitales o a los Servicios Sociales.

Emelie había ido al médico en dos ocasiones como consecuencia de los malos tratos de Karim Laimani.

Un archiconocido y violento miembro de una banda que mataba a su expareja durante el permiso —tres semanas después de que ella cortara con él— era un auténtico escándalo.

Kjell-Arne salió de la cocina con un plato en la mano. Su cara irradiaba orgullo, como si estuviera mostrando al mundo a su primer hijo recién nacido.

—Gracias por llamar, Ove, yo también voy a comer ahora. Nos vemos.

—¿Qué te toca?

—Adiós, Ove, nos vemos mañana —dijo Vanessa, y colgó.

Kjell-Arne dejó el plato en la mesa con sumo cuidado delante de Vanessa.

—*Voilà.*

—Tiene buen aspecto —señaló ella.

Kjell-Arne la observaba con expectación. Vanessa comprendió que el hombre no pensaba irse de allí hasta que ella le hubiera dado su opinión, por lo que cogió los cubiertos, enrolló unos cuantos espaguetis con el tenedor, los sopló ligeramente y se los metió en la boca.

Sabía exquisito.

—Muy rico.

—*Yes!* —Kjell-Arne volvió a cerrar un puño en el aire—. Te lo dije. Avísame si quieres más.

16

Gotas de lluvia microscópicas caían del cielo gris. Nicolas caminaba con la capucha puesta y las manos metidas en los bolsillos de su bómber negra. Dos chicos pasaron por su lado a toda velocidad abrazados en un patinete eléctrico.

A la derecha se abría la bahía de Nybroviken. Barcos turísticos medio vacíos se alejaban por las aguas de Ladugårdsviken de camino al archipiélago. Nicolas había dedicado su lunes libre a deambular durante horas por el desolado barrio de Djurgården, tratando de sacar en claro cómo iba a lidiar con Ivan y con su padre. Pero los paseos bajo la lluvia no le habían ayudado ni con lo uno ni con lo otro.

Cuando cruzó el paso de peatones delante del teatro Dramaten para regresar al metro y volver a casa, un hombre con un abrigo azul marino se detuvo a su lado.

—¿Nicolas?

Magnus Örn era uno de los primeros mandos que Nicolas había tenido en el SOG. Un hombre afable pero brusco que rondaba los cincuenta y que había pasado toda su vida laboral en el ejército sueco. Nicolas ahogó el impulso de llevarse la mano a la frente y hacerle un saludo militar, y la tendió hacia Magnus, quien se la estrechó con afecto.

—Oí que ya no estás en Karlsborg —dijo Magnus, refiriéndose a la ciudad de la provincia de Västergötland en la que estaba ubicada la Unidad de Operaciones Especiales.

—Correcto.

—¿Y ahora? ¿En qué trabajas?

—Estoy en una empresa de mudanzas.

Aunque Magnus Örn quedara sorprendido, lo disimuló bien.

—AOS Risk Group —dijo, se quitó el guante de piel y, con movimiento elegante, sacó una tarjeta que puso en la mano de Nicolas—. Londres. El cambio de ambiente me vino bien. El sueldo es increíble. Deberías considerarlo. Una persona con tus méritos y tu formación sería útil, por decirlo suavemente. Llámame. Si no estás a gusto cargando muebles, quiero decir, que no tiene nada de malo. Supongo que puede ser terapéutico.

Nicolas se quedó mirando la espalda de Magnus Örn mientras se alejaba. Se metió la tarjeta en el bolsillo de los vaqueros, se subió de nuevo la capucha y continuó en dirección al metro. A apenas cien metros de allí, en Biblioteksgatan, quedaba Relojes Bågenhielm, donde le había echado el guante a la lista de clientes exclusivos de la relojera, que por miedo a quedar en evidencia no había denunciado el atraco.

Pero Vanessa Frank había entendido qué estaba pasando. Había estado a punto de atrapar a Nicolas. Y lo había convencido para que cambiara de bando. Si en ese momento no estaba encerrado en el Centro Penitenciario de Åkersberga, como Ivan, era gracias a ella. No pasaba un solo día sin que pensara en Vanessa con agradecimiento. Pero no podía ponerse en contacto con ella. El riesgo era demasiado grande. Al fin y al cabo, era policía.

En Suecia no había sitio para Nicolas.

Londres, en cambio... Estaría tan solo a unas pocas horas de viaje de Maria. Desde que lo echaron del SOG había estado buscando un sentido a su vida. No sabía nada de AOS Risk Group, pero entendía que era una de las muchas empresas de seguridad que había en la capital británica.

Ya no tendría que vigilar su espalda. Ni cargar con muebles. Y si el sueldo era tan bueno como le había insinuado Magnus Örn, tendría dinero suficiente para mandarle una parte a Maria.

Sin duda, era una posibilidad que merecía considerarse.

En las escaleras mecánicas, de camino al andén, lo llamaron al móvil.

—Soy tu padre —dijo en español una voz que llevaba más de diez años sin oír.

¿Cuántas noches se había pasado en vela imaginando este momento? Sabiendo exactamente lo que iba a decir, los argumentos, convencido de que le pediría a su padre que lo dejara en paz, echándole en cara que había hecho su elección en el momento en que había dejado

69

a Nicolas y a Maria solos, tras la muerte de su madre. Pero todas las frases ensayadas de antemano parecían haberse esfumado.

—Nicolas —dijo su padre nervioso—. ¿Estás ahí?

—Sí.

—Sé que las cosas entre nosotros no han ido bien. Pero estoy en Suecia, por ti y por Maria, y quiero verte. Tenemos que hablar.

—¿Ahora?

—Ahora mismo no puedo, a lo mejor…

—Me refiero a por qué ahora, después de todos estos años, quieres quedar para hablar.

El tren entró a toda velocidad en la estación. Nicolas cambió de andén.

—Nicolas. Me gustaría mucho hablar contigo. Significaría mucho para mí.

Nicolas se pasó la mano por el pelo corto de la nuca.

—Me lo pensaré —murmuró.

Su voz salió ronca, frágil.

—Vamos. Soy tu padre.

—Te he dicho que me lo pensaré.

Colgó. Apretó el teléfono en la mano mientras se dejó caer en un banco y se quedó mirando al vacío. Puede que su padre estuviera enfermo. O quizá la enfermedad lo había hecho darse cuenta de las cosas. Dos trenes pasaron, se llenaron de pasajeros y continuaron sin que Nicolas se levantara del sitio.

«Por Maria —pensó—. Por Maria, nadie más.»

Le mandó un mensaje de texto a su padre: «Nos vemos mañana en el café Giovanni de la Estación Central a las 14.00 horas».

17

*E*l piso de una sola habitación de Ilan Modiris quedaba en Woll-
mar Yxkullsgatan, en el barrio de Södermalm. Sin antecedentes, trabajaba de informático y por no tener no tenía ni una multa de aparcamiento sin pagar. A Vanessa le parecía que su cara era simpática,
con barba negra muy tupida y ojos afables de color castaño. Tenía el
cuerpo largo y delgado, al borde de lo escuálido.

Se le notaba que había estado llorando: tenía el blanco de los ojos
enrojecido.

—Disculpa la vestimenta —dijo, haciendo un gesto hacia su
pantalón de chándal gris.

Los invitó a pasar a una estancia austeramente amueblada, con
rincón de cocina y dormitorio. El único adorno de pared que tenía
era un póster de *Matrix*.

Olía a cerrado, Vanessa reprimió un impulso de acercarse a una
ventana y abrirla. Ilan señaló el sofá, fue a buscar una silla de oficina en el escritorio y se sentó en ella.

Ove le explicó que interrogaban a Ilan a modo informativo y no
como sospechoso de nada.

—No, supongo que está bastante claro quién lo ha hecho —dijo,
conteniéndose.

—¿Quién? —preguntaron Ove y Vanessa al unísono.

—Karim.

—¿Qué te ha contado de él? —preguntó Vanessa.

Ilan descansó las manos en las rodillas y soltó un suspiro.

—No mucho. Me dijo que vivía en el extranjero. Pero compren-
dí que había algo sospechoso con el tipo, así que llamé a la Seguridad
Social. Y ahora me avergüenzo, joder. Pero una mañana, mientras
ella se estaba duchando, le miré el móvil. Había recibido un montón
de amenazas.

—¿No te entró miedo?

Ilan les lanzó una sonrisa torcida, triste.

—Desde luego que sí. Por eso les pregunté a mis jefes si había alguna vacante en Malmö.

—¿Pensabas cortar con ella?

Ilan se los quedó mirando extrañado antes de negar con la cabeza.

—No, claro que no. Iba a llevarme a Emelie y a Nova. Hablamos de ello la noche que la asesinaron.

—¿Ella quería?

—Sí.

—¿Te pareció que estaba intranquila o nerviosa? —quiso saber Ove.

Ilan se lo pensó un momento.

—Solo parecía contenta. Obviamente, se sorprendió cuando se lo pregunté, no llevábamos demasiado tiempo saliendo, pero yo noté enseguida que había algo especial en ella. —Se quedó un momento callado—. O mejor dicho, en mí cuando estaba con ella.

72   Media hora más tarde se despidieron. Justo cuando Ilan iba a cerrar la puerta se detuvo.

—Tengo que preguntarlo. ¿Cómo está Nova y dónde está?

Vanessa miró de reojo a Ove.

—Está en casa de sus abuelos, que yo sepa. Me parece que aún no ha entendido del todo lo que ha pasado.

Ilan sonrió. Luego su rostro se puso serio.

—Hace un tiempo leí que algunos maridos que asesinaban a sus esposas acababan consiguiendo la custodia de los hijos. ¿Podría pasar eso con Nova?

El Ford de Ove estaba aparcado delante del hotel Rival en la plaza Mariatorget.

Fuera del coche, la gente corría para refugiarse de la lluvia, que de pronto había empezado a caer a cántaros. Ove metió la llave en el tambor y justo iba a girarla cuando se detuvo en mitad del movimiento y se palpó el bolsillo del pecho.

Sacó el móvil, miró la pantalla, respondió y se lo pasó a Vanessa.

—Soy Trude Hovland —dijo una mujer con acento noruego. Vanessa comprendió que era la técnica con la que había coincidido en el piso de Emelie.

—Sí, hola —dijo Vanessa—. Ove está conduciendo. Soy Vanessa Frank.

Ove avanzó a paso de tortuga por Hornsgatan; el limpiaparabrisas trabajaba frenéticamente.

—Ah. Hola. —Trude parecía desconcertada, pero enseguida se repuso—. Sí, he recibido respuesta del Instituto Forense. La sangre en la suela del zapato de Karim es de Emelie.

Vanessa miró a Ove y asintió en silencio.

—¿Y el pelo?

—También.

—Gracias. Llamaré al fiscal.

Vanessa colgó y se volvió hacia Ove.

—Ya lo he oído —dijo él, y giró en dirección a Södermälarstrand.

Vanessa le devolvió el teléfono. Pensó en la foto de Emelie que había visto en el piso. La sonrisa bonita, fresca. Borrada. Para siempre. Y en alguna parte estaban su madre y su padre, lidiando con la pena y el *shock*.

Cada noche Vanessa se había inclinado sobre el rostro dormido y apacible de Adeline y le había susurrado que ella la protegería de todo. Pero Vanessa había fracasado, igual que los padres de Emelie. Karim Laimani había asesinado a su hija. Y al mismo tiempo, les había arrebatado la vida a ellos.

Las personas solo tienen una vida, pero los padres y las madres pueden morir dos veces.

La lluvia azotaba la superficie oscura del agua, el ruido del motor se vio superado por un trueno.

Ove soltó una risotada.

—¿En qué piensas?

—En los imbéciles de remate que hace unos miles de años subieron a este jodido lugar congelado y pensaron que sería un buen sitio donde establecerse.

73

18

*N*icolas se detuvo en la puerta. Eduardo Paredes estaba sentado de espaldas a la entrada del café Giovanni. El mobiliario y la decoración parecían sacados de una película de los años cincuenta. Una barra de zinc corría todo a lo largo de la corta pared, los muebles eran oscuros, robustos. Camareros repeinados y vestidos de blanco hacían cola esperando a atender a los clientes.

Todavía estaba a tiempo de dar media vuelta. Detrás de él, la Estación Central estaba abarrotada de gente que corría con maletas en la mano. Pero dio unos pasos al frente.

—Hijo mío —dijo su padre, y sonrió.

Eduardo Paredes se puso en pie, abrazó enseguida a Nicolas, quien notó su cuerpo más pequeño y más débil de como lo recordaba. Los pocos abrazos que había recibido de pequeño eran abrazos de gigante. Un gigante que podía estallar en gritos en cualquier momento. Patear sillas que se empotraban en la pared, clavar el puño en la mesa con un bramido, levantarse y desaparecer durante días.

Eduardo Paredes señaló la silla vacía del otro lado de la mesa. Nicolas tomó asiento.

—¿Qué hace... diez años que no nos vemos? —preguntó su padre.

—Once.

Nicolas apartó la mirada al mismo tiempo que recordó la última vez, en el piso de Sollentuna. Su madre había muerto apenas unas semanas antes. Nicolas estaba haciendo el servicio militar en las fuerzas especiales y le explicó a su padre que tenía intención de quedarse en el ejército.

«Traidor», le había espetado Eduardo. Se había dado la vuelta. Le había aguantado la puerta abierta y Nicolas había salido del piso. Un tiempo más tarde este se enteró de que su padre se había mudado de vuelta a Chile. Jamás lo perdonaría por haber abandonado a Maria.

Ahora era por su hermana por lo que Nicolas estaba aquí. Ella quería que los pedazos de su familia se reconciliaran. Para Nicolas bastaba con una explicación. Se sorprendió ante la fuerza que tenía la presencia de su padre, cómo le afectaba, convirtiendo a Nicolas en un niño indefenso otra vez.

Un perdón. Era todo lo que necesitaba. «Perdón por haberos dejado solos a ti y a tu hermana después de la muerte de vuestra madre. Solo teníais dieciocho y diecinueve años. Cometí un error.»

Al mismo tiempo, no podía dejar de pensar en que el padre estaba gravemente enfermo. Y que era una da las razones por las que había querido verlo. Observó intranquilo el rostro de Eduardo para encontrar indicios de la dolencia.

—¿Todavía eres militar?

Nicolas dijo que no con la cabeza. Un camarero se les acercó. Nicolas pidió café. Solo.

—Me alegro. En cualquier caso, te he perdonado. Necesito tu ayuda con un asunto.

Eduardo se estiró para coger su taza de café, tomó un trago. Dejó que la punta de su lengua buscara una miga de pan extraviada en la comisura de su boca.

—En verdad es una chorrada, pero estoy en un aprieto —dijo Eduardo Paredes en español—. Un amigo mío aquí en Suecia ha constado como cuidador de Maria. Dinero fácil, ya sabes. Unos pocos miles de coronas al mes que he necesitado en Chile. Pero ahora mi amigo se ha metido en problemas. Necesito que alguien dé fe de que ha estado cuidando a Maria. Y convencerla para que ella haga lo mismo. Significaría mucho para mí.

Eduardo Paredes se sacó un papel del bolsillo interior, lo dejó sobre la mesa y lo giró para darle la vuelta.

Nicolas notó que le temblaban las manos. Las escondió debajo de la mesa.

—¿Por eso fuiste a verla?

—Aún no le he dicho nada a Maria, lo mejor es que tú hables con ella. Como te decía, Nicolas, tengo problemas. Esto es una oportunidad para empezar de nuevo, tú y yo, poner las cosas en su sitio. Lo único que tienes que hacer es firmar eso.

Señaló la línea que había al final del papel. El camarero volvió con el café. La taza tintineó cuando la dejó en la mesa delante de Nicolas, que estaba mirando fijamente el folio de papel.

¿Por qué no podía decir nada? ¿Por qué estaba como petrificado? Su padre estaba intentando convencerlo para cometer un delito. Durante todos los años que llevaba desaparecido, Eduardo había estado sacándole dinero a Maria. Aprovechándose de su situación.

Nicolas se aclaró la garganta.

—¿Por eso has venido a vernos? —preguntó una vez más, señalando rápidamente el papel—. ¿Por esto?

Su voz le resultaba desconocida. Forzada.

El padre asintió con la cabeza.

Nicolas respiró hondo. Apretó tanto los puños que las uñas se le clavaron en las palmas.

—Aléjate de nosotros. No vuelvas a ponerte en contacto con mi hermana ni conmigo, nunca más.

Nicolas cogió la taza de café y vertió todo el contenido sobre el folio. Se levantó y salió de allí.

PARTE II

Pronto cumpliré treinta años. Pronto mis mejores años habrán quedado atrás, y ni siquiera he estado cerca de una mujer, ni como novio, ni como rollo de una noche. No me quieren. Y lo dejan muy claro. Puede que no me odien, pero me desprecian, lo cual es peor.

HOMBRE ANÓNIMO

1

*L*a pizzería Grimaldi no quedaba lejos de la estación de meto de Bredäng. En el local había nueve mesas cubiertas con manteles rojiblancos, un mostrador de cristal con ensalada de col y tarritos de plástico con salsa. Las paredes estaban recubiertas de empapelado de ladrillo, en las que había pósteres de fútbol y boxeo, la mayoría de Zlatan Ibrahimovic y Muhammad Ali.

Eran las cinco y cuarto de la tarde cuando Nicolas se pidió una Vesubio para llevar y se acomodó a una mesa vacía cerca de los servicios. Se había levantado a las cinco de la mañana. Había ido a buscar el camión. Había estado subiendo y bajando muebles en un portal del barrio de Kungsholmen. Estaba hecho polvo. Anhelaba la cama. Otra vida. No podía continuar así; vigilando siempre la espalda, preocupándose por si lo detenían por vinculación con los secuestros.

Nicolas sacó la tarjeta de visita que le había dado Magnus Örn y marcó el número en su teléfono móvil.

—Nicolas —dijo Magnus cuando comprendió quién era—. Me alegro de que me llames.

—No me importaría que nos viéramos.

—¿Qué te parece la semana que viene?

—¿En Londres?

—No, no. Estaré en Estocolmo. Te llamo y miramos un día que nos vaya bien a los dos.

Sonó la campanilla de la puerta.

Dos hombres y una mujer, los tres de unos veinticinco años, entraron en la pizzería.

Ellos parecían colocados. Tenían los ojos rígidos. De poco fiar. A Nicolas le vino Ivan a la mente. Había decidido no quedar con él.

Nada bueno podría salir de ese encuentro. No le interesaba lo que Ivan tuviera que contarle. Nicolas miró de soslayo a la chica. Era guapa, cabello castaño ondulado que caía por su espalda. Ojos azules y radiantes. Cogía a uno de los hombres de la mano.

—¿Vais a comer aquí? —preguntó el pizzero.

—Sí.

Se sirvieron ensalada de col en los platillos, cogieron sendos refrescos de la nevera y se sentaron en el compartimento del fondo del local.

Nicolas reprodujo la conversación que había mantenido con su padre, pese a que habían pasado dos días. No valía la pena explicárselo a Maria. Solo se sentiría dolida. Tonta, puesto que había sido ella quien había querido que Nicolas se encontrara con él.

Al cabo de un rato, uno de los hombres se levantó, pasó junto a Nicolas y se metió en el lavabo. A través de la fina puerta, Nicolas pudo oír que bajaba la tapa. El hombre murmuró algo antes de esnifar ruidosamente.

Después esnifó sin disimulo, tiró de la cadena y salió.

Justo cuando pasaba por su lado, Nicolas giró la cabeza al oír de nuevo la campanilla de la puerta de entrada.

Un hombre vestido de negro, con gorra y bufanda subida hasta la nariz, entró en el local. Llevaba el brazo oculto pegado al costado. Cuando se encontraba a medio metro del hombre, levantó el brazo y disparó. El hombre recibió el tiro en el cogote y salió despedido hacia delante sobre una mesa vacía que terminó volcando.

Los comensales de la pizzería gritaban y trataron de protegerse debajo de las mesas. El pizzero entró corriendo en la cocina. Había una mujer tumbada bocabajo, cubriéndose la cabeza con las manos e hiperventilando.

El tirador continuó hacia el interior del local, en dirección a la pareja que se acurrucaba en el compartimento.

Nicolas permanecía en su sitio, mirando al hombre abatido. Sangre y masa gris salían de su cogote y se esparcían por el suelo brillante de linóleo.

Al caer, el jersey se le había subido por la cintura, dejando al descubierto una Glock negra que llevaba en las lumbares.

Nicolas se encontraba a dos metros del arma. Miró al tipo vestido de negro, que le estaba dando la espalda. Al otro lado de la ventana, sobre un ciclomotor, había otro hombre de negro esperando, con la mirada fija en la pizzería.

Nicolas comprendió que se trataba de un ajuste de cuentas. El tirador iba a terminar el trabajo, matar al otro hombre, salir del local y subir de acompañante a la moto. Drogas. Mujeres. El sentimiento de que le hubieran faltado al respeto. Cualquier cosa podía haberlos traído hasta aquí. No había nada que Nicolas pudiera hacer. Si intervenía, la policía le pondría los ojos encima, con un poco de mala suerte lo relacionarían con los secuestros del año anterior. No podía arriesgarse a que hicieran un registro en su piso. Tenía la bolsa con las últimas cincuenta mil coronas y un revólver. Maria no tenía a nadie más que a Nicolas. Lo necesitaba más que nunca.

La pareja en el compartimento levantó las manos.

El tirador avanzó con el arma en ristre, no se dio ninguna prisa. El olor a pólvora escocía en la nariz.

Nicolas clavó la mirada en la mujer. Estaba pálida. Abrió la boca, hizo ademán de decir algo, pero no le salió palabra alguna. Nicolas sufría por ella. Probablemente no tenía nada que ver, solo había tenido el mal criterio de enamorarse del tío equivocado.

El hombre del compartimento se puso de pie, desafiante. Pero de pronto fue como si se le cayera la máscara y se diera cuenta de que estaba a punto de morir. Nicolas apartó la mirada. Ya había visto suficiente derramamiento de sangre. Aquí. Y antes.

El disparo resonó y Nicolas alzó por instinto la cabeza.

La bala le había acertado en el pecho, el hombre salió arrojado hacia atrás. Se quedó tendido, el cuerpo sufrió varios espasmos. La mujer iba moviendo los ojos del arma a su novio muerto. El tirador se puso de pie con las piernas separadas encima de él y le metió una segunda bala en el esternón.

La mujer jadeaba sonoramente.

—Pronto habrá terminado —murmuró Nicolas, y echó un vistazo rápido por la ventana.

Pensaba que el tirador iba a dar media vuelta y abandonar el local, pero en lugar de eso apuntó con el arma a la cabeza de la mujer.

—No —gritó ella—. No, por favor.

Se pegó a la pared, se hizo un ovillo, alzó las manos por encima de la cabeza y suplicó por su vida.

Nicolas miró fijamente la Glock del hombre que yacía en el suelo

81

y que asomaba de la cintura de su pantalón. Tenía el objetivo a tiro, a menos de diez metros de separación, y sabía que a esa distancia jamás fallaría.

Tenía que tomar una decisión.

2

Tom Lindbeck estaba solo en la sala del Grand. En la pantalla iban corriendo los títulos.

¿Por qué la gente no podía mostrar un poco de respeto por las personas que habían trabajado en la película? No se levantó hasta que desapareció la última línea. Las palomitas crepitaron bajo sus pies y la zapatilla golpeó un recipiente de refresco. Tom se agachó y lo llevó hasta la papelera de la salida.

En el vestíbulo, los espectadores se ponían la chaqueta, se quedaban charlando en grupitos o salían a la tarde de abril. Katja, la sobrina de veintiún años de Tom, lo estaba mirando impaciente. El cine había sido su regalo de cumpleaños para celebrar los treinta y tres.

—¿Vamos a algún bar a tomar algo? —le preguntó ella.

—Pero solo una. Luego tengo entreno.

En la avenida Sveavägen, la lluvia caía en gotas microscópicas. Tom se puso la chaqueta, se cerró la cremallera hasta la nuez y se echó la bolsa de deporte al hombro.

Cruzaron la calle y se dirigieron a la plaza Sergels Torg. A la altura de la placa conmemorativa donde asesinaron a Olof Palme, Tom aminoró el paso y oteó las escaleras que ascendían. Se imaginó al asesino del primer ministro subiendo a toda prisa hacia Malmskillnadsgatan. Esfumándose. De pequeño, Tom había soñado con construir una máquina del tiempo, regresar hasta la noche del asesinato y atrapar al asesino. Convertirse en un héroe aclamado.

Encontraron un pub irlandés en Kungsgatan, el Galway's. El local estaba medio lleno. Techo bajo. Panel de madera. Compartimentos con asientos de cuero verde. Pantallas de televisión. The Pogues sonando por los altavoces. La almohadilla de cuero crujió cuando Tom se acomodó en el asiento. Sacó el teléfono móvil, como hacía siempre que visitaba un sitio nuevo. En parte, por curiosidad, y en parte, porque le infundía una sensación de control. La página web del pub se enorgullecía de que varios miembros de la plantilla fueran auténticos irlandeses y que la barra era una de las más largas de Estocolmo.

Katja volvió y deslizó un vaso de agua con cubitos de hielo para Tom. Ella le dio un trago largo a su cerveza y se limpió la espuma del labio superior.

—¿Quieres oír un cotilleo?

Se inclinó hacia delante y bajó la voz.

—¿Sabes con quién se está acostando Rakel?

Tom ignoró lo absurdo que sería que lo supiera y se limitó a decir que no con la cabeza. Le vino la imagen de la amiga de Katja. Una chica diez. Inalcanzable para tíos normales y corrientes.

—Con el presentador de tele Oscar Sjölander, el de TV4, ya sabes. Qué flipada. Está casado, dos hijas.

Katja se reclinó a la espera de la reacción de Tom. No hubo ninguna. No le sorprendía: Oscar Sjölander era uno de esos a los que todas las chicas deseaban.

—Rakel cree que va a dejar a su mujer por ella. Está un poco prendada. ¿Sabes lo que dicen de él en el foro Flashback?

Tom volvió a decir que no y se llevó el vaso de agua a la boca.

—Por lo visto estuvieron a punto de encerrarlo por lo del *Metoo* —dijo Katja—. No puede controlar la polla. Y le pega a su mujer. Supongo que solo es cuestión de tiempo antes de que le zurre también a Rakel. Si es que no se cansa antes y la deja.

Tampoco eso sorprendía a Tom. A las mujeres les importaba un carajo si los hombres eran buenos tipos. Se trataba de otras cosas: dinero, trabajo. Qué coche tenías. Qué ropa te ponías. Tom era feo, por mucho que hubiese mejorado su aspecto a base de entreno frenético y regular. Lamentablemente, no le había servido de nada en lo referente a mujeres. Ellas querían a hombres como Oscar Sjölander: ricos, famosos y seguros de sí mismos. Que trataban de puta pena a la gente de su entorno. Katja podía fingir estar afectada, pero la triste verdad era que, si ella hubiese tenido la oportunidad, también se habría abierto de piernas para el presentador.

—¿Tú estás saliendo con alguien? —preguntó Katja.

—Sí.

Katja pareció sorprenderse, agitó el dedo índice para que continuara.

—Se llama Henrietta.

—¡Qué bien! —exclamó Katja—. ¿Os conocisteis en Tinder?

Un par de meses atrás, Katja le había abierto a Tom un perfil en Tinder. Pero su sobrina lo había configurado para mujeres de entre veintisiete y cuarenta. Separadas. Desechadas. Tom prefería mujeres jóvenes. Igual que todos los hombres, aunque no lo dijeran a los cuatro vientos. De todos modos, daba igual: ni siquiera las viejas divorciadas querían saber nada de él.

—No, en el gimnasio —dijo Tom.

Se levantó para ir al baño, más que nada para que Katja no le siguiera preguntando.

A una de las mesas que había cerca de la cola había tres chicas jóvenes sentadas. Mujeres normales, ninguna belleza. Tom las miró con expectación, una de ellas le lanzó una mirada asqueada, se inclinó hacia sus amigas y susurró algo. Muecas. Risitas. Tom sintió una punzada en el estómago y pensó que ya no sabía si era de rabia o de calentura.

85

Le costaba señalar la diferencia.

Poco después de volver a la mesa, se despidieron. Katja se iba a casa. Vivía en Blackeberg. Tom pensaba ir al gimnasio y se ofreció para acompañar a su sobrina hasta la plaza Fridhemsplan.

—Hay demasiadas movidas últimamente, no quiero que te pase nada —dijo él.

—Gracias —respondió Katja—. Desde que murió mamá, eres la única persona con la que realmente puedo contar.

3

$\mathcal{N}$icolas no podía ver cómo ejecutaban a la mujer. Era joven, tenía toda la vida por delante. Los hombres cuya sangre corría por el suelo eran criminales duros que sabían en qué se habían metido.

Nicolas se hizo con el arma que asomaba de la cintura del pantalón del primer muerto. En cuanto sus dedos rodearon la culata su cerebro entró en piloto automático. Se puso de pie y apretó el gatillo con la siguiente exhalación.

La bala entró por la nuca, continuó a través de la garganta y se clavó en la pared. El instinto le había hecho apuntar alto, para matar, tal y como había sido entrenado.

El hombre cayó de bruces, el chorro de sangre salpicó a la mujer en la cara. Ella gritó, probablemente pensando que le habían disparado a ella.

Nicolas giró sobre sí mismo.

El conductor del ciclomotor alzó un arma automática.

—¡Abajo! —gritó Nicolas, y se lanzó al suelo.

El cristal estalló en una cascada de esquirlas. Nicolas reptó hacia la salida mientras los cristales se le clavaban en los antebrazos y los muslos. Notaba las corrientes de aire generadas por las balas que silbaban por encima de su cabeza. Su cuerpo sabía adónde se tenía que dirigir, qué se esperaba de él para sobrevivir. Alcanzó la puerta, se puso de rodillas con el arma preparada para disparar.

Se dispuso a asomarse para localizar al tirador en cuanto cesara la ráfaga. Al instante siguiente, la moto arrancó a toda prisa. La espalda del hombre desapareció en dirección a la carretera E4.

Nicolas contempló la desolación.

Los comensales del restaurante seguían debajo de las mesas, acurrucados y protegiéndose la cabeza con las manos. Aliviado, constató que todos parecían haber salido ilesos.

La mujer tenía sangre del tirador en la cara, el pelo y la ropa, pero ¿estaba herida? Nicolas apartó de un empujón el cuerpo vestido de negro y la ayudó a sentarse con la espalda pegada a la pared.

—¿Estás bien?

Ella asintió sin decir nada, miró desconcertada a su alrededor.

—¿Cómo te llamas?

—Molly.

Su novio emitía un leve resuello. Nicolas se puso de rodillas y examinó los orificios de bala, dejó el arma a un lado y apretó con ambas manos una de las heridas.

Por el rabillo del ojo vio que los demás clientes comenzaban a incorporarse lentamente. Alguien lloraba. Nicolas sopesó abandonar el local antes de que apareciera la policía, pero consideró que resultaría más sospechoso que si se quedaba.

Había actuado en defensa propia, le había salvado la vida.

—Métete en la cocina, coge servilletas de papel o paños. Tenemos que detener la hemorragia —le dijo a Molly mientras le arrancaba la camisa a su novio.

El primer coche patrulla pegó un frenazo delante de la pizzería tres minutos más tarde. Dos agentes, un hombre y una mujer, apagaron las sirenas, pero dejaron las luces en marcha. Espectadores curiosos se habían acumulado delante del cristal destrozado y eternizaban el caótico escenario con sus teléfonos móviles.

Los agentes les gritaron que retrocedieran. Nicolas estaba de rodillas sobre el novio de Molly, apretando los paños contra su pecho. El hombre estaba en *shock*. Tenía el pulso por las nubes, su temperatura corporal caía rápidamente. El cuerpo estaba dejando de responder, concentrándose solo en no apagarse del todo y morir. Nicolas dudaba mucho que fuera a sobrevivir.

—Necesitamos una ambulancia —gritó Nicolas por encima del hombro.

—Está de camino —respondió la mujer policía. Se inclinó por encima de Nicolas y estudió al hombre.

—Joder —murmuró, volvió con su compañero y le susurró algo.

Nicolas comprendió que había reconocido a la víctima. El agente comunicó algo por radio. Dos sanitarios con chaqueta de color amarillo fosforito se presentaron a su lado en el suelo. Nicolas se incorporó lentamente. Llegaron más agentes uniformados. Levantaron un cordón

87

policial. Le gritaban a la gente que mantuviera las distancias. Alguien respondió con un «putos cerdos». Nicolas procuró mantenerse siempre al fondo del local para no quedar registrado en ninguna de las grabaciones que, con total seguridad, aparecerían en las redes sociales.

Levantó una silla volcada y se dejó caer en el asiento. Tenía el pecho, las manos y los antebrazos sucios de sangre, tanto de la suya como del hombre asesinado. Se sacó algunos trocitos de cristal mientras seguía con ojos gélidos el caos organizado que se había apoderado del restaurante.

El personal sanitario había subido al herido en una camilla y se había retirado, tres agentes de policía iban recopilando testimonios de los clientes del local. Una policía estaba hablando con un hombre que señaló a Nicolas.

—Tengo que pedirte que nos acompañes al coche.

Nicolas se levantó sin prisa. La agente tenía una mano apoyada en el arma de servicio, su semblante era serio y alerta.

—¿Llevas alguna identificación?

Nicolas se estiró despacio para sacar el carné de conducir que llevaba en el bolsillo del pantalón.

Le ordenaron que esperara en el coche patrulla, deslizó un dedo por la tela sintética negra. Pasara lo que pasase, estaba fuera de su control. Había hecho lo moralmente correcto: si no hubiese intervenido, ahora mismo la mujer estaría muerta. Se le había concedido una segunda oportunidad, la oportunidad de llegar a vieja.

Al otro lado de la luna del coche, un hombre vestido de civil estaba hablando con los primeros agentes que habían acudido al lugar de los hechos. El hombre rondaba los cuarenta años, medía casi dos metros, llevaba una gabardina y tenía la cabeza rapada.

Al cabo de un rato se subió al asiento del conductor y giró su gran cuerpo.

—Nicolas Paredes —leyó en el carné de conducir, y alzó la mirada—. ¿Puedes explicar qué ha pasado ahí dentro?

Nicolas se tomó su tiempo. Relató los hechos minuciosa y objetivamente, más o menos como años atrás habría informado a sus superiores. Evitó adornar o cambiar detalles que pudieran jugar en su contra. El policía iba asintiendo con la cabeza y, de vez en cuando, colaba alguna otra pregunta. Para alivio de Nicolas, no se mostraba hostil.

—¿Cómo podías estar tan seguro de que acertarías en el blanco? Habría unos doce, trece metros de distancia.

—Diez. Soy militar. O era.

—¿Ya no?

Nicolas negó con la cabeza. Molly estaba sentada con una manta a los hombros, hablando con un sanitario. Se había lavado la cara, pero seguía teniendo mechones de pelo llenos de sangre seca.

—¿Puedo preguntar por qué?

Nicolas negó con la cabeza.

—Lo siento, pero no puedo contarlo. No sin la presencia de un abogado.

El hombre murmuró algo, cambió de postura y retorció sus largas piernas. Si le daba por hacer un registro domiciliario en su casa, encontrarían el dinero y el revólver. No le quedaba más remedio que mostrarse colaborador, no darles ningún motivo para entrar en su casa.

—¿Cuándo podré marcharme? —preguntó Nicolas con cuidado.

—Aún tendrás que estar un rato aquí.

—¿Soy sospechoso de algo?

—Por el momento, no. Pero has matado a un hombre. Así que te llevarán a comisaría para interrogarte.

89

4

Vanessa se quitó los zapatos, se reclinó en el asiento y subió los pies a la mesa. Los locales de la Unidad de Homicidios estaban vacíos. Los compañeros se habían ido a casa con sus familias, mascotas y *hobbies*. Por su parte, ella había dedicado la última hora a repasar el currículum criminal de Karim Laimani.

Era un clásico delincuente violento. Su primer contacto con la policía lo había tenido a los catorce años, tras agredir a un chico de la misma edad. Tráfico de estupefacientes, comercio de armas, agresión, malos tratos, atraco a mano armada. Había estado entre rejas un total de cuatro veces.

En su celda en el Centro Penitenciario de Åkersberga los técnicos habían encontrado unos zapatos con la sangre de Emelie en la suela. En las cámaras de vigilancia se veía claramente que eran los mismos zapatos que Karim llevaba puestos al volver de su permiso. Además, en el jersey que había llevado habían encontrado también un pelo de Emelie. Karim y su abogado trataron de explicar que el pelo se le había enganchado en una ocasión anterior, pero Emelie se había teñido una semana antes del permiso en cuestión.

La sangre no la habían podido explicar, pero Karim seguía negando haberse encontrado siquiera en Täby durante el permiso.

El móvil y las evidencias técnicas señalaban a Karim Laimani. Vanessa buscó el número de Ove y pulsó el icono de llamada al mismo tiempo que se levantaba para ir a la máquina de cafés.

—¿Estás ocupado? —le preguntó.

—Estoy jugando al hockey.

—¿Eso no se hace en invierno?

—En la consola. Con mi hijo.

Vanessa pensó que el mundo, a pesar de todo, seguía avanzando. Al menos la paternidad. Le resultaba imposible imaginarse a su padre, el director, jugando a videojuegos ni mostrar siquiera interés por sus vidas.

De fondo se oyeron los vítores de un niño.

—Y me acaban de colar un gol.

—Estaba repasando el expediente de Karim —dijo Vanessa—. Es violento, malvado, se droga y pega a las mujeres.

—Ya.

—Pero no es tonto.

—Tampoco debe de ser un premio Nobel, precisamente —dijo Ove con una risita gutural.

—Es un criminal profesional. Probablemente sabe tanto de investigación policial y evidencias técnicas como tú y como yo. Aun así, se olvida de cambiarse el calzado después del asesinato y se presenta tal cual en el centro penitenciario. Y no solo eso: lleva el mismo jersey.

—Ella lo había dejado por otro. Lo habían humillado. Le importaban un carajo las consecuencias. No sería la primera vez que un cavernícola celoso se carga a su ex o a su novia.

Vanessa se detuvo delante de la cafetera.

—Pero ¿no te parece que debería de haber intentado huir? Tiene que haber sabido que lo primero que íbamos a hacer era buscar a hombres del entorno de Emelie que hubieran sido condenados con anterioridad.

Pulsó el botón, la máquina despertó y el brebaje negro y caliente comenzó a caer humeante en el interior de la taza.

—Oye, Vanessa. Yo no sé cómo funciona el cerebro de esos tarados. Pero las evidencias técnicas hablan por sí solas. Las estadísticas, también. Karim Laimani mató a Emelie porque ella había cortado con él.

Vanessa volvió a su escritorio, movió el ratón y entró en la web de *Kvällspressen*. El tabloide estaba encabezado por un nuevo tiroteo. Esta vez en Bredäng. Dos muertos, un herido de gravedad. Las imágenes pixeladas mostraban a técnicos entrando en una pizzería, una cristalera destrozada y agentes uniformados con caras de amargura. Una postal nocturna de la guerra de bandas que se celebraba en Estocolmo.

Antes de cerrar bajo llave la carpeta con los papeles sobre Karim en el archivador, le echó un último vistazo a las fotos del cuerpo sin vida de Emelie Rydén.

Vanessa salió del ascensor, caminó junto a las filas de vehículos policiales del garaje de la comisaría. Los hombres como Karim Laimani carecían del mecanismo necesario para controlar sus impulsos. Era eso lo que los diferenciaba de los ciudadanos que funcionaban con total normalidad. Cualquier adversidad era para ellos un ataque personal. Siempre dirigían su odio hacia fuera, nunca se revisaban a sí mismos.

La puerta del garaje se abrió y entró un coche patrulla.

El vehículo se metió en un hueco que tenía delante, el ruido del motor cesó de golpe y las puertas se abrieron. Los agentes se bajaron, alzaron la mano a modo de saludo. Vanessa se dirigió a ellos.

—El calabozo del Sur estaba lleno, así que hemos tenido que traerlo aquí.

Vanessa intentó ver algo por la luna trasera tintada.

—¿El tiroteo de Bredäng?

El agente asintió con la cabeza. Estaba pálido y afectado.

—¿Cuál era el panorama?

—Una mierda —dijo al instante—. Dos muertos. El tercero debe de estar muriéndose ahora mismo en el hospital. Sangre y cristales por todas partes.

La otra policía abrió la puerta de atrás. El hombre que se bajó del asiento estaba de espaldas a Vanessa, pero aun así ella notó en el acto que le resultaba familiar.

La camiseta blanca estaba manchada de sangre, llevaba los antebrazos vendados. La agente lo acompañó alrededor del coche, pasaron junto a Vanessa y se dirigieron a los ascensores. Nicolas y Vanessa se quedaron mirando fijamente medio segundo, sin que ninguno de los dos mostrara la menor señal de reconocer al otro. Vanessa se volvió hacia el hombre policía y le dio una palmadita en el hombro.

—Espero que estéis más tranquilos lo que queda de noche.

—Yo también lo espero —dijo él, y se unió a su compañera y a Nicolas.

Vanessa los miró mientras se alejaban.

¿De qué manera estaba involucrado Nicolas en el tiroteo de Bredäng? ¿Era él quien había ejecutado a los hombres en la pizzería? Era inteligente, tranquilo y sabía controlarse. Cariñoso y sensible con su hermana. Al mismo tiempo, tenía otra cara. Vanessa nunca se había cruzado con nadie que tuviera mayor habilidad para la violencia que Nicolas Paredes. El ejército había invertido millones de coronas en formarlo. Como operador del SOG estaba entrenado para matar rápida, efectiva y fríamente.

¿Podía haberlo reclutado una banda de la periferia?

No, eso no concordaba con la imagen que Vanessa tenía de él. Nicolas tenía moral, no se dedicaba a ejercer la violencia sin sentido.

Él no era como Karim.

Si se había metido en problemas, Vanessa no podía sino ayudarlo, porque el año anterior Nicolas había arriesgado su vida varias veces por ella. La había acompañado al culo del mundo en Sudamérica para encontrar a Natasja. Si no hubiese sido por él, a día de hoy ni Natasja ni Vanessa estarían vivas.

Lo menos que podía hacer era enterarse de lo que había ocurrido. Volvió a paso ligero a los ascensores.

93

5

*T*om se paseaba por Sankt Eriksgatan con la bolsa de deporte al hombro. Abrió la puerta de Sats, saludó al chico de recepción y acercó su pase al lector de tarjetas.

En las cintas de correr y los *steppers* había mujeres con mallas y camisetas ceñidas o sudaderas *crop top* sudando la gota gorda. En las máquinas y pesas había tíos cachas jadeando, tensando los músculos.

Tom encontró una taquilla libre y se cambió.

Se puso el pantalón de chándal primero, dio una vuelta por delante del espejo y estudió su tren superior. Las inyecciones de testosterona le habían ensanchado los hombros y la barba le crecía con más fuerza, pese a que se afeitaba minuciosamente cada día. Era un caballero, no un capullo. Giró sobre sí mismo para mirarse la espalda: estaba repleta de granos rojos y espinillas. Uno de los compañeros que lo habían visto cambiarse una vez le había preguntado si dormía sobre un rallador. Los demás se habían reído. Aunque estuviera acostumbrado, Tom detestaba que se hicieran los graciosos a su costa.

La puerta se abrió, el ruido de una barra de pesas cayendo al suelo se coló en el vestuario. Un inmigrante musculoso, vestido con malla de lucha grecorromana y con bíceps hinchados y sudados, entró para cambiarse.

Tom se alejó del espejo. No quería parecer vanidoso y débil.

Se puso el jersey mientras observaba a escondidas al chico que acababa de entrar. Se había sentado y había sacado una lata de atún. Tenía pinta de pequeño delincuente. Seguro que tenía una novia rubia con buen cuerpo. Probablemente, ella también estaba aquí en el gimnasio. ¿Se irían luego a casa? ¿Se ducharían juntos?

El chico no le hizo ningún caso a Tom, eructó ruidosamente y se quitó la malla.

En Facebook había grupos cerrados solo para mujeres. «Zonas libres de hombres», como los llamaban. En ellos se hablaba de sexo, menstruación y citas. Mediante un perfil falso, Tom se había hecho miembro de varios de ellos. Se mofaban de los tíos ñoños y torpes con los que las chicas habían echado un polvo de una sola noche. Algunas escribían que querían que se las «follaran bien folladas», un «hombre de verdad». Comentaban tamaños de pene, criticaban a los hombres que no habían sabido satisfacerlas en la cama. ¿Cómo encajaba eso con el discurso sobre la igualdad? Tom no lo entendía. Solía hacerles preguntas a las mujeres, inventarse todo tipo de dolencias que padecía su falso perfil. Para hacerlas describir sus cuerpos. Le parecía íntimo, lo excitaba. En la vida real, ninguna de ellas le dirigiría siquiera la palabra.

Se agachó para atarse los cordones.

El otro había terminado con el atún e hizo un lanzamiento. La lata voló trazando un arco en el aire, falló la papelera, rebotó en la pared y terminó en el suelo. El chico no se molestó en recogerla.

Tom estaba haciendo pectorales tumbado de espaldas en un banco. Ocho series de cuatro repeticiones. Veintiséis kilos en cada mancuerna. Estaba más fuerte que nunca, sus músculos brillaban y se marcaban bajo la pálida piel.

El ser escuálido que recordaba a un pájaro que había sido años atrás había dejado de existir.

Se limpió las gafas con la toalla y volvió a ponérselas.

Un poco más atrás, en diagonal, había una chica de unos veinte años haciendo peso muerto. Llevaba la melena rubio ceniza recogida en un moño tirante. Tom no pudo resistirse. Mientras se recuperaba, se dio la vuelta y se la quedó mirando. Ella pareció molestarse, lo fulminó con la mirada. Henrietta no se había presentado. Tom comprobó su cuenta de Instagram para ver dónde se había metido, pero no la había actualizado en todo el día.

Tom volvió a recostarse en el banco, cogió las mancuernas y se puso a trabajar. Al final cerraba los ojos y resoplaba con las mandíbulas apretadas. Los dientes le rechinaban por el esfuerzo. Sus músculos bombeaban ácido láctico. Para su sorpresa, se percató de que otra chica se había plantado ahora a su lado.

—Deja de mirar —dijo—. Si no, avisaré en recepción.

Tom enderezó la espalda. Los demás tíos lo miraron asqueados. Se levantó, dejó las mancuernas en el soporte que había delante del espejo para luego ir a las cintas de correr. ¿Qué más daba que hubiese dedicado años a desarrollar su cuerpo, entrenando hasta el borde del colapso, llenándolo de testosterona? Había algo en él que hacía que las mujeres lo detestaran. Estaba cansado de su desprecio. Tom era inteligente, podía resolver el cubo de Rubik en menos de un minuto. Desde luego, quedaba lejos del récord mundial, que estaba en 4,73 segundos. Pero si hubiese sido rico o una estrella del deporte o de la televisión, estaría rodeado de mujeres.

Era feo y pobre. Un perdedor. Vivía solo y moriría solo, sin que a nadie, excepto a Katja, le importara. Configuró la cinta y corrió un par de minutos sin ningunas ganas antes de secarse con una servilleta de papel.

De camino al vestuario, por el espejo vio que dos mujeres hacían una mueca de asco a su espalda. Tom cayó en la cuenta de que había olvidado lavar el jersey y los pantalones de entreno. Probablemente apestaba. Le dio igual, decidió que cambiaría de gimnasio, por cuarta vez en los últimos seis meses. A lo mejor podría seguir viendo a Henrietta. Se cambió sin pasar por la ducha, se puso los vaqueros, el jersey, la chaqueta y una gorra en la cabeza.

La ropa se le pegaba al cuerpo. Notó la llamada del odio, más fuerte de lo que nunca la había sentido. ¿O era pena? Por estar solo, marginado, siempre rechazado. Por todo y por todos.

6

$\mathcal{A}$ntes de subir a los detenidos a las salas de arresto de la séptima planta se les llevaba al comandante de la comisaría, cuatro plantas más abajo. Vanessa bajó del ascensor y se secó las manos en las perneras. Nicolas estaba sentado en un banco de madera, con la cabeza gacha y los codos apoyados en los muslos. No alzó la vista. Detrás de una mampara de plexiglás, el agente con el que Vanessa había hablado en el garaje estaba rellenando el atestado. Vanessa supuso que su compañera estaría explicándole al comandante por qué Nicolas había sido conducido a Kungsholmen, en lugar de a los calabozos de Flemingsberg, como correspondía, puesto que el tiroteo había tenido lugar en Bredäng.

Vanessa rodeó a Nicolas, que seguía sin haberse percatado de su presencia, se acercó al compañero y llamó con los nudillos a la mampara.

El hombre alzó la vista, desconcertado.

—¿Sí?

—He caído en la cuenta de que lo conozco de otro asunto —dijo, señalando a Nicolas—. ¿Qué está haciendo aquí?

—Por lo que tenemos entendido, ha abatido a uno de los individuos. Es un poco lioso. Según los testigos, lo ha hecho para salvar a una mujer. Lo retendremos durante la noche y haremos un registro domiciliario en su casa para descartar que pertenezca a alguna de las bandas involucradas.

El agente volvió a coger el bolígrafo. Vanessa tragó saliva. No podía levantar sospechas.

—¿Puedo hablar con él?

El compañero la miró sin comprender.

—¿Por qué?

—Como te decía, está implicado en otro caso y tengo algunas preguntas que necesitan respuestas —dijo Vanessa.

El hombre se encogió de hombros.

—Adelante. Pero Homicidios Sur llegará en cualquier momento para interrogarlo, así que tiene que ser rápido.

Vanessa se plantó junto al banco al lado de Nicolas, dándole la espalda al otro agente.

—Voy a intentar ayudarte, pero necesito que me respondas a una pregunta. ¿Por qué estás aquí?

—Pensaba matar también a la mujer —murmuró Nicolas.

—¿Quién?

—El hombre que ha disparado a los otros en la pizzería. Iba a ejecutarla a ella también. Le he quitado el arma a uno de los muertos, lo he matado.

Vanessa decidió rápidamente que se creía la historia. Se sintió aliviada.

—¿Tienes algo en casa que te pueda comprometer?

Nicolas la miró desconcertado.

—¿Por qué lo preguntas?

—Porque en breve harán un registro domiciliario.

Nicolas cerró los ojos y apretó las mandíbulas.

—Detrás de la bañera hay una bolsa negra con dinero en metálico. Y un arma.

—¿Y el dinero es de los secuestros?

Nicolas asintió lentamente con la cabeza. Vanessa sopesó la situación en un segundo consigo misma: él era su amigo, o al menos una de las pocas personas que realmente le importaban. Había arriesgado su vida por ella y Natasja en Chile. Sin Nicolas, a estas alturas Vanessa estaría descomponiéndose en una fosa común en la Colonia Rhein.

Tenía que ayudarlo, aunque eso supusiera atentar contra la ley. Si la pillaban, su carrera laboral estaría en juego, y sin ella no era nada. Pero si no hacía cuanto podía por Nicolas, estaría siendo desleal. Lo cual se le antojaba aún peor, consideró.

—¿Dirección? ¿Y cómo lo hago para entrar?

Desde el otro extremo de la estancia se oyeron voces. La agente de policía se estaba acercando con el comandante que iba a preguntarle a Nicolas si sabía por qué lo habían traído hasta allí, lo interrogaría sobre eventuales heridas y enfermedades y le preguntaría si deseaba que se pusieran en contacto con algún abogado de oficio.

—Calle Ålgrytevägen, 14 C, en Bredäng —susurró Nicolas—. El código del portal es 1132. Cuarto piso. Llama al piso de al lado, los Wood. Celine te ayudará a entrar.

Vanessa estudió el GPS y salió de la E4. Un rato más tarde cruzó a baja velocidad el centro de Bredäng, donde una decena de mirones seguían pegados al cordón policial. Cruzó los dedos para que el interrogatorio a los testigos llevara su tiempo y que los agentes no se hubieran personado ya en el piso de Nicolas. Por una vez, pensó que la falta de agentes tenía algo positivo. Vanessa continuó hasta la calle Ålgrytevägen y aparcó a unos cien metros del portal de Nicolas.

No se veía ningún coche patrulla. Introdujo el código y subió las escaleras hasta la cuarta planta. La cerradura no tenía marcas de haber sido forzada. Ahora debía conseguir que la tal Celine le entregara la llave de reserva.

Vanessa llamó al timbre.

Al instante siguiente se encontró cara a cara con una niña. Llevaba una camiseta desgastada con el texto «Feminazi».

—¿Sí? —dijo la chiquilla, repasando a Vanessa hostilmente con la mirada.

—Estoy buscando a Celine —dijo Vanessa, y miró al interior del piso por encima de su cabeza.

—¿Quién pregunta?

—Yo.

La niña arqueó las cejas.

—¿Eres de los Servicios Sociales?

—No.

—¿Quieres meterme en una secta?

—No.

—Entonces, ¿qué quieres? ¿Eres poli, o qué? Si es así, quiero un abogado.

—Soy poli, pero no necesitas ningún abogado. Estoy aquí por Nicolas.

—No conozco a ningún Nicolas —dijo Celine, y trató de cerrar la puerta. Vanessa logró meter un pie en el umbral justo a tiempo.

—Está metido en problemas. Tengo que entrar en su piso. Corre prisa. Me ha dicho que hablara con Celine y que ella me ayudaría.

Celine resopló por la nariz.

—¿Te crees que nací ayer? Vete a engañar a una jubilada, mejor.

—Lo digo en serio. Me envía Nicolas. Lo conozco.

—Demuéstralo.

—¿Cómo te lo voy a demostrar?

Celine se encogió de hombros.

—Tú sabrás.

—Te doy quinientas coronas.

—¿Te crees que entregaría a un amigo por dinero?

—¿Mil?

Celine se mordió el labio y negó despacio con la cabeza.

—Lo siento, a mí no se me puede comprar.

Vanessa echó un vistazo a sus espaldas, al pasillo. Empezaba a apremiar el tiempo. Sus compañeros podían aparecer en cualquier momento.

—Celine, entiendo que Nicolas te guste, a mí también me gusta. Por eso estoy aquí. Tengo que entrar en su piso y él me ha dado tu nombre, ¿verdad? Eso significa que confía en ti, igual que confía en mí. Déjame entrar para que podamos ayudarlo.

Celine miró a Vanessa, asintió en silencio y dio un paso atrás. Justo cuando Vanessa iba a entrar, la niña le levantó un dedo.

—Si me la juegas, te arrepentirás.

Celine se dio la vuelta y, con el mismo dedo estirado, le indicó a Vanessa que la acompañara. Atravesaron todo el piso y Celine abrió la puerta del balcón.

—Solo tienes que saltar al de al lado.

Vanessa miró a la niña y a la puerta del balcón de Nicolas, que estaba entreabierta, y comprendió que había malinterpretado a Nicolas. No había ninguna llave de reserva. Se acercó a la barandilla y apoyó las manos. Había medio metro entre ambos balcones. Incómodo, pero perfectamente superable.

—¿Tienes guantes?

Mientras Celine se metía en el piso, Vanessa subió a la barandilla y pasó con cuidado al otro balcón. Se quedó de pie en el de Nicolas mientras esperaba a que la niña volviera. Si sus compañeros encontraban la bolsa con dinero, sería muy difícil explicar qué hacían las huellas de Vanessa en ella.

Celine le lanzó unos guantes negros y Vanessa se los puso.

Pestañeó unas pocas veces en la penumbra del piso.

Se le hacía extraño estar en casa de Nicolas, por mucho que estuviera allí para ayudarlo. En muchos sentidos, él no dejaba de ser un enigma, a pesar de todas las cosas que habían vivido juntos. No pudo evitar detenerse un momento a contemplar el dormitorio. La cama estaba bien hecha.

En el cuarto de baño se puso de rodillas en los azulejos grises y miró debajo de la bañera. Pegada a la pared había una bolsa de deporte. Vanessa se puso de pie, se inclinó hacia delante, ladeó la bañera y consiguió sacar la bolsa. Cuando volvió a cruzar el dormitorio oyó pasos y voces en la escalera.

Al instante siguiente, alguien bajó la manilla de la puerta.

7

—*T*uva quiere hablar contigo —le dijo el Bollo a Jasmina.

—¿Ahora?

—Sí.

Era el primer día en la redacción desde el domingo, cuando el Bollo le había echado la bronca a Jasmina por haber fallado al *deadline*. El lunes la había llamado por teléfono para decirle que el jueves podía volver, sin explicarle qué pasaría entonces.

Jasmina se había pasado los días libres encerrada en casa. Viviendo a base de sándwiches. Mirando la pared. Había intentado ver Netflix, pero con cada escena de violencia y sexo le habían entrado ganas de vomitar. La única vez que había salido de su piso había sido para comprar tostadas de pan de centeno y algo para ponerles encima. De camino a casa, un hombre le había pedido que le sujetara la puerta del ascensor y había subido con ella. Jasmina se había pasado todo el trayecto temblando de cuerpo entero. Al llegar a su rellano había salido disparada del ascensor, había corrido la puerta de rejilla y se había encerrado con llave en su casa. No quería tener miedo, pero no podía evitarlo. Cada hombre desconocido era un agresor potencial que podía hacerle daño.

Jasmina llamó a la puerta de la redactora jefa, Tuva Algotsson. Cuando esta vio a Jasmina le hizo un gesto para que entrara en el despacho y se puso de pie. Tuva llevaba un vestido azul con rayas blancas que parecía sumarle un par de centímetros de altura, ya imponente de por sí.

Jasmina no había estado nunca a solas con su jefa superior. Lo único que sabía de la mujer que la había metido en el periódico era lo que explicaban los artículos especializados en los que Tuva comentaba cuestiones publicitarias. Su vida privada quedaba totalmente en la sombra, Jasmina ni siquiera sabía si tenía familia.

102

—Puedes cerrar la puerta —dijo Tuva—. Estamos esperando a otra persona, llamaré para decir que estás aquí.

Sacó el móvil y esperó a que se sucedieran los tonos.

—Ya puedes venir —dijo escuetamente.

Tuva se sentó al escritorio y se quitó los zapatos de tacón, los tiró al suelo y se masajeó las plantas de los pies con rostro de incomodidad.

Jasmina se quedó de pie donde estaba. Se secó discretamente las manos en el pantalón.

—No estamos en el ejército, Jasmina. No hace falta que te dé una orden para que puedas sentarte.

Jasmina se apresuró a tomar asiento. Todavía le dolían los genitales, pero tragó saliva.

—Mientras esperamos, puedes leerte este artículo —dijo Tuva, y le pasó un ejemplar de *Kvällspressen* que tenía en la mesa—. A partir de la página catorce.

Jasmina abrió el periódico y hojeó hasta la página que Tuva le había indicado.

«Vida de lujo en el extranjero de un miembro de la cúpula del Gobierno con su mujer a cuenta de los impuestos», decía el titular. William Bergstrand sonreía ampliamente en la foto. El texto contaba que el diputado socialdemócrata del Parlamento había viajado a París con su esposa. Según los gastos del viaje, para asistir a una reunión socialdemócrata. Pero no se había celebrado ningún congreso, y él se había pasado los días llevando una vida de lujo y comiendo en restaurantes caros con su mujer.

Max Lewenhaupt la miraba fijamente desde la foto del encabezado.

Tuva la observaba sin hacer ninguna mueca que revelara lo que estaba pensando ni sintiendo. Llamaron a la puerta y Hans Hoffman entró en el despacho. Acercó una silla arrastrándola y la puso al lado de Jasmina, justo enfrente de Tuva.

Jasmina plegó el periódico y se quedó sentada con el ejemplar en el regazo.

—Buen texto, ¿no te parece? Primera plana en todo el país. Se ha vendido bien en todas partes —dijo Tuva, y miró tranquilamente a Jasmina—. ¿No lo habías visto?

—No, solo he estado en casa —dijo Jasmina en voz baja.

Hans Hoffman se volvió hacia ella.

—Los recibos. Las noches de hotel. Los restaurantes. Era tu historia. ¿Cómo es que aparece el pardillo de Lewenhaupt sonriendo en la foto del encabezado?

104

8

*V*anessa cruzó el salón a toda prisa, cerró la puerta del balcón y lanzó la bolsa al de Celine. La niña agitaba la mano para meterle prisa.

Vanessa se subió a la barandilla, se dio impulso y voló en el aire.

Se golpeó ruidosamente la rodilla con la otra barandilla, se aferró con los brazos y haciendo acopio de fuerzas logró pasar por encima. En el interior del piso oyó los pasos de alguien que se acercaba a toda velocidad. Vanessa se pegó al suelo, protegida por el panel de metal que bordeaba el balcón de Celine.

La niña permaneció tranquilamente donde estaba, con la bolsa entre los pies y haciendo como que contemplaba el paisaje.

—¿Acabas de estar aquí dentro? —preguntó una voz de hombre.

—No —dijo Celine—. ¿Y tú quién eres?

Vanessa, acurrucada en el suelo, miró por debajo del panel y vio dos zapatos negros en el balcón de Nicolas.

—Soy policía —dijo el hombre—. ¿Seguro que no has estado aquí? Ha sonado como si alguien acabara de saltar del balcón.

Había suspicacia en su voz. Celine le dio una patada a la barandilla.

—¿Ha sonado así? —preguntó—. Suelo golpear cosas cuando pienso en algo que me enfada. Mi padre dice que no puedo, así que aprovecho cuando no está en casa.

—¿No hay nadie más contigo? —preguntó el agente de policía.

—No, solo yo y mis demonios —dijo Celine con un suspiro teatral.

Pasaron unos segundos de silencio.

—Vale, pues que pases una buena noche.

—Igualmente.

El agente se metió en el piso de Nicolas y la puerta del balcón se volvió a cerrar. A Vanessa le caía bien esa niña peleona y rara. Reptó hasta el umbral de su piso, empujando la bolsa por delante, y se metió en el salón con cocina americana.

Celine cerró la puerta del balcón.

—¿Qué vamos a hacer ahora? Supongo que tendrás que quedarte un rato —preguntó Celine, impasible.

—¿Te va bien?

—Claro. ¿Quieres unos huevos revueltos?

—Vale.

—Nicolas siempre dice que les echo demasiada sal.

—Es un flojo.

Celine asintió con alegría.

—Es justo lo que yo suelo decir.

Celine sacó una sartén, abrió la nevera y sacó unos huevos. Mientras la tenía de espaldas, Vanessa comprobó rápidamente que el dinero y el revólver estuvieran en la bolsa.

—¿Dónde están tus padres?

—Mi madre está muerta. Cáncer. Mi padre estará por ahí, bebiendo. Es inglés. De Hull. ¿Sabes cómo llaman a esa ciudad?

Vanessa negó con la cabeza.

—*The armpit of England.*

El sobaco de Inglaterra. Vanessa sonrió. Paseó la mirada y se percató de que el piso, pese a lo decadente que era, no olía mal. Al contrario, olía a jabón multiusos. Dio por hecho que era cosa de Celine, que la niña hacía lo que podía para mantener a raya el mal olor, la principal marca de la pobreza.

—¿Quieres ver Netflix mientras hago la comida? —preguntó Celine—. Mi padre lleva un par de meses sin pagar la factura de Internet, así que uso el wifi de Nicolas.

—Mejor estamos un rato tranquilas. ¿Cómo has conseguido su clave?

—Suele dejar la puerta del balcón abierta, así que un día salté y le di la vuelta al rúter, y ahí pone la contraseña. Pero no se lo digas. No creo que le vaya a gustar.

—Palabra.

—¿De qué conoces a Nicolas? —preguntó Celine, vertió un poco de aceite en la sartén y la puso en uno de los fogones eléctricos.

Vanessa se reclinó en el sofá.

En el piso de Nicolas se oían voces y pasos.

Hasta ahora no se había dado cuenta de que todavía llevaba los guantes puestos, se los quitó y dejó el abrigo en el reposabrazos.

—Me ayudó con una cosa, hace un tiempo.

Celine cascó un huevo en un cuenco y arqueó las cejas en gesto burlón.

—¿Estás tú enamorada de él?

Vanessa se rio.

—No.

Se hizo un silencio. Celine batió los dedos con la punta de la lengua descansando en el labio superior.

—¿Estás tú enamorada de él? —le preguntó Vanessa con cuidado.

—No lo creo, pero siempre he tenido debilidad por los hombres mayores —dijo Celine, y vertió el contenido del cuenco en la sartén.

—Yo también —suspiró Vanessa.

PARTE III

La sociedad nos odia y somos hombres. No le importamos a nadie. Tenemos que recurrir a la fuerza, presionar a la sociedad para que nos ayude.

HOMBRE ANÓNIMO

1

El viento tiraba y arremetía contra el toldo verde oliva. Börje Rohdén, de cincuenta y un años, abrazó a Eva Lind para hacerla entrar en calor con su cuerpo. Pese a estar metidos en dos sacos de dormir y llevar varias capas de ropa, estaban los dos castañeteando los dientes. A su alrededor se erguía un bosque oscuro.

—Al menos nos tenemos el uno al otro —dijo ella, y sonrió.

Lo decían a menudo. Medio en serio, medio en broma.

—Lo queramos o no —dijo Börje, y giró la cabeza para no hacerle cosquillas con la barba—. Creo que nos hemos quedado pegados con el frío.

Börje adoraba la risa de Eva, siempre trataba de provocársela. A Eva le faltaban dos dientes en la hilera superior, pero para Börje esa risa era, con diferencia, la mayor razón que tenía para seguir vivo.

Unas horas antes los habían echado de un portal en el barrio de Södermalm y habían cogido el autobús hasta Tyresö y Junibacken, como llamaban a la cabaña que habían montado el verano anterior, cogiendo el nombre del centro cultural infantil que recreaba el universo de Astrid Lindgren.

—Intentaré avivar el fuego otra vez —dijo Börje, y salió reptando de los sacos—. Tú quédate tumbada.

Entre los troncos de los árboles, un poco más arriba en la cuesta, había luz en la ventana de una casa pintada de rojo.

El verano y el otoño anteriores, el dueño de la cabaña de verano había aprovechado cada oportunidad que se brindaba para tirar las cosas de Börje y Eva al agua, acusarlos de robar aperos de jardinería y de drogarse cerca de sus hijos.

—¿Te parece prudente? ¿Y si nos ve aquí?

Börje se imaginó la cara de Oscar Sjölander.

111

—Espero que no —dijo conteniéndose—. No puedes tratar a la gente como te plazca solo porque sales en la tele. Y sin fuego, moriremos de frío.

—Me gustaría que nos dejara en paz.

—Te prometo que no dejaré que te vuelva a hacer daño.

En septiembre del año anterior, Eva había llegado a Junibacken antes que Börje. El presentador de televisión se le había presentado y se había puesto a gritarle. Al ver que ella se negaba a marcharse, la había cogido por el cuello.

—No entiendo por qué está tan enfadado. Tiene una casa bonita, dos hijos preciosos y una mujer que es simpática y guapa.

Una llama ancha y naranja salía de la madera húmeda y el calor llegó al rostro de Börje. Eva se incorporó, sacó dos rebanadas de pan y se acercó rápidamente al fuego.

—Mira —susurró—. Ha vuelto.

Un gato gris se frotó contra su pierna entre maullidos.

—¿Puede que te pusiéramos Gustaf, el verano pasado? —Eva cogió al gato en brazos—. Sí, eso es. El gato Gustaf.

112 Con Gustaf pegado al pecho fue hasta una de las bolsas negras de basura y le deshizo el nudo a la bolsa de comida.

—Vamos a ver si tenemos algo para ti.

Eva sacó una lata de atún. Börje quiso protestar. Era la penúltima que les quedaba. Pero se mordió la lengua.

—Compartimos —dijo Eva, y hundió la nariz en el pelaje del gato—. Él también está muerto de hambre.

Börje levantó las manos y Eva le lanzó la lata. Mientras él la abría, ella acariciaba al gato entre las orejas.

El olor a pescado lo hizo gruñir de satisfacción. Börje estaba a punto de meterse un pedacito en la boca cuando se quedó mirando a Eva. Había sido un invierno frío y despiadado. Su cara estaba muy pálida. Los pómulos se le marcaban bajo la piel tirante. Börje cambió de idea, le pasó el atún.

—¿No quieres? —dijo ella asombrada.

—No tengo tanta hambre, he podido comer un poco de fruta antes de que nos encontráramos —mintió Börje—. Come, pequeña *madame*.

Eva comió con buen apetito mientras iba alimentando al gato. Börje pudo percibir la calma. El animal animaba a Eva, así que Börje también le cogió simpatía a aquel cabroncete.

Eva llevaba limpia dos meses. Con la terquedad de un loco, Börje cruzaba los dedos para que fuera de una vez por todas. Pero no era la primera vez que ella pasaba una buena época. Un día desaparecía y volvía a recaer. Y luego se la encontraba sentada en un banco, con la mirada muerta y la mandíbula flácida. Él no era suficiente. Cada día le preocupaba que se la arrebataran de su lado. Que se metiera una sobredosis y la encontraran sin pulso en algún lavabo guarro con una jeringuilla en el brazo.

Al final la lata quedó vacía, Eva la dejó en el suelo y el gato lamió hasta el último resto.

Se acurrucaron de nuevo en los sacos de dormir debajo del toldo, los tres. Gustaf se hizo un hueco entre ambos. El pelaje le hacía cosquillas a Börje en la nariz y no pudo contener un estornudo.

Pensó en Oscar Sjölander, esperando que se mantuviera alejado. Quería darle un buen puñetazo, decirle que dejara en paz a Eva, pero eso solo empeoraría las cosas. Cuando se enteró de lo que le había hecho no había podido aguantarse. Había subido a la casa, había llamado a la puerta y le había cantado las cuarenta. Oscar Sjölander le había llamado pordiosero asqueroso y le había cerrado la puerta en las narices. Unos años atrás, le habría partido la cara sin pestañear y sin pensar en las consecuencias. Pero Börje había jurado que nunca más le haría daño a otra persona. El tiempo en la cárcel lo había cambiado.

—¿Sabes en qué pienso bastante a menudo? —preguntó Eva.

Börje negó con la cabeza.

—Que desearía que nos hubiésemos conocido antes de todo. Me habría podido arreglar para ti, no sería tan fea como soy ahora. Podría oler bien. Tener una casa. Nos habríamos ido de viaje.

Börje cerró los ojos, sabía que Eva nunca había estado en el extranjero.

—No —dijo él.

—¿No querrías tener todo eso conmigo? —preguntó Eva confusa.

—No habría funcionado. Yo antes no era una buena persona. Era egoísta, malo y frío. No muy diferente del famosete ese de allí arriba.

2

*V*anessa bajó al McLaren, le pidió un plato de hamburguesa a Kjell-Arne y se sentó a una mesa con ventana. En una pared colgaba una foto nueva en blanco y negro de un boxeador.

—¿Quién es ese? —preguntó.

Kjell-Arne juntó las manos, bajó el marco y se lo enseñó a Vanessa.

—Johann Trollmann. Ganó el título mundial en peso semipesado en Alemania en 1933, pero se lo retiraron al cabo de unos días. ¿Por qué? Porque era caló, una especie de gitano romaní, podríamos decir. De cara al siguiente combate recibió instrucciones de boxear como un alemán. A grandes rasgos, eso implicaba quedarse quieto e intercambiar golpes. Entonces, ¿sabes qué hizo? —Vanessa negó en silencio—. Se decoloró el pelo y se empolvó todo el cuerpo de blanco con harina. Una caricatura de un ario.

—¿Ganó el combate?

—No, perdió. Pero con dignidad y coraje. Luego luchó por Hitler hasta 1942, cuando lo mandaron a un campo de concentración. El comandante del campo lo reconoció, y por las noches le hacía enseñar boxeo a soldados de las SS. Un tiempo después lo mataron en el campo, un criminal con una pala.

Vanessa suspiró.

—Qué historia.

—Hay luz en la oscuridad. En 2003 se le hizo justicia. La federación alemana de boxeo lo declaró a título póstumo vencedor de aquel combate de 1933.

—Seguro que está saltando de alegría —dijo ella.

Vanessa pensó que era típico de hombres desear honor y fama después de muerto. En el momento presente, a ella le preocupaba el tema de quién iría a visitar su tumba cuando estuviera muerta, pero sabía que su preocupación terminaría en el momento en que diera su última exhalación.

En el alféizar de la ventana había un ejemplar de *Kvällspressen* que alguien se había dejado.

El periódico se había enterado de que Karim Laimani era sospechoso de haber asesinado a su exnovia durante un permiso penitenciario. Por el momento, no habían publicado los nombres ni de Karim ni de Emelie, sino que se referían a ellos como «El pandillero de treinta y cinco años» y «La joven mujer». Además, de alguna manera el reportero había logrado enterarse del detalle de que Karim la había amenazado de muerte durante el último vis a vis que habían tenido. En el artículo se mencionaban los antecedentes penales de él y se citaba a unos cuantos expertos y políticos. Todos exigían normas más duras para los permisos. El artículo terminaba informando de que iba a celebrarse una manifestación en honor a la mujer asesinada, «mañana domingo en la plaza Sergels Torg».

Vanessa dejó el periódico a un lado y miró por la ventana. Unos segundos más tarde la llamaron por teléfono.

—¿Qué tal? —la saludó Ove Dahlberg.

—Bien, gracias.

—Yo también estoy bien —dijo Ove alegre—. Gracias por preguntar.

De fondo se oía riña por unas golosinas. Ove le pidió al crío que se tranquilizara, se vio ignorado, tiró la toalla y cambió de habitación.

—Te llamo por Emelie Rydén. Tendría que haberlo hecho ayer, pero...

Vanessa dio un trago y esperó a que Ove echara al crío que le había seguido los pasos.

—En cualquier caso, nos han llegado los resultados de los demás objetos de su piso que mandaron analizar. En el bolsillo interior de la chaqueta, que estaba colgada en el recibidor, había un bolígrafo.

Vanessa buscó en vano en su memoria para entender de qué le estaba hablando.

—Me pediste que enviara la chaqueta, puesto que coincidía con la descripción de lo que Emelie llevaba puesto cuando fue a ver a Karim por última vez.

—Ya.

—¿Sabes qué había en el boli?

—No, Ove, no lo sé.

—Una huella dactilar que coincide con el supuesto agresor de un intento de violación no resuelto, cometido hace cinco años en el parque Rålambshovsparken.

—¿Qué clase de bolígrafo es?

—Un boli normal y corriente. Del hotel Palacio de Rosersberg.

*L*a gente esquivaba a Börje Rohdén en el centro de Farsta. Se detuvo en la papelera y hurgó. Nada de valor.

Una mujer lo observaba con repulsión. Börje se había acostumbrado a que la gente pusiera mala cara en su presencia. Al menos ahora ya no se sentía atormentado, como en sus primeros tiempos de vagabundo. En aquella época caminaba cabizbajo, con la mirada siempre en el suelo, para que nadie lo pudiera reconocer.

Börje fue a paso tranquilo hasta la siguiente papelera, encontró una botella de plástico reutilizable y la guardó en la bolsa. Hurgó más hondo. Notó el pringue frío y familiar, y retiró la mano. Una pasta marrón se le había pegado en los dedos. Excremento de perro.

—Joder —murmuró.

Con la mano en alto, buscó algún sitio donde limpiarse. Junto a un banco vio una servilleta arrugada y se lavó la mano con las últimas gotas que quedaban en la botella de plástico.

Börje cogió un periódico gratuito. Antes nunca se había molestado en leer la previsión meteorológica, excepto en época de vacaciones. Ahora el pronóstico era lo primero que miraba en cuanto se le cruzaba un periódico. Para los siguientes días daban un tiempo mejor. Sol, quince grados. Nada de lluvia. El calor parecía haber llegado para quedarse. Llevaba una vida bastante buena, a pesar de todo. Él y Eva habían sobrevivido su segundo invierno juntos, y más tarde quería sorprenderla con una Big Mac casi entera que había encontrado delante del McDonald's.

Börje introdujo las latas y las botellas en la máquina de reciclaje remunerado, se guardó las doce coronas que le dieron por ellas en el bolsillo y subió con las escaleras mecánicas hasta el andén del metro. Las vistas a los altos edificios habían hecho que los alcohólicos que se

117

juntaban en los bancos del andén para beber cerveza se refirieran al sitio como «Sky Bar».

En ese momento, en el bar solo había un cliente: Elvis Redling, *el Manco*, con su silla de ruedas motorizada adornada con pegatinas del Hammarby.

—Börje —le gritó Elvis cuando lo vio, le dio velocidad a la silla de ruedas y alzó el muñón—. Choca esos cinco.

Elvis se había criado en Farsta. Aquí había nacido, aquí seguiría.

El accidente había tenido lugar en el andén el verano de 1994. Elvis, a quien acababan de echar de su trabajo como carpintero, iba de camino al centro para celebrar la victoria de Suecia contra Rumanía en el Mundial de fútbol. Un amigo le dio un empujón y cayó a las vías del metro. Tres vagones le pasaron por encima. De su brazo y pierna izquierdos solo quedaron trizas de carne.

Börje echó un vistazo de reojo a la cesta de la silla de ruedas de Elvis. En ella llevaba una botella de vodka y un par de cervezas de alta graduación marca Åbro, 7,3°. Desde la muerte de su madre, hacía mes y medio, Elvis se había limitado a cerveza y pastillas. Por lo visto, había llegado la hora de volver al vodka.

—¿Cómo te va? —preguntó Börje, y se acomodó en el banco.

A Elvis le asomó un atisbo de inquietud en los ojos.

—Joder, Börje, no sé si voy a superar lo de mi vieja. Es la peor pesadilla que he tenido jamás. El otro día la llamé por teléfono, y me pregunté por qué no me lo cogía. Ah, no, claro, si está muerta. Todavía no me he enterado.

Börje no sabía qué decirle. Elvis se estiró hacia delante y sacó una Åbro. Un metro frenó en el andén. Una clase escolar se bajó del vagón y los niños los miraron un momento. Elvis escondió la cerveza en el regazo hasta que hubieron pasado todos. Siempre lo hacía.

«Delante de los críos no se bebe. Es como me han educado», había sido su respuesta, alguna vez que Börje le había preguntado, al comienzo de su amistad.

Dos vigilantes se les estaban acercando a paso lento. Börje los reconoció. Dos cabrones malvados. Sobre todo el grandullón, que se llamaba Jörgen. Llevaba la cabeza rapada y tenía barriga cervecera, los ojos muy juntos. Era evidente que disfrutaba mostrando su poder. El otro era de estatura media y complexión normal.

118

Jörgen se les plantó delante. El otro mantuvo unos pasos de distancia, apoyó la mano en la porra y ojeó el andén.

—Sabéis que no podéis estar aquí —dijo Jörgen, y se cogió con firmeza el cinturón—. Asustáis a la gente.

—Sé un poco razonable —empezó Börje tranquilamente.

—Tú te callas. —Jörgen esbozó una discreta sonrisa burlona—. Aborto. Si hubieses tenido algún tipo de honor en ese cuerpo repugnante, te habrías suicidado ya.

El vigilante más pequeño asintió con la cabeza.

Börje le puso una mano en el hombro a Elvis.

—Nos vamos, no merece la pena quedarse aquí discutiendo.

—Ratas asquerosas. Sois parásitos, deberíais ser exterminados —espetó Jörgen sin dejar de sonreír.

Börje y Elvis bajaron en silencio con el ascensor hasta la planta baja y dieron una vuelta por el centro de tiendas de Farsta antes de volver al andén.

Eva no llegó hasta unas horas más tarde. Börje se levantó y fue a su encuentro. Hundió la nariz en su pelo, que olía a recién lavado.

—Id a un hotel —gritó Elvis—. Ah, no, claro, eso es justo lo que no podéis hacer.

Elvis volvió rodando a su casa, Börje y Eva esperaron el metro. Ella descansó la cabeza en el hombro de Börje, parecía triste y ensimismada.

—Los próximos días va a hacer más calor —dijo para animarla—. Si tenemos suerte, ahora ya podremos mudarnos de forma permanente a Junibacken.

—Sería bonito, querido mío.

Su voz sonaba hueca, y la preocupación se extendió como agujas por su abdomen. Luego se acordó de la Big Mac. Hurgó en la chaqueta. La pareció insignificante, pero era lo único que tenía para ofrecer.

—Cierra los ojos —dijo.

Börje dejó el envoltorio de cartón a su lado en el banco y acercó la hamburguesa a la boca de Eva. Ella olisqueó.

—Abre.

La boca se cerró alrededor del panecillo y la carne y Eva abrió los ojos. Tragó y los volvió a cerrar. Cogió la hamburguesa con la mano y la devoró con los ojos entornados. Bocados pequeños, para que le durara todo lo posible. A Börje le encantaba verla comer. Si Eva tenía ganas de calmar el hambre, significaba que tenía ganas de vivir.

Una hora y media más tarde llegaron a Junibacken.

Pero Börje y Eva notaron al instante que no estaban solos. Había alguien hurgando entre sus cosas.

—Espera aquí, pequeña *madame* —susurró Börje, y se acercó.

4

*T*om fue zapeando de un canal a otro y se enganchó a un *reality show*, *Paradise Hotel*. Un par de años atrás tuvo una época en la que seguía el programa con una rigurosidad casi científica. Fue antes del despertar, cuando todavía trataba de comprender qué era lo que hacía que algunos chicos resultaran irresistibles para las mujeres.

En la tele se veían tres chicos en el gimnasio al aire libre, hablando. Dos estaban bronceados, eran musculosos e iban tatuados. El tercero era gordo, probablemente había pasado el *casting* para cumplir el papel de personaje cómico o algo así. Los dos machos alfa se pusieron a hacer pesas, jadeaban, se iban hinchando. El gordo los miraba e iba tomando sorbos de una lata de Coca-Cola. Se había sentado en un escalón y la barriga se despanzurraba por encima de sus bermudas.

—¿Te has planteado hacerte culturista? —le preguntó un macho alfa al otro.

—El problema de los culturistas es que en cuanto dejan de lado la carrera, se ponen gordos. Se les pone un cuerpo como el de Henke —respondió el otro, y señaló al gordo con la cabeza.

Los tres se echaron a reír. «Las mujeres —pensó Tom— jamás podrían decirse algo así entre ellas.» Se habría montado una bronca. Lágrimas. Los hombres estaban acostumbrados a bromear y ser motivo de chanza. Pero contra las mujeres no podías decir nunca ni una palabra. Sobre todo, de sus cuerpos.

Tom bostezó, sacó el teléfono, abrió Instagram para ver si Henrietta había actualizado su perfil.

Había publicado una foto hacía veintisiete minutos. Tom se incorporó, se acercó la pantalla a la cara.

«Cosas que pasan», ponía.

La foto estaba etiquetada con el hospital Danderyd. Urgencias.

Tom se mordió el labio mientras escribía el nombre de su novio, Douglas, en la barra de búsqueda. Estaba de viaje en el extranjero. Esta era su gran oportunidad para hablar con ella. De enseñarle lo que significaba para él. Le exigiría sacrificio, pero era un precio que estaba dispuesto a pagar.

Tom se levantó. Se puso su jersey favorito y desodorante en las axilas, de espaldas al espejo para no tener que lidiar con la visión de su cara.

Fue a la cocina, abrió uno de los cajones y sacó un cuchillo. Vio el reflejo de sí mismo en el cristal de la ventana. Se sintió como uno de los héroes de los videojuegos a los que jugaba. Comprobó que tuviera un rollo de papel de cocina a mano. Deslizó el filo del cuchillo por la yema de un dedo. Le dolería, pero con un poco de suerte no sería tan grave. La cicatriz lo ayudaría a parecer más varonil. Podría inventarse alguna historia buena. ¿Una pelea? ¿Un ataque de perro? ¿Se la había hecho mientras salvaba a una chica de un grupo de ladrones?

Tom marcó el número de Taxi Estocolmo y un contestador automático le informó de que todos los operadores estaban ocupados, que, por favor, se mantuviera a la espera.

Sujetó el mango del cuchillo con la mano derecha, hizo de tripas corazón, cerró los ojos y se hizo un corte en la palma de la mano. Soltó un jadeo.

El teléfono chisporroteó.

—Taxi Estocolmo, estás hablando con Linda.

La sangre mojaba la encimera, caía al suelo. Tom apretó las mandíbulas. Era un hombre de verdad que soportaba el dolor.

—¿Hola?

Miró la herida con fascinación, se estiró para coger el rollo de papel de cocina y se envolvió la mano sangrienta.

—Necesito un taxi en la calle Essinge Brogata —dijo Tom compungido—. Lo más rápido posible.

Cuando Tom entró en Urgencias del hospital Danderyd, el papel se había teñido completamente de rojo y la sangre le había manchado el jersey y los vaqueros.

La sala estaba bañada de una luz blanca y fría. En el centro había un mostrador ovalado en el que le tomaron los datos mientras una enfermera constató rápidamente que había que darle puntos. El personal sanitario corría de un lado a otro. Detrás de la cabeza de la mujer, Tom pudo ver una hilera de ocho camas en las que había pacientes tumbados. En una de las camas había un viejo balbuceando que parecía estar entrando en pánico, y una enfermera hacía lo que podía para tranquilizarlo.

Tom estiró el cuello, vio que Henrietta estaba a tres camas del viejo desubicado. Iba sin maquillar, parecía más joven que de costumbre. «Y más hermosa», pensó Tom. La cama de al lado estaba vacía. ¿Cuánto podría acercarse él? ¿Qué pasaría si ella lo reconocía del gimnasio? No, eso era imposible. Tom era una sombra, y lo más probable era que ella ni siquiera se acordara.

—Me siento muy cansado —dijo Tom, y miró suplicante a la enfermera—. ¿Podría tumbarme un rato? Si no, creo que me desmayaré de un momento a otro.

Fingió tambalearse, se agarró al mostrador con la mano que tenía sana.

—Acompáñame —dijo ella. Lo tomó del brazo y lo acompañó hasta la cama vacía. Henrietta ni siquiera alzó la vista—. Espera aquí, alguien vendrá a ocuparse de ti.

Las camas estaban separadas por una cortina que le impedía a Tom ver qué estaba haciendo Henrietta. Comenzó a arrepentirse de haber venido. ¿Qué iba a conseguir? Pasó media hora. Pasó una camilla con un hombre que iba gritando. Tenía el brazo retorcido en un ángulo antinatural. Tom cerró los ojos, escuchó los sonidos, se imaginó que era un héroe de la Segunda Guerra Mundial que había sido herido durante una misión secreta.

Una hora. Nadie vino a atenderlo. El corte en la palma de la mano palpitaba, cada vez le dolía más. El viejo desconcertado se alejó por el pasillo arrastrando los pies, solo para regresar al cabo de un rato acompañado de una enfermera.

Tom intentó captar la atención de una enfermera que pasó correteando, quería saber si tardarían mucho en ponerle los puntos, pero la mujer lo ignoró.

—Disculpa —oyó desde la cama de Henrietta—. ¿Podrías darme un poco de agua?

Nadie le hizo caso.

123

Tom bajó con cuidado los pies al suelo. Apartó la cortina. Henrietta se lo quedó mirando. ¿Lo reconocía?

—¿Sí?

Tom estaba obligado a decir algo.

—Querías... he oído... ¿quieres que te vaya a buscar agua?

Ella sonrió agradecida, señaló su pie vendado. Pese a haber estado preparado, Tom no podía dejar de sentir cierta pena porque ella no lo hubiera reconocido. Aunque quizá fuera mejor así. Ahora podría empezar de cero. Ser otra persona.

—Sería muy amable por tu parte.

*B*örje se acercó con sigilo al ruido y echó un vistazo desde detrás de un árbol. Una luz iba brincando por la oscuridad, y pudo ver a un hombre recogiendo las piedras de la hoguerita y tirándolas al bosque. Luego la figura se acercó a las bolsas negras de basura, las rasgó y comenzó a esparcir el contenido por el suelo. Pese a no haberle atisbado aún la cara, Börje sabía que era Oscar Sjölander, el presentador de televisión.

Lanzó una mirada inquieta hacia atrás, en dirección a Eva. No quería que se asustara ni se pusiera nerviosa.

Börje salió de su escondite. El presentador de tele se quedó paralizado, enderezó la espalda y se le acercó a toda prisa.

—Habéis robado la bicicleta de mi hijo —bramó.

—No, no hemos robado nada. Como puedes ver, aquí no está —dijo Börje con toda la tranquilidad que pudo.

Oscar Sjölander le apuntó a la cara con el haz de luz de la linterna. Börje entornó los ojos y se protegió con la mano para no deslumbrarse. Estaba manteniendo la calma. Por Eva. Si le tocaba un solo pelo de la cabeza a ese imbécil, la policía se los llevaría de allí.

—Entonces la habréis vendido para comprar bebida. Ya os he dicho que no os quiero aquí.

—Eso no lo decides tú. Vivimos aquí. ¿Podrías enfocar hacia otro lado?

Börje oyó ruido a su espalda. Eva. Oscar la apuntó con la linterna. Estaba nervioso.

—Llamaré a la policía —gritó Oscar Sjölander.

—¿No te parece que ya es suficiente?

—¿Cuánto nos costáis los yonquis a los que pagamos los impuestos? Si hubiese algún orden en este país, a la gente como vosotros los habríamos llevado al paredón y habríamos apretado el gatillo. Coge a tu novia borracha y largaos de aquí.

—No.

Oscar Sjölander dio un paso hacia Börje. Sus caras quedaron a la misma altura, separadas apenas medio palmo. Pasaron unos segundos hasta que el presentador de televisión comprendió que ya no podía hacer nada más. Le dio una patada a una de las bolsas de basura y desapareció por el bosque, de camino a su casa.

—Pues ya está —dijo Börje, y le sonrió a Eva—. ¿Estás bien?

Ella asintió despacio con la cabeza, paseó la mirada por sus pertenencias, que estaban esparcidas por el suelo húmedo. Börje volvió a reunir las piedras y las colocó en círculo para encender el fuego mientras Eva recogía la ropa y la tendía en la cuerda.

Cuando Börje tensó el toldo, su bota topó con algo duro. Los restos del *walkman*. Pisoteado.

—Joder —exclamó.

Eva, que estaba de cuclillas recogiendo los trozos de sus dos platos, alzó la mirada.

—Se ha cargado el *walkman*.

—A lo mejor Elvis o alguno de los chicos tiene uno que no necesita.

Eva siempre se refería a las figuras desaliñadas del Sky Bar como «los chicos». A Börje le parecía que había algo bonito en ello.

—Venga, vamos a comer, pequeña *madame*. Estoy hambriento.

Börje echó más ramas al fuego y se acurrucaron los dos lo más cerca que pudieron. Eva estaba saciada, después de la hamburguesa, y se contentó con una rebanada de pan. Él puso atún en la suya y comió con buen apetito. Cuando se hubo terminado el pescado, mojó unos trocitos de pan en el líquido de la lata, removió y se los metió en la boca.

—Pareces un poco triste —dijo él, tanteando—. No podemos dejar que la gente como Oscar Sjölander nos amargue la vida. Lo sabes, ¿verdad?

Eva miraba las llamas del fuego.

—No es por eso. Hoy he visto a Nina con un cochecito de bebé. La he visto bajarse del tren en Älvsjö. Primero he pensado que había tenido suerte. Me acababa de duchar, olía bien, seguramente no se me veía tan mal. Pero ella ha hecho como si no me hubiese visto.

Estaba tan contenta por ella, me gustaría haberme atrevido a acercarme para mirar al bebé, o al menos enterarme de si es niño o niña. He estado a punto de hacerlo varias veces. —Se mordió el labio—. Igual es mejor así. Fui una madre terrible, supongo que tampoco habría sido nada del otro mundo como abuela.

Börje la rodeó con un brazo. Quería animarla, decirle que todo iría bien, pero no podía mentirle. Nina había roto todo contacto con Eva. No había nada que sugiriera que eso fuera a cambiar.

—Es ella quien se pierde a la mejor abuela del mundo para su hijo —dijo, y eso era cierto.

Cuando se acostaron, media hora más tarde, Börje oyó que Eva estaba llorando. La abrazó, pero sin saber qué decir para consolarla.

127

6

*T*om dejó descorrida la cortina que había separado sus camas mientras miraba a su alrededor. Al otro lado del mostrador de recepción había una garrafa de agua transparente en un soporte. Tom cruzó el suelo, llenó un vaso de cartón y volvió. El anciano senil lo siguió con ojos vidriosos. Tom le dio el vaso a Henrietta, ella lo cogió y bebió con frenesí. Una gota le rezumó por la barbilla y el cuello y desapareció en dirección a sus pechos. Luego suspiró, dejó el vasito vacío a un lado.

—Gracias —dijo.

—¿Qué te ha pasado? —preguntó Tom.

Se sentía sorprendentemente seguro de sí mismo. Le había dado agua. Y ella no le había fruncido la nariz. Si Tom tenía alguna posibilidad de convertirse en su amante, era ahora.

—Me he lesionado entrenando —dijo Henrietta—. Dios, qué torpe soy.

Tom se sentó en su cama.

—¿Tú cómo has acabado aquí? —le preguntó ella, señalándole la mano.

Tom repitió lo que le había dicho a la enfermera.

—Me he cortado haciendo la cena.

¿Por qué no había mentido? Tenía que parecer interesante y echado para adelante, si quería tener alguna opción. Tenía que reparar el error.

Pero la conversación fluyó por sí sola, le parecía a Tom. Estaba hablando con Henrietta, sin ponerse nervioso. Sin tartamudear. Ella no le había puesto mala cara. No le había reprochado que era un mirón ni que olía mal.

Se pasó la lengua por los labios.

—¿De qué trabajas?

—Soy directora de proyectos en una agencia de relaciones públicas.

Aún no había sacado a su novio a colación. Eso tenía que significar algo. Quizá era como Tom había sospechado: que Henrietta estaba con Douglas más que nada para tener un sitio donde vivir. Ella era más joven y más guapa que él.

Tom la oía hablar, pero estaba demasiado ocupado pensando en cuántos hombres la habrían penetrado. En el foro en el que entraba con frecuencia había leído que la media para una chica occidental de veintidós años era, más o menos, cien parejas sexuales. Henrietta tenía algunos más. Cumplía veinticinco el 8 de mayo. ¿Doscientos hombres? El pene comenzó a hincharse debajo del pantalón, a rozar la tela de los calzoncillos.

Henrietta agitó la mano delante de sus ojos.

—¿Hola? —Se rio—. Te he preguntado a qué te dedicas.

—Soy policía —dijo él.

La mentira le salió por acto reflejo. Y se arrepintió al instante. No de haber mentido, sino de la profesión que había elegido. Policía era un oficio bueno y masculino, desde luego. Pero no ganaban demasiado dinero. Las mujeres querían ser mantenidas y cuidadas. A lo mejor debería haber dicho que trabajaba de corredor de bolsa. Ahora ya era demasiado tarde para cambiarlo. Se inclinó hacia delante, miró a su alrededor y bajó la voz a modo de intimidad.

—Soy investigador, y de vez en cuando trabajo como escolta.

Ella lo observó un momento, él apartó la mirada. Siempre le había costado mantener el contacto visual. ¿Sospechaba Henrietta que estaba mintiendo? Tom debía evitar la inseguridad. Había conseguido que ella hablara con él. Por dentro se los imaginó a los dos sentados a una mesa de cocina, cenando. Dos niños rubios en sus sillas. La cocina era luminosa y estaba limpia, como sacada de una revista de interiorismo. Él cuidaría de Henrietta, de sus hijos. Haría cualquier cosa por ellos. Nueva escena. Henrietta a horcajadas encima de él. Sus pechos fornidos botando mientras lo cabalgaba y jadeaba su nombre. Se retiraba, bajaba al suelo, sus ojos clavados en los de él, preparándose para meterse su miembro en la boca.

—Antes he mentido —se oyó a sí mismo decir—. No me he cortado cocinando. Había una chica a la que que estaban a punto de violar. El agresor llevaba un cuchillo. Me ha cortado en la mano cuando lo he desarmado. Pero la chica se encuentra bien, no le ha dado tiempo de hacerle daño. Lo más probable es que termine en la cárcel.

Henrietta abrió la boca para responder, pero giró la cabeza, miró a la izquierda de Tom. Había una enfermera a los pies de su cama.

—Tom Lindbeck, acompáñame para que te vea un médico.

Veinte minutos más tarde, la herida estaba lavada y cosida con tres puntos, y le habían vendado la mano. Tom se despidió del médico y salió apresurado al pasillo, correteó de vuelta al sitio donde había dejado a Henrietta. La cama que le habían designado a ella estaba ahora vacía. Tom se acercó al mostrador, interrumpió a un chico joven y se inclinó hacia la enfermera que había tomado nota de sus datos.

—¿Dónde está Henrietta?

—¿Disculpa?

—La mujer que estaba en la cama de al lado de la mía —dijo Tom agitado, y señaló con el dedo—. ¿Dónde está?

La enfermera se limpió la saliva de Tom del labio superior.

—Acaba de irse.

Tom dio media vuelta y salió a paso ligero por el pasillo que llevaba a la salida. Pulsó el botón del ascensor. Cambió de parecer, clavó el puño en la pared y bajó corriendo la escalera. La calle estaba oscura. Tom salió del vestíbulo, miró a un lado y al otro. Vacío, silencio. Detrás oyó el zumbido de las puertas correderas abriéndose.

Henrietta salió a la calle caminando a trompicones, con una muleta en cada mano. Al mismo tiempo, un taxi apareció a la vuelta de la esquina. Los faros hicieron que las sombras de Tom y Henrietta se irguieran como dos gigantes sobre la fachada del hospital.

—Cógelo tú —dijo Tom.

—Gracias.

El coche frenó y Tom abrió la puerta. Henrietta le pasó las muletas, se rio mientras subía con engorro al asiento trasero.

—¿Dónde vives? —le preguntó a Tom.

Él le devolvió las muletas y se inclinó un poco.

—En Lilla Essingen.

—Pues sube —dijo Henrietta—. Yo vivo en la plaza Sankt Eriksplan.

7

*E*ran las diez y media de la noche del domingo cuando Vanessa oyó que llamaban brevemente a la puerta de su piso. Se levantó, se puso unos vaqueros y una camiseta, y abrió tras echar un vistazo por la mirilla.

Nicolas entró. En el salón, señaló la almohada y la manta enrollada que había en el sofá.

—¿Tienes tres dormitorios y te empecinas en dormir ahí?

—Doy por hecho que has comprobado que no te ha seguido nadie hasta aquí.

—Solo he venido para darte las gracias por lo que hiciste el jueves. Entiendo que no fue fácil para ti.

—¿Quieres tomar algo?

—Lo mismo que tú.

Vanessa fue a buscar una botella de whisky, sacó dos vasos y los llenó. Se acomodaron en el sofá. Ella lo miró tranquilamente.

—¿Cómo conseguiste involucrarte en el tiroteo?

Nicolas dejó la copa en la mesita de centro.

—No podía dejar que la mataran. Si no hubiese intervenido, le habría pegado un tiro a ella también. El hombre al que abatió primero iba armado, le cogí el arma, tenía tiro libre y disparé.

Vanessa pensó que sonaba como un militar informando de la misión. Conciso. Objetivo. Sin arrepentimiento. Un mero soldado más que había cumplido con su deber, neutralizando al enemigo. Aun así, conocía a Nicolas lo suficiente como para comprender que le pesaba el hecho de haber matado a otra persona.

—¿Qué tal está Natasja?

Vanessa dejó la pregunta sin responder. Nicolas parecía arrepentido de haberla formulado.

—A finales del año pasado se enteró de que su padre seguía vivo —dijo Vanessa—. Ahora está con él, en Siria.

—¿Cómo se encuentra?

Vanessa se encogió de hombros.

—¿No has hablado con ella?

—Tiene que reconstruir su vida allí. No creo que quiera que yo...

—Ella te adora. Eso no te lo crees ni tú, Vanessa.

—Ya lo sé —dijo ella.

Se reclinó en el sofá, vació la copa y se estiró para coger la botella. Después de servirse, señaló la copa de Nicolas, pero él la tapó con una mano.

Vanessa no podía fingir. Nicolas había aparecido en la vida de ella y de Natasja poco después de que Vanessa hubiese conocido a la chica en la casa de acogida y hubiera decidido acogerla. Él había visto a Vanessa arriesgando su vida y su carrera por la niña.

—Supongo que la pura verdad es que no me veo capaz de hablar con ella. La echo demasiado de menos.

Nicolas le dio una palmada amistosa en la rodilla. Se levantó.

132

—¿Te vas?

—Supongo que mañana trabajas.

—¿No te puedes quedar un rato más? —Vanessa se puso en pie—. O bueno, vete, si tienes otras cosas que hacer.

Nicolas se la quedó mirando con media sonrisa.

—Me quedo un rato —dijo, se sentó de nuevo y se llenó el vaso—. Ivan se ha puesto en contacto conmigo. Quiere que nos veamos.

—¿Por qué?

—No lo sé. Está en el Centro Penitenciario de Åkersberga.

—Curioso. El domingo pasado estuve allí, en relación con un caso de homicidio. Una mujer joven fue asesinada. El ex, Karim Laimani, tenía permiso penitenciario. Al día siguiente se presentó en la penitenciaría con sangre de la chica en las suelas de sus zapatos. ¿Te puedes imaginar una rabia así porque te dejen?

—¿Es lo que ha dicho él?

—No, él lo niega. Mañana se celebra la audiencia y creo que al final lo condenarán. ¿Qué vas a hacer con Ivan?

—No sé. —Nicolas se quedó con la boca abierta, pero la continuación de su frase quedó en el aire. Negó en silencio—. Joder, realmente no lo sé.

A Vanessa le vino a la mente la cara de Ivan. Su cuerpo bajito, corpulento. El cuello inexistente y los ojos intrusivos. La inseguridad. El odio. Resultaba increíble pensar que Ivan y Nicolas habían sido mejores amigos. Costaba encontrar dos personas más diferentes.

—Me han hecho una oferta de trabajo —dijo Nicolas—. Al menos eso es lo que creo. Me crucé con uno de mis antiguos superiores. Está trabajando en una compañía de seguridad en Londres. Me dijo que yo... encajaría.

Vanessa se percató de que no quería que Nicolas se fuera. Quería tenerlo en Estocolmo. Cerca. Era un sentimiento egoísta. Ni siquiera tenían relación. Quizá fuera por el recuerdo que compartían de Natasja; mantenía a Vanessa viva.

—¿Qué opinas?

No podía pedirle que se quedara. Por ella, no.

—Necesitas darle un sentido a tu vida. Si no, perecerás. Te vi en Colonia Rhein, eras diferente. Funcionabas mejor. Creo que algunas personas necesitan algo por lo que luchar. Tú has vivido cosas que hacen que estés poco preparado para una vida normal y corriente.

—Lo he intentado —dijo Nicolas.

Vanessa le dio dos palmadas en el muslo.

—Lo sé.

Alzaron las copas, las hicieron chocar con un tintineo.

Había algo en Nicolas que la había atraído desde el primer momento. Que afloraba sin miramientos. Que le picaba. Le hacía cosquillas. Sin ir más lejos, físicamente hablando era una de las personas más atractivas que jamás había visto. Violentamente guapo, alto y musculoso, varonil sin ser macho. Nicolas era tierno. Le daba vueltas a las cosas. Pero llevaba dentro una oscuridad, una fuerza primitiva que el ejército sueco se había encargado de pulir mediante la inversión de una considerable cantidad de recursos. Para enseñarle a reconvertirla en una violencia controlada y efectiva.

Intuía que él también se sentía atraído por ella. Pero sabía que, si iba a pasar algo entre ambos, tendría que ser ella la que diera el paso. Había una frontera que los separaba, un acuerdo tácito que tendría que romper. Y Vanessa no estaba segura de si quería hacerlo. Porque una vez cruzara la línea que habían trazado, la relación cambiaría para siempre.

—¿En qué piensas? —preguntó Nicolas.

—En nada —respondió Vanessa.

133

8

*L*a mayoría de los reporteros, redactores y comerciales estaban fuera, repartidos entre la exigua oferta de restaurantes que había en el barrio de Marieberg. Siguiendo su tradición personal, el Bollo se había quedado en la oficina comiendo una empanadilla Gorby directamente en su mesa.

—¿Qué quieres que haga hoy? —preguntó Jasmina.

El Bollo dejó la empanadilla y terminó de masticar lo que tenía en la boca. Un trocito de carne picada brillaba rojizo entre los incisivos.

Desde que Max le había robado el artículo, el Bollo se había mostrado más afable con ella, le había brindado más confianza. Tuva debía de haberle informado de lo ocurrido. Y, obviamente, el Bollo agradecía que Jasmina no hubiese contado que él había rechazado esa misma propuesta de artículo cuando ella se lo había comentado. La joven no quería tener más enemigos en la redacción.

—A mediados de abril mataron a una mujer en Täby, a lo mejor has oído algo. La que hallaron apuñalada en su piso. No hemos publicado el nombre, pero se llamaba Emelie Rydén.

—Sí.

El Bollo quitó el resto de carne picada con la uña del dedo índice, lo observó un momento antes de metérselo en la boca con un sorbido.

—Hoy piden prisión para su ex, Karim Laimani. El puto enano tenía permiso penitenciario, para variar. Ve a los juzgados y haz un seguimiento de la audiencia.

Jasmina fue a su mesa. El sitio de Max Lewenhaupt llevaba vacío desde que Hans Hoffman había delatado su robo. Su futuro en el periódico no estaba claro. Oficialmente se había tomado unos días libres por motivos personales. Tuva le había pedido a Jasmina que no le contara nada a sus compañeros hasta que ella hubiese tomado una decisión como jefa.

Al mismo tiempo que era un gusto no tener que aguantar sus modales antipáticos y sus comentarios embarazosos, Jasmina sentía lástima por él. Robarle una idea de artículo a otra reportera era pasarse de todas las rayas. Pero *Kvällspressen* era un periódico peor sin Max. En poco tiempo había conseguido armar todo un equipo de informantes dentro de la policía. Tuva Algotsson lo tendría difícil para sustituirlo.

Jasmina recogió sus cosas y se dirigió a la salida. Bajó por las escaleras para no tener que compartir el ascensor con ningún hombre al que no conociera. Pasó la puerta giratoria y la recepción de la planta baja. Delante de la redacción se sentó en un banco a la espera de que pasara un taxi.

Un coche se apeó en la zona de carga y descarga. Tuva se bajó, se puso unas grandes gafas de sol que llevaba subidas en la cabeza y se encaminó hacia la puerta de entrada.

—Jasmina, estás ahí. ¿Vas a alguna parte?

—A los juzgados.

—¿Tienes un minuto? —Tuva echó un vistazo atrás, asegurándose de que nadie la oyera—. Se trata de Max.

Jasmina asintió. Tuva se bajó las gafas hasta la punta de la nariz y la contempló desde arriba.

—Me inclino a conservarlo en plantilla. Si no te parece mal. —Jasmina abrió la boca para responder, pero Tuva no había terminado—. Evidentemente, va a tener que pedirte disculpas. Y si vuelve a pasar algo parecido, ya puede decir adiós. Pero no puedo permitirme perder a otro buen reportero.

Jasmina se quedó pensando unos segundos. No quería causar problemas. Su futuro en el periódico seguía siendo incierto. Pero ¿a qué se refería Tuva con «otro»? ¿Habían echado a alguien más?

—Me parece bien.

—Si quieres, os puedo poner en turnos diferentes, para que no tengáis que coincidir.

Jasmina dijo que no con la cabeza.

—No hace falta.

Tuva pareció contentarse con su respuesta. La lealtad al periódico lo era todo. Una forma de mostrarla era estar siempre disponible cuando los jefes te llamaban, fuera la hora que fuera del día e independientemente de los planes que tuvieras. Otra, no hablar de los asuntos internos de *Kvällspressen*.

—Bien. Pues quedamos así. Y si tienes alguna idea de artículo que el Boll… digo… Bengt rechace, pues vienes a verme.

136

9

*B*örje inclinó la cabeza hacia atrás, contempló la fachada gris y sintió un cosquilleo en el estómago.

Nunca había visto a Nina, la hija de Eva, más que en la foto que Eva siempre llevaba consigo.

Al despertarse esa mañana, se había encontrado con el sitio de Eva vacío, y una abrumadora inquietud se había apoderado de él. Para no perder tiempo yendo de Tyresö al centro, Börje había decidido no volver a Junibacken, sino que había pasado la noche en un portal del barrio de Södermalm.

¿Cómo podía una persona a la que solo conocía desde hacía un par de años afectarlo tanto, como hacía Eva?

El primer encuentro, aquella fría tarde de otoño en el Sky Bar, había transformado su vida.

Börje tenía dos hijos. Sin duda, él los quería, pero el amor hacia ellos siempre había sido complicado. Reuniones de padres, recogidas, entrenos de fútbol, acostarlos. No había estado preparado para renunciar a sí mismo y a su vida por ellos.

Quizá la diferencia fuera justamente esa: cuando conoció a Eva no tenía nada que sacrificar. Ya era un indigente y un alcohólico. Tras los años de condena, su familia le había vuelto la espalda. Carecía de vivienda, se negaba a aceptar la ayuda de los Servicios Sociales. De día había estado aguardando la muerte con una botella de vodka en la mano en el Sky Bar. Los domingos se los pasaba tiritando por el síndrome de abstinencia en alguna arboleda o portal.

Eva y Börje se habían apoyado y querido el uno al otro con fervor, sin condiciones ni distracciones, porque ese amor era lo único que tenían que ofrecer.

Por primera vez en la vida se sentía vulnerable. Asustado. Sabía que sin Eva se hundiría, caería al abismo, sin poderse levantar de nuevo. No solo necesitaba a Eva por la persona que era, sino por la persona en la que lo convertía a él.

Si a ella le pasaba algo, un accidente o una sobredosis, y acababa en el hospital, Börje jamás se enteraría. No estaban casados. A ojos de las autoridades su amor no era nada. Pero en el mundo de Börje era lo más importante que había pasado jamás. Cerró los ojos y trató de reconfortarla con la fuerza de su voluntad. Al mismo tiempo, sabía lo que tenía que hacer. Para obtener respuestas, quizá para encontrar a Eva.

Börje se observó la cara en la ventana que había al lado del portal. Solía evitar los espejos. Se le hacía raro verse a sí mismo sucio y desaliñado. Tenía la tez cetrina, su aspecto era enfermizo. Miró fijamente a su reflejo, pensó en si los niños y su exmujer serían capaces de reconocerlo. Deseaba haber conocido a Nina en otras circunstancias. Que ella pudiera perdonar a Eva, o por lo menos no odiarla. Al mismo tiempo, la entendía, igual que entendía a sus propios hijos.

138 Con dedos torpes se arregló un par de mechones de pelo. Se recolocó el cuello de la camisa raída, con las uñas intentó limpiar las peores manchas antes de sacudirse el polvo de las perneras. Suficiente. Lo importante era descubrir si alguien había llamado a Nina para darle noticias de Eva. A la vez, eso era justo lo que le daba miedo: que hubieran informado a Nina de la muerte de su madre.

Börje esperó hasta que un hombre salió del portal, se metió y comprobó la lista de inquilinos.

Nina vivía en la tercera planta. Voces, televisores y risas lo iban recibiendo a medida que subía las escaleras. Sonidos que no sabes valorar hasta que no tienes dónde dormir. Cerró los ojos y escuchó los gritos infantiles.

«Por favor, que vaya bien», pensó. Delante de la puerta de Nina se arregló el pelo una última vez antes de llamar al timbre. Puede que fuera injusto tanto para Nina como para Eva presentarse allí, pero ¿qué otra cosa podía hacer?

Ya no aguantaba más la incertidumbre.

Börje oyó pasos, miró directo a la mirilla e hizo un intento por irradiar confianza. La puerta se abrió de golpe y su corazón dio un vuelco. No se había esperado que Nina se pareciera tanto a Eva.

—¿Sí? —dijo ella con suspicacia en la voz, y deslizó la mirada por la ropa sucia y ajada de Börje.

—Me llamo Börje —dijo él, y trató de esbozar una sonrisa—. Soy amigo de tu madre.

La mirada de Nina pasó de suspicaz a iracunda.

—Yo no tengo madre —dijo.

La puerta casi se cerró del todo antes de que Börje lograra meter un pie.

—¿Qué coño haces? —espetó ella—. Vete de aquí o llamo a la policía.

—Tienes que escucharme, por favor, Nina —le suplicó Börje—. Tu madre ha desaparecido. No sé dónde está.

—De pequeña yo también me preguntaba bastante a menudo dónde se había metido —dijo Nina.

—Sé que no ha sido una buena madre. Y ella también lo sabe. Pero se arrepiente, ha cambiado. Puede que no tenga buen aspecto, pero es la persona más bondadosa que conozco. Por favor. Ayúdame.

Nina soltó un bufido. Asomó la cabeza por la ranura de la puerta y señaló a Börje con el dedo.

139

—¿Cómo puedes decir que ha cambiado si se ha largado sin decir nada? Ya estoy harta de ella. Ahora, vete de aquí.

Nina cerró la puerta de golpe.

En el patio de fuera no había nadie. Börje sollozó, se secó una lágrima y se tapó la boca con la palma de la mano. Si fuera Eva quien lo buscara a él, sus hijos habrían reaccionado de la misma forma. Lo peor era que no los culpaba.

Eva era la única persona en el mundo a la que no había fallado, herido ni traicionado. Ella era la viva prueba de que Börje todavía podía hacer algo bien. Ella contaba con él, lo necesitaba. Mientras Eva siguiera respirando, Börje tenía una razón de existir y un lugar en el universo.

10

Jasmina se bajó del taxi delante de los juzgados y subió la escalinata a paso ligero. Antes de abrir el portal contempló un momento el cielo azul. Los meteorólogos hablaban de temperaturas por encima de los veinte grados. El verano parecía estar llegando de verdad, a tan solo dos días de comenzar el mes de mayo.

La audiencia de acusación iba a tener lugar en la sala 22.

Delante se agolpaban los periodistas y fotógrafos de SVT, Radio Suecia y el *Aftonposten*. Un par de mujeres activistas habían acudido con pancartas hechas en casa en las que se podía leer ASESINO DE MUJERES y MISÓGINO. Las redes sociales echaban humo. Aunque los medios oficiales no hubieran publicado el nombre de Karim Laimani, Jasmina había leído que su foto y sus datos personales aparecían tanto en Facebook como en el foro Flashback. En un artículo de debate, un catedrático de Derecho penal había llamado a la calma, recordando que no se había dictado sentencia alguna, y acto seguido se había visto amenazado de muerte y acusado de adular a los maltratadores y violadores.

El juez, que era quien en última instancia decidía si Karim Laimani entraba en prisión preventiva o no, tenía por fuerza que percibir la presión, pensó Jasmina. Otra cosa sería inhumana.

Si lo condenaban a prisión provisional, la prensa al menos sopesaría la opción de publicar su nombre y su fotografía. En realidad, incluso los periódicos solían esperar hasta la sentencia definitiva, pero en este caso había pruebas científicas y un gran interés público, más aún teniendo en cuenta que Suecia estaba en la estela del movimiento *Metoo*. Jasmina se oponía firmemente a las humillaciones públicas, sobre todo antes de la sentencia definitiva, pero por suerte la difícil decisión no estaba en sus manos. Hicieran lo que hiciesen Tuva Algotsson y los demás editores responsables serían recibidos con críticas.

Mientras Jasmina esperaba a que la sala se abriera, pensó un momento en la conversación que había tenido con Tuva. Claro que la ponía nerviosa el hecho de tener que coincidir de nuevo con Max Lewenhaupt, pero todo el mundo se merecía una segunda oportunidad. Y Tuva le había mostrado claramente que se había fijado en ella.

Se oyó un ruido en las puertas y el cúmulo de periodistas se puso en movimiento. Jasmina fue la última en entrar en la sala y se sentó en la última fila de bancos.

Estaba nerviosa porque era la primera vez que cubría una acusación de asesinato. Jasmina dejó el dictáfono sobre su muslo, pulsó REC y abrió el portátil.

La jueza, una mujer pelirroja que rondaba los cincuenta, entró en la sala. El bullicio de los periodistas cesó de golpe. Antes de tomar asiento en su silla exhortó al público a no interferir en la acusación.

Jasmina pudo notar que el nerviosismo y la tensión iban en aumento. Se abrió una segunda puerta, y cuando dirigió la mirada hacia allí, la sala comenzó a dar vueltas. El dictáfono cayó al suelo con un golpe. Jasmina se apresuró a recogerlo.

El hombre que entró era el mismo que la había violado.

141

*U*n Ford Scorpio de color granate entró en Surbrunnsgatan y aminoró la marcha. En el asiento de atrás, dos críos rubios pegaban las caras a la ventanilla y miraban a Vanessa sin ningún tipo de rubor.

Ove se bajó del coche, les dijo algo a los pequeños y luego fue al encuentro de Vanessa. A su espalda, la niña y el niño comenzaron a darse golpes.

—Bonitos, ¿a que sí? Me he dejado la correa en casa, si no, los habría sacado al césped —dijo Ove, señalando el parque del otro lado de la calle.

Vanessa esbozó media sonrisa.

—Tengo que irme dentro de poco, Liam tiene entreno de fútbol y Sara tiene una actuación de *ballet*.

—¿Y tu mujer?

—Ha desertado. Momentáneamente, espero. Está de *afterwork* con una amiga.

—Desertado —repitió Vanessa—. ¿No serás un hombre de esos que se refieren a su mujer como «la parienta»?

—Yo la llamo Lenin —dijo Ove, y sonrió—. Pero se justifica porque se llama Lena. Aquí tienes la carpeta con lo que he podido sacar del intento de violación.

El niño se quitó el cinturón y se abalanzó sobre el claxon. Tanto Ove como Vanessa dieron un brinco.

—Se acabó el alto el fuego. Tengo que volver al frente —dijo Ove.

Vanessa se quedó delante del portal con la carpeta bajo el brazo. Hacía una tarde bonita. El cielo brillaba azul claro y un viento sorprendentemente cálido corría entre las fachadas.

Consideró que podía permitirse un café en alguna terraza.

En la terraza del café Nestro encontró una mesa libre y pidió un café. Una mujer joven pasó empujando un cochecito. Vanessa la siguió con la mirada. Tragó saliva. Probablemente, madre primeriza. En el mismo instante en que Vanessa se había convertido en madre, todo lo demás había quedado recluido en el fondo. A partir de aquel momento, Vanessa era mamá antes que ninguna otra cosa. Cuando Adeline murió, ya no había nadie a quien hacer de madre. La niña gritona que había parido, que había sido creada en su útero, que se había nutrido directamente de ella, había desaparecido. Erradicada de la superficie terrestre. El dolor seguía siendo físico. Vanessa ni siquiera sabía en qué parte de Cuba estaba enterrada, ni siquiera si lo estaba. Se había ido al aeropuerto, había comprado un billete para el primer vuelo a Europa y había vuelto a Suecia. Nunca le había contado nada a nadie, ni siquiera a Svante. Quizá debería habérselo explicado. Entonces, varios años más tarde, él quizá no la habría convencido para que abortara.

—Maldito seas, Svante.

Vanessa sacó las gafas de sol del bolsillo de la americana, se las puso en la nariz y se sumió en la lectura.

El intento de violación en Rålambshovsparken había tenido lugar sobre las dos y media de la madrugada del 14 de mayo de 2014. La víctima se llamaba Klara Möller, una estudiante de Medicina de veintiún años que volvía a casa de un bar. El agresor se le había acercado por detrás, le había puesto una navaja al cuello y la había obligado a meterse entre unos arbustos. Pero de repente, y de forma inexplicable, el hombre había desaparecido. El policía que investigaba el caso le había preguntado a Klara Möller cómo podía saber que se trataba de un intento de violación.

«Porque lo dijo. Me dijo: "Te voy a follar como no te han follado nunca, maldita zorra estúpida"», había declarado Klara Möller.

Luego describía la complexión del hombre como debilucha, aunque le adjudicó una altura de casi un metro ochenta. En la cabeza se le veían calvas, llevaba gafitas rectangulares y tenía los ojos bastante juntos. La chica calculaba que tendría unos veinticinco años y que era de etnia sueca.

Vanessa sacó la foto del bolígrafo.

Era un boli normal y corriente de tinta azul. «Hotel Palacio de

143

Rosersberg», ponía en el lateral. ¿De dónde lo había sacado Emelie Rydén? ¿Lo habría conseguido en el salón de belleza?

Vanessa iba a pedirle a la Científica que revisaran la agenda de reservas del salón, para ver si últimamente había tenido algún cliente que coincidiera con la edad estimada del agresor. También decidió que, en cuanto tuviera tiempo, iría hasta el Rosersberg para buscar una conexión con Emelie Rydén. Pero tenía que hacerlo pronto. Si condenaban a Karim Laimani a prisión preventiva, Mikael Kask la mandaría a alguna ciudad de provincias para desahogar a los agentes locales.

Vanessa guardó los papeles en la carpeta y pidió más café.

12

*L*a jueza dictaminó prisión preventiva para Karim Laimani como principal sospechoso del asesinato de Emelie Rydén. Jasmina recogió sus cosas y abandonó la sala a toda prisa.

Cruzó casi corriendo el pasillo de baldosas y se metió en el cuarto de baño, cerró el compartimento, cayó de rodillas y vomitó dentro de la taza del váter.

Todo su cuerpo temblaba. Jasmina bajó la tapa, tiró de la cadena y sacó el teléfono.

Leyó el artículo de *Kvällspressen* sobre el homicidio. Según los datos facilitados por la policía, Emelie Rydén había sido asesinada alrededor de las doce de la noche del 20 al 21 de abril.

—No —susurró.

Jasmina negó con la cabeza. Era imposible. Ella había conocido a Thomas —Karim, se corrigió— sobre las ocho de la tarde. Las siguientes horas, él y los otros dos la habían estado violando. ¿O acaso se equivocaba? Todo apuntaba a que había sido Karim quien había matado a Emelie Rydén. Incluso habían encontrado sangre suya en la suela del zapato que llevaba puesto durante el permiso penitenciario. ¿Se estaba volviendo loca? Meció el cuerpo hacia delante y hacia atrás, y trató de evitar que las imágenes de la violación se le echaran encima.

Abrió la puerta y se topó con su propio reflejo en el espejo, al mismo tiempo que una de las dos mujeres activistas entraba en los lavabos. Fulminó a Jasmina con la mirada.

—¿Tú eres periodista? —preguntó.

Jasmina asintió con la cabeza. La chica resopló.

—No entiendo por qué no colgáis mediáticamente a ese desgraciado. Panda de cobardes. Dejáis que se salgan con la suya. En el me-

145

jor de los casos, le caerán un par de años más de cárcel; en el peor, lo dejarán libre. ¿Qué pasará con la siguiente mujer que corte con él?

Jasmina no dijo nada. Intentó rodear a la otra, pero la mujer dio un paso al lado y le cerró el camino.

—Como mujer, debería darte vergüenza. La próxima puede ser una amiga tuya, o tú misma, la que se vea perjudicada por un hombre como ese.

Jasmina salió de los servicios, notando que la activista la seguía con la mirada.

Se dirigió a la salida, donde los compañeros periodistas alargaban la tarea entre murmullos de decepción, con la esperanza de conseguir algo con lo cual poder rellenar sus artículos y noticias de la tele. El abogado de Karim Laimani no quería hacer comentarios. Incluso la fiscal había esquivado a la prensa.

Jasmina decidió volver caminando hasta la redacción para así poner un poco de orden al caos mental que se había generado en su cabeza. Nunca había detestado a ninguna persona con la violencia con la que odiaba a Karim. Quería hacerle daño físico.

Se hallaba ante un dilema. Si no contaba lo de la violación, estaría dejando que un asesino anduviera suelto. Pero si condenaban a Karim Laimani por asesinato, la pena sería considerablemente mayor que si lo condenaban por violación. Con sus antecedentes penales podían estar hablando de cadena perpetua. Además, las posibilidades de sentencia condenatoria eran más altas que cuando se trataba de una violación. Mediante su silencio, Jasmina podía conseguir apartarlo de la sociedad.

Pero ¿y el aspecto moral? ¿Podía Jasmina dejar que una persona —una persona despreciable que, sin duda, se merecía vivir entre rejas— fuera condenada por un crimen que no había cometido? ¿Y si ella le daba coartada y luego declaraban a Karim Laimani inocente de las acusaciones de violación? Si lo dejaban libre, y agredía a otra, ¿no tenía Jasmina, como ciudadana y, sobre todo, como mujer, el deber de mantener a los hombres como Karim lo más alejados de la sociedad como fuera posible?

13

*T*om estaba de pie en la esquina de Rörstrandsgatan y Norrbackagatan, vigilando el portal de Henrietta. De camino allí había entrado en Dressman para comprarse ropa nueva. Estaba tan satisfecho
que le había pedido al dependiente que le quitara los precios, se había puesto la camisa y los pantalones nuevos y la ropa vieja la había
guardado en la bolsa.

Durante las dos horas que llevaba allí se había visto azotado
tanto por la esperanza como por la desesperación. Se preguntaba
si su novio estaría allí dentro, si estaba cuidando de Henrietta. Si
era amable con ella. Atento. Si estaría echando abajo lo que Tom y
Henrietta habían construido en el hospital y en el hechizante viaje
en taxi por la noche de Estocolmo. A ratos se sentía convencido de
que Henrietta estaba enamorada de él. Que solo estaba esperando
a que Tom llamara a su puerta, le arrancara la ropa y pudiera en-
tregársele por completo.

El sábado se habían despedido delante del portal, Tom había permanecido callado todo el trayecto desde el hospital. Había mirado
por la ventanilla. No lograba recordar un momento en su vida en
el que hubiese sido tan feliz o hubiese estado tan cerca de otra persona que no le mostrara desprecio. Henrietta no había dicho gran
cosa, pero le había ofrecido acompañarla. Aunque fuera la diputación
quien pagaba la carrera, para Tom había sido una auténtica muestra
de amor.

Henrietta era su última esperanza. Llevaba desde la pubertad
anhelando acercarse al sexo de una mujer. Ser considerado lo bastante digno como para penetrarlo. Pero nunca había estado cerca. Nadie lo había visto lo bastante atractivo como para abrirse de piernas.
Ofrecerse. A sus treinta y tres años, seguía siendo virgen.

El portal se abrió y Henrietta salió como buenamente pudo. Llevaba vaqueros claros, una camiseta blanca y se había recogido el pelo en un moño.

Tom reprimió el impulso de ir corriendo y ofrecerle ayuda. Henrietta apoyó las muletas en el suelo y saltó en dirección a Sankt Eriksgatan. Tom la siguió despacio. Frustrantemente despacio. Tuvo que detenerse en varias ocasiones, obligándose a quedarse quieto, para no alcanzarla. En la pared que tenía delante había un poster colgado.

Amor Sororidad Música.
Un festival libre de hombres.

Al final Tom ya no pudo aguantar más y cruzó la calle a paso ligero, corrió cien metros y volvió a cambiar de acera, de tal modo que pudiera caminar en dirección a Henrietta. ¿Debía mantener la mirada al frente, no mirarla, para que fuera ella quien lo descubriera primero? Si no lo hacía, o si no se molestaba en saludarlo, todo habría sido en vano. Tendría que volver a empezar. Cuando faltaban apenas diez metros, se volvió hacia el escaparate y vio la cara de Henrietta reflejándose en el cristal.

—Anda, hola —dijo ella.

Tom dio la vuelta e hizo como si la viera ahora por primera vez.

—¿Vas a comprar algo? —preguntó Henrietta, y señaló el escaparate con la cabeza.

Tom no había reparado en que era una tienda de ropa interior. Maniquíes de piernas largas y con lencería provocadora que vigilaban la calle con mirada hueca. Tom quería que se lo tragara la tierra.

—¿Qué tal el pie? —murmuró.

—Me duele.

—¿Adónde ibas?

Henrietta levantó una muleta en dirección al centro comercial Västermalmsgallerian.

—He quedado para almorzar, pero he salido temprano. Cuesta calcular cuánto tiempo tardo en desplazarme con estas cosas. ¿Cómo va tu mano?

—Mejor. Yo también voy a tomar un café —dijo Tom—. Estoy esperando a un compañero.

Henrietta sonrió, no parecía entender que él quería acompañarla.

—Tengo que irme —dijo ella.

Tom entró en pánico. ¿Pensaba dejarlo ahora? ¿Qué había hecho mal? Habían empezado con tan buen pie. Henrietta se había detenido, lo había saludado, había charlado un poco. Había sido amable con él.

—Te acompaño —dijo.

Henrietta arqueó las cejas, selló los labios y asintió con la cabeza.

—Vale.

Tom pidió dos cafés en la cafetería que había delante del H&M de Västermalmsgallerian. Nunca había tomado café fuera de casa, no tenía la menor idea de que fuera tan caro. Sesenta coronas por dos tazas. Retiró la silla, dejó las tazas en la mesa y tomó asiento.

—Gracias.

¿Le preguntaba si había quedado con un hombre o una mujer? No. Pronto lo descubriría. Estaba contento de que Henrietta aún no le hubiera dicho nada del novio. Algo tenía que significar. Quizá esa fachada feliz que aparentaba en las redes sociales no era más que un bastidor. Tom había visto más allá. Había entendido que, en el fondo, Henrietta era sumamente infeliz.

La miró de reojo.

¿Se lo estaba imaginando o Henrietta era reservada? Hizo un repaso rápido a todo lo que había pasado desde que se habían cruzado por la calle. Aparte de que la tienda que se había quedado mirando era de ropa interior, no había cometido ningún otro error.

Aun así, se sentía paralizado. Incapaz de encontrar ningún tema de conversación.

Tom dio un trago de insulso café, se quemó la lengua. Se le empañaron los ojos.

—Quema —dijo.

Henrietta echó un vistazo a su reloj de pulsera.

—¿Te aburres en casa? —preguntó él.

—Sí.

—Puedo hacerte compañía. Podríamos ver una peli. Puedo cocinar para ti. O encargamos algo, yo invito. ¿Te gustan las hamburguesas?

149

El tiempo se agotaba, en cualquier momento llegaría la persona que Henrietta estaba esperando.

Ella volvió a mirarse la muñeca para comprobar la hora.

Tom sintió la desesperación corriendo por sus venas.

—¿Te apetece? ¿Esta noche, quizá?

—Tengo planes.

Tom se humedeció los labios.

—¿Qué pla...? ¿Mañana?

Henrietta alzó la mirada y Tom giró la cabeza. Detrás tenía a una mujer de pelo castaño de la misma edad que Henrietta. Rolliza. Con muslos gruesos embutidos en los vaqueros. Tom se sintió aliviado. No era Douglas ni ningún otro hombre. Y tampoco era tan raro que no pudiera quedar con Tom con tan poco margen de tiempo. Mientras la amiga se inclinaba para darle un abrazo a Henrietta, Tom pulsó el atajo para activar la grabadora de voz del móvil, se puso de pie y metió el teléfono en la bolsa de ropa.

Se presentó.

—Julia —dijo la amiga, y le estrechó la mano.

—¿Podríais vigilarme un momento las cosas mientras voy al lavabo? —les pidió él.

Las chicas asintieron y Julia se sentó en la silla vacía de Tom. Mientras buscaba los servicios se preguntó si ellas le pedirían que se quedara. Esperaba que sí. Se lavó las manos, evitó mirarse a sí mismo en el espejo, como de costumbre, y abrió la puerta para volver.

Tom se plantó junto a la mesa, esperó a que alguna de las dos propusiera que se cogiera una silla y les hiciera compañía. No pasó nada. Solo un grueso silencio. Cogió la bolsa. Esperó unos segundos más.

—Adiós —murmuró, dio media vuelta y se marchó.

14

Jasmina se quedó en la redacción pese a haber terminado de redactar hacía rato el artículo de tres mil caracteres sobre la decisión de la fiscal de declarar prisión preventiva para Karim Laimani, sospechoso del asesinato de su expareja Emelie Rydén.

Se sentía inquieta y le costaba concentrarse.

El odio de Jasmina hacia Karim Laimani estaba en conflicto con su moral y su deber como periodista. Tenía que perseguir la verdad. Y la verdad era que Karim Laimani era responsable de violación, con lo cual resultaba imposible que fuera el asesino de Emelie, puesto que los crímenes se habían cometido al mismo tiempo.

Jasmina no podía guardarse esa información sin contársela a la policía y dejar que el asesino de Emelie campara a sus anchas. Pero si le daba coartada a Karim Laimani, el relato de la violación saldría a la luz irremediablemente. Ella llevaría el sello de violación en la frente de por vida. Aunque quizá hubiera otro camino posible.

Cogió el móvil y le escribió un mensaje a Hans Hoffman preguntándole dónde estaba.

«En mi bar de siempre», respondió él al instante. Jasmina guardó el portátil prestado en la funda temporal que le habían dado y salió de la redacción.

El bar preferido de Hans Hoffman, Little Bollywood, resultó ser un restaurante indio ubicado en Fredhäll, a doscientos metros de las oficinas de *Kvällspressen*. No había clientes. Hoffman estaba sentado a una mesa cerca de la entrada, leyendo el *Aftonposten* y tomando una cerveza Singha.

—¿Tienes hambre? —le preguntó a Jasmina.

—No, gracias —dijo ella, y dejó la funda de ordenador en la silla vacía que tenía al lado—. ¿Vives por aquí cerca?

Hoffman alzó un dedo y señaló el techo.

—Tercera planta.

A Jasmina le vino a la memoria una conversación que había oído las primeras semanas en el periódico. Un editor se había quejado de que Hoffman no le cogiera el teléfono. Uno de los jefes de noticias le había dicho al editor que llamara al encargado del «indio» para que mirara si estaba allí. Un cuarto de hora más tarde, Hans Hoffman se había presentado en la redacción.

—¿Es buena la comida aquí? —preguntó Jasmina, más por llenar el silencio que otra cosa.

—No especialmente. Pero es mejor que los congelados que estuve comiendo los primeros años después de divorciarme.

—Lo lamento.

—No te molestes. Mi mujer es personal de ambulancia, le salvó la vida a un hombre que había sufrido un accidente de coche. Se casó con él un año más tarde. Son felices. Es una de esas historias que te parecen bonitas cuando no te han pasado a ti.

Jasmina sabía que Hoffman, que en su día había sido uno de los reporteros estrella del periódico, había tenido que dejar temporalmente *Kvällspressen*. Ahora comprendió que debió de ser por culpa del divorcio. Y por su consumo de alcohol, que debía de estar relacionado con la separación. Al cabo del tiempo se había reincorporado para hacer turnos de tarde y los fines de semana.

Hoffman arrancó un trozo de la etiqueta de la botella.

—No sientas lástima por mí, Jasmina. La vida cambia. Antes se me veía en los bares de la plaza Stureplan. El Riche, el Teatergrillen, el Sturehof, el Prinsen. Ahora estoy aquí. La gente que antes me saludaba, que me lamía el culo, que quería cenar conmigo, hace como si no me viera. Tú los llamas y ellos nunca te devuelven la llamada. Nadie quiere contratarte. Aquí mato el tiempo, y está bien así. Aprendes a vivir también con ello. Mejor cuéntame qué haces tú aquí.

—Necesito tu ayuda. Si tienes tiempo y ganas.

Hoffman alzó la botella, lo cual Jasmina interpretó como un sí.

—Eres el que tiene mejores fuentes dentro de la policía y me gustaría saber qué agentes están implicados en el caso de Karim Laimani.

Se rascó la perilla.

—¿Por qué?

—Solo quiero ahondar un poco.

—¿Ya no enseñan a mentir en la Facultad de Periodismo?

Jasmina abrió la boca para responder, pero guardó silencio cuando Hoffman alzó las manos y soltó una breve risa.

—Cuenta con ello, niña. Puedes irte, mientras tanto, luego te llamo.

153

*T*om estaba tumbado en el suelo del salón. En el piso reinaba una oscuridad compacta. De la avenida Essingeleden llegaba un zumbido constante de tráfico. Las ratas chillaban, correteaban por el despacho arañando el suelo con sus zarpitas afiladas. Buscó el teléfono móvil con la mano. Pulsó el botón de reproducción. ¿Por qué se torturaba? Había escuchado la grabación por lo menos veinte veces, se la sabía de memoria.

¿Quién era ese?

Solo un chico, lo conocí en el hospital.

Es un bicho raro. Te lo aseguro. Lo he visto al instante. Y su aliento.

Julia gorgoteó, simuló una arcada. A Henrietta se le escapó una risita.

Lo sé. Me mantendré alejada, pero me pareció buena persona. Y que estaba solo.

Para, Henri, daba asco. ¿Y has visto la ropa? ¿Qué coño llevaba puesto? Tienes que ser más clara con esa clase de tíos. Si no, un día te sacarán de las aguas del muelle de Frihamnen para meterte en una bolsa de cadáveres.

Luego Henrietta y Julia comenzaron a hablar de Douglas y Tom apagó el audio.

Las mujeres eran repugnantes. Tom no había hecho nada malo, pero ellas solo se fijaban en las apariencias. Y el dinero. Tom no podría acercarse nunca al sexo de una mujer, nunca sería considerado lo bastante digno como para esparcir sus semillas, procrear.

Se puso en pie, se quitó la nueva ropa a tirones. La metió debajo del sofá de una patada. No quería verla, no quería recordar. Sentía vergüenza. ¿Cómo se había podido engañar a sí mismo diciendo que Henrietta estaba interesada en él? Ella era igual que todas las demás.

Tom salió tambaleándose del cuarto de baño y encendió la luz. Comenzó a tirar de la venda, se sentía atrapado en su cuerpo. Soltó un grito. Clavó la mirada en su repulsiva y fea cara y se puso a chillar. Cerró la mano en la que tenía la herida y dio un puñetazo en el espejo. Sintió un estallido de dolor. La sangre comenzó a correr por su brazo. Debería ir a casa de Henrietta y humillarla.

Tom se dejó caer en el suelo del lavabo, hundió la cabeza entre sus manos. Estaba sollozando. Jadeando. El encuentro con Henrietta, las repentinas fantasías de una vida sin soledad como principal condición, como única condición, no habían cambiado nada. Estaba amputado para siempre del cuerpo de la sociedad. Era un apéndice, un órgano no necesario.

155

$\mathcal{U}$n ventilador de pie blanco, ubicado en un rincón de la estancia, trabajaba febrilmente.

Ivan Tomic se levantó de la silla cuando Nicolas apareció en el quicio de la puerta. Llevaba un conjunto de pantalón de chándal y sudadera de color gris. En los pies, unas zapatillas Adidas. Las cicatrices relucían en su cuero cabelludo rapado. Unos tatuajes oscuros asomaban por debajo del cuello del jersey y le cubrían el cuello de toro y la nuca.

Ivan tenía un cardenal en la frente. Se lo apretó con el dedo índice.

—Bronca. Por un huevo. Un tipo se pensaba que le había pispado el suyo.

—¿Y lo habías hecho?

Ivan esbozó media sonrisa. Asintió con la cabeza.

La última vez que se habían visto, Nicolas lo había obligado con violencia a revelar los planes que la Legión tenía de asaltar el piso protegido en el que Melina Davidson, la esposa de uno de los financieros secuestrados, estaba siendo protegida por la policía. Pero Ivan se había demorado adrede, hasta que ya era demasiado tarde. Cuando Nicolas y Vanessa llegaron, Melina estaba muerta.

—¿Qué quieres? —le preguntó, y sacó una silla para sentarse.

Ivan se tomó todo el tiempo que quiso. Se acomodó él también y se quedó mirando a Nicolas.

—Pedir perdón.

—Jamás te podré perdonar.

—La coca me hizo olvidar lo que era realmente importante. Traicioné a mi mejor amigo. Joder, tú nunca has hecho otra cosa que protegerme. Intentar llevarme por el buen camino. —Ivan se miró las manos, que estaban entrelazadas encima de la mesa—. Ahora estoy limpio, no pienso volver a meterme esa mierda nunca más. La cárcel te cambia, ¿sabes? Te da tiempo para pensar. En cómo te criaste, en la infancia, ese tipo de cosas.

Nicolas sopesó la idea de levantarse y marcharse de allí. Había sido un error venir. Lo hecho, hecho estaba. Por mucho que Ivan hubiese cambiado, Nicolas no lo quería en su vida. Habían pasado demasiadas cosas.

—Mi viejo ha muerto. Cáncer. De páncreas.

A Nicolas le vino la imagen de Milo, el padre de Ivan. El tipo era muy autoritario. Malo. Le daba auténticas palizas a Ivan, se pasaba el día gritando y despotricando. Un hombre de otra generación. Guardaba cierto parecido con Eduardo Paredes.

—Lo lamento.

—Tú siempre le gustaste. Supongo que preferiría que tú hubieras sido su hijo. Bueno en el colegio, apreciado por el entorno. Ya sabes, todo lo que yo no era.

—¿Pudisteis veros antes de que… muriera?

La boca de Ivan sonrió, pero sus ojos estaban tristes. Negó en silencio.

157

—Me escribió cuando se lo diagnosticaron, me dijo que no quería que yo fuera al entierro y que era su mayor error. La vergüenza de su vida. Eres la primera persona que viene a verme. No, la segunda.

Ivan apoyó el codo en la mesa y se pasó la palma de la mano por la cabeza afeitada. Nicolas sintió curiosidad. Ivan no tenía amigos; nunca los había tenido. En el colegio se referían a él como «el perro de Nicolas». Por un segundo, pensó que habría logrado engañar a Maria para que fuera a visitarlo.

—¿Quién ha venido?

—Solo un tío al que conocí aquí dentro. Eyup. Cuando salió se cargó a su esposa a cuchilladas. Pero lo soltaron por falta de pruebas.

Nicolas sintió que le subía la irritación. Un asesino de mujeres. Cómo no. Era imposible que Ivan cambiara, se drogara o no. En sus intentos desesperados de conseguir respeto y pertenencia se juntaba con cualquiera. Hombres que mataban a mujeres, miembros de bandas, violadores.

—¿Y tú? ¿Cómo te va? —preguntó Ivan.

—Me las apaño.

El ventilador se empecinaba, hacía todo lo posible por poner en movimiento el aire cargado que llenaba la estancia.

—Lo sé. Solo quería ser amable.

Nicolas retiró la silla.

—Esta es la última vez que nos vemos. Solo necesitaba poner punto final. No vuelvas a ponerte en contacto conmigo nunca más.

17

*L*os tráilers iban pasando uno tras otro y hacían temblar el puente de hormigón, Eva se aferró a la barandilla con las manos mientras los seguía con la mirada. De pequeña había soñado con ser camionera. Había algo en el tamaño de las carrocerías que le infundía seguridad: si eras la más grande, nadie te podía hacer daño. Seguiría las carreteras, por Europa y por el mundo entero.

Eva soltó la barandilla y siguió caminando.

Después de separarse de Börje, dos días atrás, se había mantenido alejada y había pasado las noches en sitios en los que él no la buscaría. Había evitado todos los lugares a los que acostumbraba a ir después de una recaída.

El bosque se erguía ante sus ojos. Aunque no pudiera ver a través de los árboles, sabía que el lago titilaba allí detrás. «Como una ventana a la tierra», como había escrito Tomas Tranströmer. A Eva le encantaba la poesía. Incluso había intentado escribir un par de poemas, pero le habían salido pomposos y ridículos. Nunca se los había enseñado a nadie, ni siquiera a Börje.

Bajo sus pies, el asfalto se tornó mantillo. Olía a humedad y a hojas. Los rayos del sol se abrían paso entre las copas. El zumbido del tráfico pesado sonaba cada vez más alejado, hasta que se redujo a un mero susurro.

El lago era más pequeño de lo que Eva recordaba. Solía pasar. Cosas que en la infancia parecían colosales e infinitas se encogían y se volvían manejables.

Encontró una gran oquedad en las rocas, se deslizó dentro y se dejó abrazar por la piedra.

¿Cuándo fue la primera vez que estuvo allí?

Debió de ser en 1980, cuando tenía once años y Kjell, su padrastro, la acababa de violar.

Tras varias horas caminando creyó que había llegado al mar, que lo que se veía al otro lado era Finlandia. Se había comido la comida que llevaba en la mochila y había leído *Los hermanos Corazón de León* en el resplandor de la linterna que le habían regalado por su cumpleaños.

A la mañana siguiente, una pareja mayor la había descubierto, le habían preguntado dónde estaban sus padres y se la habían llevado a la comisaría.

Kjell había ido a buscarla, le había dado un abrazo y le había dado las gracias a los agentes por su trabajo de encontrar a su querida hijastra. De camino a casa, se metió con el coche en un aparcamiento inhóspito, la tiró al asiento de atrás y volvió a violarla.

Eva se apartó un mechón de pelo de la cara y oteó el lago. ¿Por qué recordar lo difícil, lo que la había llevado hasta allí?

Más bien debería pensar en todo lo bonito, lo que la había mantenido alejada de esto.

El nacimiento de Nina, los primeros seis años de vida de su hija, cuando Eva había tenido fuerzas. Cuando se había mantenido alejada de la calle, de los chulos y los puteros. Unos años pobres, difíciles. Pero había procurado que Nina estuviera entera y limpia. Había conseguido un trabajo en un supermercado. Le había leído cuentos de Astrid Lindgren y había jugado con ella. Después la habían echado y no había visto otra salida que empezar a hacer la calle otra vez.

Prefería ponerse de rodillas ante los puteros que ante las autoridades. Los que compraban sexo por lo menos no disimulaban lo que andaban buscando.

Los años siguientes empezó a drogarse, se inyectaba la heroína que podía con tal de anestesiar el dolor. Le quitaron a Nina. El vacío en su pecho se hizo cada vez mayor; la oscuridad, cada vez más negra. Los hombres que le pegaban, que le decían lo inútil que era, los pisos asquerosos, las enfermedades.

Al final, lo único que esperaba era la muerte. Había estado cerca en varias ocasiones. Había sufrido sobredosis, la habían apalizado hasta dejarla inconsciente, otros yonquis o camellos la habían violado en portales. Pero siempre había sobrevivido, había conseguido tirar adelante.

Y luego había conocido a Börje en el Sky Bar.

Enseguida se percató de lo torpe y vergonzoso que él se volvía en su presencia. Era tan diferente a todos los hombres a los que había conocido hasta la fecha. Nunca esperaba nada de ella ni le decía cómo debería ser o comportarse. Eva se atrevía a reír sin taparse la boca con la mano, ni siquiera se le pasaba por la cabeza. Él conseguía hacerla reírse tanto de la desgracia que un día hasta se meó encima. Ni siquiera entonces sintió vergüenza. Se habían limitado a meterse desnudos en el agua delante de Junibacken y habían estado flotando bocarriba mientras miraban las estrellas del firmamento.

En el fondo, Eva siempre había sabido que el tiempo que compartiera con Börje era tiempo prestado. Las recaídas se iban repitiendo cada vez con más frecuencia y arrastraban a Börje consigo. Eva no podía seguir haciéndole daño. Él no tendría fuerzas para cargar con ella por tiempo ilimitado. Para que él pudiera levantar cabeza, ella no tenía más opción que morir.

Sacó la cánula y la dejó junto al mechero sobre la roca que tenía al lado. Esperaba que alguien la encontrara pronto, para que Börje no tuviera que lidiar con la incertidumbre y para que su cuerpo no se deteriorara demasiado.

En la bolsa llevaba las tres cartas de despedida que había escrito. Una para Börje, una para Nina y una para el nieto al que jamás llegaría a conocer. Preparó la jeringuilla, buscó una vena en la doblez del codo y se pinchó mientras recitaba su poema preferido, escrito por Yvonne Domeij.

Era un poema escrito para su hijo fallecido, Torbjörn. De cara al funeral, Yvonne se había obsesionado con mirar el tiempo que iba a hacer. No por ella, sino por el hijo.

Por la playa me paseo recogiendo piedras y conchas que quiero darte.
Puedes reírte de mí si te hace gracia, pero es lo único que puedo entregarte.

En la pobreza no hay belleza, y mejor ni pensemos en el amor.
Puedes reírte de mí si lo deseas, pero te seguiré queriendo de todos modos.

Eva pensó que Börje seguro que tendría un ojo puesto en el tiempo. Por ella.

161

Parte IV

No considero que las mujeres sean personas. Lo único que son, o deberían ser, es esclavas de los hombres. Hacer la comida, limpiar y abrirse de piernas cuando se les ordene.

Hombre anónimo

1

Oscar Sjölander, de cuarenta y dos años, avanzaba con su esposa Therese bajo el brazo por la alfombra roja que llevaba a la sala de patrocinadores. Después de que los pararan los fotógrafos de los dos periódicos y de una revista de famosos, él dio las gracias y buscó una mesa alta libre a un lado del bufé.

En el local se habían reunido una treintena de invitados especiales.

La gente, tanto jóvenes como mayores, mujeres y hombres, se le acercaba en un flujo continuo para pedirle un selfi. Él les decía que sí a todos con una sonrisa. Therese ponía buena cara. Sabía que era parte del trabajo de su marido.

Ella aprovechó para ir a buscar dos copas de vino, luego se quedó esperando a cierta distancia.

—Me sigue resultando incómodo —le susurró Therese cuando por fin se quedaron solos.

—Los niños se inventan cosas. Ya lo sabes.

Oscar saludó con la cabeza a un compañero de trabajo que pasó por allí.

—Josephine no suele decir mentiras.

Le vino la imagen de su hija de cinco años. El rostro angelical, el pelo encrespado y rubio y la naricilla con la que se moría de risa cuando él la hacía desaparecer con un truco de magia.

—Pues entonces lo ha soñado. Vivimos en Bromma, no en Bagdad. ¿Por qué iba nadie a entrar en una casa sin robar nada? ¿Solo quedarse ahí de pie mirándola?

—No lo sé —dijo Therese—. Pero yo me voy a casa después del programa.

Se quedó callada, mirando a Oscar de reojo. Él sabía que Therese estaba esperando su confirmación de que se iría con ella. No pensaba dársela. No quería prometer ese tipo de cosas. ¿Quién sabía cómo podía terminar una velada así?

Una bailarina pasó por delante del matrimonio, el cuerpo embutido en un vestido corto de encaje, las deliciosas piernas morenas envueltas en medias brillantes. Iba contoneando las caderas con sensualidad. ¿No era la que le había hecho una mamada en una fiesta de Navidad unos años antes? ¿Cómo se llamaba? ¿Mikaela? ¿Misha?

Faltaba una hora para empezar a emitir. A estas alturas Oscar detestaba este tipo de montajes. No tenía el menor interés en ver a media docena de famosos de segunda, bronceados y desesperados, intentando bailar. Patético. Pero una tipa de relaciones públicas de su productora, el canal TV4, lo había llamado y le había pedido que asistiera de público. Además, a Therese le gustaba el programa.

Oscar era de Växjö y había comenzado su carrera televisiva como reportero en la redacción deportiva de TV4, trabajando día y noche. Había cubierto mundiales de fútbol, mundiales de hockey, mundiales de balonmano y, finalmente, los Juegos Olímpicos. Había avanzado hasta periodista deportivo.

Era joven, popular y tenía buena planta. Las mujeres lo adoraban. La directiva del canal vio el potencial y lo sacó de deportes. Estuvo unos años dirigiendo la tertulia de la mañana, luego lo pusieron a cargo de un programa de entretenimiento que se emitía los viernes y luego lo honraron con su propio programa de debate.

Oscar se ganó el Cristal al mejor presentador de televisión, fue considerado el famoso al que más suecos querían tener de vecino y fue votado como el hombre con el que más suecos querrían tener una aventura.

A Therese la había conocido doce años antes. De fiesta. Era rubia, tenía una sonrisa hermosa y contagiosa. Se habían ido juntos a casa y al cabo de un año se habían casado. Por aquel entonces ella trabajaba de enfermera, ahora era la que se ocupaba de la sociedad anónima de Oscar y le llevaba la agenda de presentaciones y entrevistas. El tiempo que le sobraba lo dedicaba a los dos hijos que tenían en común.

Alguien le tocó el hombro. Mierda, Rakel. Llevaba una lata de Coca-Cola en la mano.

—Hola, Oscar.

Le empezaron a sudar las manos y se las secó discretamente en las perneras. ¿Cómo se atrevía a presentarse allí? Estaba loca.

Therese se adelantó, tendió una mano y se presentó.

—Somos compañeros de trabajo —dijo Rakel—. Oscar y yo trabajamos juntos en la producción de su programa de debate el año pasado.

Rakel conseguía hacerle sentirse joven otra vez. Al menos unos años más joven de lo que era. Últimamente, Oscar había comenzado a preguntarse si no se estaría enamorando de ella. Aprovechaba cualquier oportunidad para verla. No se cansaba.

—Qué bien —dijo Therese, y sonrió fríamente a Rakel.

Oscar sabía que ella detestaba que trabajara con mujeres más jóvenes. Las veía como una amenaza, y con razón. Sabía que a él le costaba no dejarse seducir. Oscar había observado una relación entre la intensidad de las sesiones de entrenamiento de Therese y si él estaba eventualmente implicado en una producción en la que había muchas mujeres jóvenes. Daba pena. Claro que sentía lástima por su mujer, pero no podía hacer nada al respecto.

Lo cierto era que, si Oscar hubiese tenido tiempo, podría haberse pasado por la piedra a las jóvenes ayudantes de producción una tras otra. Pero después del movimiento *Metoo* las normas del juego habían cambiado. El canal había estado a puntito de ponerlo de patitas en la calle. En el sector hacía tiempo que corrían rumores acerca de sus líos de faldas y sus infidelidades. Pero no solo eso. En un hilo de Flashback, el foro más grande de todo el país, se comentaba que maltrataba a Therese.

Antes del *Metoo* no se consideraba más que cotilleos, pero a partir de que la prensa comenzara a hacer trampas a la hora de evaluar las fuentes y a publicar nombres a lo loco, la actitud que los contratistas mostraban con Oscar había cambiado. Tanto Oscar como Therese habían recibido llamadas de reporteros sensacionalistas haciéndoles preguntas incómodas y mordaces.

Claro que él la había maltratado. En tres ocasiones la relación se había vuelto negra. Habían pasado página. Pero él no era una mala persona. Incluso votaba a Iniciativa Feminista, y el año anterior había participado en la manifestación que habían montado para el festival de mayo.

Pero una vez, de borrachera, se había pasado mucho de la raya.

167

Habían discutido y él le había cruzado la cara tan fuerte que la había dejado inconsciente. Temiendo por su vida, la había llevado al hospital.

Obviamente, ella había mentido para protegerlo, había dicho que se había caído por las escaleras. Y luego él estuvo avergonzado, y le prometió que nunca más volvería a pasar.

En relación al movimiento *Metoo* se había pasado varias horas llamando a distintas mujeres que tenían motivos para hablar con la prensa.

A veces, había suplicado. A veces, gritado y amenazado. Le había funcionado, excepto por un breve artículo en un medio del sector audiovisual sobre un perfil anónimo de varón en TV4 archiconocido por haber aprovechado su posición para acostarse con mujeres más jóvenes en diversas producciones. Pero se había salvado.

—Un placer —le dijo Therese a Rakel, y luego se volvió hacia él—. ¿Vamos a buscar nuestros sitios, cariño?

2

Vanessa se bajó del coche y recorrió el Palacio de Rosersberg con la mirada. Había focos iluminando la fachada mientras unas antorchas creaban un pasillo en la grava. A juzgar por el sonido, se estaba celebrando una gran fiesta. Probablemente una fiesta de empresa en la que la gente se emborrachaba demasiado, era infiel, acababa peleándose y hacía el ridículo en general. La grava crujía alegremente bajo los zapatos.

Vanessa quería investigar cómo el bolígrafo que le había comentado Ove Dahlberg cuando la había llamado, en el que había huellas dactilares que coincidían con las del intento de violación que tuvo lugar cinco años atrás, había llegado a la chaqueta de Emelie. No había tenido tiempo hasta ahora, pues le había dedicado toda la semana a un tiroteo en Linköping.

Su jefe, Mikael Kask, la había llamado para informarla de que la semana siguiente tendría que ir a Halmstad para echar una mano a los compañeros locales, en un caso de homicidio en una peluquería que llevaban dos años investigando.

Vanessa habría podido llamar directamente por teléfono, pero entonces la recepcionista habría tenido que consultar primero a sus superiores. Y estaría menos dispuesta a colaborar.

Abrió la puerta y entró en un gran vestíbulo iluminado por candelabros. Una alfombra verde y estrecha llevaba hasta un mostrador tras el cual había una mujer en traje negro que miró a Vanessa con una sonrisa.

—Buenas tardes —dijo la mujer—. ¿Tienes alguna reserva?

Vanessa le mostró su placa de policía. La sonrisa se esfumó.

—Necesito tu ayuda —dijo Vanessa, y desvió la mirada hasta el cartelito de la solapa: «Charlotta»—. ¿Habéis tenido a una huésped llamada Emelie Rydén?

—No sé si puedo…

En el mostrador había un cuenco lleno de bolígrafos iguales a los que habían encontrado en casa de Emelie.

—Lo dicho. Soy policía.

La mujer volvió a echar un vistazo a la placa de identificación, luego llevó las manos al teclado y comenzó a teclear con los índices. Vanessa recordó que su padre solía tratar las teclas de la máquina de escribir de la misma manera.

—No, ninguna Emelie Rydén —dijo al final Charlotta.

Una puerta lateral se abrió de golpe. Dos hombres entraron tambaleándose. Sus risas retumbaban entre las paredes de piedra mientras desaparecían escaleras arriba.

—¿Invitados de una conferencia? —preguntó Vanessa.

Vanessa cogió uno de los bolígrafos del cuenco y lo hizo rodar. Una persona, vinculada a Emelie, había estado justo donde estaba ella ahora. Había cogido un bolígrafo, se lo había llevado. Quizá incluso había hablado con la misma recepcionista.

—Necesito una lista de todas las empresas que han estado aquí en los últimos seis meses. Fiestas de Navidad, conferencias. Todo.

Charlotta puso los ojos como platos.

—¿Ahora?

—Si puede ser.

—Puede llevar su tiempo, nuestro sistema…

—¿Puedes tenerlo para mañana? —la interrumpió Vanessa.

Vanessa aparcó en su sitio de siempre en el garaje debajo de Norra Real. Hacía una tarde cálida, se echó la chaqueta azul sobre el brazo y abrió la puerta.

Del patio de la escuela llegaban voces y el sonido de una pelota botando. Había unos cuantos jóvenes jugando al baloncesto y tomando cerveza. ¿Cuántos años podían tener? ¿Dieciséis? ¿Diecisiete? Vanessa se detuvo. Escuchó las risas, las voces alegres y afónicas que de vez en cuando se veían ahogadas por el ruido de un taxi o autobús que pasaba.

Mientras se dirigía a casa la invadió la familiar y cansina sensación de soledad que la había acompañado desde que perdió a Adeline. Cuando la niña tenía apenas dos meses, se puso enferma. Vanessa la llevó al hospital, donde los médicos constataron que había sido infectada por una bacteria imposible de tratar. Lo único que podían hacer era mitigar el dolor mientras la niña se iba apagando. Adeline soltó su último aliento mientras Vanessa estaba a su lado.

¿Qué le impedía arrojarse desde un puente? O como hacía un momento, cuando iba por la autovía E4, girar el volante unos grados y chocar de frente con un camión. Vanessa no sabía decirlo. No le gustaba vivir. Las personas que le habían importado ya no estaban con ella. Adeline. Natasja. No contaba a Svante entre sus seres queridos, y sintió pena al reconocer que nunca había amado de verdad al hombre con el que había compartido más de una década de su vida.

¿Y ahora? Lo único que tenía era el trabajo. Y la pregunta era si de verdad le importaban las víctimas de asesinato sobre cuyas últimas horas intentaba arrojar luz. ¿O se trataba más bien de ella misma? De que no quería que la engañara un agresor. De castigar a quien jugara a ser Dios, a quien causaba dolor y sufrimiento. Poner orden. Tener el control.

Pensó en Nicolas, quien, tristemente, era lo más parecido a un amigo que había tenido en los últimos años. Lo echaba de menos. Por primera vez en mucho tiempo, Vanessa sintió ganas de beber. No unas copas, sino beber de verdad. Anestesiar el cuerpo. Perder el control. Morir un poquito. Sacó el otro teléfono, el que en su época en el Grupo Nova había usado para sus informantes criminales, y marcó el número que Nicolas le había dado cuando había estado en su casa.

171

3

*E*n el suelo reluciente del estudio había un exparticipante de *reality show* bailando un pasodoble con una bella morena. Oscar Sjölander ahogó un bostezo mientras intentaba encontrar a Rakel en las otras tribunas.

La estrella del *reality* se congeló con la bailarina entre sus brazos, y al instante siguiente estalló un fuerte aplauso. Detrás de Oscar, un hombre silbó tan fuerte que le pitaron los oídos. La estrella del *reality* alzó las manos al cielo y mostró sus dientes blanqueados.

El público se puso en pie preso del júbilo. Oscar aplaudió con gesto mecánico y notó que le estaba vibrando el teléfono en el bolsillo del pantalón. Supo que era Rakel y miró de reojo a Therese, que estaba escuchando en tensión el veredicto del jurado.

«¿Nos vemos esta noche?»

Oscar se quedó pensando. Por la mañana tenía que llevar a Laura, su hija mayor, a un partido a las once. Después iban a pasar toda la tarde del sábado en la casa de campo familiar. No le gustaba engañar a Therese, pero cualquier hombre que estuviera en su piel habría hecho lo mismo. Quien dijera lo contrario era marica o no entendía lo que algunas mujeres estaban dispuestas a hacer con tal de follarse a un famoso. Oscar era realista y no se hacía ilusiones. Tenía buena planta, desde luego, no había tenido ningún problema con las mujeres antes de ser presentador de televisión, pero la condición de famoso había multiplicado por mil su poder de atracción. Rakel tenía algo especial. Era diferente a las demás.

No era solo sexo.

Últimamente, Oscar se había preguntado a menudo cómo sería la vida con ella si dejaba a Therese. Quería a su esposa y a sus hijas, pero también necesitaba esto otro. Por el momento tenía suficiente con quedar con Rakel en habitaciones de hotel o en el pisito de ella. Tomar vino, echar un polvo, meterse una raya de coca, hablar de esas cosas de las que él y Therese ya no hablaban.

Pero ¿y dentro de un año, de seis meses? Los divorcios eran el pan de cada día. Los críos sufrían más viviendo a la sombra de un matrimonio en ruinas. Él no sería un padre ausente, sino que los acompañaría a los entrenos de fútbol, a las fiestas de cumpleaños y a los museos, igual que antes.

—Cariño —le susurró a Therese mientras le acariciaba el muslo con afecto—. Cuando esto acabe me voy a la casa de campo. La calefacción vuelve a dar problemas. Pero primero te llevo a casa.

Una hora más tarde fue a buscar a Rakel al muelle de Frihamnen, donde ella se había demorado en la zona VIP mientras él dejaba a Therese en Bromma.

Parte del público seguía allí, esperando transporte. Los taxis se iban rotando y Oscar aparcó su Mercedes SUV negro a cierta distancia del estudio para no ser descubierto.

Rakel abrió la puerta del acompañante y se sentó en el sitio en el que había ido su mujer hacía apenas un cuarto de hora. Se inclinó hacia delante y le metió la lengua con aroma mentolado en la boca, haciéndola rodar.

—Arranca —dijo, y conectó su móvil por Bluetooth—. Voy a poner nuestra lista.

Se alejaron de las grúas y los contenedores de Frihamnen al son de *In a Flash* de Ron Sexsmith. Rakel se puso a hablar, le contó que uno de los bailarines le había tirado la caña durante la pausa. Oscar se rio. No entendía a los hombres que tenían celos. Solía pensar que sería extraño que nadie quisiera acostarse con su chica. Rakel era una contadora de historias formidable. Aparte de lo obvio —que tenía un aspecto fantástico—, debía de ser eso lo que había captado su atención cuando habían trabajado juntos.

No había sido igual de fácil que las demás chicas de producción. No le había lanzado a Oscar las mismas miradas de admiración ni le había mostrado el mismo trato discretamente sumiso. Al contrario. Ella no le había mostrado ningún miedo, había hecho bromas a su costa y le había soltado pullas. Había conseguido que él se riera de sí mismo.

173

Rakel le había dejado claro desde el principio que no quería nada serio. Lo llamaba su «ligue famoso», y quedaba con él en hoteles después de irse de bares. En contra de lo habitual, esta vez fue Oscar quien insistió. Al final se había dicho a regañadientes que debía de estar enamorado de ella, aunque no pensaba reconocerlo nunca, por miedo a perderla. Pero en los últimos meses ella no se había mostrado tan dura. A veces incluso podía mostrarle algo que parecía cariño. Todavía se reía de él, de su vanidad, de la manera pedante en que se vestía, pero detrás del tono alegre que empleaba, a Oscar le parecía intuir que ella también comenzaba a considerar que la relación iba más allá del sexo.

—¿Tienes hambre?

—Me muero.

—McDonald's —dijeron al unísono, y se rieron.

Con Rakel la vida era fácil. Ron Sexsmith. Comida rápida. Batallitas de bares. Alcohol. Alguna que otra raya. Oscar sabía que no estaba siendo justo con Therese, que sus vidas también habían sido así en su día, pero ahora tenían una familia, por lo que los temas de conversación eran otros. Las niñas. Las reuniones de padres y madres. Los viajes en coche. Las agendas.

Un poco antes de Tyresö, Oscar se desvió para ir a la hamburguesería.

Como siempre, fueron al McAuto, en parte porque no querían que ningún comensal los viera, pero sobre todo porque preferían comer tranquilamente en la cabaña de verano.

Rakel encendió unas velas mientras Oscar sacaba la comida de las bolsas. Disfrutaba con aquella calma. No tener que lidiar con la ropa de calle de las niñas. No tener que mandarlas al cuarto de baño a lavarse las manos ni decirles que no la liaran con la comida. Después de cenar, cogieron una botella de vino, dos copas y se metieron en el jacuzzi exterior.

El agua humeaba, la columna de vapor ascendía hacia el cielo estrellado. El cuerpo desnudo y esbelto de Rakel lo llamaba por debajo de la superficie iluminada del agua.

Oscar pensó en los vagabundos. Los muy desgraciados habían montado una cabaña a doscientos metros de su casa de verano y lo llenaban todo de mierda, se drogaban y se emborrachaban cerca de sus hijas. En este momento, no los odiaba ni siquiera a ellos.

Miró a Rakel, quien tenía la cabeza apoyada en el canto de la piscinita. Tenía los ojos cerrados, estaba disfrutando.

¿Iba Oscar a renunciar a su familia por ella? La idea lo tentaba. Para no tener que andar a escondidas. No era un mal hombre. Compensaría económicamente a Therese de forma generosa, dejaría que se quedara con la casa. A nadie le faltaría de nada. Oscar tendría suficiente con ver a las niñas cada quince días, llevárselas de excursión, de viaje cuando tuvieran vacaciones. Podría mudarse a vivir con Rakel en un piso en el centro de la ciudad, quizá la convencería para tener una relación abierta. Hacer las cosas bien desde un buen comienzo, esta vez, para así no tener que pasearse con los remordimientos como un ancla que le cortara las alas.

Solo se vivía una vez, y Oscar quería sacarle el máximo jugo a su única existencia. Cuando era un joven reportero lleno de granos que trabajaba para el *Smålandsposten* jamás habría podido soñar con la posición que tenía a día de hoy. Había luchado, se había esforzado, se había abierto paso a codazos.

Observó que Rakel no había tocado el vino, se estiró para coger la copa y se la puso en la mano.

Ella la dejó en el borde del jacuzzi.

—Tengo que hablar contigo de una cosa —dijo.

Parecía preocupada, casi nerviosa. Cogió un poco de agua con la mano, se humedeció la cara.

—Ahora no te mueras de un infarto, pero estoy embarazada.

175

4

$\mathcal{V}$anessa se sintió como una adolescente cuando se metió dos botellas de whisky en los bolsillos del abrigo y bajó corriendo al taxi que la esperaba en la puerta. El taxista cogió la avenida Karlavägen. En la plaza Karlaplan giró a la derecha y se metió por Narvavägen.

Este barrio acaudalado y tradicional era donde se había criado. La sensación de exclusión estaba profundamente arraigada en Vanessa y nunca lograba deshacerse de ella, independientemente del contexto en el que se hallara. Solo en algunos momentos puntuales, con ciertas personas que también estaban fuera, podía experimentar algún tipo de pertenencia. ¿Podía, quizá, ser esa la razón por la que se sentía emparentada con Nicolas? El chaval de la periferia que, en contra de su voluntad, se había visto obligado a mezclarse con la cumbre de la clase alta en la Escuela Humanista de Sigtuna. Tenía, cuando menos, una relación con su padre igual de problemática que ella.

El taxi dio un bote cuando subió el puente de Djurgårdsbron y sacó a Vanessa de sus cavilaciones. El conductor frenó delante del enorme edificio de piedra del Museo Nórdico. Ella cruzó sin prisa el césped de detrás de Josefinas, el restaurante al aire libre, se acomodó en un banco y se quedó esperando.

Veinte minutos más tarde apareció Nicolas. Se sentó a su lado sin hacer ningún saludo formal. Tenía más barba que la última vez que se vieron, y enseguida consideró que le quedaba bien. Llevaba una bómber negra, chándal gris con capucha y vaqueros negros.

A lo largo del muelle del otro lado de la bahía de Ladugårdsviken, los faros de los coches se iban desplazando en ambos sentidos. En alguna parte oyeron el ruido de un barco a motor.

Vanessa le pasó una de las botellas de whisky. Nicolas la alzó bajo la luz de las farolas, le quitó el tapón y se la llevó a los labios. Ella alzó el brazo y señaló a la derecha, hacia la calle Strandvägen.

—En el instituto, Monica, mi hermana pequeña, salía con un chico que vivía allí. Lo pilló metiéndose mano con otra. Estuvimos una semana yendo las dos hasta allí cada noche para tirarle huevos en la ventana.

Dos ocas salieron de la orilla del agua, se sacudieron y se alejaron meciéndose hasta unos matorrales. Vanessa dio un trago de whisky.

—O como aquella vez, cuando Monica no se atrevía a cortar con otro novio suyo. Se pasó una semana sin decir nada, paseándose y comiéndose la cabeza. Al final conseguí que me dijera qué le pasaba. Tenemos la misma voz, así que la cosa terminó con que yo llamé al novio haciéndome pasar por ella. A partir de entonces lo establecimos como sistema. Cada una llamaba para cortar con el novio de la otra.

Nicolas alzó la botella. Vanessa hizo lo mismo. El cristal tintineó.

—Mola. Salud.

—Salud.

Reclinaron las cabezas y dieron un trago sincronizado.

—Tengo ganas de emborracharme hasta volver a la era del simio —dijo Vanessa.

—¿Por qué?

Ella se encogió de hombros.

—Quizá porque hoy es el cumpleaños de Adeline. Quizá solo sea por la época del año. Todas las personas de mi alrededor se preparan para el verano, están planificando las vacaciones, el tiempo que pasarán con los críos. Yo no tengo nada de eso. Joder, tengo varios millones en el banco, pero no tengo a nadie con quien irme de viaje.

—Suena triste.

Vanessa nunca hablaba de Adeline. Pero había algo en Nicolas que la hacía bajar la guardia. ¿Quería contarle por qué a veces era tan difícil tratar con ella?

—Convertirte en madre es poder morir dos veces. Cuando Adeline murió, yo también morí. ¿Entiendes? Estoy muerta, pese a seguir respirando. Por eso...

Se le cortó la voz. Vanessa le dio un señor trago a la botella. Notó el calor agradable que la bebida le esparció por el estómago.

—Adeline está enterrada en Cuba. Mi hija adoptiva, o como sea que tengo que llamar a Natasja, está en Siria. No creo que vaya a vol-

177

ver a ver ninguna de las dos. ¿Por qué le dedicamos tanto tiempo a pensar en los que ya no están, en lugar de pensar en las personas que tenemos a nuestro alrededor?

Nicolas se quedó un rato pensando.

—Hasta que no desaparecen no las identificamos debidamente y echamos cuenta de quiénes eran. Cuando ponemos punto final a su presencia es cuando nos tomamos el debido tiempo para entenderlas. Condenarlas. O liberarlas. Entonces por fin podemos decir «él era así, o él era asá». Cuando mueren, resulta más fácil. Ya no te pueden contradecir nunca.

—¿Y tu madre?

—¿Qué pasa con ella?

—Me has hablado de tu padre, pero nunca has mencionado ni una palabra de tu madre. ¿Ella no era importante para ti?

Vanessa se percató de que el alcohol le estaba anestesiando la lengua y la hacía balbucear.

—Me duele demasiado hablar de ella. Es como si cargara con su muerte, a la espalda, siempre. A cada paso que doy. En cada situación. Más o menos igual que tú cargas con la de Adeline.

Se le hizo extraño que otra persona pronunciara el nombre de su hija.

—No es lo...

Nicolas se dio cuenta de que había conseguido importunar a Vanessa. Levantó una mano en gesto de resignación.

—Da igual. No, no es lo mismo.

Se quedaron en silencio. Otearon las aguas oscuras y la ciudad iluminada.

Vanessa sintió que estaba peligrosamente a punto de cruzar aquella frontera. Le gustaba su propia vulnerabilidad cuando estaba cerca de Nicolas. La manera en que se quitaba la coraza, capa tras capa. Ante los demás quería ser invulnerable, veía cada palabra como una emboscada potencial, pero con Nicolas era muy obvio que él no quería hacerle ningún mal.

Vanessa estiró una mano, cogió la de Nicolas y la abrazó. Él se la quedó mirando, sorprendido.

¿Qué respondería si ella lo invitaba a su casa en la calle Roslagsgatan?

Vanessa lo miró de reojo, Nicolas estaba ausente, y ella lo conocía lo bastante bien como para saber que había algo que le pesaba.

—¿Qué pasa, Nicolas?

—El trabajo en Londres del que te hablé. Lo he aceptado.

Vanessa retiró la mano. Trató de digerir que él estaba a punto de desaparecer. Londres solo estaba a unas horas de distancia, pero ahora que por fin había vuelto a la vida de Vanessa, le pareció demasiado lejos. Pero era lo mejor para él. Tenía unos diez años menos que ella.

—Enhorabuena —dijo sin emoción alguna.

—He salido indemne del tiroteo en la pizzería por los pelos. Tus compañeros de trabajo me encontrarán, tarde o temprano, y entenderán mi papel en los secuestros. Y si lo hacen, encontrarán la conexión contigo.

—Entonces, ¿esto es una despedida?

—Me voy el fin de semana que viene. —La miró directamente a los ojos, sonrió y ladeó la cabeza—. ¿Podrás echarle un ojo a Celine de vez en cuando? Necesita un amigo o una amiga.

«¿Y quién no?», pensó Vanessa lúgubre. Apretó los labios, no quería mostrar lo herida que se sentía con las novedades. Se puso de pie.

—Nos vemos —dijo, y comenzó a caminar en dirección al puente de Djurgårdsbron.

179

5

*R*akel Sjödin se quedó tumbada en la cama mientras el ruido del motor se iba alejando. Cerró los ojos. Disfrutó de la soledad. Como de costumbre, quería alargar un poco antes de llamar al taxi. Allí fuera el silencio era casi exótico para ella, por su condición de haberse criado en la ciudad.

Había algo prohibido y emocionante en estar sola en la casa de otra familia. Si al final de verdad acababan siendo ella y Oscar, vendría a la casa de verano siempre que le fuera posible. Antes de conocerlo había soñado con un piso grande en el centro, pero desde hacía ya un tiempo cada vez era más habitual que se descubriera mirando casas un poco apartadas en las páginas de inmobiliarias.

Rodó hasta tumbarse bocarriba, contempló las bonitas vigas que cruzaban el techo.

«Estoy embarazada.» Después de decirle ayer las vertiginosas y a la vez fantásticas palabras a Oscar, había cerrado los ojos, temerosa de cuál sería su reacción. Se había quedado pasmado, ciertamente. Si él le pedía que abortara, ella lo haría. No era ninguna psicópata, la típica tía que salía en las series que decidía tirar adelante con el crío solo para seguir teniendo al padre amarrado en su vida. Rakel no pensaba traer al mundo a ningún bebé en contra de la voluntad de él. No sería bueno para nadie. Sobre todo para el crío. O para la carrera de Rakel.

Bajó los pies desnudos al suelo blanco de madera. Se puso de pie. Notó el esperma de Oscar rezumando por el interior de su muslo. A lo mejor habían sido imaginaciones suyas, pero esa mañana, cuando él había rodado hasta pegarse a ella en la cama, como siempre, y la había acariciado donde sabía que tenía que hacer para excitarla y luego la había follado, le había parecido diferente. Había notado que Oscar tenía una presencia más seria, de alguna extraña manera. A Rakel le había gustado. Las otras maneras también le habían gustado, sin duda. Pero esto había sido... eso, diferente.

Rakel pasó por delante del gran espejo que había junto a la puerta del dormitorio. Se detuvo. Se puso de lado. No se le veía que llevaba un bebé dentro. Todavía no. Seguía teniendo la misma figura esbelta y la misma barriga plana. Se llevó la palma de la mano al culo. Se lo agarró con fuerza. No, eso no era un cuerpo de madre. Pero las cosas cambiarían. Tendría que estar preparada para ello. Aunque no pensaba ser una de esas madres que se pasaban el día hablando de su crío, esas que después de unas horas de visita en la maternidad ya no podían comportarse en sociedad. Las que solo eran «madre», nada más. Las que renunciaban a toda su identidad. Para Rakel no había nada más triste.

Salió al salón-comedor con cocina americana. El olor a café recién hecho era intenso. Sacó una taza y la llenó. Se puso la bata de Ralph Lauren de Oscar que él le había dejado y se acomodó en el sofá, subiendo las piernas a la mesita de centro.

Ella no sería como la mujer de Oscar. A Rakel, Therese le daba pena. Y también las niñas, que ahora se verían obligadas a vivir un divorcio. Rakel era hija de padres divorciados, sabía el difícil cambio que suponía. Se comprometió consigo misma a ser siempre amable con las hijas de Oscar, a tratarlas igual de bien que al pequeño ser que llevaba dentro.

Por un momento pensó en si cogía el móvil y llamaba a Katja. Su amiga sabía que Rakel pensaba contárselo a Oscar, debía de estarse preguntando cómo había ido.

Bostezó. La llamada podía esperar. Ya lo haría desde el taxi, de camino a la ciudad. Le diría de quedar en la plaza Nytorget. Sería un alivio poder contárselo a Katja, que había estado en contra de la relación. Había entrado en Flashback y con labios fruncidos había señalado el hilo sobre Oscar. Lo tildaban de maltratador. Rakel había negado con la cabeza. A partir de ahora tendría que acostumbrarse a ese tipo de cotilleos.

Oyó pasos en la tarima de madera de fuera y se quedó mirando la puerta del recibidor. ¿Y si era Therese? ¿Y si habían salido antes a la casa de campo sin decirle nada a Oscar? Pero al instante siguiente llamaron al timbre. No podía ser Therese; ella tenía llaves. Rakel se levantó, se apretó el cinturón de la bata y se fue a abrir.

6

*P*or primera vez desde la desaparición de Eva, Börje había vuelto a dormir en Junibacken. Se ató los zapatos, notó el insistente dolor en la zona lumbar y enderezó la espalda. Apoyó las palmas donde le dolía, hizo una mueca, empujó la cadera hasta oír un crujido.

Dejó Junibacken atrás, lanzó una última mirada a lo que había sido la casa de Eva y él y se dirigió a paso lento hacia el camino del bosque.

Estaba viva. Él lo sabía.

Lo último que pensaba perder era la esperanza. No iba a descansar hasta encontrar a Eva. Se le había hecho raro dormir en Junibacken. Se había sentido vacío. El sitio era de los dos. Se había pasado la mayor parte de la noche en vela, dando vueltas. Intentando encontrar una postura en la que consiguiera relajarse. Los pocos ratos que había logrado dormirse había soñado con Eva. Que por fin había vuelto. Era verano, se bañaban, compartían un helado.

No tendría que haber pasado esto. Habían sobrevivido a un invierno frío, difícil y jodido. Y ahora Eva había desaparecido. Por otro lado, era bueno que hubiese desaparecido en esta época del año y no durante los meses más fríos, porque entonces podría morir por congelación, un coche podría atropellarla en la oscuridad, podría perderse y meterse por una laguna helada y acabar rompiendo el hielo.

—Para ya —se dijo a sí mismo.

Se quitó esas ideas tan oscuras de la cabeza.

Eva seguía con vida. Pronto la encontraría y, por muy mal que estuviera, él conseguiría devolverle la salud y la fuerza. Estaría a su lado. La llevaría en brazos, si era lo que hacía falta. No había otra alternativa.

Notó que estaba sudando y se detuvo para quitarse la chaqueta.

Vio a alguien moviéndose en el jardín de Oscar Sjölander. Un hombre se estaba dirigiendo a la puerta de la casa. Antes de llamar al timbre miró a un lado y al otro.

Börje se quedó quieto detrás de la vegetación. Observó la escena.

Al final la puerta se abrió y apareció una mujer de pelo castaño que llevaba puesta una bata azul. Börje entornó los ojos. La distancia le emborronaba los rasgos del hombre. Pero no le parecía que la mujer fuera la esposa de Oscar, Therese.

La mujer en la puerta intercambió unas palabras con el hombre, al instante siguiente se hizo a un lado, lo dejó pasar y volvió a cerrar la puerta.

Börje se quedó un rato donde estaba antes de seguir su camino. Había algo en la ropa del hombre, su manera de comportarse, que le había despertado la curiosidad. Pero no tenía claro qué era, exactamente.

$\mathcal{V}$anessa iba caminando por la avenida Sveavägen. Hacía un sol abrasador. El termómetro marcaba veintidós grados a la sombra y los meteorólogos habían dicho que los próximos días serían aún más calurosos. Como la ola de calor provenía del Este, los dos periódicos principales lo presentaban como «La ola rusa» en portada.

Seguía teniendo la cabeza a punto de estallar después de la cita con Nicolas. Llevaba dos horas deambulando por el centro para quitarse el dolor de cabeza, pero no le había servido de nada. Estaba decepcionada con que Nicolas se fuera a vivir a Londres. A pesar de saber que para él ella no tenía ninguna cabida.

Al otro lado de Sveavägen se abría Observatorieparken, verde y sugerente. En la fuente vacía había unos chavales patinando. Había también gente esparcida al pie de la colina, sentada sobre mantas de colores. En la escalinata de la Biblioteca Estatal había un camello esperando clientes. Por Sveavägen iban pasando grupos de *runners*. Vanessa se pidió un *frappé* en una cafetería y siguió en dirección a su casa.

Cuando se acercó al número 13 de Roslagsgatan vio a una mujer con pelo encrespado y suelto y gafas redondas, esperando debajo del andamio. Para sorpresa de Vanessa, la mujer echó a andar en dirección a ella.

—¿Vanessa Frank? —le preguntó.

—¿Sí?

—¿Tendrías un momento?

—Depende de qué se trate.

La mujer se aclaró la garganta.

—Uno de tus casos.

Pensándolo bien, aquella cara no le resultaba del todo desconoci-

184

da. Vanessa intentó recordar dónde la había visto. ¿Una testigo en algún antiguo caso?

—¿De qué me suenas?

—Me llamo Jasmina Kovac. Soy periodista. En *Kvällspressen*.

Vanessa arqueó las cejas.

—Si lo que quieres es una entrevista, tendrás que dirigirte al servicio de prensa de la policía —dijo, dio un paso a un lado y puso rumbo al portal.

Jasmina Kovac alargó una mano y le tocó el brazo a Vanessa, pero la retiró en cuanto esta la fulminó con la mirada.

—No vengo como periodista —dijo—. Por favor, dame solo dos minutos. Es importante.

Vanessa le echó una mirada por encima del hombro. Ser vista con una periodista no era bueno. Menos aún si se trataba de una de uno de los grandes periódicos. Podía parecer que estuviera filtrando información. Pero había algo en el rostro desesperado de la joven que despertó la curiosidad de Vanessa. Y su compasión.

—Por favor —repitió Jasmina.

Vanessa señaló el parque de Monica Zetterlund. Cruzaron Roslagsgatan, Vanessa primero, Jasmina unos metros más atrás. Se sentaron en el banco de madera donde iban sonando canciones de la legendaria cantante de jazz las veinticuatro horas al día. Vanessa se llevó la pajita del café a la boca.

—¿Qué quieres?

—Vengo a ti porque eres la única mujer que está investigando este caso —dijo Jasmina, y se retorció en el banco—. Lo que tengo que contar… me preguntaba si puedes mantenerlo en secreto.

—Si quieres hablar con alguien que guarde secreto profesional, tendrás que buscarte a un psicólogo o a un cura —dijo Vanessa, pero se arrepintió al instante al ver la expresión de Jasmina.

Sorbió lo que le quedaba de *frappé*, se medio levantó y tiró el vaso vacío a la papelera.

—Karim Laimani no ha matado a Emelie Rydén —dijo Jasmina en una exhalación.

Vanessa se volvió asombrada hacia ella.

—¿Qué te hace estar tan segura de eso?

—Simplemente, lo sé.

—Con todo el respeto, las evidencias técnicas dicen otra cosa.

185

—El 20 de abril yo estaba en el Scandic Anglais, el hotel de la plaza Stureplan. Un hombre se me acercó y comenzamos a charlar. Me invitó a un café. Me dijo que se llamaba Thomas. Al principio no vi nada raro en él, pero luego se puso pesado. Cuando fui a levantarme, todo comenzó a dar vueltas. Mi cuerpo dejó de obedecerme. Me sacó del hotel y me llevó a un coche que estaba esperando. Empezamos a forcejear y perdí el conocimiento.

Jasmina hablaba en voz baja. Vanessa se le acercó un poco.

—Cuando me desperté estaba en un piso. No sé dónde. Pero... me violaron. El hombre que se me había presentado como Thomas y dos más.

—Y ese hombre era...

—Karim Laimani.

Vanessa se quedó mirando fijamente a Jasmina, quien se mesó el grueso pelo con una mano temblorosa. Su mirada era frágil y vacía.

—¿Te puedo preguntar por qué no lo has contado antes? —preguntó Vanessa con delicadeza.

Jasmina esbozó una sonrisa triste y torcida.

—No sabía quién era.

—¿Por qué estás tan segura ahora?

—Porque estaba en el tribunal durante la audiencia. —Jasmina soltó un suspiro, negó con la cabeza—. He escrito montones de textos sobre mujeres violadas y sé que lo único correcto es denunciarlo. Pero no me atreví. Me amenazaron. Saben cómo me llamo, dónde vivo. Además, está mi madre... yo... no quería que se enterara.

Vanessa rodeó con cuidado a Jasmina con el brazo. Quería sentir rabia, pero solo le salía agotamiento. ¿Cuántas mujeres cargaban con secretos similares? Tres hombres le habían destrozado la vida a Jasmina y quizá ella ya nunca más se sentiría a salvo.

Jasmina se inclinó hacia Vanessa y dejó salir el llanto. Vanessa la abrazó más fuerte y buscó en vano alguna palabra de consuelo que decirle.

8

*O*scar Sjölander estaba en el recinto deportivo de Hjorthagens IP siguiendo el tercer partido de fútbol de la jornada de su hija mayor. Laura había marcado dos goles y el Brommapojkarna iba ganando 3-1 contra el Djurgården. Pero le estaba costando concentrarse en el partido y sentir alegría por los goles de su hija.

La noticia de que Rakel estaba embarazada lo había puesto todo patas arriba.

Cuanto más lo iba asimilando, más le parecía un error. Rakel era su refugio, lo que rompía con la monótona rutina diaria. Lo que buscaba no era volver a empezar. Fundar una nueva familia. Cambiar pañales. Pasarse las noches despierto por los gritos de un bebé. Al mismo tiempo se culpaba a sí mismo. Era de esperar que Rakel quisiera tener hijos. Su propia familia. Era joven. Oscar había bajado la guardia y había dejado que todo el asunto con Rakel fuera demasiado lejos. Y no había tenido fuerzas para afrontar la conversación en ese momento. Así que había fingido alegrarse, por lo menos no se había mostrado contrario. Había vuelto a oírse a sí mismo asegurando que iba a separarse de Therese.

El árbitro pitó la media parte y un padre del equipo contrario se le acercó. Oscar podía reconocerlos a la legua: gente que se creía importante y que tenía ganas de hablar, sobre fútbol o hockey, y algo que aportar sobre el tema. Brillar. Y como quien no quiere la cosa, aprovechaban para sugerir que podrían quedar algún día para tomar una birra.

Oscar hizo como que no lo vio y se dirigió a la cafetería para comprarse un perrito caliente. Un coche aminoró el paso en el aparcamiento. Dos hombres corpulentos se bajaron del vehículo y pusieron rumbo al campo de fútbol. Se desviaron hacia la cafetería y, para sorpresa de Oscar, le preguntaron si podían hablar un momento.

Su primera reacción fue de mosqueo. ¿Querían sacarse un selfi con él, los muy capullos? ¿Ahora? La gente era cada día más imbécil.

—Estoy aquí viendo el partido de mi hija, y preferiría hacerlo tranquilamente, a solas —dijo irritado.

Los hombres intercambiaron una rápida mirada.

—Tenemos que hablar contigo —dijo uno de ellos, y sacó su placa de policía.

A lo mejor era una cámara oculta. Algún programa tonto de televisión que consistía en tomarle el pelo a famosos. Si era así, sería mejor poner buena cara. Los policías lo acompañaron de vuelta al aparcamiento. Los padres del equipo de Laura comenzaron a hacer comentarios.

—Vale, ¿qué queréis? —preguntó Oscar, y abrió los brazos.

—¿Conoces a una tal Rakel Sjödin?

No había nada que pudiera haberlo dejado más fuera de juego. Si se trataba de una broma, se estaban pasando mucho de la raya. Oscar miró a los policías, primero a uno y luego al otro, mientras ellos se mantenían impertérritos en sus semblantes serios. ¿Cómo podían saber de Rakel?

—Ha desaparecido —dijo uno de los policías.

A Oscar se le aceleró la cabeza.

—¿Qué queréis decir?

—Han denunciado su desaparición. Su amiga asegura que tú y ella os visteis ayer y que pasasteis la noche juntos.

Oscar notó una oleada de rabia. Puta pasma. La gente se mataba a tiros en cada esquina de la ciudad, pero ellos preferían dedicar el sábado a venir hasta allí a por él.

—Estoy casado, ¿qué cojones os pensáis, viniendo aquí e insinuando que tengo una aventura? ¿No tenéis nada mejor que hacer?

—Tranquilízate.

El policía dio un paso hacia él.

—A mí no me digas lo que tengo que hacer —dijo Oscar nervioso. Oyó un silbato y comprendió que el árbitro había marcado el inicio de la segunda parte—. Si me disculpáis, quiero ver el partido de mi hija. Conozco a Rakel, pero no tengo ni idea de dónde está.

Se dio la vuelta como para volver, pero el policía lo cogió del brazo.

—Tú te quedas aquí.

—Suéltame.

La primera reacción de Oscar fue liberarse de un tirón, pero la mano del poli se aferró todavía más. Su colega le bloqueaba el paso, parecía dispuesto a intervenir. Oscar se calmó un poco. Sería devastador si alguien sacaba un móvil y se ponía a grabar. El policía soltó a Oscar y este se masajeó el brazo. Al mismo tiempo, se oyó un carraspeo en la radio de los policías. El compañero que se había mantenido al margen se alejó un poco. No pudo oír la conversación. El policía dijo algo por el dispositivo de radio, asintió con la cabeza y volvió con ellos.

—Tenemos que pedirte que nos acompañes.

Oscar abrió la boca para protestar, pero el policía lo interrumpió.

—Ahora mismo.

Había algo en sus rostros severos que lo hizo comprender que la cosa era grave. El miedo lo azotó como un puño en el plexo solar. Una preocupación que no había sentido desde el *Metoo*. ¿Habría salido algo nuevo? ¿Algún viejo ligue que había salido a la luz? ¿Alguna que decía que él la había obligado a tener sexo? A lo mejor solo se estaban inventado lo de Rakel para hacer que los acompañara. No, sonaba muy ridículo. Además, no había nada que Oscar pudiera hacer. Desde luego, no podía intentar huir. Era inocente. Sería mejor zanjar el asunto cuanto antes.

—Voy —dijo.

189

9

Jasmina fue directa a la máquina de café en cuanto llegó a la redacción. Sentía el cuerpo más liviano después de contarle a Vanessa Frank lo de la violación. Había sentido al instante que podía sincerarse con ella, y le agradecía que no le hubiese dicho que debería poner una denuncia.

Cuando la taza estuvo llena, Jasmina dio la vuelta y estuvo a punto de derramar café hirviendo sobre Max Lewenhaupt.

—Uy —dijo ella.

Se preguntaba cuánto rato llevaría él allí de pie.

—¿Tienes un momento para hablar?

La invitó a entrar en la sala de conferencias llamada El Beso, bautizada así por el beso de boda de Carlos Gustavo XVI y la reina Silvia de 1976 y el número de *Kvällspressen* que había vendido más copias en toda la historia del periódico: 957.000 ejemplares.

Max, normalmente tan seguro de sí mismo, tuvo dificultades para mirar a Jasmina a los ojos una vez hubo cerrado la puerta. Jasmina se sentía dividida. Max era un arribista, un cachorro mocoso y mimado que se había criado con cubertería de plata y que era incapaz de tener en cuenta que no todo el mundo lo había tenido tan fácil como él. Pero al mismo tiempo no podía dejarse de lado que era un reportero competente.

—Quería pedirte disculpas por... bueno, por lo que hice. Fue una estupidez.

Jasmina asintió con la cabeza, pero permaneció callada.

—Perdón.

Jasmina se preguntó si lo estaría diciendo en serio, o si la había llevado hasta allí porque su futuro en el periódico dependía de ello. Probablemente lo último. Pero no importaba. Ella quería pasar página. Olvidarlo. Tuva Algotsson le había preguntado si estaba a gusto con la idea de que Max continuara en la redacción y Jasmina le había prometido que se callaría lo ocurrido. No quería que nadie perdiera su trabajo debido a ella.

Estrechó la mano que Max le estaba tendiendo. En realidad quería pedirle que le explicara por qué le había robado el texto, pero no tenía ánimos. Ahora no.

—Está bien —dijo.

Él esbozó media sonrisa.

—Si piensas robar, róbale a los mejores.

—Gracias. Por decir algo.

El teléfono de Max comenzó a sonar. Le soltó la mano a Jasmina, sacó el móvil patosamente del bolsillo de atrás y se quedó mirando la pantalla.

—Tengo que cogerlo.

Max se alejó siguiendo la larga mesa y se paró delante de la pizarra blanca que había en la pared del fondo de la sala. Jasmina cambió de postura, echó un vistazo a la redacción y pensó en si no debería salir de la sala, pero Max alzó una mano en un gesto que ella interpretó como que le estaba pidiendo que se quedara.

191

Jasmina se acercó a la ventana y miró los edificios funcionalistas de la localidad de Marieberg. No quería que nadie intentara convencerla para que denunciara. No quería verse en un juicio ni que la interrogaran, ni tener que responder preguntas. Quería salir adelante. Jasmina había contado que Karim Laimani no era culpable de asesinato. Así quizá la policía podía detener a la persona que había matado a Emelie Rydén. Pensaba olvidar a Karim y lo que le había hecho.

—Vale —dijo Max a su espalda. Tocó dos veces en la mesa con los nudillos—. ¿Estás cien por cien seguro?

Medio minuto más tarde colgó.

—Fuente policial. —Max arrugó la frente—. La policía ha ido a buscar a Oscar Sjölander durante un partido de fútbol de su hija. Por lo visto, hay un lío de narices en su cabaña de verano en Tyresö.

—¿Oscar Sjölander? ¿El de la tele?

Max asintió en silencio.

—Cuéntaselo al Bollo —dijo Max—. Es lo mínimo que puedo hacer.

Jasmina negó con la cabeza.

—No más mentiras. Pero gracias de todos modos.

Volvió a su portátil. Cuatro nuevos correos. Abrió el último, que había sido enviado de una cuenta anónima de Hotmail hacía apenas unos minutos. Era una foto de su cara. El remitente la había pegado con Photoshop a un cuerpo desnudo de mujer. Estaba tumbada ente dos hombres que la estaban penetrando.

«Sé que esto te gusta», ponía debajo de la imagen.

Jasmina se quedó helada. Le temblaban las manos. La sonrisa asquerosa de Karim Laimani le cruzó la mente. Era imposible que supieran que había hablado con Vanessa Frank. ¿O no? Miró de reojo al despacho de Tuva Algotsson. Se preguntó si no debería ir. Las políticas del periódico eran que todas las amenazas debían ser denunciadas a la policía, pero entonces Jasmina estaría forzada a explicar la violación.

10

$\mathcal{V}$anessa se puso ropa de deporte, cogió un botellín de agua y salió de su piso. Volvió a mirar el teléfono, pero ni su jefe Mikael Kask ni Ove le habían devuelto la llamada.

Karim Laimani era un maltratador, pero no había asesinado a Emelie, al menos si la historia de Jasmina Kovac era cierta. Y Vanessa no encontraba motivos para pensar lo contrario. Karim Laimani iba a salir de prisión provisional para volver al Centro Penitenciario de Åkersberga. Se convertiría en un hombre libre, siempre y cuando Jasmina no cambiara de idea y decidiera denunciarlo. Vanessa entendía su titubeo. Solo un cuatro por ciento de las denuncias por violación en Suecia terminaban con una sentencia condenatoria. Y no había pruebas. Testigos. No, Jasmina no tendría ninguna posibilidad en un juicio.

Vanessa encontró una cinta libre, se metió los auriculares en las orejas y comenzó a correr al son de «Bohemian Rhapsody» de Queen. El aparato del aire acondicionado vibraba al soplar y la refrescaba. Cuando hubo hecho cinco kilómetros en veinticinco minutos se sintió satisfecha. Freddie Mercury estaba cantando «Somebody to Love» y Vanessa se cambió a la máquina de remo. Se estiró para coger el asa y empujó con las piernas. La voz de Freddie Mercury se vio sustituida por el tono de llamada del teléfono. Vanessa echó un vistazo a la pantalla. Mikael Kask.

—Gracias por...

—Lamento llamarte de nuevo en fin de semana, pero te necesitamos —la cortó él.

—Cuéntame —dijo Vanessa.

Paró de remar. Volvió a dejar el asa en su sitio.

—Hay una mujer desaparecida y hemos encontrado rastros de

sangre en la cabaña en la que estaba, según la versión de su amiga. La casa pertenece a Oscar Sjölander, el presentador de televisión.

Vanessa rastreó en vano en su memoria en busca de una cara.

—Los medios se van a poner como locos —continuó Mikael—. Te paso las coordenadas de la ubicación. Nos vemos allí.

La casa de verano de Oscar Sjölander estaba muy aislada, el vecino más próximo quedaba a trescientos metros de distancia. Estaba rodeada de arbustos y de árboles, pero desde el camino que corría junto al terreno se podía ver más o menos bien.

El jardín estaba conformado por una gran parcela de césped con algunos frutales, una cama elástica y una caseta infantil de color blanco.

En la puerta le dieron a Vanessa unas protecciones de plástico para los zapatos, un mono de un solo uso y guantes. Mikael Kask la estaba esperando en el recibidor. Rondaba los cincuenta, medía más de ciento noventa centímetros y tenía los ojos verdes y brillantes. A finales de los años ochenta había trabajado de modelo en Nueva York antes de hacer un cambio radical y meterse a policía. En el cuerpo era conocido por ser bastante mujeriego. Soltero. Sin hijos. Pero era un buen investigador y Vanessa lo respetaba. Después de seis meses en la Unidad de Homicidios estaba bastante segura de que el sentimiento era mutuo.

—¿Qué sabemos? —le preguntó.

—Luego haré un repaso minucioso con todo el mundo. Pero, por el momento, no gran cosa. Según Katja Tillberg, la amiga de Rakel Sjödin, Oscar Sjölander y Rakel tenían una relación. Ayer vinieron juntos aquí. Esta mañana Katja recibió un mensaje de texto de Rakel. Le decía que le tenía miedo a Oscar. Katja ha intentado llamarla, pero no se lo ha cogido. Entonces ha llamado al 112, que ha enviado una patrulla. La puerta no estaba cerrada con llave. Han entrado, han visto manchas de sangre en el sofá. En este momento están interrogando a Oscar Sjölander.

Vanessa se acercó al sofá. Dos manchas del tamaño de un puño brillaban en rojo en la tela blanca.

—¿Qué dice él?

—Que no tiene ni idea de dónde puede estar. Dice que hay vagabundos drogadictos por la zona que han mostrado una actitud amenazante con él y con su familia. Dice que viven en el bosque, abajo, cerca de la playa, siguiendo el sendero y a mano derecha. ¿Puedes llevarte a un técnico y echar un vistazo?

—¿Solo lleva desaparecida unas horas y ya estamos con toda la maquinaria?

—Los de arriba lo quieren así, teniendo en cuenta las circunstancias.

—¿Al hecho de que es famoso, te refieres?

Vanessa le hizo un gesto a Trude Hovland, la técnica que había estado examinando el piso de Emelie Rydén, para que se le acercara, y compartió con ella las instrucciones de Mikael. Bajaron juntas por el sendero hasta el agua. El sol ya no apretaba tanto, pero el aire era sofocante. Trude se había quitado la capucha, la mascarilla colgaba como un babero sobre el cuello.

Resultaba increíble que, pese a la vestimenta, pudiera ser tan atractiva. Vanessa intentó ver si había algún anillo bajo sus guantes de látex, pero no vio ninguno.

—Sé que no es una pregunta políticamente correcta, pero ¿de dónde eres? —le preguntó Vanessa.

—En Noruega no nos preocupamos tanto por esas cuestiones como los suecos —dijo Trude sin dejarse importunar—. Mi padre es de la India, mi madre es noruega. Yo me he criado entre Nueva Delhi y Oslo.

A veinte metros antes de llegar a la orilla el sendero se bifurcaba. Siguieron por el de la derecha, tal y como Mikael le había indicado. El bosque se fue cerrando. El aire se notaba más húmedo, casi fresco.

—Normalmente es al revés.

—¿Qué quieres decir?

—Que somos los suecos los que vamos a Noruega para quitaros el trabajo —dijo Vanessa con media sonrisa—. Aquí os parecerá que pagamos sueldos de esclavo, ¿no?

—Me enamoré de un sueco y me mudé hace varios años. Cortamos, pero me quedé.

—Lo lamento.

Trude se encogió de hombros.

—No te molestes. Me gusta mi trabajo y estoy a gusto en Estocolmo. Además, fui yo la que le puso los cuernos, así que no puedo culparlo por haberme dejado.

Entre unos árboles Vanessa vio una lona de color verde. Trude tomó la iniciativa y se salieron del sendero. En un claro había un círculo negro de brasas extinguidas y un tronco que parecía hacer las veces de asiento. Debajo de la lona había montones de periódicos viejos, y al lado, dos bolsas de basura. Trude se puso la mascarilla y las examinó sin demorarse ni un segundo.

—Sacos de dormir, una vieja hogaza de pan, un reproductor de casetes, ropa.

Vanessa se puso de cuclillas junto a los periódicos, la mayoría de los cuales eran ejemplares gratuitos de *Metro*. Se puso unos guantes de látex nuevos y les echó un vistazo rápido. El más reciente era un *Aftonposten* de hacía una semana.

—¿Sjölander ha dicho que eran drogadictos? —preguntó Trude—. ¿No está todo un poco demasiado ordenado? ¿O tú qué opinas? Mira, si hasta tienen una cuerda de tender.

Entre dos abedules había una cuerda azul desgastada con una docena de pinzas.

Vanessa oyó pasos, dio media vuelta y vio a Ove Dahlberg acercándose por el sendero.

—Quieren meter a tanta gente como puedan en el caso.

—¿Los periodistas ya han empezado a llamar?

—No, pero es cuestión de tiempo. Tú y yo tenemos que ir a Blackeberg para hablar con una tal Katja Tillberg. Es la primera que ha llamado diciendo que estaba intranquila. Kask quiere que saquemos en claro qué clase de relación tenían Oscar Sjölander y la víctima.

—¿No es bastante evidente? —dijo Vanessa.

Ove se encogió de hombros.

—¿Y los padres?

—Ya tenemos a gente hablando con ellos —dijo Ove—. Y con la mujer de Oscar Sjölander.

Vanessa se sintió aliviada. A nadie le gustaba hablar con padres cuyos hijos o hijas habían salido mal parados. Pero a ella, menos aún. Sabía mejor que la mayoría lo que significaba perder a una hija.

Vanessa se volvió hacia Trude, que había sacado una cámara.

—Vete, ya me las arreglo —dijo la noruega con la mirada clavada en la pantallita que tenía delante.

*O*scar Sjölander estaba esperando a los dos interrogadores, que habían abandonado la salita para darle un momento de descanso. Cerró los ojos, apoyó los codos en la mesa y se aguantó la cabeza con las manos.

¿Qué demonios estaba pasando?

No entendía nada. Rakel estaba desaparecida. Y de alguna manera sabían que había pasado la noche con él. Tenía que ser todo un malentendido. Al principio había mentido, evidentemente, alegando que eran amigos, compañeros de trabajo. Había tratado de salvar su matrimonio. Pero al final había dicho la verdad. Les había explicado que pasaban noches juntos, que se veían. El bebé en el vientre de Rakel. Ellos le habían preguntado si él y Rakel habían discutido y él lo había negado, aunque había reconocido que el tema del embarazo había cambiado su visión sobre el futuro de la relación.

197

Pero debían entender que él no tenía ni idea de dónde se había metido Rakel. Oscar se había ido de la casa, había vuelto a Bromma, había pasado a recoger a Laura y se habían ido a Hjorthagens IP.

La puerta se abrió y los dos policías se sentaron con semblante serio enfrente de él. La interrogadora, una mujer fea y bajita de unos cuarenta y cinco años, se cruzó de brazos. El hombre, que llevaba una americana de pana verde, puso de nuevo en marcha el dictáfono.

—Alice Lundberg y Niklas Samuelsson retoman el interrogatorio a Oscar Sjölander —dijo, y se reclinó en la silla.

Oscar se enderezó y tragó saliva.

—Tenéis que creerme, joder —dijo.

Oía cómo sonaba. Desesperado. Agitado. ¿Por qué no decían nada? ¿Por qué se limitaban a mirarlo fijamente? Les estaba contando la verdad.

—Teníamos una relación, sí. Nos vimos ayer. Pero yo me he ido por la mañana, y entonces ella se encontraba bien. No había sangre en el sofá. Íbamos a quedar esta semana. Yo jamás le haría daño a Rakel y estoy igual de preocupado que vosotros, si realmente ha desaparecido.

Iba mirando al uno y a la otra. Era obvio que no lo creían.

—En una papelera, como a unos cincuenta metros de tu casa en Bromma, han encontrado una bolsa de plástico negra —dijo la mujer.

Oscar abrió los brazos.

—¿Y?

—Dentro había un jersey y un cuchillo. Ambos manchados de sangre. Tu mujer ha confirmado que el jersey es tuyo. Y que el cuchillo es de tu casa. ¿Puedes explicarlo?

—El vagabundo. Los yonquis. Los que os decía antes. Tiene que haber sido ese cabrón. He bajado a hablar con él varias veces y reconozco que no siempre he sido amable. Les he dicho que no los quiero allí, y deben de haberla tomado con Rakel para vengarse. ¿Habéis encontrado su… puta covacha?

—Les hemos pedido a nuestros colegas que estén alerta —respondió Alice Lundberg. Se quedó callada y prolongó su mirada en un punto en la frente de Oscar—. Han aparecido datos de que has sido violento en ocasiones anteriores. Contra mujeres.

Oscar estaba seguro de que ella era una feminista de esas rabiosas y misándricas. Seguro que había conseguido el puesto por enchufe. Desde luego, no parecía tener ninguna posibilidad de abrirse camino a base de follarse a la gente oportuna.

—¿De dónde coño habéis sacado esos datos? ¿De Flashback? —dijo desafiante y los fulminó con la mirada.

—No importa de dónde provengan. Queremos que respondas a la pregunta. ¿Has sido violento con Rakel Sjödin?

—No —exclamó Oscar—. Nunca.

—¿Con otras mujeres?

Oscar apretó las mandíbulas. Respiró por la nariz. Las palabras se salieron a trompicones.

—Yo jamás le haría daño a Rakel —dijo, tratando de mantener la voz firme—. No sé dónde está. Quiero irme de aquí. Tengo que hablar con mi mujer. Esto… puede cargarse mi matrimonio y tengo que darle explicaciones. Pedirle perdón.

12

*F*ueron en dos coches hasta la ciudad. Vanessa se metió en el garaje debajo de Norra Real y aparcó allí su BMW. Ove la estaba esperando con el motor en marcha delante del café Nero y le pasó un café.

Ella dio un trago y dejó el vaso de cartón en el soporte para bebidas.

—Tengo que contarte una cosa —dijo—. Es sobre Karim Laimani.

—Ese cabrón. Venga. Dispara.

—Hoy ha venido a verme una mujer. Le ha dado coartada para la noche del asesinato.

Ove apartó la vista de la carretera y miró estupefacto a Vanessa.

—¿Qué coño dices? ¿Quién es la mujer?

—Quiere permanecer en el anonimato. Y le he prometido que así lo haría. Tiene buenas razones para quererlo.

Se metieron por Sankt Eriksgatan en dirección a la plaza Fridhemsplan. Ove tenía una arruga de preocupación en la frente. Parecía querer protestar, venir con preguntas, exigir más detalles.

—Vale —dijo—. Si tú la consideras creíble, no tengo ningún motivo para cuestionar tu juicio. La pregunta es qué hacemos ahora. ¿Qué le decimos a la fiscal?

Vanessa se volvió hacia la calle de fuera y sonrió.

—Gracias —murmuró.

Su compañero la miró de reojo sin entender.

—¿Por qué?

—Por confiar en mí.

ɣ

Katja Tillberg se paseaba de un lado a otro por el salón. Había platos, piezas de ropa, joyas y botellas esparcidos por el sofá, los alféizares y el suelo claro de parqué de su piso de una sola habitación. En una cómoda había varias fotos enmarcadas.

Mientras Ove trataba de hacer que Katja se sentara y les hablara del último contacto que había tenido con Rakel Sjödin, Vanessa apartó una botella de vino vacía para poder ver mejor las fotos. Había una que captó especialmente su interés. Una foto de unas vacaciones de verano. Una versión más joven de Katja y una persona que Vanessa dedujo que era Rakel estaban meciéndose en una colchoneta inflable de color rosa en alguna parte del mar Mediterráneo. Estaban alzando sendas copas con sombrillita de papel y sonreían para la cámara.

Las demás fotos eran diferentes. Como si las hubiera tomado un fotógrafo profesional. Katja de pequeña, con hueco entre los dientes incisivos. Katja unos años mayor, saltando en una cama elástica. El fotógrafo debía de estar tumbado bocarriba mientras ella saltaba.

—¿Vanessa?

Se dio la vuelta. Katja estaba hundida en el sofá. Ove había cogido una silla de la cocina y se había sentado al otro lado de la mesita de centro. Vanessa apartó un cartón de pizza que había en otra silla y la puso al lado de la de Ove.

—Por lo que tenemos entendido, Rakel te ha escrito esta mañana, ¿es así? —dijo Ove.

Katja hurgó entre el caos que había en la mesita. Encontró el teléfono, lo desbloqueó y se lo mostró a Vanessa y a Ove, que se inclinaron hacia delante para leer lo que ponía en la pantalla.

«Está cabreadísimo. Me da miedo que me haga daño», ponía.

Ove volvió a reclinarse.

—¿Y con «él» se refiere a Oscar Sjölander?

—Sí.

—¿Qué te hace presuponerlo?

—Porque ayer por la noche había quedado con él. Iban a dormir juntos en su casa de verano, suelen hacerlo cuando quedan en fin de semana. Rakel estaba preocupada. Pensaba contarle que estaba embarazada.

Vanessa y Ove intercambiaron una fugaz mirada.

—¿Puedes hablarnos de la relación que tenían? —dijo Vanessa con suavidad—. Puedes empezar por decirnos cuánto tiempo llevan juntos.

—Hará más o menos un año. Se conocieron cuando Rakel empezó a trabajar en su programa de debate. Flirtearon un poco. Al principio era más él quien le echaba los trastos a ella. Todos los tíos van a por Rakel, ya sabéis qué aspecto tiene. Ella se sentía halagada, le parecía emocionante que él fuera mayor que ella. Y conocido. Aunque no sea esa clase de chicas.

—¿A qué te refieres? —inquirió Vanessa—. ¿Qué clase de chicas?

—De las que se dejan impresionar por la fama de alguien. Ella no es superficial. Al contrario. Pero últimamente es como si se hubiese enamorado de él. Se veían cada vez más a menudo. Ella no lo reconocía, ni siquiera a mí, pero yo lo notaba. Es como si estuviera planificando una vida con él. O al menos como si lo estuviera deseando.

—¿Qué te parecía eso a ti?

—Me parecía una estupidez. Al principio me hacía gracia, claro. O sea, me parecía emocionante, teniendo en cuenta de quién estamos hablando. Pero está casado, tiene familia. No había ninguna posibilidad de que fuera a haber algo serio entre ellos dos. Además, todo el mundo sabe que el tío es un cerdo.

—¿Qué te hace pensar eso?

—Flashback. Allí pone todo lo que le ha hecho a su mujer. Y Rakel misma dijo que todos los del sector saben que le ha sido infiel. Desde siempre.

—¿Se ha mostrado alguna vez violento con ella?

—No que yo sepa.

Vanessa, que había estado inclinada hacia delante, estiró la espalda.

—¿Crees que ella te lo habría contado?

Katja se lo pensó unos pocos segundos.

—Puede que no. Ella ya sabía que a mí él no me acaba de gustar.

Una hora más tarde, Ove aparcó en doble fila junto a la hilera de coches que había delante del portal de Vanessa. De camino allí habían llamado al jefe de la investigación, quien les había dicho que no hacía falta que volvieran a Tyresö. Ove apagó el motor y se quedaron un rato sentados en silencio.

—Transcribiré la conversación con Katja y la mandaré a la oficina —dijo Vanessa.

—Gracias.

Ove tamborileó con los dedos en el volante.

—Hablaré con la fiscal de lo de Karim Laimani. Intentaré que nos dé unos días más para encontrar otro autor del crimen. ¿Alguna sugerencia?

—En verdad, no. Tenemos la huella dactilar del bolígrafo, el intento de violación. Pero no tiene por qué estar relacionado con el caso. Hemos de hurgar más en el pasado de Emelie Rydén. Encontrar otro móvil.

—Me parece bien.

Ove abrió el pequeño cajón que había entre los asientos, metió la mano y sacó una barrita de Snickers. Le arrancó el envoltorio y le dio un gran bocado.

—¿Y la casualidad? —preguntó con la boca llena de chocolate.

—¿Qué quieres decir?

—Un chalado. La ve por la ventana, entra y la apuñala hasta matarla. Desaparece.

—Te olvidas de que la sangre de Emelie estaba en la celda de Karim. Eso sugiere que hay algún tipo de conexión. ¿Y por qué iba a dejar entrar a alguien a quien no conocía?

—¿Puede haber mandado Karim Laimani a alguien para que la matara? Alguien a quien ella conociera, en quien confiara, puesto que abrió la puerta.

Vanessa se encogió de hombros. Ove gruñó y se metió más chocolatina en la boca.

—¿Qué piensas de Rakel? ¿Crees que está viva?

—Ni idea. —Vanessa soltó un suspiro—. Ni puta idea.

202

13

$\mathcal{H}$enrietta caminaba a paso ligero con la música sonando por los auriculares y la mirada fija al frente. Tom mantenía una distancia de treinta metros, no había motivos para arriesgarse a ser descubierto. Después de cruzar el puente Sankt Eriksbron, Henrietta continuó hasta el supermercado Ica de la esquina con Rörstrandsgatan, donde dobló a la izquierda. Él se metió las manos en los bolsillos, sacó fuerzas de la entrada del partido en el Estadio de Estocolmo que había visto ese mismo día.

Los pubs y restaurantes estaban llenos, la música se filtraba por las ventanas. Al otro lado del cristal había gente feliz y exitosa. En parejas o en grupos más grandes.

De joven, Tom había estado convencido de que iba a ser uno de ellos. Que todo saldría bien; de alguna manera conocería a una mujer, tendrían una familia. Pero los años habían ido pasando. Cada vez estaba más lejos de conseguirlo, más aislado. Ahora ni siquiera se sentía parte de la misma especie con la que compartía ciudad.

Estaba tan ensimismado pensando en lo que nunca había llegado a ser que descubrió demasiado tarde que Henrietta había desaparecido. Probablemente, estaría yendo a su casa, pero Tom no podía saberlo con seguridad.

Aceleró el paso, llegó a Norrbackagatan y respiró aliviado cuando volvió a ver su espalda. La distancia era demasiado grande. Tom alargó las zancadas, recortó metros.

La distancia se fue reduciendo. Cinco metros. Cuatro metros. Efectivamente, Henrietta se metió en el portal del número 36 de Norrbackagatan. Tom se agachó, hizo ver que se ataba los cordones mientras miraba de reojo el teclado numérico de la cerradura electrónica. Uno, siete, ocho… El último número se le escapó. Henrietta abrió, se metió en el rellano. Sus pasos resonaron por el hueco de la escalera hasta que el portal se cerró de nuevo. Tom estiró el cuello. Oyó que se abrió otra puerta. Por tanto, Henrietta vivía en el edificio del patio. Tom cruzó la calle hasta la otra acera para tener mejor vista. La fachada estaba pintada de color beis, el edificio debía de ser de finales del siglo pasado.

Al día siguiente Tom trabajaba. En realidad debería irse a casa, tenía por lo menos media hora de paseo, pero sentía que aún no había terminado.

Se acercó al panel numérico, miró a su alrededor y probó cuatro combinaciones hasta que se encendió el LED verde. La última cifra era nueve. Tom sonrió. 1789. La Revolución francesa. Le gustaban los códigos de portales fáciles de recordar.

Entró de puntillas en el rellano, empujó la puerta que daba al patio interior. Se metió en el siguiente portal. Se detuvo y se aseguró de que estaba solo antes de subir las escaleras.

«Erlandsson/Bucht», ponía en una placa de latón. Tom oyó el zumbido de un televisor. En casa, en su ordenador, tenía archivos con conversaciones grabadas a escondidas, voces, discusiones y actos sexuales. Le gustaba espiar a la gente, enterarse de cosas que no publicaban en sus redes sociales. Las noches que no podía dormir los abría para escucharlos, recordaba a las mujeres a las que había seguido, estudiado, llegado a conocer, con las que se había masturbado e imaginado una vida juntos.

A su espalda había una ventana que daba al patio de abajo. Tom miró la fachada del otro lado. En la cara exterior del hueco de la escalera había pequeños balcones. Desde allí se debería poder ver directamente el interior del piso de Henrietta y Douglas.

Tom volvió a cruzar el patio, oyó un ruido entre los setos. Le dio tiempo de verle la cola a la rata antes de que esta se escondiera.

Sentía cierta conexión con las ratas. Desde que nacían estaban expuestas a una guerra por su extinción. Aun así, conseguían reproducirse, encontraban la manera de vivir. Estaban en todas partes de la sociedad, vivían en sus túneles subterráneos. Solo los individuos más débiles eran visibles para las personas. Los que buscaban comida a la luz del día eran los que estaban en las capas inferiores de la comunidad. Las ratas mejor posicionadas vivían gordas y satisfechas en guaridas bien salvaguardadas. Cuando no comían, las ratas folla-

204

ban. Los machos eran insaciables, podían hacer hasta veinte montas al día. A veces Tom se preguntaba si no habría tenido una mejor vida, si no habría sido más feliz, si hubiese nacido rata.

Abrió el portal con cuidado, se quedó un rato quieto para oír si bajaba alguien. Subió hasta el balcón de la cuarta planta, la más alta. Tanteó la manilla y constató que no estaba cerrado con llave. Salió y enseguida pudo ver a Henrietta Bucht recostada en el sofá, bajo una manta y con el pelo envuelto en una toalla.

Tom cerró la puerta tras de sí. El espacio era lo bastante grande como para poder tumbarse bocabajo. Si se llevaba una manta para taparse la cabeza, podría sacar fotos sin que nadie lo importunara.

*N*icolas oyó un ruido que venía de fuera. La puerta del balcón estaba abierta. Salió, apoyó las manos en la barandilla y paseó la mirada por los edificios de hormigón.

Hacía una noche hermosa, cálida y estrellada. De nuevo, el mismo ruido. Venía del balcón de Celine.

—Celine, ¿estás ahí?

—No.

La voz de la niña. Nicolas esbozó una sonrisita, se inclinó por encima de la barandilla, intentó ver por dentro de la placa metálica. Ella asomó la cabeza.

—¿Qué estás haciendo? —le preguntó Nicolas.

—Estoy acampando. —Se puso de pie. Llevaba las piernas metidas en un saco de dormir—. ¿Ves? ¿Puedes calmarte un poco? Te estás cargando la fantasía de la tierra salvaje.

—Perdón —dijo Nicolas—. Pero ¿vas a dormir aquí fuera?

—¿Te molesto?

—No, no —dijo, y sonrió—. Pero ten cuidado, que no te cojan los lobos.

Se dejó caer en el suelo del balcón con la espalda apoyada en la barandilla. Echó la cabeza hacia atrás y contempló las estrellas.

—Gracias por ayudar a mi amiga cuando vino.

—¿Vanessa? Bah, es maja. Para ser poli.

Se hizo el silencio. En alguno de los pisos vecinos sonaba una base de hip-hop y los gritos de un hombre que se desgañitaba con el odio que sentía por la sociedad. La reunión de Nicolas con Magnus Örn había ido bien. Magnus le había hablado de AOS Security, le había explicado que los operadores eran antiguos soldados provenientes de todo el mundo. Y que Nicolas, con su pasado en el SOG, sería recibido con los brazos abiertos.

Las tareas podían ser un poco de todo, desde trabajos de escolta hasta apoyar a tropas británicas y estadounidenses en zonas de conflicto bélico, que a su vez podía suponer desde entrar en combate o patrullar hasta hacer formaciones. Le ofrecían a Nicolas un sueldo base de noventa mil coronas al mes, piso en Londres, dietas aparte en caso de cumplir servicio en el extranjero. Nicolas se había quedado boquiabierto, había aceptado allí mismo. Era lo único correcto que podía hacer.

Aun así, se sentía dividido. Aquí estaba Maria. Y Vanessa, que era la única persona, aparte de su hermana, en la que confiaba. Además, echaría de menos a Celine. Cuando él se fuera, ella se quedaría sola.

—Nicolas, ¿tú de qué trabajas, realmente?

—Antes era soldado.

Se preguntó si no debería contarle a Celine lo del trabajo en Londres, que iba a desaparecer, pero decidió no hacerlo. Todavía no.

—¿Has matado a alguien?

—La semana pasada disparé a un hombre —dijo Nicolas—. En la pizzería.

—O sea, que fuiste tú. ¿Por eso vino la policía?

—Sí.

La respuesta correcta era que había matado a muchas personas, aunque no podía dar una cifra exacta. Probablemente, más de veinte. Casi diez años en el SOG y en el SSG. Combates en Afganistán, Mali, Nigeria. Operaciones secretas por el mundo entero. Situaciones en las que había habido vidas suecas en peligro. El año anterior: con Vanessa en el sur de Chile. En la pizzería esa misma semana. En defensa propia. Pero aun así. Con toda probabilidad, Nicolas estaba entre los suecos que más vidas habían quitado. Más que el líder más temido de la peor banda criminal. Pese a ello, no se le consideraba un asesino. Al menos no a ojos de la ley. Ahora su habilidad de apagar vidas le había brindado un trabajo con un sueldo más que considerable.

El mundo era un sitio curioso: las razones que algunas personas tenían para matar se consideraban legítimas, mientras otras eran castigadas. Bastaba con cruzar una frontera invisible entre dos países. En algunos sitios estaba aceptado lapidar a una mujer por haber sido violada, o matar a un homosexual por el amor que sentía por otro hombre.

207

—Pero ¿no vas a ir a la cárcel?

La preocupación que le pareció percibir en la voz de Celine lo reconfortó.

—No.

—¿Por qué lo mataste?

Nicolas suspiró. No porque le molestara la pregunta, sino porque no sabía cómo formular la respuesta.

—Porque iba a matar a otra persona.

—¿Alguien que te importaba?

—En realidad, no. Pero ella no estaba implicada. No se merecía morir.

Oyó que Celine se retorcía.

—¿Matarías a alguien que quisiera hacerme daño a mí? —preguntó en voz baja.

—Sí, Celine. Lo haría.

—Bien.

PARTE V

Un genocidio de mujeres sería de lo más correcto, a mi humilde entender.

SAINT MARC LÉPINE

1

*B*örje fue subiendo por el hueco de la escalera. Notaba las piernas pesadas, la cabeza entumecida por el cansancio. Necesitaba obtener una respuesta. Y la única forma era volver a llamar a la puerta de Nina. Estos últimos días algo había pasado en él. Seguía buscando, de forma mecánica. Para mantenerse ocupado. Pero había dejado de sentir esperanza. Ahora ya era lunes y ella llevaba desaparecida desde el domingo de la semana anterior.

Todo el mundo había tirado la toalla. Pero Börje no pensaba fallarle a Eva. La buscaría hasta obtener la respuesta que necesitaba. Se lo debía, después de todo lo que ella había hecho por él.

Se detuvo delante de la puerta, llamó al timbre. No se molestó en arreglarse el pelo, le daba igual si tenía un aspecto sucio y desaliñado. Oyó pasos al otro lado. La manilla bajó y Nina se lo quedó mirando fijamente. Se parecía tanto a Eva que resultaba doloroso.

—¿Has tenido noticias de tu mad... de Eva? —dijo Börje.

Nina no se inmutó.

—Por favor. Lo único que quiero es saber, para poder dejar de buscarla.

Una lágrima se desprendió de su ojo y rodó por su mejilla hasta perderse entre la barba. Nina se hizo a un lado. Él se quedó inmóvil donde estaba.

—¿Quieres que... puedo pasar?

Börje notó el olor a comida. Un lavavajillas estaba expulsando el agua.

—Mi hijo está durmiendo —susurró Nina.

Börje se desató los zapatos, los dejó meticulosamente sobre el felpudo. Nina se sentó en una silla en la cocina. Börje se quedó de pie delante de la encimera. No quería ensuciar los almohadones. Nina hizo lo que buenamente pudo para disimular la peste que desprendía. Él evitaba mirarla a los ojos. No solo por la vergüenza que sentía, sino también por lo mucho que le recordaba a su madre.

—Puedes dejar de buscar —dijo Nina—. La encontraron hace dos días.

Börje se quedó sin aire. Las piernas le flaquearon, se sujetó a la mesa antes de caer de cuclillas.

—Se ha suicidado —dijo Nina mientras toqueteaba el mantel.

—¿Por qué? —susurró Börje—. No lo entiendo. Estaba mejor. Habíamos dejado el invierno atrás, íbamos a…

Las patas de la silla rascaron el suelo cuando Nina se levantó y tiró de Börje para ponerlo en pie otra vez. Con una mano sacó una silla mientras con la otra lo invitaba suavemente a sentarse.

—Te ha dejado una carta.

Nina salió de la cocina. Volvió con un sobre blanco en el que ponía «Börje» con la letra de Eva. El pecho de Börje comenzó a mecerse a trompicones por el llanto ahogado. No podía evitarlo. Se pegó la carta al pecho como si temiera que Nina fuera a exigirla de vuelta en cualquier momento. Las lágrimas iban goteando sobre sus muslos.

—Lo siento —dijo al cabo de un rato.

—No pasa nada. Yo también he llorado. No pensaba que fuera a hacerlo, pero lo hice.

Nina se acercó a la encimera, dejó correr el agua un rato antes de llenar un vaso, luego lo dejó delante de Börje. Cogió un trozo de papel de cocina y se lo ofreció.

—Tú la querías —dijo ella.

Él asintió con la cabeza.

—Era mi amiga. La mejor que he tenido. Una de esas que es imposible de imaginar hasta que la conoces.

Un momento de oscuridad cruzó el rostro de Nina.

—Es curioso —dijo—. Cómo una persona puede ser una pésima madre para ti y una buena amiga para otro.

Börje no sabía qué contestar. Dio un trago de agua. Volvió a dejar el vaso en la mesa con mano temblorosa.

—Vosotras… Ella hablaba de ti. Cada día. Te quería más que a nada en el mundo.

Börje se sorbió el moquillo.

—¿Qué decía? —preguntó Nina entre dientes.

Börje hizo memoria.

—Me contó aquella vez que salvaste a otra niña de ahogarse, en la playa de Sätrabadet. Cuando te disfrazaste de Ronja, la hija del bandolero, y te escapaste al bosque. Que te hacías la dormida, apagabas la luz cuando ella llamaba a la puerta, aun sabiendo que estabas despierta leyendo cuentos bajo el edredón. Que primero querías ser maquinista. Luego pescadora. Me contó que lloraste cuando se te cayó el primer diente porque te daba miedo el Ratoncito Pérez. Y aquella Navidad cuando...

Se oyó un grito de bebé en otra parte del piso. Nina tiritó, se levantó de la silla. Desapareció un rato. Regresó con su hijo entre los brazos. El bebé gorjeó. Börje se inclinó hacia delante. Tenía la nariz de Eva.

—Edvin —dijo Nina, sonriendo—. Se llama Edvin.

2

Vanessa comió en Dinos, un restaurante italiano de barrio en Kronobergsgatan. Tenía los ojos fijos en el periódico abierto a su lado, iba enrollando espaguetis en el tenedor, los untaba en la salsa de tomate y se los metía en la boca.

Mikael Kask había anulado su viaje a Halmstad. Ahora ella y Ove tenían que asistir en el caso de Rakel Sjödin. Los de arriba querían resultados. Sobre todo porque Oscar Sjölander había sido mencionado durante el *Metoo*.

Por segundo día consecutivo, la prensa le dedicó el primer puesto a su desaparición, con titulares y cuatro páginas de contenido incluidos. Las mujeres desaparecidas vendían. No tanto como las mujeres despedazadas y devastadas, pero casi. No obstante, por el momento ningún periódico había nombrado a Oscar Sjölander. Los reporteros iban alternando «estrella de la tele» y «presentador de televisión».

Rakel era la «amante» o la «joven amante». Los redactores nunca pasaban por alto subrayar la diferencia de edad y habían hurgado hasta conseguir fotografías inocentes y hermosas de Rakel. En interrogatorio, Sjölander seguía negando tener nada que ver con su desaparición, pero había confesado que tenían una relación de carácter sexual. Varias personas metidas en el mundillo de la televisión habían hablado desde el anonimato, dando fe del apetito que la «estrella de la tele» mostraba por las mujeres jóvenes. Una secuencia de imágenes mostraba a la policía Científica peinando la calle delante de la casa unifamiliar de Oscar Sjölander en Bromma.

Probablemente era cuestión de tiempo antes de que se derrumbara y lo confesara todo.

La puerta del restaurante se abrió y un aire caliente se coló en el local. Vanessa alzó la vista del periódico y vio a Ove Dahlberg enjugándose la frente con la palma de la mano.

—Tenemos luz verde para buscar a un agresor alternativo en el caso de Emelie Rydén —dijo, y tomó asiento enfrente de ella. Ove le pidió un vaso de agua a un camarero que pasó por allí. Tenía la cara enrojecida. Nuevas gotas de sudor asomaron en su frente—. La cuestión es por dónde empezamos.

Vanessa le pasó una servilleta de papel. Él la aceptó de buen gusto.

—Reconstruiremos las últimas veinticuatro horas de vida de Emelie —dijo—. Tiene que haber algo que hayamos pasado por alto. Repasaremos las evidencias científicas y averiguaremos de dónde sacó el bolígrafo.

—¿Por qué es importante el boli?

—Aún no sé si lo es.

Ove lanzó varias miradas ansiosas a su plato de pasta. Vanessa sonrió, se lo pasó por la mesa.

—Sí, puedes probar.

—¿Albóndigas con tomate?

Ella asintió en silencio.

—Puedo dejaros a solas, si lo prefieres.

—Mientras no nos grabes. Mi mujer se pondría celosa.

Mientras Ove se comía los restos, Trude Hovland llamó a Vanessa por teléfono.

—Iré directa al grano —dijo Trude.

A Vanessa siempre le había parecido que los noruegos no podían sonar serios. Más bien parecía que siempre estuvieran sorprendidos. Trude era la excepción.

—El campamento de los sintecho ha dado una coincidencia en el registro. Hay huellas y ADN que coinciden con los de un tal Börje Rohdén. Condenado por homicidio negligente. Agresión. Lesiones físicas graves. Conducción ebria. Tienes un resumen en el *mail*.

—¿Última dirección conocida?

—Ahí es donde la cosa se complica un poco. No tiene. Después de salir libre se esfumó. Ninguna nueva detención, ningún dato más en la Seguridad Social. Nada. Pero te he mandado también los datos de sus hijos y de su exmujer.

Vanessa le resumió a Ove lo que Trude le había contado. Él echó

215

un chorrito de aceite de oliva en la salsa de tomate y limpió el plato con un trozo de pan.

Cuando estuvieron de nuevo en comisaría, Vanessa añadió un apunte con el nombre de Börje Rohdén en relación a la desaparición de Rakel Sjödin, así los compañeros se pondrían en contacto con ella en caso de que dieran con él.

Encendió el ordenador y leyó el *mail* de Trude.

Börje Rohdén había nacido en 1968 en Sala, provincia de Västmanland. Había sido procesado por una serie de delitos de lesiones leves durante sus años mozos. Después la cosa parecía haberse reconducido. Había abierto su propia empresa de construcción en su ciudad natal, había fundado una familia, había tenido dos hijos y durante unos años había contado con unos ingresos por encima del millón de coronas anuales.

Cinco años atrás, Börje Rohdén se había subido a su coche y había atropellado de muerte a dos personas. Un padre y su hijo de diez años. Se había dado a la fuga, pero enseguida fue detenido por una patrulla, pues había varios testigos que habían visto su matrícula. Dio un promedio de 1,7 en sangre en la prueba de alcoholemia y fue condenado por conducción ebria y homicidio negligente. Su mujer pidió el divorcio. Trude era meticulosa: incluso había adjuntado los papeles oficiales. Después de cumplir sus dos tristes años de condena en la penitenciaría de Salberga había desaparecido sin dejar rastro. Y ahora sus huellas aparecían en una cabaña improvisada, a trescientos metros de la casa de donde Rakel había desaparecido. En el interrogatorio, Oscar Sjölander había asegurado que Börje Rohdén había mostrado una actitud amenazante. Que había consumido drogas. Robado.

Vanessa se quitó los zapatos y subió los pies al escritorio.

¿Podía tener Börje Rohdén algo que ver con la desaparición de Rakel?

Un cuchillo y un jersey ensangrentados que habían pertenecido a Oscar Sjölander habían sido hallados delante de su casa en Bromma. La teoría del grupo de investigación era que el presentador de televisión había entrado en pánico cuando Rakel le había contado que estaba embarazada. La había agredido. Luego había escondido el cuerpo. Pero ¿dónde? Un criminal inexperto, que además actuaba preso del pánico, debería dejar rastro a su paso. El agresor había estado dentro de la casa de verano. Las manchas de sangre en el sofá coincidían con el grupo sanguíneo de Rakel. En el interrogatorio, la mujer de Oscar Sjölander, Therese, había asegurado que las manchas nunca habían estado allí.

¿Acaso iba Rakel a dejar entrar a un hombre desconocido así como así? Vanessa bajó los pies y se puso los zapatos. Su teléfono empezó a sonar. Ove. Pulsó el botón para responder.

—¿Ya me echas de menos? —preguntó Vanessa.

—Han encontrado a Rakel Sjödin.

217

3

*B*örje se despertó recostado bocabajo en el sofá de Elvis. El flequillo le colgaba sobre los ojos, se echó el pelo a un lado y poco a poco fue enderezando su gran cuerpo. Tenía la cabeza a punto de estallar. La boca le sabía a vómito y a alcohol.

—*Good morning*, Farsta —murmuró Elvis con voz afónica desde su silla de ruedas motorizada, donde se había quedado dormido.

Entre ellos, una mesa repleta de botellas de alcohol, una vieja radio desmontada, papel de cocina, avisos de impago, todo tipo de herramientas y una gran fotografía de una vieja mujer que Börje intuyó que se trataba de la madre fallecida de Elvis. Y allí, entre toda esa mierda, la carta de Eva. Aún sin abrir. Börje la secó contra la pernera del pantalón y la dejó sobre el reposabrazos del sofá. ¿Acaso tenía alguna relevancia lo que le hubiera escrito? Estaba muerta. Lo había abandonado.

Börje se incorporó con esfuerzo y abrió la puerta del balcón para dejar entrar un poco de aire fresco. El cuerpo le pedía más.

La mirada de Elvis le quemaba en la espalda. Era como la canción de Plura Jönsson: «En la vida te lo puedes pasar todo lo bien que quieras. Si estás dispuesto a pagar el precio».

Börje no estaba preparado. El precio era demasiado alto. La idea de vivir sin Eva se le hacía insoportable. Después de despedirse ayer de Nina, Börje había aporreado la puerta de Elvis y le había preguntado si tenía algo para beber.

—¿Tienes algo más? —murmuró Börje.

—No.

Elvis hizo una mueca, se inclinó hacia delante y se masajeó el muñón de la pierna.

—Joder. ¿Nos lo bebimos todo?

Elvis negó con la cabeza.

—Pues sácalo. Necesito un trago.

Su amigo rodó por el salón hasta aparcar a su lado.

—Lo que quedaba lo tiré por el fregadero mientras dormías.

Börje se quedó mirando a Elvis, que observaba los bloques de pisos de fuera.

—¿Por qué?

—Por ti. Escucha. Entiendo que ayer tuvieras una recaída. Pero si piensas beber hasta morir, tendrás que hacerlo solo, yo paso de verlo. Eva se habría puesto triste.

Börje sintió la familiar rabia recorriéndole el cuerpo. Se fue a la cocina hecho una furia, abrió todos los cajones dando tirones, lo mismo con los armarios. Tiró cosas al suelo. Cuando vio que no había nada bebible, se fue al dormitorio. Hizo volar el colchón de la cama individual. En la mesilla de noche encontró doscientas coronas que se metió en el bolsillo de los vaqueros.

Volvió al salón, apoyó las manos en el reposabrazos de la silla de ruedas y se inclinó amenazante hacia delante.

—Estás mintiendo. Tú nunca habrías tirado alcohol. Dime dónde lo guardas.

Elvis lo miró tranquilamente a los ojos. Negó despacio con la cabeza.

—Corta el rollo, joder —dijo compungido—. Lo hice por consideración. Porque soy tu colega.

Börje sonrió con escarnio, enderezó la espalda.

—¿Colega? ¿Para qué coño te quiero yo a ti? Si no eres más que un puto tullido.

A la mierda con él. A la mierda con todos los patéticos beneficiarios de las ayudas públicas y los pensionistas por invalidez. Él no era uno de ellos. No los necesitaba. Lo que necesitaba era alcohol. Consuelo. Una última borrachera para perder todo el miedo. Luego, la muerte.

—Además, sé que no te empujaron a las vías. Intentaste suicidarte. Todo el mundo lo sabe. Pero eras demasiado tonto como para conseguirlo.

Disfrutó viendo la vergüenza en los ojos de Elvis.

Börje se guardó la carta de Eva. Le soltó una patada a la mesita

219

de centro tan fuerte que la estampó contra el radiador. Las cosas que había encima volcaron.

—Börje. ¿Adónde vas?

—¿Tú adónde coño crees? —respondió, y salió del piso dando un portazo.

4

*T*om estaba sentado a la mesa de la cocina, envuelto en la bata verde que en su día había pertenecido a su madre. Restos de comida, manchas y quemaduras de los miles de cigarros que había fumado en su miserable vida peleaban por el espacio en la áspera tela.

Se podría decir que su madre había, prácticamente, vivido con esa bata puesta. Pese a haber pasado ya varios años desde su muerte, Tom nunca la había lavado. En realidad, no entendía por qué la seguía conservando. Él odiaba a su madre. Se estremecía tan solo de recordar su cuerpo pálido y blando y los rizos del vello púbico que asomaba entre la ranura de la bata.

Los llantos por la noche. Los momentos en los que, al no haber ningún otro hombre, su madre se metía en la cama estrecha de Tom y le pegaba la cara a sus pechos abultados y despreciables mientras seguía sollozando.

«Ay, mi niño. ¿Qué va a ser de nosotros?»

Tom se quitó las imágenes de la cabeza, miró por la ventana. Él no quería odiar a las mujeres, pero cada vez le resultaba más difícil no hacerlo. La sociedad les había brindado tantas facilidades, privilegios que él, como hombre, solo podía soñar. Las mujeres eran imprescindibles para la comunidad, para la supervivencia de la humanidad. El hombre solo era estrictamente necesario para la cópula en sí. Después como si se moría, daba igual. Si tan solo una mujer hubiese querido estar con Tom. Si solo una se le hubiese entregado y lo hubiese hecho sentirse una persona, y no como un fracaso genético.

Un par de años atrás, Tom había planificado seriamente el pagarle a un hombre para que asaltara a una mujer. Podía imaginarse la escena. La mujer sería joven y guapa. Estaría caminando por el bosque. El hombre se le tiraría encima, ella pensaría que estaba a punto de pasarle lo peor.

Entonces Tom aparecería para evitarlo. Reduciría al hombre, salvaría a la mujer. Luego, ella no podría evitar caer enamorada de Tom. Se casarían y en la boda ella le contaría a los invitados cómo se habían conocido. Y Tom se mostraría tímido, diría que solo había actuado por instinto, como un hombre.

Pero no habían sido más que fantasías infantiles. Se avergonzaba de haber sido tan naíf.

Sé tú mismo.

La belleza está en el ojo que observa.

Todo el mundo tiene un alma gemela, solo hay que buscarla.

Durante toda su adolescencia y sus primeros años de juventud, Tom había tenido esperanzas y creído que todo eso era cierto. Había visto a otra gente caminando emparejada por los pasillos del instituto, cogiéndose de la mano, había visto a sus compañeros de trabajo emborrachándose en conferencias y fiestas de empresa, retirándose juntos entre risitas, para follar. Entregarse el uno al otro. En el metro había oído a hombres guapos, con el mentón marcado y anchos de espalda, hablando de sus rollos de una sola noche. Quejándose de mujeres que los volvían a llamar.

Poco a poco, Tom se había ido descomponiendo. Había descubierto la mentira. Estaba rodeado de mujeres, las había en todas partes. En el trabajo, en el súper, en la acera, en el gimnasio. Tan cerca. Pero con el tiempo había aprendido que todo intento de acercarse a una mujer acababa en humillación. Caras de asco. Amenazas de denunciarlo a la policía si no las dejaba en paz. Jamás conseguiría que una mujer lo amara. Jamás conseguiría que una mujer siquiera lo tocara por propia voluntad.

Tom apretó la mandíbula, se desprendió del desprecio que sentía por sí mismo y se concentró en las fotos un poco borrosas de Henrietta Bucht que tenía en la pantalla.

Pensaba destrozarle la vida, igual que ella y otras mujeres le destrozaban cada día la suya.

Lamentablemente, todavía no tenía ninguna foto de ella desnuda. En cambio, había podido hacerse un mejor esquema de su vida. Trabajaba en la agencia de relaciones públicas Ronander, en la plaza Stureplan. Su novio, Douglas, cobraba un sueldo en el mismo sitio. Los primeros *posts* juntos habían aparecido en la cuenta de Instagram de ella hacía un año y medio. En diciembre habían declarado con orgullo que se habían comprado el piso de Norrbackagatan.

Tom eligió cuatro fotografías, las editó rápidamente y luego apagó el ordenador.

Su teléfono de prepago comenzó a vibrar. El día anterior le había enviado un mensaje encriptado por Telegram a la única persona que consideraba su amiga.

«Tengo que pensarlo», decía la respuesta.

Tom sonrió. Sabía que podría convencerlo.

Oyó el ruido de uñas rascando el parqué y las ratas que chillaban cada vez más fuerte. Tom fue a la nevera, sacó una pechuga de pollo cruda y volvió. Se quedó de pie junto a la plancha de plástico de medio metro de altura que separaba parte del despacho. Se pusieron como locas con el olor. Chillaban. Correteando. Tirando de aquí para allá. Tom les lanzó la carne, que aterrizó con un golpe sordo. Las ratas se abalanzaron. Peleándose. Chillando. En menos de un minuto ya no quedaba ni rastro de la pechuga.

Tom se cambió y se puso ropa de deporte.

Pantalón de chándal negro, sudadera negra con capucha y zapatillas Adidas de corredor. Le esperaba un día largo, tendría que entrenar ahora por la mañana. Haría una hora de *parkour* y luego se iría al trabajo. Cuando terminara la jornada, iría a ver qué estaban haciendo Henrietta y Douglas.

223

5

Jasmina estaba apretujada en una mesa del rincón en Le Café, en el centro comercial Sturegallerian. A su alrededor, amas de casa adineradas tomaban bebidas bajas en calorías con pajita para no estropearse los dientes. Dos comerciales trajeados se reían ruidosamente un par de mesas más allá.

Sentía el cuerpo exhausto. Los ojos le escocían por la falta de sueño. Ya iba por el séptimo café del día. Estaba esperando a Simona Strand, una mujer de veintisiete años que trabajaba de recepcionista en la productora TLZ en Frihamnen y que se había puesto en contacto con Jasmina, asegurando que unos años atrás había tenido una breve relación con Oscar Sjölander.

Los últimos días habían sido los más frenéticos que Jasmina había vivido en su vida.

Desde que Oscar Sjölander había sido detenido solo había pasado por casa para dormir unas pocas horas y luego volver otra vez a la redacción.

Uno de los dos días desde la desaparición, el artículo de Jasmina había encabezado la primera tirada de *Kvällspressen*, y tanto el Bollo como Tuva Algotsson la habían colmado de halagos. Aun así, Jasmina no lo había podido disfrutar. Se pasaba el tiempo echando miradas atrás, muerta de miedo por si de repente veía a alguno de los hombres que la habían violado. Subía las escaleras de su casa corriendo hasta la puerta. Odiaba a Karim. Se odiaba a sí misma por haberlo ayudado a salir libre. Sabía que él había vuelto al Centro Penitenciario de Åkersberga, pero pronto lo iban a soltar. Una vez estuviera fuera, Jasmina no tenía claro si se atrevería a quedarse en Estocolmo.

Jasmina reconoció a Simona Strand por su foto de perfil en Facebook y se puso de pie. Simona, que estaba caminando hacia el otro lado del local con un *smoothie* en la mano, se dio la vuelta y se acercó a la mesa de Jasmina.

Era incluso más guapa que en las fotos. Iba vestida de verano, con falda y camiseta. Labios carnosos y relucientes, probablemente no naturales. Pelo rubio y ondulado que le llegaba por los hombros.

—Gracias por citarte conmigo.

—No puedes publicar mi nombre ni el de la productora para la que trabajo. Tengo novio.

Jasmina jamás delataría a un informante a quien se le había prometido el anonimato. A nadie. Una vez más, le aseguró a Simona que su identidad seguiría siendo secreta. Apartó la taza de café y colocó el dictáfono en la mesa.

—¿Cómo os conocisteis?

Simona se enrolló unos cuantos pelos en el dedo índice.

—En la fiesta de Navidad de hace cuatro años, TLZ estaba produciendo aquel programa de fútbol que Oscar presentaba.

Jasmina observó que ella lo había llamado «Oscar». No «Sjölander». Ni tampoco «Oscar Sjölander».

—Solía venir a verme, saludar, charlar un rato. Puede que flirtear. Yo era nueva y no sabía nada de su reputación. Sabía que tenía mujer e hijos. Pero en la fiesta de Navidad iba borracho. Yo también. Nos escapamos al sótano, nos besamos.

Simona se metió la pajita entre los labios. Los músculos de su cuello se contrajeron al sorber. Jasmina aún no tenía claro qué pensaba de ella.

—Unos días más tarde me llegó un mensaje. Me preguntaba si quería quedar con él. Era entre semana. Fuimos a su casa de campo, la casa esa en la que ha desaparecido Rakel. Allí... Bueno, ¿cuántos detalles quieres?

Jasmina notó que se ruborizaba.

—Tú cuéntame lo que consideres relevante. Yo te iré haciendo preguntas —se apresuró a decir.

—Tuvimos sexo.

Por el momento, Simona no había contado nada llamativo. Que Oscar Sjölander era notablemente infiel no era ningún secreto para nadie que hubiese leído la prensa los últimos días.

—¿Fue... sexo violento?

225

Jasmina nunca había formulado una pregunta tan íntima. En general, no le gustaba hablar de sexo. Nunca había tenido amigas, había pasado la mayor parte del tiempo a solas. Cayó en la cuenta de que la curiosidad quedaba fuera de su deber como reportera. Miró un poco intranquila a Simona, quien para su gran alivio no parecía tomárselo mal.

—Un poco. Pero así es como yo lo quería, por lo que no hay ningún problema. Nos fuimos viendo con regularidad. Él me gustaba cada vez más. Me dijo que comenzaba a sentir algo por mí y que se estaba planteando dejar a su mujer. Ahora, *a posteriori*, me avergüenzo de habérmelo creído. Pero puse buena cara. Tuve esperanzas. No le hice más preguntas. Había notado que él se molestaba cuando sacaba el tema.

Simona se mordió el labio. Jasmina se la imaginó con Oscar Sjölander encima, detrás. Se dio cuenta de que era la primera vez que pensaba en sexo desde la violación.

—Y de repente, silencio —dijo Simona bajando la voz—. Dejó de responder a mis llamadas, mis mensajes, todo. Me preocupé. Me fui al edificio de TV4 después del trabajo, lo estuve esperando fuera y le pedí explicaciones. Él me dijo que me subiera a su coche. Nos fuimos a una zona boscosa cerca de Djurgården donde no había nadie. Me gritó. Me cogió del cuello. Me dijo que si se lo contaba a alguien o si volvía a ponerme en contacto con él me mandaría a un grupo de motoristas criminales. Haría que me despidieran. Se encargaría de que no pudiera conseguir ningún trabajo en el sector. Yo pensaba que me iba a matar.

Jasmina le acercó un poco el dictáfono a Simona, que se reclinó en la silla.

—¿Qué hiciste?

—Pues lo que él me dijo. Estaba muerta de miedo. Ni te imaginas la cantidad de historias parecidas que he oído sobre él. Es un puto psicópata. No me entra en la cabeza que no lo metieran en la cárcel durante el *Metoo*. O bueno, sí lo entiendo.

Una risa corta y sin ninguna alegría salió de la boca de Simona. Jasmina tragó saliva. Podía entender su terror.

—Llamó a todas y cada una de las mujeres con las que se había liado desde que llegó a Estocolmo. Amenazando. Suplicando. Pidiendo disculpas. Es muy manipulador. Hablando de sus hijas, de su mujer, diciendo que había cambiado. Creo que todo el sector estaba en *shock* de que lograra salir indemne. Sé que no hay que creerse todo lo que pone en Flashback. Pero muchos de los comentarios están en lo cierto, lo sé.

Jasmina se llevó una mano a las gafas, que se habían deslizado demasiado por su nariz, y se las volvió a subir.

—¿Cómo es que me cuentas todo esto a mí?

—Quiero que todo el mundo entienda qué clase de cerdo es. Debería haberlo contado antes. Entonces esto no habría pasado.

—¿Te refieres a la desaparición de Rakel Sjödin?

—Sí.

Jasmina no sabía qué responder.

No tenía la menor idea de si Oscar Sjölander le había hecho daño a Rakel Sjödin, por muchos indicios que apuntaran a ello. Como periodista, debía ser objetiva, presentar hechos. No especular sobre cómo se podría haber evitado un crimen.

La pantalla del móvil de Jasmina se iluminó. Temió que se tratara de una nueva amenaza anónima. Desde el sábado le había llegado otra. Pero entonces su cara había aparecido al lado del cadáver de una mujer decapitada, probablemente de la guerra de Siria.

Por suerte, ahora era un mensaje de Max.

«Vuelve cuanto antes, han encontrado el cuerpo de Rakel Sjödin.»

Jasmina se levantó de la silla.

—Tengo que irme —dijo, y recogió rápidamente todas sus cosas.

227

6

$\mathcal{V}$anessa estaba sentada junto a una ventana en el McLaren. Los últimos y desesperados rayos del sol se demoraban en las fachadas. Había rechazado la sugerencia de Kjell-Arne de comer algo, lo único que quería era la cerveza de alta graduación que tenía delante. Las fotografías del cuerpo desnudo y pálido de Rakel Sjödin volvían una y otra vez a su retina. Ya había visto gente muerta antes, pero la muerte de Rakel estaba afectando a Vanessa de una manera para la que no había estado preparada. Quizá le resultaba más fácil comprender a un asesino que surgiera de los bajos fondos de la sociedad. Alguien que hubiese tenido una infancia difícil, que se hubiera destrozado el futuro a base de drogas, que estuviera solo, que fuera vulnerable, que hubiese sido marginado. Pero Oscar Sjölander era una reconocida estrella de la tele con un sueldo millonario, dos hijas y una esposa. Segunda residencia a poca distancia de la ciudad. Infancia estable. Padres que seguían casados y vivos.

No solo Vanessa estaba afectada. El asesinato había sacudido a todo el país. La doble vida de Oscar Sjölander estaba siendo discutida en todas partes. Mujeres anónimas contaban su experiencia en la prensa y en páginas web sobre las cosas a las que él las había sometido. Los tertulianos se habían convertido en borrachos de hotel afónicos que gritaban y aporreaban todas las puertas. En las redes sociales la gente competía por ver a quién se le ocurría los castigos más crueles y creativos. Vanessa no lograba decidirse sobre si esa era la manera en la que una sociedad sensata debería reaccionar. Con ira. Frustración. ¿Qué opciones había? ¿La indiferencia?

Las pruebas contra Oscar Sjölander se iban amontonando. El jersey ensangrentado, así como un cuchillo que se creía que era el arma homicida, a veinte metros de su domicilio en Bromma. Móvil: no quería tener hijos con Rakel. Antecedentes de violencia bien documentada en forma de relatos de mujeres contra las que él se había mostrado amenazante. A las que había cogido del cuello. Silenciado. El mensaje de Rakel a su amiga Katja. Ahora incluso su mujer, Therese, había reconocido que él le había pegado.

Oscar Sjölander lo negaba. Pero a juzgar por las grabaciones que Vanessa había podido oír, cada vez era menos convincente. Seguía culpando al sintecho. Tras hacerle el examen a Rakel, el forense podría determinar la hora aproximada del día en que Rakel había muerto. A partir de ahí podrían contrastarlo con el momento en el que el SUV negro de Oscar Sjölander había pasado por debajo de las cámaras urbanas en su trayecto de Tyresö a Bromma.

Vanessa oyó que alguien llamaba a la ventana y entornó los ojos para ver la sombra de fuera. Trude Hovland la saludó con la mano y le hizo un gesto que Vanessa interpretó como una pregunta de si quería compañía. Asintió con la cabeza, pero se arrepintió al instante. Habría preferido quedarse sola con sus pensamientos.

Trude pidió una cerveza y se sentó.

—Vaya día —dijo, y dio un trago—. He tenido que salir a dar un paseo.

—¿Vives por aquí cerca?

Trude dijo que sí.

—En Markvardsgatan.

Con el dedo pulgar, Vanessa señaló la dirección en la que estaba su portal.

—Roslagsgatan. Delante del parque Monica Zetterlund.

—¿Qué es eso?

Trude señaló la lista de empresas que habían visitado el hotel Palacio de Rosersberg que asomaba del bolso de Vanessa.

—Ove y yo estamos intentando encontrar un autor alternativo del asesinato de Emelie Rydén. O al menos es lo que deberíamos estar haciendo. Lo de Rakel Sjödin se ha cruzado en nuestro camino.

—¿Tiene algo que ver con la huella dactilar hallada en el bolígrafo de Rosersberg?

Vanessa asintió despacio. Dio un trago a su cerveza, que estaba tibia y se había desbravado.

—¿Tienes alguna idea? —preguntó Trude.

Vanessa buscó a Kjell-Arne con la mirada. Quería un *gin-to-*

nic. Relajarse. Dormir sin soñar. Sin ver imágenes de mujeres apuñaladas.

—Emelie Rydén deja entrar al asesino. Lo conoce. O al menos le suena. Sobre todo, él sabe que ella está sola esa tarde. ¿Podría ser un cliente del salón de belleza?

—Vale que los hombres suecos son vanidosos, pero no pueden ser muchos los clientes varones que hayan pasado por allí en los últimos seis meses.

—Quince.

—¿Los habéis mirado?

Kjell-Arne descubrió a Vanessa, quien formó las letras GT con los dedos. Obtuvo un pulgar arriba a modo de respuesta.

—En el registro de antecedentes penales —dijo, y se volvió de nuevo hacia Trude—. Nada que llamara la atención.

—¿Clientes que hayan pagado en negro?

Vanessa se encogió de hombros. Sin duda, algunos de los clientes de Emelie podrían haber pagado en negro, pero entonces sus nombres no aparecían en el programa de reservas que los investigadores del caso habían revisado.

—Las estadísticas... —empezó Trude.

—Dicen que es Karim —la cortó Vanessa—. Más o menos veintisiete mujeres son asesinadas cada año en Suecia. En solo un seis por ciento de los casos resueltos el agresor es una persona desconocida para la víctima. ¿Qué es lo primero que hacemos cuando investigamos la muerte de una mujer? Controlamos a su pareja. ¿Y lo segundo? A otros hombres de su entorno más cercano. Lo hacemos de forma rutinaria, porque las estadísticas nos dicen que lo hagamos así. Lo más habitual es que nos lleven por el buen camino. Esta vez nos llevó directos a Karim. Violento. Ha maltratado a mujeres en el pasado. Había amenazado a Emelie. Es un mierdas, pero él no la ha matado.

—¿Cómo lo sabes?

—Tiene coartada.

—¿El amigo ese?

—No, otra persona. Una mujer.

—Pero ¿y la sangre en la suela de su zapato?

Vanessa asintió en silencio. Dejó la lista de dos páginas de participantes de conferencias celebradas en Rosersberg delante de Trude, que la miró desconcertada.

—Siguiente página.

Trude pasó la hoja con un gesto rápido. Puso los ojos como platos. Se quedó mirando fijamente la línea que Vanessa había marcado en fosforito.

—Sí, ahí tienes una señora conexión.

231

7

*E*n el Sky Bar no había nadie, pero Börje había conseguido que le prestaran suficiente dinero para comprarse otra botella de vodka y estaba sentado solo en el banco, con los pensamientos flotando en su cerebro grumoso y anestesiado. Había bebido hasta sentirse lo bastante valiente como para morir. La cabeza se le cayó sobre el pecho y estuvo a punto de quedarse dormido. La boca le iba por libre. Iba resollando. Hablaba de forma incoherente.

Cuando salió de Salberga no había tenido ninguna opción. ¿Qué le quedaba en Sala? Los niños lo detestaban. Su madre, también. Nunca había sido un padre ejemplar. Cuando lo condenaron, a su hijo mayor comenzaron a pegarle en la escuela, le gritaban «asesino» por los pasillos. En el juicio, Börje ni siquiera había tenido la sensatez de pedirle perdón a la viuda. Un figurín ceceante que le hacía de abogado le había dicho que se estuviera callado.

Cuando salió de la cárcel, Börje había ido directo a la estación central y había cogido el primer tren con destino a Estocolmo. En la capital había dormido en vagones de metro. Lleno de miedo por las pandillas de jóvenes que se paseaban por las noches. Le habían dado algunas palizas. De alguna forma, le había resultado agradable. Como si se lo mereciera. Veinticuatro meses de cárcel, ¿cómo cojones iba eso a expiarte cuando te habías cargado a dos personas?

La muerte de Eva era su verdadero castigo. Obra de Dios o no, nadie se libraba de haber atropellado de muerte a dos personas conduciendo borracho.

Börje se puso en pie sobre piernas vacilantes. Se tambaleó un paso, se quedó un rato quieto para recuperar el equilibrio. Se alejó por el andén. Los que estaban esperando el metro se apartaron.

«Eso. Despreciadme.»

232

Faltaban dos minutos para que llegara el tren.

Debería arrojarse delante del convoy. Evitar tantos meses bebiendo que le esperaban. De angustia. Abstinencia. Maldades. Moriría indefectiblemente antes de que terminara el año, quisiera o no. Era mejor que eligiera él mismo el cómo. Quitárselo de encima. Dejar de sentir lástima por sí mismo. Ahora que Eva ya no estaba no hacía feliz a nadie. Tenía remordimientos por lo que le había dicho a Elvis. Por la forma en que lo había tratado. Su amigo no había hecho nada malo, solo había intentado ayudarlo. Sacar a Börje a la superficie, mantenerlo a flote. Lo que él no había conseguido hacer con Eva.

Un minuto.

Los viajeros se levantaron de los bancos. Los faros del primer vagón aparecieron en la distancia. Se fueron acercando. Barrieron el andén. Unas sombras largas danzaron sobre las paredes. Börje soltó un gruñido, se abrió paso. Tenía ganas de echarse a la carrera. Se tambaleó. La botella se le cayó de la mano y estalló contra el suelo. El alcohol mojó el andén. Miradas inquietas. Una adolescente lo fulminó con los ojos.

—Ten cuidado —dijo una mujer con un cochecito.

Börje volvió a gruñir. Se concentró en lo que le venía. Un pequeño impulso y se convertiría en un pedazo de carne sangriento. Ya no tendría que echar de menos a Eva a cada instante. Se libraría de la culpa y de la vergüenza. Ya no le quedaba nada con que llenar los vacíos.

Los frenos chirriaron. Los faros lo cegaron y Börje alzó una mano a modo de protección.

—Pequeña *madame*. Ahí voy —balbuceó.

233

8

*L*a redacción estaba en plena actividad. Jasmina se cruzó con la mirada del Bollo y este se le acercó y se inclinó sobre su mesa.

—Kovac. Joder, qué texto. Va a vender una barbaridad.

Dio dos golpes en el escritorio, dio un saltito en lateral y se alejó con movimientos alegres.

—Cuando lleguen las pizzas, reunión en el mostrador —gritó al aire—. Buen trabajo, todo el mundo.

Al lado de Jasmina, Max Lewenhaupt tecleaba en su portátil. La lengua le asomaba por la comisura de la boca. El pelo, normalmente tan bien repeinado, apuntaba en todas direcciones.

—¿Podrías leértelo antes de que lo mande? —preguntó sin mirarla.

—Claro.

—Dame dos minutos, solo voy a pulir cuatro cosas —dijo, y siguió tecleando implacable.

En tanto que Rakel Sjödin había sido hallada muerta, la historia se mantenía viva por sí sola. El interés de los lectores se había disparado. Cada nuevo artículo batía récords. Al contrario de lo que la gente pensaba, lo que las redacciones buscaban no eran los subidones rápidos, sino la lealtad. Visitantes que repitieran, los que acababan pagando por la información. Entonces era cuestión de darles calidad.

El número de suscriptores *online* estaba aumentado a un ritmo de trescientos al día.

—Ya está —exclamó Max, se reclinó en la silla y giró el ordenador hacia Jasmina.

Ella acercó la silla de oficina. Sus codos se rozaron. Él retiró el suyo. El artículo era un texto largo sobre el desarrollo que había tenido el caso Rakel aquel día, y comenzaba con un breve resumen de la detención del «perfil de la tele».

Después, Max pasaba a informar de lo que se había filtrado de comisaría sobre el interrogatorio de Oscar Sjölander. Según un informante anónimo próximo al caso, el presentador de televisión había llorado cuando le habían dado la noticia de que el cuerpo había sido encontrado. Habían tenido que interrumpir el interrogatorio. Y en un breve comentario, el abogado de Oscar Sjölander había asegurado que su cliente se encontraba muy mal. La familia de Rakel había sido informada.

Después de un párrafo intermedio venía lo que, probablemente, se convertiría en el titular del día siguiente. La policía confirmaba, por primera vez, que el cuchillo con restos de sangre hallado cerca de la casa del presentador en Bromma era el arma homicida.

Jasmina notaba que Max la miraba lleno de expectación.

La última parte la conformaba una declaración piadosa de un alto cargo de TV4 en la que se negaba a comentar las acusaciones.

—Está bien —dijo Jasmina cuando terminó de leer.

—¿Bien? ¿Solo eso?

Max parecía decepcionado.

—Está muy bien, Max. Pero eso ya lo sabes —dijo Jasmina, y se levantó.

—¿Seguro?

—Sí, Max. Seguro —dijo ella sonriendo.

El Bollo reunió a los reporteros que quedaban alrededor de la mesa de reuniones.

Jasmina cogió una porción de pizza de piña, se sirvió Fanta en un vaso de plástico y se sumó al semicírculo de reporteros que se había formado alrededor del Bollo. Él les dio las gracias por el duro trabajo que habían hecho durante la intensa cobertura de los últimos días. Jasmina se moría de ganas de volver a su casa, echarse en la cama. Reparó en que era la primera vez que pensaba en el pequeño piso que tenía en la calle Valhallavägen como su «casa». En realidad quería quedarse. Karim Laimani no debería poder romperle ese sueño. Cada vez que pensaba que él había estado dentro de ella le daba asco. Era injusto. Él iba a salir libre, ella se acordaría de él cada día el resto de su vida.

El Bollo comenzó a repartir tareas para el día siguiente. A ella le pidieron que volviera a estar en la redacción a la una.

—Solo es cuestión de tiempo hasta que publiquemos que se tra-

235

ta de Oscar Sjölander. Quiero que prepares un artículo que ahonde en su vida. Utiliza los contactos que tienes en Växjö para localizar a amigos suyos de la infancia y gente que lo conociera de pequeño. ¿Te parece bien, Kovac?

—Claro. No hay problema.

Jasmina regresó a su mesa para recoger sus cosas. Max le siguió los pasos. Bostezó. Guardó el portátil.

—¿Te vienes a tomar una copa? —le preguntó a Jasmina—. Me cuesta mucho dormirme después de días como el de hoy.

Jasmina titubeó. Quería estar descansada para el día siguiente. Al mismo tiempo, necesitaba relajarse. A ella también le costaba bajar de revoluciones después de tanta intensidad de noticias. Además, debería mejorar su vida social. Desde que había llegado a Estocolmo había estado siempre sola.

—Venga, vamos. Una copa te hará bien.

9

*E*l tren estaba a diez metros de Börje. Los frenos chirriaban. Dio un paso en dirección al borde del andén. Los raíles brillaban allí abajo. El último paso sería su último, el que lo haría bajar a las vías. Delante del tren. Debajo de las ruedas. Justo iba a darse impulso cuando notó una mano en el hombro.

La persona, a la que Börje todavía no podía ver, lo retuvo. Börje dio la vuelta y miró con ojos iracundos a un rostro pálido.

Era Jörgen, el vigilante de seguridad que solía tocarles las narices a Börje y a Elvis y a los demás del Sky Bar. Los ojos de mono lo observaron hostiles, se deslizaron a la botella rota en el suelo y luego volvieron a él. Los vagones pasaron de largo.

—Así que te has montado una fiestecita aquí en mi andén.

—Suéltame —dijo Börje, y trató de liberarse de un tirón.

A su alrededor, la gente fue bajando del tren. Börje se cabreó. Cerró los puños.

—Tranquilízate, si no, tendré que utilizar la porra —dijo Jörgen.

Su compañero dio un paso al frente. Börje soltó un puñetazo contra Jörgen, quien lo seguía sujetando del hombro. Pero estaba demasiado borracho. El puño no le dio en la cara por mucha diferencia y se convirtió en una señal para que los otros dos desenfundaran las porras.

Börje soltó un bramido y se arrojó sobre Jörgen. Los dos se empotraron en la pared del vagón con un estruendo. Varias personas gritaron. Dentro del vagón los viajeros se pusieron en pie para ver el tumulto. Börje estaba encima, mientras el otro luchaba para ganarle ventaja. El compañero alzó la porra y golpeó a Börje en la espalda. Algo se rompió ahí dentro. Börje notó un fogonazo de dolor que le subió hasta la cabeza.

Cayó de lado. Recibió otro golpe, en el antebrazo, y acto seguido se le echaron los dos encima y sumaron fuerzas para retenerlo. Le aplastaron la cara contra el suelo del andén. Börje comenzó a despotricar. No podía respirar. Pataleaba y retorcía el torso en un intento de liberarse.

Al cabo de un rato sus movimientos se fueron apagando. Los vigilantes lo arrastraron unos metros por el andén. Jörgen le clavó una rodilla en la espalda, obligándolo a permanecer tumbado bocabajo.

Las puertas se cerraron. Börje notó las vibraciones del suelo en la mejilla cuando el tren abandonó la estación.

—Maldito engendro de mierda —murmuró Jörgen, y se secó el labio, que estaba rojo de sangre.

Escupió.

—¿Lo llevamos al cuarto? —preguntó su compañero.

Börje sabía lo que era el cuarto: una habitación aislada acústicamente debajo del andén que los vigilantes usaban para retener a gente hasta que llegara la policía. Carecía tanto de ventanas como de cámaras de vigilancia. Los vigilantes solían decir que la persona detenida se había mostrado violenta y se habían visto obligados a tranquilizarla a la espera de que llegara el transporte policial. Era fácil que una cabeza golpeara una pared, que un brazo se rompiera. A Börje le daba igual. Que le dieran la paliza que quisieran. Él podía aguantarlo, y en cualquier caso, era un hombre muerto.

—Cobardes —espetó, y la presión de la rodilla aumentó entre sus omóplatos.

Intentó golpear hacia atrás con el brazo, lo cual terminó con que Jörgen le atrapó la mano y se la dobló dolorosamente hacia arriba sobre la espalda.

Börje gritó.

—Joder, cómo apestas, puto mono sin casa. ¿Qué coño dice esa guarra con la que sueles ir? Aunque igual le da lo mismo, siendo una puta vieja como es —dijo Jörgen.

—No hables así de ella —jadeó Börje.

El vigilante se rio con escarnio.

—Puta.

Börje se pegó la cara al hombro, no quería que vieran que estaba llorando.

Hurgaron en sus bolsillos. El compañero de Jörgen encontró la carta, la levantó bajo la luz pellizcándola con dos dedos.

—No la tires. Hagas lo que hagas, no la tires —murmuró Börje.

—¿Qué habrías pagado por un polvo con su churri? —preguntó Jörgen, ignorando las protestas.

—No mucho —respondió el compañero, y pellizcó fuerte a Börje en el antebrazo. Este apretó las mandíbulas para no sollozar—. Costaría encontrar a una perra más fea.

Le pusieron unas esposas, lo llevaron con desdén hasta las escaleras mecánicas.

—Esto va a ser divertido, jefe —dijo el otro vigilante, y soltó una risa de hiena.

—¿Sabías que ahí abajo tenemos un gran almacén de listines telefónicos? —le susurró Jörgen a Börje en el oído mientras caminaban—. Hoy en día ya nadie los usa para encontrar el número de teléfono de alguien. No, eso ya lo debes de saber, por muy payaso sin techo y apestoso que seas. El tema es que si golpeas con la porra en un muslo, por decir algo, quedan unas marcas muy feas. Entonces los polis que vienen a buscarte se mosquean con nosotros. Pero... pon un listín entre medio. Y *tachán*, ninguna marca. Pero el dolor es el mismo. Te lo aseguro.

239

10

*E*ran las ocho y media de la tarde cuando Tom se acomodó en el balcón de Norrbackagatan.

En la mochila llevaba mantas, un termo con café, un gorro oscuro, un librito de sudokus y la cámara con dos objetivos distintos. El piso parecía vacío. A lo mejor Henrietta cenaba fuera con alguna amiga.

Se tumbó de espaldas, contempló las nubes plateadas que se deslizaban sobre Estocolmo.

Sacó el teléfono, miró la cuenta de Instagram de Henrietta. Su única actualización era de hacía un par de horas. Al día siguiente, ella y Douglas habían reservado mesa para unos cuantos amigos en Taverna Brillo para celebrar su cumpleaños.

Douglas había colgado muchas más cosas durante la tarde. Estaba en Copenhague y Henrietta no estaba con él. Si Tom la conocía bien, ella no habría perdido ni una oportunidad de presumir en sus redes sociales. Sacó los sudokus, resolvió tres de los más difíciles en cuestión de minutos y se cansó. Estaba aburrido. Pensó en si no sería mejor irse a casa.

Accedió al foro en el que solía pasar más horas. El usuario llamado Wacko estaba conectado. Aunque casi siempre lo estaba. Se sentaba ahí, fumando sus cigarros y mirando a la cámara en su habitación. Se habían escrito algunas veces. Habían paliado la angustia del otro. Bromeado. Hablado de suicidarse.

«¿Qué haces?», le escribió Wacko.

«Esperando a una tía buena», respondió Tom.

«¿Qué vas a hacer con ella?»

Tom sonrió, acercó los pulgares a la pantalla cuando oyó que el portal se abría.

Dos personas cruzaron el patio. Pudo reconocer en el acto a Henrietta. Y al hombre. Ancho de espaldas y con mentón de neandertal. Llevaba el pelo corto y era de color castaño. Era uno de los tíos del gimnasio. Tom había visto a Henrietta charlando con él en un par de ocasiones, se había muerto de envidia.

Tom montó la cámara con manos diestras, quitó la tapa del objetivo y buscó una buena postura. Al cabo de un rato, la lámpara del salón se encendió.

El hombre estaba de espaldas a la ventana. Henrietta se había quitado la chaqueta, llevaba un vestido corto negro. Dio unos pasos de baile con una botella entre los brazos. Por lo visto, ya no le dolía el pie. Intentó animar al tío, que dio unas vueltas, pero luego se dejó caer en el sofá.

El hombre se sacó una bolsita hermética del bolsillo, la levantó en el aire, la agitó un poco. Henrietta desapareció, volvió unos segundos más tarde con una bandejita de plata.

Al entrar de nuevo en el salón giró la ruedecita del interruptor de las luces halógenas. La iluminación se vio reducida. Tom ajustó la cámara. Henrietta dejó la bandejita en la mesita de centro, el tío vació con cuidado el contenido blanco de la bolsita y con una tarjeta de crédito comenzó a rasparla de lado.

Tom hizo *zoom*, ajustó la nitidez y sintió que se le aceleraba el pulso.

241

11

Jasmina solo había visto el Grand Hôtel en fotografías. Un portero en uniforme verde los saludó con la cabeza y les abrió la puerta. Max simuló una reverencia y la dejó entrar a ella primero.

Después de salir de la redacción habían ido con otros dos colegas al Lemon Bar, cerca de la comisaría. Allí se habían tomado una cerveza aguada por veinticinco coronas.

Habían estado hablando de los sucesos de estos últimos días, rajando de los jefes, discutiendo ideas de reportajes. Jasmina había estado a gusto. Se había sentido relajada. Incluida. Después de que los otros dos compañeros se hubiesen ido a casa, Max le había propuesto continuar en otro sitio. Cuando había mencionado el Grand Hôtel, al principio Jasmina se había pensado que estaba de broma. Llevaba vaqueros y una camisa blanca desgastada que durante el día había quedado adornado con una mancha de café. Max había ninguneado sus objeciones con una risotada y había parado un taxi.

—El bar está por aquí —dijo Max, y señaló a la derecha.

Había un par de turistas tomando cerveza y viendo un partido de fútbol en la tele. Un recuerdo del Scandic Anglais le vino a la memoria, Karim acercándosele en el sofá. Jasmina se lo quitó de la cabeza.

Entraron en una sala alargada y bien decorada. Allí había hombres de negocios bronceados y con el nudo de la corbata suelto tomando copas. Camareros vestidos de blanco caminando de aquí para allá tomando nota. Entre las columnas, Jasmina pudo ver el palacio real en la otra orilla. Las luces de la ciudad se reflejaban en el agua oscura bajo el muelle, donde había sombras que se movían. Desde el piano de cola, que parecía una gran araña negra al fondo de la sala, les llegaba una melodía triste. Jasmina la reconocía, pero no recordaba el nombre. Al lado del pianista había dos personas subidas en taburetes y con las copas apoyadas en el piano.

—¿A la terraza? —preguntó Max.

—Prefiero cerca del piano.

—Estoy de acuerdo.

Jasmina dejó que Max les pidiera dos bebidas, pensó que sería mejor no revelar su desconocimiento, y se reclinó en la silla.

—¿Sueles venir a menudo por aquí? —le preguntó cuando la camarera se hubo retirado.

Algo se iluminó en el rostro de Max.

—Cuando comencé a soñar con ser periodista solía ponerme un traje y venir aquí con una libreta. Me hacía pasar por reportero de guerra que se estaba recuperando después de pasar una larga jornada en el campo de batalla. Pero no se lo puedes decir a nadie.

—Lo prometo —dijo Jasmina, y esbozó media sonrisa—. Lo cierto es que yo hacía algo parecido.

—Cuéntame.

—Obligaba a mi madre a que me dejara entrevistarla. La hacía interpretar diferentes papeles. Un día era una estrella de cine que acababa de ganar un Óscar, otro día era una política a la que le habían pillado varias mentiras. Luego imprimía titulares y los colgaba en mi habitación.

Max se rio.

—O sea, que te ha apoyado.

—Siempre.

Max tragó saliva. Asintió lentamente con la cabeza. Jasmina notaba que su cabeza estaba agradablemente desconectada. Miró a Max a los ojos.

—¿Por qué me robaste el artículo?

Él se quedó pensando. Se rascó la barbilla. Jasmina observó que tenía las uñas mordidas.

—Porque era jodidamente bueno. Pero me avergüenzo. Fue muy poco honrado por mi parte. Estaba empezando a desesperarme, me daba miedo que fueras tú la que se quedara en el periódico.

La respuesta pilló a Jasmina por sorpresa.

—¿Cómo podías creer eso?

—Porque tú, pese a no hablar mucho, tienes algo que da a enten-

243

der que eres buena. La gente te escucha, cuando finalmente hablas. Llámalo carisma, si quieres.

Nadie le había dicho nunca a Jasmina que era carismática. Se quedó mirando fijamente a Max, se preguntó si no le estaría tomando el pelo.

—Disculpa —dijo él, y se levantó—. Enseguida vuelvo.

Max se fue al cuarto de baño. Mientras tanto, la camarera volvió con sus bebidas. Eran iguales y estaban decoradas con una rodaja de piña y una cereza. Jasmina dio las gracias, la camarera asintió con la cabeza. Luego se llevó el cóctel a los labios.

Max regresó, señaló la copa.

—Singapore Sling. ¿Te gusta?

—Prefiero la cerveza.

Max sonrió.

—Yo también, si te soy sincero. Pero oye, sobre el artículo que te robé. ¿Lo podemos dar por zanjado?

—Sí.

Max hizo girar la bebida en la copa y luego volvió a dejarla en la mesa.

—A lo mejor suena ridículo, pero para mí es muy importante conseguirlo. Mi familia, en especial mi padre, está en contra de todo esto. El periodismo es un sector en declive. Ganamos una miseria. Quiere que me dedique a las finanzas, igual que él. Por eso... joder, quiero demostrarle que me las apaño. Que no me alargaran la beca habría sido un fracaso. Y en mi familia no se fracasa.

244

12

*T*om no tenía ni idea de drogas, pero supuso que el polvo blanco era cocaína. Henrietta puso un candelabro en la mesita de noche y encendió los pabilos. El tío del gimnasio le hizo un gesto para que se le acercara, dijo algo que la hizo reír y luego señaló la bandejita de plata.

Tom hizo más *zoom*, ahora podía ver claramente las cuatro rayas de color blanco.

Cambió a modo vídeo y capturó todas y cada una de las expresiones del rostro de Henrietta cuando esnifó el polvo. Luego se reclinó en el sofá y se tapó la nariz antes de pasarle la pajita recortada al chico. Se tumbaron en el sofá, con las caras muy pegadas. Sus bocas se fundieron. Parecía que no pudieran dejar de hablar. Era una de las cosas más íntimas que Tom había experimentado. El chico acarició a Henrietta con un dedo por la barriga. Ella se acurrucó, soltó una risita y se hizo la coqueta. No cabía duda de lo que estaba a punto de pasar.

—La pequeña Henrietta, tan recta que parecías. No haces más que demostrar lo putas que sois. Todas —murmuró Tom.

Se metieron otra raya, luego se pusieron de pie sobre piernas temblorosas.

Henrietta giró un botón en el altavoz que había al lado del mueble de la tele. Los cuerpos se mecieron, y Tom se preguntó qué música estarían escuchando. Henrietta se subió el vestido y se lo quitó por la cabeza. Bailó un momento en bragas con los brazos estirados hacia el techo. El chico se quitó la camiseta. Tenía el torso musculado, se le marcaban las venas de los brazos.

Henrietta le acarició los pechos, se los pegó al cuerpo, su atlética espalda brillaba a la luz del candelabro. Tom contemplaba el baile de cortejo mientras su pene se iba llenando de sangre.

Odiaba a Henrietta con virulencia, al mismo tiempo que nunca había estado tan excitado.

Ella no tendría que haberlo humillado. Algo así no podía pasar sin su merecido castigo. Douglas daba pena, sin duda, pero mejor que se enterara ya de la perra traidora con la que vivía.

Se besaron. Henrietta se liberó y señaló la mesa. Movió el candelabro hasta el alféizar, lo cual obligó a Tom a corregir de nuevo la configuración de la cámara.

Henrietta golpeó la mesa con la palma de la mano. Tenía los ojos brillantes, anhelantes, excitados. El chico se quitó los pantalones y los calzoncillos, los tiró por el suelo. Después se tumbó desnudo bocarriba sobre la mesita de centro.

Henrietta cogió la bolsita, se puso de rodillas a los pies de la mesa.

El chico levantó la cabeza, la observó mientras ella vertía un poco de cocaína por la cara inferior de su pene, la recolocó con la tarjeta, se llevó la pajita a la nariz e inhaló el polvo. Luego lamió los restos que quedaban.

246 Henrietta le cambió el sitio, pero se tumbó bocarriba y curvó la cintura. El chico esnifó sobre su nalga derecha y luego le quitó las bragas.

Tom tuvo una idea. Ajustó rápidamente la cámara con ayuda de las mantas para que siguiera filmando el piso, y luego sacó la funda del micrófono. Se levantó con cuidado, abrió la puerta del balcón y aguzó el oído. El hueco de la escalera estaba vacío y en silencio. Cruzó el patio interior a paso ligero y subió las escaleras. Con sigilo, se puso de cuclillas, abrió la trampilla del buzón incorporado en la puerta y asomó el micrófono. Pudo oír los resoplidos y jadeos.

—Te gusta que te follen así, ¿verdad?

Henrietta gimió. Afónica y sometida. «Es como una peli porno», pensó Tom, y notó que se volvía a poner duro y se llevó una mano a la entrepierna.

—Sí, sí. Más fuerte.

El portal se abrió y las luces de la escalera se encendieron. Tom retiró el cable y cerró con cuidado la trampilla. Se puso en pie, bajó tranquilamente las escaleras con el micrófono escondido en la palma de la mano. A medio camino saludó con la cabeza a una mujer que estaba subiendo con un cartón de pizza entre los brazos.

En realidad le habría gustado obtener más material auditivo, pero lo que tenía le bastaba para hacer un vídeo que pudiera destrozarle la vida a Henrietta.

Tom giró la llave en la puerta del piso de la calle Essinge Brogata 18 y colgó la chaqueta en el perchero. Con gesto mecánico, se fue al despacho, movió el ratón y comprobó la cámara de vigilancia que había montado a escondidas en el rellano. No había pasado nada llamativo durante las horas que había estado fuera.

Se fue a la cocina, sacó un ramo de brócoli de la nevera, lo puso en un plato y se lo llevó al despacho. Lo dejó sobre el escritorio, se tumbó en el suelo e hizo cincuenta flexiones. Se dio la vuelta e hizo cien abdominales.

Cuando hubo terminado, se sentó al ordenador respirando pesadamente por el esfuerzo y partió un trozo de brócoli.

Era anósmico, carecía de sentido del olfato, por lo que no notaba los sabores. Tom comía vegetariano y pescado siempre que podía porque quería vivir una vida larga. La pubertad había sido un auténtico infierno, puesto que nadie le había dicho que olía mal. En noveno, el profesor de gimnasia lo había llevado aparte y le había dicho que debería lavarse más a menudo. Ahora Tom se duchaba de forma rutinaria cada dos días.

Estuvo un rato navegando por sus foros favoritos. En la ventana oscura que había detrás de la pantalla pudo ver el reflejo de su cara delgada y su calva en un resplandor frío y azulado. Corrió rápidamente la cortina para no tener que verlo. Había días en los que no podía verse en el espejo sin que le vinieran a la cabeza los insultos que le habían gritado en el patio de la escuela.

Tom subió los pies al escritorio, se reclinó en la silla y se comió el resto del brócoli. Abrió el primer cajón, sacó una inyección de testosterona que había comprado en Darknet y rasgó el embalaje. Se fue al cuarto de baño, se bajó los pantalones, se apoyó en el lavabo y se inyectó el líquido en la nalga. Se oía ruido al otro lado de la pared.

Su vecina Greta, de ochenta y ocho años, se había dejado la tele encendida.

Tom fue al recibidor, donde tenía una copia de las llaves de su piso. El hijo de Greta, un imbécil con sobrepeso, se las había dejado a Tom. La puerta del piso se cerraba por sí sola y a veces la vieja despistada llamaba a casa de Tom para que la ayudara a entrar.

Greta estaba durmiendo en el resplandor de la tele con la cabeza apoyada en el pecho. El mando a distancia estaba en la mesita de centro. Tom bajó el volumen. Ella estaba sentada con las piernas separadas, con un camisón que le llegaba hasta la mitad de los muslos. Tom se sentó de cuclillas, trató de ver algo de su vulva.

Se incorporó de nuevo y se fue a la cocina para mirar la nevera. Vio una olla, levantó la tapa y vio que era un estofado de pescado. Sacó una fiambrera de plástico del cajón, la llenó y se la llevó al recibidor.

Tom hurgó en los bolsillos de las chaquetas. ¿Dónde había metido la vieja la cartera? Solía cogerle algunos billetes durante sus visitas. «Que se joda», pensaba. Además. Tom necesitaba el dinero más que ella.

Entornó los ojos en la penumbra, pensó que debería haber cogido la linterna. Al final encontró el monedero en el bolso que estaba colgando al lado del espejo del pasillo. Abrió el compartimento de los billetes. Cuatrocientas coronas. Se metió trescientas en el bolsillo de atrás de los vaqueros. Luego su mirada se fijó en los retratos en blanco y negro que colgaban en la pared.

Se llevó un dedo a los labios.

—Sshhh —bufó.

Debían de estar todos muertos desde hacía tiempo. Lo único que quedaba de ellos eran unas fotografías descoloridas en el piso de una vieja medio senil. Cogió la fiambrera y cerró con llave al salir. Al volver a su casa vio que había recibido un nuevo mensaje.

«Cuenta conmigo», ponía.

Tom sonrió.

13

Vanessa y Ove se dirigían al Centro Penitenciario de Åkersberga para verse de nuevo con Karim Laimani. En las rocas y las playas de Brunnsviken, la gente que estaba de vacaciones se apiñaba en ropa de baño. Había una pareja yendo en canoa. En la radio, un presentador de noticias explicó que dos hombres encapuchados habían robado una ambulancia que estaba haciendo un servicio en Fittja a última hora de la noche anterior.

—Capullos —murmuró Ove.

Un agente motorizado los adelantó por el carril izquierdo.

—¿Te sabes el chiste de Gorbachov? —preguntó Vanessa.

Ove dijo que no con la cabeza.

—Moscú. Años ochenta. Reagan está de visita oficial. Gorbachov llega tarde a la reunión. El conductor conduce a toda leche, pero Gorbachov opina que no lo suficiente. Le pide que le deje conducir a él y se cambian de sitio. Avanzan unos kilómetros. Hay dos policías motorizados a pie de carretera. Ven el coche de lujo pasando a toda castaña. Uno de ellos se sube a la moto y los persigue. Pero al poco rato vuelve.

—¿Y qué pasa?

—El compañero le pregunta si le ha puesto alguna multa. El agente contesta: «Iba una persona muy poderosa en el coche». «¿Ah sí? ¿Quién?», pregunta el otro. «No lo sé. Pero Gorbachov le hacía de chófer.»

Ove resopló.

En la avenida Albanoleden el tráfico se volvió más denso, hasta que terminaba por quedarse completamente quieto. Vanessa aminoró la marcha.

—Abre la guantera —dijo.

Ove se inclinó. El Volvo que tenían delante avanzó un poco. Vanessa aceleró suavemente. Ganó un par de metros antes de volver a pisar el freno.

—¿Qué estoy buscando?

—Una funda de plástico.

Ove la sacó.

—¿Qué es esto?

—La lista de empresas que han estado en el Palacio de Rosersberg en los últimos seis meses. Mira lo marcado en amarillo de la siguiente página.

Ove pasó la hoja.

—Agencia de Servicios Penitenciarios —leyó entre dientes, y se volvió hacia Vanessa—. O sea, que celebraron una conferencia allí. ¿Emelie consiguió el bolígrafo en la penitenciaría?

—Deberíamos volver a echar un vistazo a las grabaciones de las cámaras de la visita, ahora que sabemos qué estamos buscando.

—Lo haré en cuanto volvamos a comisaría —dijo Ove.

Vanessa y Ove se acercaron al vigilante uniformado que había detrás del mostrador del Centro Penitenciario de Åkersberga y le explicaron el motivo de la visita. El hombre hizo una llamada, les pidió que entregaran sus teléfonos móviles y armas de servicio, y luego los invitó a pasar por el arco detector de metales.

—¿Qué hiciste ayer? —preguntó Ove.

—Estuve con Trude.

Ove arqueó las cejas.

—Por pura casualidad —dijo Vanessa—. Ella estaba paseando, pasó por delante de mi garito habitual y entró a tomarse unas cervezas conmigo.

—Sabes lo que dicen de ella, ¿no? —dijo Ove. Miró de reojo al vigilante, que iba un par de metros por delante de ellos, y bajó la voz—. Es adicta al sexo.

—¿El qué?

Ove asintió con la cabeza.

—Por eso rompió con el ex. Le había sido infiel. Tanto con hombres como con mujeres. Se dice que después ha tenido un rollo con tu jefe, Kask. Pero no va a ser el único.

Vanessa no pudo evitar imaginarse a su jefe con Trude. Desnudos, guapos, revueltos. Le gustó la escena.

—Olvídalo, Ove.

—Solo te informo de lo que he oído. De forma neutral. Equilibrada. *Public service.*

—Más bien propio de un chaval con granos que está encerrado en el sótano de casa de su madre con la papelera llena de papel de cocina pringoso y que se dedica a escribir cosas feas en el foro Flashback.

El vigilante se detuvo delante de una puerta, les explicó que el recluso iba a ser escoltado desde su celda y abrió la cerradura. Vanessa y Ove tomaron asiento. Vanessa cruzó las piernas y se reclinó en el duro respaldo de la silla.

La cerradura volvió a sonar y Karim Laimani entró acompañado de dos guardias. Su boca se estiró en una sonrisa burlona. El hombre que tenían delante no había asesinado a Emelie Rydén, pero había drogado y violado a Jasmina Kovac.

Karim se acercó sin ninguna prisa a la silla vacía. Miró descaradamente a Vanessa y se lamió los labios. Ella no apartó la mirada. Recordó la cara de Jasmina. Sus lágrimas. Los temblores de su cuerpo.

251

Ove le hizo un gesto a los vigilantes y estos abandonaron la sala. Vanessa y Karim seguían mirándose con desprecio a los ojos. Ove se aclaró la garganta.

—Estamos aquí para saber si tienes alguna idea de quién pudo matar a tu exnovia, Emelie Rydén.

Karim no respondió. Hizo una V con los dedos índice y corazón y metió la lengua entre medio. Vanessa reaccionó por acto reflejo. Le clavó el tacón en la entrepierna. Fuerte. Lo removió.

Karim soltó un grito, hizo una mueca de dolor. Se medio incorporó, cerró los puños.

Vanessa sonrió con labios apretados.

—De todos modos, eres demasiado vieja para mi gusto, cerda asquerosa —dijo Karim, se agachó y se frotó con las manos donde acababan de darle la patada.

—Y tú, demasiado pequeño para el mío —dijo Vanessa, y movió el meñique en el aire.

—¿Podemos calmarnos un poco? —dijo Ove, que se había puesto en pie, listo para arrojarse sobre Karim con tal de impedirle que atacara a Vanessa.

Vanessa alzó las manos y le lanzó una mirada de disculpa a su colega. Este volvió a sentarse.

—Karim, estamos investigando la muerte de la madre de tu hija. Sabemos que tú no lo hiciste, pero nos preguntamos si tienes alguna idea de quién podría haber querido acabar con su vida —dijo Ove.

—¿Por qué os iba a ayudar, gordo?

—Porque la que ha sido asesinada es la madre de tu hija —dijo Ove sin inmutarse.

Vanessa observó que tenía el cuello rojo. Supuso que no se debía al calor.

—Como madre, dejaba bastante que desear. Y como novia, también.

Ove soltó un suspiro.

—¿Te pareció que estaba asustada, la última vez que vino? ¿Vino a verte por alguna razón en concreto?

Karim frunció los labios y se cruzó de brazos.

—Maldita sea. Ayúdanos, hazlo por Nova —dijo Ove.

Karim soltó un suspiro.

—Me dio un dibujo, dijo que se había acabado y luego se marchó.

—¿Solo eso?

Karim asintió con la cabeza.

—¿Sabes si llevaba un bolígrafo consigo? —preguntó Ove.

—¿Cómo voy a acordarme de eso?

Vanessa se inclinó hacia delante.

—La sangre de Emelie apareció en tu celda. Alguien la puso allí, nos condujo hasta ti. ¿Tienes enemigos, aquí en el centro? ¿Alguien dispuesto a hacerle daño a ella para joderte a ti?

Karim sonrió con escarnio.

—Un hombre sin enemigos no es un hombre.

—Cuatro internos estaban de permiso al mismo tiempo que tú —dijo Vanessa, y recitó sus nombres—. ¿Podría alguno de ellos estar implicado?

—En ese caso, no os lo chivaría. Lo resolvería yo mismo.

Vanessa puso los ojos en blanco. Al mismo tiempo, Karim Laimani llamó a los guardias y se levantó de la silla. Antes de darse la vuelta, le lanzó una última mirada.

—Nos vemos cuando haya salido de aquí, Vanessa Frank.

Vanessa alzó el meñique a modo de despedida.

—Te espero, polla enana.

Una hora más tarde, Vanessa y Ove pasaron por delante del Museo de Historia Natural, donde había varios grupos de escolares apiñados en la escalinata de entrada. El móvil de Vanessa comenzó a vibrar. Número desconocido. Se lo puso entre la oreja y el hombro.

—Aquí Frank.

La conversación duró exactamente un minuto y veintisiete segundos. Al mismo tiempo que Vanessa colgaba, tomó la primera salida a la derecha en la rotonda de Norrtull.

—Te dejo en comisaría. Yo tengo que seguir.

Ove la miró extrañado.

—¿De qué se trata?

—Rakel Sjödin.

14

$\mathcal{N}$icolas Paredes oyó un grito en el piso de Celine.

Se levantó del sofá, entró en el dormitorio y pegó la oreja a la pared. Otro grito. Lo primero que pensó fue que su padre la estaba tomando con ella, pero los chillidos que llegaban del piso de al lado estaban desprovistos tanto de miedo como de dolor. Sonaba cabreada. Miró la hora, las diez y media. Debería estar en el colegio.

Nicolas salió al balcón. El cielo estaba despejado y brillaba de color azul. El sol apretaba. La puerta del piso de Celine estaba abierta. Nicolas gritó su nombre y ella salió con unos auriculares enormes en la cabeza.

—¿Por qué gritas? —le preguntó Nicolas.

—Estoy jugando a Fortnite.

—¿Qué es eso?

—Un videojuego, abuelo.

—Es miércoles. ¿Por qué no estás en la escuela?

—Ya te lo he dicho.

—¿Porque estás jugando a videojuegos?

Nicolas se sentía de buen humor. No le apetecía pasarse el día encerrado en el piso. Su vuelo a Londres salía en tres días. Bien podía acompañar a Celine hasta el colegio, si era lo que hacía falta para que fuera.

—¿A qué cole vas? —le preguntó.

Celine no respondió.

—¿Dónde queda? Te acompaño —dijo él.

—No puede ser.

—¿Por qué no?

—Mi clase está en Eriksdalsbadet, la piscina.

Celine cerró la puerta del balcón, y a través del cristal Nicolas vio que volvía a sentarse en el sofá.

Nicolas se quedó desconcertado donde estaba. ¿Se lo estaba imaginando o le había visto una fisura en sus formas siempre tan seguras de sí misma? Las chicas de su edad debían de tener todo tipo de complejos con sus cuerpos. Sintió lástima por ella. Y Celine no tenía a nadie con quien hablar. Además, le debía un favor después de que ella ayudara a Vanessa a sacar su bolsa.

Se subió a la barandilla, saltó al balcón vecino y llamó al cristal. Ella se lo quedó mirando desconcertada desde el sofá. Se levantó.

—¿Qué pasa? —dijo con los labios desde el interior del salón.

Nicolas se sintió inseguro. Vocalizó exagerando cada palabra para que ella entendiera lo que le decía desde el otro lado del cristal.

—Solo te quería preguntar... no será... o sea... ¿te incomoda ponerte bañador?

Ella lo miró unos segundos antes de abrir la puerta.

—¿Bañador?

El tema resultaba incómodo. Nicolas se encogió de hombros.

—Sí. O bikini, quizá. No sé.

—¿Estás sordo? No quiero ir, punto. Además, el pelo se me pone amarillo con el cloro.

Nicolas observó la pelambrera verde y pensó que un poco de cloro no le iría nada mal a la flora bacteriana que debía de haber ahí dentro. Pero al mismo tiempo comprendió que no era ni el cloro ni los eventuales complejos físicos los que le quitaban a Celine las ganas de bañarse.

—¿Qué pasa? —pregunto ella irritada.

—¿Sabes nadar, Celine?

No soplaba ni la menor brizna de viento, unas tenues olitas iban chapaleando contra las rocas. Celine tenía el agua por las rodillas y parecía a punto de entrar en pánico. Delante de ellos, en la otra orilla, se erguía la isla Fläsket.

—¿Por qué no pasamos de esto y nos tumbamos a tomar el sol? —suplicó—. Hace un frío de narices.

Cuando Nicolas por fin hubo logrado convencerla de que se pusiera la ropa de baño y saliera del piso, Celine se había negado a ir a un sitio en el que alguien pudiera verla. A la altura de la playa de Mälarhöjdsbadet habían girado a la derecha y habían seguido la orilla.

255

—No puedes usar flotador toda la vida.

—No hay ninguna ley que obligue a saber nadar. Simplemente, puedo dejar de bañarme y ya está.

—Así —dijo él, y le enseñó a dar una brazada. Ella repitió el movimiento titubeando—. Túmbate aquí, donde tocas. Prueba. Yo estoy a tu lado. Todo el rato.

Celine se puso de rodillas. Se estiró entera sobre el fondo y dio una brazada.

—Vas bien.

—Me siento estúpida.

—Venga. Vamos a probar un poco más adentro.

Se alejaron un par de metros de la playa.

—Te aguanto con una mano para que no te hundas.

Celine hizo rodar los ojos, pero hizo lo que Nicolas le había dicho. Él caminaba a su lado y la iba sosteniendo. Retiró la mano. No se puede decir que tuviera un estilo bonito, pero Celine lograba mantenerse a flote.

—¡Mira, Nicolas, estoy nadando! —gritó.

La boca se le llenó de agua, tosió y comenzó a dar aspavientos con los brazos. Nicolas la levantó.

—¿Has visto? —tosió ella feliz mientras se aferraba a él.

—Lo he visto —se rio—. Vuelve a intentarlo.

Un rato más tarde se estaban secando al sol en las toallas. Celine tenía mechones de pelo verde pegados a las mejillas, en los labios una sonrisa.

—Bastante divertido, esto de nadar. A pesar de todo —dijo.

—Bien —dijo Nicolas, y la miró entornando los ojos.

—Tengo los dedos arrugados como patatas fritas onduladas.

Nicolas le miró la mano.

—Es para poder sujetar mejor las herramientas en ambientes húmedos. Antes, el ser humano trabajaba y atrapaba animales cerca de corrientes de agua y lagos.

—¿Eso lo aprendiste en el colegio o qué?

—No, en el servicio militar. Hicimos bastantes inmersiones.

—¿Puedes enseñarme?

—Claro. Cuando consigas mantenerte por encima de la superficie del agua.

—Creo que yo también quiero hacer el servicio militar. ¿Cómo se llama lo que tú hiciste?

256

—Fuerzas especiales. Y luego buzo de combate.

—¿Crees que yo podría hacerlo?

—Yo creo que podrías hacerlo todo. Si realmente quieres.

Celine miró para otro lado. Se tumbó de costado y apoyó la cabeza en la palma de la mano.

—Gracias —murmuró.

Volvió a tumbarse bocarriba y cerró los ojos bajo el sol.

El teléfono de Nicolas comenzó a vibrar. Le hizo sombra a la pantalla con la mano. Vanessa. Se levantó y se alejó un poco. Había pensado llamarla, tantear cómo habían quedado las cosas entre ellos.

—Quiero que vuelvas a visitar a Ivan —dijo ella sin molestarse en saludarlo—. Él sabe quiénes son los enemigos de Karim Laimani en el centro penitenciario. Cuáles de los otros internos podrían dejar evidencias técnicas que nos hicieran creer que Karim era responsable del asesinato de Emelie.

Nicolas quería mantenerse lo más alejado posible de su antiguo amigo de la infancia. Pero Vanessa no se lo habría pedido si no fuera importante. Si eso podía ayudarla en su investigación, era obvio que Nicolas haría cuanto estuviera en sus manos.   257

$\mathcal{V}$anessa miró al interior de la celda a través de la trampilla. Vio una ventana con rejas y un catre. El hombre que yacía de espaldas en la cama tenía una barba gris con manchas negras. Era delgado, casi flaco. Su cara estaba hinchada y llena de moratones. La ropa le colgaba suelta y tenía el pelo sucio.

—¿Dónde lo habéis encontrado? —le preguntó Vanessa a la agente de policía que tenía detrás.

—Lo detuvieron los vigilantes del metro en el andén de Farsta, pero opuso resistencia. Estaba gritando y berreando, así que lo encerramos aquí a la espera de que se le pasara la borrachera. Hace un par de horas ha vuelto más o menos en sí y entonces hemos descubierto que tenía una orden de interrogatorio pendiente.

Se trataba del tal Börje Rohdén, cuyas huellas dactilares y ADN estaban en el campamento que había cerca de la casa de verano de Oscar Sjölander. Conocido por conducta violenta, condenado por homicidio negligente.

En el coche de camino a Västberga, Vanessa había llamado a Mikael Kask, pero sin obtener respuesta. Cuando le había devuelto la llamada, media hora más tarde, ella ya estaba en Västberga. Vanessa le había explicado que Börje Rohdén estaba retenido y le había preguntado si quería mandar a algún interrogador. Pero su jefe le había dicho que no hacía falta, había demasiados indicios que apuntaban a Oscar Sjölander.

—¿Es conocido entre los compañeros?

—Nunca lo hemos tenido aquí. Pero como he sentido curiosidad al ver que lo estabais buscando, he preguntado un poco. Suele estar en el Sky Bar.

—¿Sky Bar?

—Así es como los borrachos llaman al andén de Farsta. Por las vistas, se supone. Tiene su punto entrañable. Son bastante inofensivos, por mucho que alguna vez alguno haya bebido demasiado y tenga que pasar la borrachera aquí dentro.

La mujer giró la llave en la cerradura, abrió la puerta y Vanessa entró. Olfateó el aire. Vómito. Detergente. Börje Rohdén apenas parecía haberse percatado de su presencia en la celda.

—Me llamo Vanessa Frank. —Ninguna reacción—. Soy investigadora de la Unidad de Homicidios.

Börje Rohdén cruzó los brazos y siguió mirando fijamente al techo.

—¿Puedo preguntarte qué le ha pasado a tu cara?

—Mejor pregúntaselo a los vigilantes —gruñó él—. Me metieron en un cuarto y me ahostiaron sin miramientos. Pero dirán que me caí contra la pared con la cabeza por delante.

—La mesa. Han dicho que te has golpeado la cabeza con la mesa.

—Desgraciados.

—Lo lamento —dijo Vanessa—. Le pediré al personal que se encarguen de que te curen las heridas.

Börje Rohdén se tumbó de costado e hizo una mueca de dolor. Seguía sin mirar a Vanessa a los ojos. Se empecinaba en clavar la mirada en la pared que ella tenía detrás.

—¿Dónde estabas el lunes por la mañana?

—No sé.

—Vamos. Hace cuatro días.

Sin respuesta.

—No eres sospechoso de nada.

Su mirada era vacía. Indiferente.

—No sé si has estado de fiesta los últimos días, pero...

Börje se levantó de un salto del catre, se irguió en toda su altura. De pronto Vanessa cayó en la cuenta de lo alto que era. Los ojos que la miraban desde arriba estaban negros de cólera.

—¿De fiesta? —gritó.

Vanessa hizo de tripas corazón para no echarse atrás. No mostrar que la repentina agresividad la había pillado por sorpresa. La situación estaba a punto de írsele de las manos. No tendría ninguna posibilidad contra él en un espacio tan estrecho. Sopesó la idea de llamar a sus colegas, pero decidió que aún seguía teniendo cierto control. Börje apretó las mandíbulas.

—No tienes ni puta idea de lo que estás diciendo.

—Ilumíname.

Börje Rohdén soltó un bufido. Negó con la cabeza. Sus hombros se relajaron, toda la postura corporal se tornó menos amenazante. Toda la hostilidad desapareció, se vio sustituida por cansancio.

Börje se dejó caer en la cama. Vanessa se vio soltando una bocanada de aire fruto del alivio. Había algo en aquella figura desplomada y triste que le despertaba empatía.

Dio un paso al frente y se sentó a su lado.

—Estoy investigando el asesinato de Rakel Sjödin y...

—¿Quién? —preguntó Börje.

Vanessa quedó desconcertada. Ni siquiera un sintecho podría haber pasado por alto los titulares de los últimos días.

—Oscar Sjölander —dijo—. ¿Sabes quién es?

—Sí, un déspota.

Vanessa observó que el hombre volvía a enrabiarse, su voz sonó tensa y dura.

—Venía a acusarnos a Eva y a mí de robarle cosas. Está como una cabra. ¿Estás aquí por él?

—En cierto modo.

Börje Rohdén la miró sin entender. Vanessa guardó silencio. Le dio un poco de tiempo para desconcertarse. Para sentir curiosidad. Tal como había previsto, él se ablandó un poco.

—¿De qué me acusa ahora ese tío?

—De asesinato. Rakel Sjödin, una joven con la que tenía una relación, fue hallada muerta después de llevar desaparecida desde el sábado. Él fue la última persona que la vio con vida. Pero en un interrogatorio te ha señalado a ti como autor potencial del crimen.

Börje abrió la boca, estuvo a punto de decir algo, pero de pronto algo desafiante asomó en su cara y apretó los labios.

—No tengo nada que ver con eso, así que, si me disculpas, quiero que te marches.

—¿Dónde está Eva? —preguntó Vanessa.

—¿Cómo sabes quién es Eva?

—Acabas de decirlo. Que Oscar Sjölander os acusaba a ti y a Eva de robar cosas.

Börje la miró con calma. Sabía algo. Vanessa podía verlo.

—Hay una carta que quiero recuperar, los putos vigilantes del metro me la robaron. Si me la consigues, te contaré lo que he visto.

16

Tom entró en Taverna Brillo. Caminó por un pasillo, con la cocina a su izquierda. Cocineros vestidos de blanco iban trasteando con cacerolas y gritándose órdenes unos a otros.

De pronto recordó que ya había estado antes aquí. Fue en los albores de su despertar y se había abierto un perfil en una página de contactos. Había usado las fotos de un estadounidense que había encontrado en Facebook. Se había hecho llamar Christoffer, un fotógrafo cuyo lugar de trabajo era el mundo entero. Vivía entre Los Ángeles, Nueva York, Milán, París y Estocolmo. La respuesta había sido abrumadora. Las mujeres querían quedar con él. Mujeres guapas. Tom se había visto absorbido por las conversaciones por chat con ellas, por los cumplidos, las batallitas que se iba inventando de la vida de Christoffer.

Daba la casualidad de que una de las mujeres, Rebecca, resultó ser una compañera de trabajo suya, reportera en *Kvällspressen*. Joven, altanera y exitosa. Tom siempre era amable con ella, pero le respondía con arrogante indiferencia. Solo era simpática con los jefes y los reporteros de categoría. Los que podían ayudarla a seguir escalando. Rebecca estaba cegada por su propia belleza y excelencia. Tom había dejado que Christoffer se citara con Rebecca, aquí en Taverna Brillo. Se había acomodado en el bar y había disfrutado viéndola esperar en vano. Viendo cómo su superficie siempre tan segura de sí misma se iba descascarillando.

Quizá eran los meses de interpretar a Christoffer los que lo habían hecho comprender que a las mujeres solo les importaban las apariencias, el estatus y el dinero. Lo que fuera que ellas intentaran aparentar. En su afán por entenderlas, al final Tom las había terminado delatando. Y una vez comenzó a ver claros los patrones, como que él iba a permanecer solo porque era feo, ya no hubo vuelta atrás.

A la derecha quedaba la zona reservada para cenas, donde había grandes grupos y parejas. A la izquierda había una larga barra donde había gente agolpada tomando copas o con una cerveza en la mano. Tom se sintió lerdo entre tantas personas bien vestidas y embriagadas. Se acercó a la barra y pidió un *gin-tonic*.

—¿Con rodaja de limón? —le preguntó el camarero.

Tom asintió con la cabeza. No es que fuera a notar el sabor de la fruta, pero quedaba bien.

Apoyó la espalda en la barra y oteó el comedor. Dio un trago y dejó el vaso al mismo tiempo que descubrió a Henrietta y a Douglas a unos diez metros de distancia. Estaban en un grupo de siete personas. Debían de haber llegado apenas unos minutos antes que Tom, pues todavía tenían los menús en las manos. Henrietta estaba tan centrada en sí misma que Tom no temía que fuera a descubrirlo.

Un camarero se les acercó con dos botellas de espumoso, llenó las copas y luego las dejó en una cubitera con hielo. El grupo hizo un brindis, todos miraron a Henrietta, quien sonrió, dio un trago y dejó la copa en la mesa. Se levantó y dejó entrever un vestido negro sin tirantes. Tom se excitó al recordarla desnuda. Henrietta dijo algunas palabras, volvieron a brindar y se sentó de nuevo en la silla.

¿Y si la extorsionaba con el vídeo y la obligaba a satisfacerlo sexualmente? Era una fantasía agradable, cosquillosa. Pero el riesgo era demasiado elevado. No merecía la pena, teniendo en cuenta lo que tenía por delante. Ella no era más que una *vendetta* personal.

Tom pensaba destrozarle la vida, humillarla ante su novio, sus compañeros de trabajo y amistades. Ella jamás podría vincularlo a él, por muchas ganas que Tom tuviera de que hubiera alguna manera de contar que había sido él quien la había vencido.

El camarero tomó nota y Tom decidió que sería mejor quitárselo de encima.

Sacó el móvil, se puso los auriculares y tapó la pantalla con la mano derecha antes de abrir el vídeo de cuarenta segundos. Como banda sonora había usado *Las cuatro estaciones* de Vivaldi.

Los intensos compases arrancaron, Henrietta y el tío del gimnasio bailaban al descompás. Resultaba cómico. Tom sonrió. Las rayas aparecieron en la imagen. Cambio a primer plano de la cara de Henrietta mientras esnifaba cocaína del pene del chico. Lamía los restos. El dramatismo de la música iba en aumento. Intercambiaron los sitios. Henrietta se encorvó sobre la mesita de centro. La música bajó de volumen. Los jadeos y gritos de Henrietta superaron a Vivaldi. El vídeo terminaba con el texto: «¡Muchas felicidades, Henrietta! P. D.: Recuerdos a Douglas».

Tom sacó la lista de direcciones de correo electrónico de los compañeros de trabajo y jefes de Henrietta que había sacado de la web de la agencia de relaciones públicas y les mandó el vídeo desde una cuenta de correo anónima. Luego accedió a una cuenta de Facebook que había creado antes, colgó el vídeo en los muros de Henrietta y Douglas y los etiquetó a ambos.

Ahora solo tenía que esperar.

Se guardó el teléfono móvil en el bolsillo de atrás y se apoyó en la barra.

Tom vio que Henrietta se estiraba para coger el teléfono y llevar un dedo a la pantalla. Al instante siguiente escondió el iPhone debajo de la mesa. Douglas se volvió hacia ella y le preguntó algo.

Henrietta se levantó sin responder.

Salió a toda prisa en dirección al baño con el teléfono en la mano. Tom quería ver la reacción de Douglas, pero el novio aún no había descubierto el vídeo. El chico se soltó un poco el nudo de la corbata y se inclinó hacia otro que tenía enfrente en la mesa.

Bueno, solo era cuestión de tiempo. Henrietta aún no había vuelto.

Douglas lanzó una mirada al cuarto de baño, la repentina retirada de su novia parecía confundirlo. Comenzó a toquetear el móvil. Tom supuso que le estaba escribiendo a Henrietta para preguntarle por qué tardaba tanto.

Los demás invitados no parecían haberse enterado de nada, sino que seguían conversando alegremente.

Douglas se levantó de un salto, tenía la boca abierta, miró fijamente el teléfono un momento y luego se dirigió a los servicios. Tom le siguió los pasos.

Douglas se abrió paso entre dos mujeres, gritó el nombre de Henrietta. Tom hizo ver que se lavaba las manos; en el espejo vio a Douglas golpeando los cubículos.

—¡Sal de ahí y explícame qué cojones es esto! —gritó Douglas.

La puerta se abrió poco a poco, la cara de Henrietta asomó: roja e hinchada por las lágrimas.

Tom se retiró un par de pasos para no ser visto. Henrietta trató de tranquilizar a Douglas, pero él estaba demasiado alterado. Le dio un empujón, pasó por al lado de Tom y salió de Taverna Brillo sin decirle adiós a nadie.

17

Jörgen Olsén cruzó la plaza Liljeholmstorget con una bolsa de Beef Madras en la mano. El aire aún era caliente. El sudor le corría por la espalda.

Había poca gente en movimiento. Un perro ladró en alguna parte.

En medio de la plaza había un coche aparcado. Un BMW negro reluciente, con lunas tintadas. «Seguro que es de un camello», pensó Jörgen.

Ese era el problema de Suecia. La gente normal y honrada no llegaba a ninguna parte. Lo único a lo que podías aspirar como currante que pagabas tus impuestos eran los fines de semana, las vacaciones de verano y el viaje obligatorio de dos semanas a Tailandia en enero. Como vigilante podía entretenerse dándole una tunda a algún que otro yonqui o borracho, pero con eso no tenía ni de lejos suficiente.

Debería irse al extranjero. Abrir un bar, echarse una novia tailandesa mona que supiera cocinar, limpiar y satisfacer al rabo. El invierno pasado había estado a punto. No lo del bar, sino lo de la tía.

En Showroom, en Pattaya, había conocido a Lucy, o al menos así es como ella se hacía llamar. Pequeña y mona como una muñeca. Buena en la cama. Divertida. Se defendía en inglés. Jörgen solía seguir la norma de no tirarse a la misma tía de pago más de una vez durante esas dos semanas. Pero al día siguiente, cuando volvió a Showroom y vio a Lucy, no lo pudo evitar. Sin entender cómo había ido la cosa, de pronto se vio sentado desayunando con ella en una terraza a la mañana siguiente. El resto de días los pasó con Lucy. Ella se mudó a su cuarto de hotel. Lo despertaba con los labios rodeando la cobra, tal como había dicho en la tele la sueca esa de Hollywood, Anna Anka, que solía despertar a su marido. Un auténtico sueño. Jörgen se había sentido como James Bond.

La última noche, él le había sugerido que se viniera a vivir con él a Suecia.

Para su gran alegría, ella le había dicho que sí. Pero primero había algunas cuestiones prácticas que había que resolver, cómo no. Jörgen regresó a casa. Enamorado. La llamaba cada día cuando salía del trabajo. Se comportaba como un adolescente embobado. Al cabo de una semana Lucy necesitó dinero. Le pasaba algo con el alquiler. Él le envió dos mil coronas alegremente. A la semana siguiente una tía suya se puso enferma. Joder, se había dicho Jörgen, ahora Lucy era familia, así que no podía escatimar.

Su tía se puso buena, pero luego Lucy tenía que operarse. Nada grave, le había asegurado. Le explicó que quería estar guapa para su futuro marido. Y que, según tenía entendido, a los hombres suecos les gustaban los pechos firmes y generosos. ¿Podía enviarle veinte mil para hacerse un aumento? Jörgen se había puesto como una moto. Le mandó el dinero sin pestañear. Después de la operación hicieron un Skype y Lucy llevaba una venda alrededor de los pechos. A él no le parecieron mucho más grandes, pero Lucy le aseguró que era por efecto de la cámara. Jörgen le suplicó que le dejara ver las tetas, pero Lucy se negó. Quería esperar a cuando por fin se vieran en directo.

Pero Jörgen tuvo la sensación de que algo no iba bien.

Habían pasado casi dos meses desde que se había ido de Pattaya. ¿Cuándo pensaba ir Lucy a Suecia? Siempre surgía algo que se lo impedía. Al final él la puso contra la pared. Lucy lloró. Le dijo que lo echaba mucho de menos, y que tenía ganas de ir a Suecia y empezar una vida juntos. Pero le debía dinero al dueño de un bar. Cincuenta mil coronas. Después podría irse. Jörgen vendió parte de sus fondos y le mandó el dinero.

Después, silencio.

Tardó un par de semanas en entender que se la habían jugado. Un colega le recomendó una página de Facebook llamada Thaisluts Pattaya, en la que hombres suecos advertían a otros de las traidoras. En ella encontró una foto de Lucy.

¿Qué clase de persona se dejaba engañar de aquella manera?

Jörgen introdujo la clave de la cerradura electrónica, entró en el portal. Dio unos pasos en dirección al ascensor, pero se detuvo. El portal no se había cerrado. Una mujer rubia había metido un pie en el umbral. Ropa ostentosa. Pantalón de pinza azul, camisa blanca.

266

Era guapa. Tenía pinta de *MILF*. Los pechos se insinuaban por debajo de los botones de la camisa.

—¿Jörgen Olsén?

Se quedó estupefacto. ¿La conocía de algo?

—¿Te puedo ayudar?

—Me llamo Vanessa Frank y soy policía. Necesito hablar contigo.

¿De qué coño iba esto? Había leído un artículo en el *Aftonposten* en el que se decía que una feminista misándrica proponía que los hombres suecos pudieran ser juzgados por la compra de servicios sexuales en el extranjero. ¿Acaso esta mujer estaba allí por eso? Joder. Él hacía cuanto estaba en sus manos para hacer limpieza de vagabundos y otras alimañas, mantener las calles limpias para los ciudadanos normales. ¿No se merecía pasar un buen rato mientras recuperaba las fuerzas?

—¿Podemos hablar en tu casa? —preguntó ella.

—¿Sobre qué?

—Preferiría hacerlo en un espacio un poco más privado —dijo ella, señalando el ascensor.

Jörgen la examinó de arriba abajo. Era demasiado guapa para ser policía. Si había alguien que sabía esas cosas era él. Las mujeres policía con las que él se relacionaba como vigilante solían pesar veinte kilos más. Eran anchas de espalda, se movían como los hombres, hablaban como ellos. Esta tía era casi tan delgada como Lucy.

¿Podía tratarse de una broma que le estaban haciendo los muchachos? Jörgen cumplía los cuarenta la semana siguiente. A lo mejor le habían enviado una *escort* a domicilio para alegrarle un poco el día. Pero echándose unas risas primero.

—¿Qué me dices? ¿Tienes un momento? —preguntó la rubia.

A Jörgen le apareció una sonrisita en los labios y se hizo a un lado para que ella pudiera entrar en el ascensor.

Dejó la comida rápida en la cocina antes de acomodarse en el sofá con las piernas bien separadas. La mujer rubia se quedó de pie en el centro del salón. Se fijó en los pósteres con las delicias bronceadas en bikini y los coches deportivos que colgaban en las paredes.

—Interesante decoración —dijo ella—. Es como entrar en el cuarto de mi novio de la adolescencia, en 1989. Lo único que falta son unas bolas de papel higiénico en la mesita de centro.

267

Qué descarada, la muy furcia. Plantarse allí y humillarlo de esa manera. Cuando Jörgen le hubiese quitado la ropa la castigaría con la porra de lomo. Seguro que le gustaba duro. Y si no le gustaba, sería más divertido. Pero cuando la tal Vanessa se quitó la americana y Jörgen vio que llevaba cartuchera y pistola, de pronto ya no se sintió tan seguro. Si era una pipa falsa, era de lo más realista. ¿Podía Jörgen haberse equivocado con todo?

—Tú y tu compañero detuvisteis a un hombre llamado Börje Rohdén en el andén de Farsta —dijo ella.

Maldita sea. La tía era realmente poli. El patilargo apestoso los había denunciado. La próxima vez que se cruzara con él no se andaría con ñoñerías. El borracho había firmado su propia sentencia.

—Consideramos que suponía un peligro para la ciudadanía. Lamentablemente, nos vimos obligados a emplear mano dura. Nunca es divertido, pero acaba siendo parte del trabajo —dijo de forma mecánica.

Ella asintió sin decir nada. Se rascó rápidamente la nariz sin quitarle los ojos de encima. Algo había cambiado en ella. Sus ojos le producían escalofríos a Jörgen.

268

—Escúchame, Jörgen. Sé que Börje Rohdén no chocó contra la pared ni se cayó sobre la mesa con la cabeza por delante, o lo que hayas escrito en el informe. Pero estás de suerte. Lo único que me interesa en este momento es la carta.

—¿Qué carta?

Mierda. ¿Qué había hecho con la carta? Debía de seguir en el cuartucho del andén.

—Llevaba una carta encima. Tú o tu compañero se la quitasteis. Y si no quieres que yo empiece a inventarme un informe sobre cómo acabaste con un tiro en el estómago después de comerte la mesa, será mejor que me la entregues ahorita mismo.

Farol, Jörgen tenía que marcarse un farol. No debía darle nada que ella pudiera usar en su contra. Su cerebro trabajaba a mil revoluciones, pero no era capaz de pensar nada sensato. Joder, esa tía estaba consiguiendo que se cagara de miedo. ¿Cómo lo hacía? Si solo estaba ahí de pie mirándolo con sus ojos de rayos X.

—Pídeles a tus dos neuronas que se comuniquen un poco más rápido —dijo Vanessa, y apoyó una mano en su arma de servicio.

—O sea…

Vanessa dio un paso al frente. Tanteó la pistola. Jörgen se estaba mareando.

—Se le debió de caer.

—Sabes hacerlo mejor. ¿Dónde crees tú que se le cayó?

—En el cuarto. O sea, donde los retenemos a la espera de que lleguen tus compañeros.

—Bien. Pues vamos para allá.

269

18

$\mathcal{T}$om eligió Kungsgatan. Condujo despacio. Las mujeres iban vestidas con ropa ligera, sugerente. El contorno de sus cuerpos podía intuirse bajo los jerséis ceñidos y los vaqueros ajustados. Muchas llevaban falda. Tom no sabía qué prefería. Era obvio que los meses calurosos del año resultaban muy estimulantes para la vista, al mismo tiempo que le generaban frustración, puesto que sabía que nunca podría acercarse a ninguna piel suave y bronceada por el sol.

A lo mejor los países como Arabia Saudí eran una alternativa que considerar. Allí obligaban a las mujeres a taparse para no atraer a los hombres. Tom soñaba con emigrar de Suecia. Era como vivir en arenas movedizas, cada día se veía forzado a luchar para mantenerse a flote.

Se detuvo en un paso de peatones y dejó pasar a cuatro mujeres. Ellas no lo miraron, ni siquiera le dieron las gracias. Lo fácil que habría sido pisar a fondo. Arrollarlas a todas. Ver sus cuerpos rebotando sobre el capó.

—Chochos de mierda —dijo.

Las mujeres alcanzaron la acera del otro lado y Tom reemprendió la marcha.

No quería odiar a las mujeres. Pero no podía evitarlo. Quizá todo había empezado con su madre, débil, deprimida y repulsiva. Ella invitaba a todo tipo de hombres a casa y se abría de piernas para ellos. Ellos le pegaban tanto a ella como a Tom, se pasaban el día bebiendo, se la tiraban con la puerta abierta cuando él volvía del colegio. Y luego se largaban siempre. Su madre lloraba, se metía en su cuarto por las noches, se tumbaba en su cama y buscaba consuelo.

«Debes prometerme que siempre serás bueno con las chicas, Tom.»

Tom sintió un escalofrío. Odiaba el eco de aquella voz estridente y lastimosa que seguía viviendo dentro de él. Definiéndolo. Estropeándolo.

Al final de noveno curso, un día llamaron al fijo de casa. Era Jenny, la chica más popular de la clase. Jenny, que fumaba a escondidas, que le robaba bebida a sus padres y de quien corría el rumor que había tenido sexo con un chico de bachillerato en la estructura del parque que había a un par de manzanas. Le preguntó a Tom si quería quedar. Para tomar un helado.

Tom se había puesto guapo. Se había duchado. Puesto colonia. Se puso el traje que su madre le había comprado para el baile del instituto. Su madre estaba orgullosa. Lo ayudó a peinarse. Le dio dinero para que comprara unas rosas. Tom se presentó en el sitio acordado: un banco en el centro de Farsta. Iba con tiempo de sobras. El sol brillaba. Cielo azul. Polen en el aire. El corazón le palpitaba y el sudor de las manos se pegaba al papel de celofán.

El primer globo de agua cayó a pocos palmos de sus zapatos. El segundo le dio de lleno en el cogote. Orina amarilla de adolescente comenzó a rezumarle por la camisa y la americana. Los chicos de la clase aparecieron corriendo. Tom buscó un camino de huida presa del pánico. Pero estaban llegando de todos los lados. Como una criatura gigantesca, lo atraparon entre gritos y lo arrastraron hasta un aparcamiento. Tom se meó encima. Creyó que estaba a punto de morir. Allí lo golpearon y patearon. Le bajaron los pantalones y le introdujeron una botella de plástico vacía en el ano.

«¿Te pensabas que Jenny quería quedar contigo, bicho raro?»

«Mírale el traje, seguro que se lo ha cosido la asquerosa de su madre.»

«Seguro que pensaba violarla.»

Cuando el eco de sus risas se hubo apagado, Tom seguía en el suelo, jadeando. Tenía el traje hecho trizas. Al verlo, su madre se tiró del pelo, lloró desconsoladamente, se encerró en su cuarto. Tom hizo un amasijo con el traje y la camisa y los tiró a la basura.

A pesar de ello, no le habían faltado ganas de cambiar. Había dado por hecho que el problema lo tenía él. Pero ahora ya lo había entendido. El problema lo tenía Occidente. Él era uno de los perdedores. Uno de los hombres blancos que servían para nada y que cada día eran humillados y ridiculizados por mujeres cronis-

271

tas que escribían en los periódicos. Zorras mediáticas que actuaban como sumas sacerdotisas. ¿No entendía la gente lo que estaba ocurriendo? Le daban la vuelta a la tortilla para que pareciera que estaban golpeando desde abajo. Pero ¿quién tenía más poder? Tom era un varón blanco. La sociedad esperaba de él que tuviera éxito en la vida. Sin embargo, nunca había tenido la oportunidad. La madre soltera, el *bullying,* su aspecto raro. No tenía estudios superiores. Ganaba poco más de 26 200 coronas brutas. ¿Cómo tenían estómago de decir que era un privilegiado? Ellas, con sus plataformas de periódicos que cubrían todo el país, con sus cuentas en las redes sociales con miles de seguidores y seguidoras, con sus cenas con políticos y gente de poder.

Toda la vida de Tom había sido un mismo grito desesperado por conseguir ayuda, y que se había visto ahogado por las voces de todas ellas.

Frenó en el semáforo de Kungsgatan.

El teléfono comenzó a sonar. Tom miró sorprendido la pantalla antes de cogerlo.

—Lo sabía —sollozó Katja—. Sabía qué él le haría daño.

Parecía que hubiese bebido.

—No me entra en la cabeza que Rakel esté muerta.

—¿Te ha interrogado la policía?

—Sí.

—¿Qué les has dicho?

—La verdad, que Rakel estaba embarazada y que iba a contárselo. Me escribió diciendo que estaba asustada.

Tom estaba demasiado alterado y no tenía ánimos de hablar con ella.

—Estoy en el trabajo —dijo—. Tengo que colgar. Llámame si necesitas algo, Katja, cuando quieras. Estoy aquí.

Colgaron.

La rabia por lo acontecido en aquel aparcamiento no la dirigió contra los chicos que lo habían agredido. No, él era más listo que esto. Era Jenny la que le había tendido la trampa. Era a ella a quien Stefan, Max, Jonny y los demás chicos de la clase querían impresionar. Jenny y la promesa de su coño eran el veneno que lo había desatado todo. Ya desde pequeños los chicos se juzgaban unos a otros en base a su capacidad de atraer a chicas. Si las chicas de la clase no hubiesen puesto cara de aversión al mirar a Tom, si no hubiesen agitado el aire como para quitarse el asco o no se hubieran reído de su ropa, los chicos lo habrían dejado en paz.

Quien no entendiera eso era imbécil.

Más atrás un coche tocó la bocina, el semáforo se había puesto verde.

Tom giró a la derecha, abandonó la avenida Sveavägen y se metió por callejuelas en dirección a Malmskillnadsgatan. En la acera y en los chaflanes había mujeres de piel oscura con vestidos cortos. Los coches aminoraban el paso, bajaban la ventanilla. Las mujeres se asomaban dentro del vehículo, negociaban el precio de sus genitales.

Tom se detuvo en una zona de carga y descarga.

Se imaginó cómo sería comprar a una prostituta negra. Había leído en Internet que un polvo te salía a mil coronas. No es que no se lo pudiera permitir. Pero no quería humillarse. Eso sería arrodillarse. Ceder al sistema. Desde luego, en algunos de los coches había hombres que en realidad no tenían necesidad de comprar, que solo lo hacían por diversión.

Pero Tom no era como ellos. Para él, la única manera de conseguir sexo era pagándole a una puta. Incluso entonces estaba incumpliendo la ley. La sociedad —la plana política y la gente que se declaraba feminista— le había quitado ese derecho. A él y a miles de hombres. ¿Qué quería que hicieran, la sociedad?

Una de las prostitutas lo vio, se acercó al coche contoneándose y haciendo morritos. Muslos gordos bajo un vestido amarillo neón. No, gracias. Tom negó con la cabeza y le hizo gestos para que se largara.

Las mujeres lo despreciaban. Los hombres se burlaban de él. Se le negaba aquello que otras personas daban por hecho.

Amor.

Cercanía.

Era un fantasma al que nadie veía, con quien nadie quería relacionarse.

A veces, había tenido la fantasía de que engañaba a alguna de las mujeres para que subiera al coche, se la llevaba y la violaba; la estrangulaba o la apuñalaba. Que dejaba el cuerpo pudriéndose en alguna cuneta. De todos modos, a nadie le importaría. Excepto a la familia gambiana de la mujer. La policía no movería cielo y tierra por

273

una puta muerta que, con toda probabilidad, ni siquiera tenía permiso para estar en el país. El proxeneta no se molestaría en denunciar la desaparición. Ese era el problema. Si querías dar un golpe, tenías que hacerlo bien. Conseguir un cambio mediante la sangre y el terror.

Tom aparcó en el garaje, tapó el coche con la lona y subió a su piso, donde el aire estaba cargado.

Comprobó la cámara de vigilancia. Abrió la nevera, se quedó un rato allí de pie y se refrescó un poco antes de coger la fiambrera de plástico en la que conservaba su propio esperma. Dentro de unos días valdría una fortuna. Pero si lo había entendido bien, tenía que sustituirlo cada semana para que pudiera ser utilizado. A lo mejor esta sería la última vez.

Frotó el plástico con el cepillo de fregar, luego lo aclaró con agua. Se quitó los pantalones y los calzoncillos y volvió al escritorio. Abrió un par de imágenes de mujeres muertas bañadas en sangre que se había bajado de Internet y llenó el pequeño recipiente con su semilla.

Después, abrió todas las ventanas para crear corriente de aire. Salió al balcón. Tom miró fijamente abajo, a la calle. Se sintió purificado, capaz de pensar en otras cosas en lugar de en su miembro palpitante.

274

19

Cuando aparcó el BMW delante de la comisaría de Västberga, Vanessa tenía el corazón en un puño.

Notaba que estaba a punto de descubrir algo. Börje Rohdén estaba sentado en el catre, tal como ella lo había dejado hacía dos horas y media.

—¿La tienes?

Vanessa, que había entrado con la carta tras la espalda, la agitó en el aire.

—He cumplido mi parte del trato.

Börje asintió con la cabeza, no le quitó los ojos a la carta.

—El sábado me estaba yendo de Junibacken para seguir buscando a Eva. No sé si lo que vi es importante, pero yo creo que sí.

Vanessa tomó asiento, le entregó la carta.

—¿Qué viste, Börje?

—Un hombre llamó a la puerta de Oscar Sjölander.

Vanessa contuvo el aliento.

—¿Estás seguro? ¿No habías...? —Guardó silencio, cogió una botella imaginaria y se la llevó a la boca.

—Estaba sobrio. Esto fue antes de que encontraran a Eva.

Vanessa comprendió por cómo Börje había pronunciado «encontraron» que Eva ya no seguía con vida. Pero no podía detenerse en ello, arriesgarse a que Börje se ahogara en emociones, que dejara de hablar.

—¿Qué pasó luego?

—Una mujer de pelo castaño abrió la puerta. Me fijé en ello porque no era Therese, la mujer de Oscar. Ningún problema con ella, es simpática. Si Oscar no estaba en casa, a veces incluso nos saludaba.

Vanessa le enseñó una foto de Rakel Sjödin en el móvil.

—Puede que fuera ella —dijo Börje—. Lo dejó entrar.

—¿El coche de Oscar Sjölander estaba allí?

—No, no estaba.

Lo que Börje acababa de contarle cambiaba todo el planteamiento del caso. Un hombre a quien Rakel Sjödin había dejado entrar la misma mañana en que había desaparecido. Además, después de que Oscar Sjölander se hubiera marchado de allí.

—¿Puedes describirme al hombre? —dijo Vanessa.

Börje negó con la cabeza.

—No, lo siento.

—¿Tenía coche?

—Si lo tenía, yo no lo vi. Pero una cosa sí te puedo decir: llevaba uniforme.

Vanessa se quedó mirando estupefacta a Börje.

—¿Uniforme?

—Algún tipo de uniforme. ¿Azul? ¿Gris? No muy distinto del que utilizáis tú y tus compañeros.

—¿Uniforme de policía? —preguntó Vanessa, mirando la puerta de reojo.

—Puede ser.

Vanessa dejó una tarjeta con su número de teléfono móvil encima de la carta, que estaba apoyada en la rodilla de Börje.

—Gracias por contarme todo esto —dijo, y lo miró a los ojos.

Él asintió en silencio. Vanessa se detuvo a medio camino de la puerta.

—Jörgen Olsén ha retirado la denuncia contra ti.

Börje Rohdén continuó sin decir nada, acariciando la carta con la mano.

—¿Te has estado paseando con la carta sin leerla? —le preguntó ella.

—¿Crees que debería leerla?

—Eva eligió escribirla. Por mucho que te cueste leerla, te aseguro que fue mucho más difícil escribirla.

Vanessa apoyó una mano en su hombro y esbozó una sonrisa fugaz antes de darse la vuelta y dejarlo de nuevo solo en la celda.

Se subió al coche y arrancó el motor, pero se quedó quieta con las manos apoyadas en el volante.

Lo que Börje le había contado lo cambiaba todo. Hacía unas horas, Vanessa había llamado a Nicolas para pedirle que fuera a ver otra vez a Ivan Tomic lo antes posible a la cárcel, con tal de descubrir lo que Karim se había negado a contarles a ella y a Ove: quiénes eran los enemigos de Karim y, de paso, cuáles de los otros internos podrían haber introducido evidencias científicas en la celda de este. Nicolas tenía más números de poder sacarle algo a Ivan. Los criminales no estaban predispuestos a hablar con la policía, a menos que pudieran salir beneficiados.

Sin duda alguna, había una conexión entre los asesinatos de Emelie y Rakel. No entre las víctimas, excepto la edad y el sexo, sino entre sus supuestos asesinos. Eran violentos contra las mujeres, lo cual los convertía en culpables potenciales en cualquier investigación. Más aún. Vanessa notó que se le erizaba el vello de los brazos cuando se dio permiso para pensarlo: una persona que tuviera conocimiento de cómo trabaja la policía cuando una mujer es asesinada podría señalar a un autor de los hechos con bastantes pocos medios. Dirigir la investigación en la dirección equivocada. Aunque las pruebas no fueran suficientes, podrían bastar para ganar el tiempo que necesitaba para escaquearse, para eliminar otras pruebas.

A lo mejor no eran Emelie Rydén y Rakel Sjödin las que habían sido elegidas, sino que los hombres violentos de sus vidas eran los que las convertían en las víctimas adecuadas.

277

PARTE VI

Va a haber muchas más masacres.

RED PILL ROBERT

1

*E*l olor a pan recién hecho, café y crepes despertó a Vanessa de golpe en cuanto abrió la puerta de la cafetería Mellqvist, en la calle Rörstrandsgatan. Eran poco más de las siete de la mañana y el local estaba lleno de ciudadanos modernos tomando *cappuccino* y leyendo el periódico en ropa de deporte. Mikael Kask y Ove Dahlberg, ambos vestidos con camisa y vaqueros, la saludaron desde una mesa.

Vanessa pidió un cruasán de jamón y queso antes de llenarse la taza de café en un termo negro y luego se sentó con sus dos compañeros.

—¿Dices que Oscar Sjölander podría ser inocente? —constató Mikael Kask, y se rascó la impecable barbita de cuatro días.

Vanessa pensó en lo que Ove le había contado de su jefe y Trude.

—Yo también tengo algo que contar, pero del caso Emelie Rydén —dijo Ove—. Estuve revisando las grabaciones de la última visita de Emelie al Centro Penitenciario de Åkersberga. Pide el bolígrafo en recepción. Que yo haya podido ver, no lo devuelve.

Mikael Kask se mesó el pelo.

—Vale —dijo—. Empecemos por Emelie Rydén. Por lo que cuentas, el autor de los hechos tiene que haber estado en la cárcel de Åkersberga. ¿Un visitante, quizá? Otra facción que tal vez quería hacerle daño a Karim y por eso fue a por Emelie. ¿Él qué dice?

Vanessa miró el reloj de la pared. En un par de horas Nicolas iba a ir al centro penitenciario para, a través de Ivan Tomic, enterarse de qué enemigos tenía Karim allí dentro. Pero eso Vanessa no podía contarlo.

—No dice nada —dijo Ove—. Lo hemos intentado.

—¿Cómo queréis proceder? —les preguntó Mikael.

—Quiero tratar de encontrar una conexión entre los dos asesinatos —dijo Vanessa.

Tanto Ove como Mikael se la quedaron mirando. Ella ya había previsto que fueran a reaccionar más o menos así y le dio un bocado al cruasán. Le cayeron unas migas en el regazo.

—No tienen nada en común, excepto que en ambos casos las víctimas son mujeres de más o menos la misma edad —dijo Mikael.

—No entre ellas. Entre los hombres que han sido señalados como autores. Los dos son conocidos por ser violentos con las mujeres, a distintos niveles. Investigamos el círculo social de las dos víctimas, dimos con Oscar Sjölander y con Karim Laimani y allí nos detuvimos. Karim ha resultado ser el sospechoso equivocado. Y ahora Oscar también.

—Te estás olvidando… —dijo Ove.

—¿Las evidencias técnicas? En el caso de Karim, estoy convencida de que alguien las puso en su celda. En el caso de Oscar, el arma homicida y el jersey fueron encontrados en una bolsa de plástico a unos cincuenta metros de su casa. Me jugaría algo a que eso es una conexión.

—A mí me suena a posibilidad remota.

Vanessa miró a su jefe con ojos suplicantes.

—Danos un par de días. Tenemos que enterarnos de quién más sabía que Oscar y Rakel tenían una relación.

—Puedo volver a hablar con Katja —dijo Ove, mirando a Mikael Kask en busca de su aprobación—. A lo mejor se le ocurre alguien más que supiera de la relación.

El jefe de Homicidios soltó un suspiro y alzó las manos en un gesto de rendición.

—¿Vanessa?

—Yo voy a hablar con Therese Sjölander.

—¿Por qué?

—Porque en un interrogatorio ha mencionado que su hija había dicho que se había despertado porque había alguien de pie en su cuarto. En ese momento no le prestamos atención, puesto que todo apuntaba a Oscar Sjölander.

Mikael se llevó la taza de café a los labios y dio un trago.

—Adelante —dijo resignado.

2

*I*van Tomic se levantó cuando Nicolas entró en el cuarto de visitas. La ropa era la misma que la última vez. Gris, tanto la parte de arriba como la de abajo. Zapatillas negras. El pelo le había crecido un poco, lo cual lo hacía parecer más joven, ahora recordaba más al chaval que había sido el mejor amigo de Nicolas.

—Me sorprendió que quisieras volver a verme —dijo Ivan. Alargó una mano y Nicolas se la estrechó—. Pero me alegré.

Tomaron asiento. Nicolas se recordó a sí mismo por qué estaba allí. Detestaba a Ivan. Toda su pose fingida de hombretón. La murga de querer ser un macho alfa. Pero Vanessa necesitaba su ayuda en la búsqueda del asesino de Emelie Rydén. Un último favor antes de Londres. Si no hubiese sido importante, ella no se lo habría pedido. Nicolas la echaría de menos. Su sentido del humor seco y discreto. El sarcasmo. Era una de las personas más especiales a las que había conocido. Llena de contradicciones. Totalmente despiadada con sus enemigos. Pero bajo la armadura había una persona tierna, herida y solitaria que era incorruptiblemente leal hacia él.

Ivan miró a Nicolas con expectación, esperando a que dijera algo.

—Recuerdos de Maria —mintió Nicolas.

—¿Qué tal está?

—Bien.

—¿Y tú?

—El sábado me voy de Suecia para trabajar en Londres. Parece que estás mejor. —Nicolas se llevó un dedo debajo del ojo para darle a entender a Ivan que se refería al moratón, que desde la última visita había adoptado un color lila amarillento—. ¿Quién te lo hizo?

Había planeado más o menos lo que iba a decir. Cómo iba a conseguir hacerle hablar.

Ivan se inclinó sobre la mesa. Le guiñó un ojo en señal de complicidad y bajó la voz.

—Karim. El tipo que la poli cree que se cargó a su ex en Täby, no sé si estás enterado.

Nicolas ocultó su sorpresa.

—¿Lo conoces?

—Es un payaso. Va por ahí presumiendo de lo peligroso que es. Mucho ruido y pocas nueces. Alguien se lo va a cargar en cuanto salga. Le ha tocado las pelotas a demasiada gente aquí dentro.

—¿A quiénes?

Ivan se lo quedó mirando.

—Nadie que tú conozcas.

Ivan entrelazó los dedos. Apoyó las manos en la mesa.

—Pero es curioso que le pasara lo mismo a él que a Eyup.

Nicolas buscó en la memoria. La conversación debería girar en torno a Karim, era lo que Vanessa quería. Pero sintió curiosidad.

—¿Eyup?

—El tío del que te hablé la última vez. Íbamos bastante juntos aquí dentro, y cuando lo soltaron vino a verme. A las dos semanas, la poli lo volvió a encerrar. Creían que se había cargado a su novia.

—¿Y lo había hecho?

Ivan hizo chasquear la lengua y negó rápidamente con la cabeza.

—Victoria parecía una actriz porno. Probablemente, también quería serlo. Ella venía a verlo a menudo. Normalmente las relaciones se acaban cuando te encierran, pero entre ellos, no, al revés. Ella venía por lo menos una vez a la semana, le enviaba fotos desnuda. Él solía dejarme olerle los dedos después de… bueno, ya sabes. Yo nunca habría podido tener una novia que se comportara como una zorra.

Ivan resopló por la nariz, enseñó los dientes. Nicolas se obligó a medio sonreír, seguirle el juego en aquella pantomima que tanto detestaba. Le llamaba la atención que los hombres que se habían criado sin hermanas, como Ivan, nunca pudieran entender del todo lo que implicaba ser chica o mujer.

—Victoria era especial. Algunas salas de visita tienen cámaras de vigilancia. Nadie las quiere, excepto Eyup y Victoria. A los guardias les encantaba que Eyup tuviera visita, se amorraban a las pantallas para mirarlos mientras follaban. Ella se ponía cachonda con eso, y él también. La gente está más enferma de lo que puedes llegarte a imaginar.

Media hora más tarde se despidieron. Nicolas caminó sin prisa por el pasillo, el guardia le entregó sus objetos personales en recepción y abandonó la penitenciaría.

Cuando hubo salido por la verja se dio la vuelta, observó el lúgubre edificio, la altísima cerca que lo rodeaba. Nicolas no había conseguido nada de la información que Vanessa quería de Karim. Pero resultaba que Eyup, el amigo de Ivan, había sido considerado sospechoso del asesinato de su novia poco después de que saliera de la cárcel. Los parecidos con el caso de Karim no dejaban de llamar la atención.

Nicolas sacó el teléfono. Marcó el número que Vanessa usaba para sus informantes. Ella no lo cogió. Nicolas colgó sin dejar ningún mensaje en el buzón de voz y continuó en dirección a la parada de autobús.

$\mathcal{U}$n tono agudo sonó dentro de la gran casa. Encima de la cerradura había un teclado numérico. Vanessa se retiró unos pasos. Las persianas de la fachada de la casa unifamiliar blanca de los Sjölander estaban bajadas. En la casa vecina, Vanessa pudo intuir un movimiento. Una mujer mayor la observaba semiescondida detrás de una cortina. Cuando la vecina cotilla comprendió que la habían pillado, se apartó de repente.

Vanessa volvió a llamar al timbre.

—¿Quién es?

Una voz de mujer. Afónica. Hueca. No coincidía con las fotos que había de Therese en Internet, de sus apariciones sobre alfombras rojas y estrenos de cine.

—Vanessa Frank. Agente de Homicidios. —Alzó la mano con su identificación de policía delante de la mirilla, pero no pasó nada—. ¿Podrías abrir?

—Ya he contado todo lo que sé. Quiero estar sola.

Vanessa sentía lástima por Therese Sjölander. En cuestión de días, su vida se había puesto patas arriba. Por mucho que los medios tradicionales no hubiesen publicado el nombre de su marido, todo el mundo sabía quién era la «estrella de televisión». Detalles importantes de su vida, como la infidelidad de su marido, sus romances y su agresividad, habían saltado a la escena pública.

—Es importante —dijo Vanessa, y para su alivio oyó el mecanismo de la cerradura.

Therese Sjölander tenía unas medias lunas oscuras bajo los ojos, llevaba el pelo sucio, la camiseta manchada. Apestaba a alcohol. A humo de tabaco. La penumbra de la casa contrastaba fuertemente con la fuerte luz del sol que dominaba la calle. Therese dio media vuelta y entró por delante de Vanessa en una cocina equipada con electrodomésticos y muebles caros.

En la pared de detrás de la mesa había un gran cuadrado de color más oscuro que el resto del empapelado azul.

—Había una foto enmarcada de la «familia» —dijo Therese cuando vio dónde estaba mirando Vanessa—. ¿Qué quieres saber? ¿Cómo me sentía cuando me pegaba? ¿Vas a enseñarme una foto de una veinteañera nueva con la que se ha liado? ¿Vas a preguntarme si lo sabía?

Los restos del marco, trozos de madera y esquirlas de cristal, estaban esparcidos bajo la mesa.

—Entiendo que…

—¡Tú no entiendes una puta mierda! —gritó Therese. Volcó la silla—. Tú no entiendes cómo es que hagan pública tu vida de esta manera. Hazme tus jodidas preguntas y luego déjame en paz de una vez.

Therese se acercó a un cajón de la cocina, sacó media botella de whisky. Metió la mano en el fregadero. Dejó un vaso húmedo sobre la mesa con un golpe. Se sirvió un trago.

287

—Tienes razón —dijo Vanessa—. No lo entiendo.

Therese se llevó el vaso a la boca con gesto agarrotado, bebió despacio. Le temblaba la mano.

—En un interrogatorio has dicho que tu hija soñó que había un hombre en su dormitorio.

—Sí, ¿qué pasa?

—¿Recuerdas cuándo fue?

—Dos días antes de ir a la grabación del programa, donde conocí a esa pu… esa con la que mi marido tenía un lío.

Therese levantó la silla, sacó un paquete de Marlboro del bolsillo de sus pantalones de chándal y encendió un cigarro con dedos trémulos.

Vanessa comprobó la fecha en su teléfono. Se quedó a cuadros al comprobar que apenas tenía cobertura. La noche del jueves, 2 de mayo. Rakel había desaparecido tres días más tarde.

—¿Hay algo que sugiera que Josephine estuviera diciendo la verdad? ¿Que no se trataba solo de un sueño?

Therese negó con la cabeza y se sentó lentamente en la silla.

—¿No desapareció nada? —preguntó Vanessa.

—No.

Therese dio una calada. La ceniza luchaba contra la gravedad, pero ella no hizo ademán de echarla en el cenicero.

—¿Quién podría haber sabido que Oscar había quedado con Rakel Sjödin después del programa?

Therese la fulminó con la mirada, la ceniza cayó sobre la mesa.

—¿Te refieres a si iba por ahí presumiendo de que se estaba tirando a una veinteañera? Al menos a mí no me dijo nada.

Los informáticos de la policía no habían encontrado ninguna comunicación que sugiriera que Oscar hubiese hablado de la cita con Rakel con nadie más, ni en su ordenador ni en ninguno de sus dos teléfonos. Parecía haber llevado su afer con máxima discreción.

—¿Por qué me preguntas esas cosas?

La voz, que hasta ahora había sido frágil, terminó por romperse. Therese apagó la colilla en la mesa y tosió.

—Yo ni siquiera fumo. Era enfermera, hasta que sacrifiqué mi carrera para ocuparme de la sociedad de Oscar. Hacerle las facturas, llevarle la agenda, cuidar de las niñas. Todo mientras él brillaba, mientras él podía jugar a ser el chico simpático con toda la población sueca.

—A lo mejor te crees que estoy intentando hacerte la pelota, pero entiendo lo que quieres decir. Yo también he estado con un hombre famoso. Sé cómo puede deslumbrar. Todo el mundo se deja cegar. Nosotras también, las que estamos más cerca. Y estamos…

—Tan cerca de la luz que somos las que peor vemos. ¿Quién?

—Svante Lidén. El director de teatro. O dramaturgo, como le gusta decir a él.

Therese cogió el paquete de tabaco, lo agitó, constató que estaba vacío.

—Voy a… tengo uno nuevo allí dentro.

Vanessa abrió Signal, la aplicación de comunicación, para ver si Ove había dicho algo. La cobertura era demasiado mala.

—¿Te importaría darme la contraseña de vuestro wifi? —gritó Vanessa para que Therese la oyera.

—Está debajo del rúter. Aquí, en el salón.

Therese estaba junto a la ventana, había subido la persiana hasta la mitad y observaba la calle. Señaló un mueble de televisor de madera oscura en el que había un rúter blanco con luces verdes parpadeando.

Vanessa alargó una mano para darle la vuelta al rúter, pero la retiró al instante a mitad del movimiento. De pronto le había venido a la cabeza lo que Celine le había dicho de que solía usar el wifi de Nicolas.

—¿Ha entrado alguien en la casa desde el registro domiciliario? —preguntó Vanessa.

Therese se puso detrás de ella.

—No.

Después de que Vanessa hubiese llamado a Trude desde el móvil de Therese para pedirle que solicitara a un técnico informático y acudiera a Bromma lo antes posible, volvieron a sentarse las dos en la cocina.

Vanessa señaló el paquete de tabaco nuevo que había en la mesa y Therese le pasó el mechero. Vanessa encendió el cigarro, se levantó, cogió un platito del fregadero y lo dejó en el centro de la mesa.

—¿Van a juzgar a Oscar? —preguntó Therese. Ahora sonaba menos hostil—. Quiero decir, cada dos por tres puedes leer historias de hombres que salen indemnes ante cosas como esta. A pesar de las pruebas.

Vanessa echó el humo. No le sabía tan bien como se había esperado. Solía pasar, cuando le dabas un poco de tiempo a las cosas.

—¿Tiene alguna importancia? Para ti, me refiero.

—Creo que no.

Therese le lanzó una mirada extrañada al cenicero improvisado, como si no se hubiese percatado de cuándo Vanessa lo había puesto ahí.

—Lo peor es que no le he dedicado ni un solo pensamiento a Rakel. Sé que encontraron su cuerpo en el agua, que la habían apuñalado. —El humo iba saliendo a trompicones por la nariz de Therese—. Era guapa. Joven. Oscar es un cretino. Al menos eso me ha quedado claro. Pero no creo que él la haya matado. Se le podían cruzar los cables, podía pegar, pero ¿apuñalar a alguien? Una vez. Y otra…

Therese negó con la cabeza.

Trude Hovland dejó el portátil en el suelo de parqué y se sentó de cuclillas al lado de Vanessa y del mueble del televisor. Se puso unos guantes de látex y le dio la vuelta al rúter con cuidado.

289

—Enciende la luz —le dijo Trude a Therese Sjölander, que estaba detrás de las dos policías.

Trude se sentó en posición de flor de loto con el ordenador en el regazo y le pidió a Vanessa que le leyera la contraseña. La técnica de la Científica tecleó febrilmente.

—¿Consigues ver algo? —le preguntó Vanessa.

Therese Sjölander se encendió otro cigarrillo. Trude olfateó el aire con cara de desagrado, pero siguió trabajando con el ordenador.

—¿Entre el uno y el dos de mayo? —murmuró Trude. Se detuvo en mitad de un movimiento y se quedó mirando la pantalla con los ojos de par en par—. Joder.

Vanessa se inclinó sobre su hombro en un intento de comprender qué era lo que la había hecho detenerse. Fondo blanco. Texto pequeño y negro. Vanessa no entendía nada.

—A las tres y dos minutos de la madrugada, la noche del miércoles al jueves, una nueva unidad se conectó al rúter —dijo Trude—. Un ordenador con nombre de unidad Blackpill.

—¿Qué más puedes ver?

290   —Nada, aparte de eso. Pero yo no soy informática. Enseguida vendrá el técnico.

4

Ove Dahlberg se quedó mirando a Katja Tillberg. La ventana estaba abierta. Abajo, en la calle, había dos perros ladrándose.

—¿Puedes repetir eso?

Le acercó un poco el móvil a Katja, por quinta vez comprobó con una mirada fugaz que la conversación se estaba grabando.

—Mi tío Tom trabaja de carcelero.

—¿Dónde?

Tuvo que esforzarse por mantener la voz relajada, no mostrar lo agitado que estaba.

—En el Centro Penitenciario de Åkersberga.

La conexión. Vanessa estaba en lo cierto. Sagaz mujer. Guapa. Divertida. Pero sobre todo, jodidamente sagaz. Ove se había percatado de ello en cuanto se saludaron por primera vez. Maldita la estampa de los compañeros de comisaría que hablaban mal de ella. Vanessa era mejor que todos ellos juntos.

—Entonces, tu tío sabía que Rakel Sjödin mantenía una relación con Oscar Sjölander.

—Sí, yo se lo conté. Se lo cuento todo a Tom. Estamos muy unidos. Pero ¿qué tiene él que ver con todo esto?

Se habían centrado en los internos, en los allegados que los habían ido a visitar a la cárcel. Quizá era este Tom el que había recibido a Emelie en su última visita y le había entregado el bolígrafo.

—¿Cuál es su nombre completo y dónde vive? —preguntó Ove en mitad de una respiración.

Katja arrugó la frente.

—Tom Lindbeck —dijo—. Vive en la calle Essinge Brogata. Pero, o sea, él no tiene nada que ver con esto. Es tímido. Muy buena persona. Cuando murió mi madre, él cuidó de mí. Nunca le haría daño a nadie.

291

Los ojos de Ove se fijaron en la media trenza de cardamomo que quedaba en la bandeja que había en la mesa. Un trocito podría permitírselo, ¿no? Se estiró para coger una rodaja y se la metió en la boca.

—¿Tienes alguna foto de él?

Ove tragó el bocado y se limpió las migajas de la comisura.

Katja asintió con la cabeza, sacó el teléfono, toqueteó la pantalla y se lo pasó a Ove. Era el vigilante que solía estar en la recepción del Centro Penitenciario de Åkersberga. El que se había encargado de registrarlos cuando habían ido para interrogar a Karim Laimani. Y, tal y como Ove había sospechado, era el que se veía en las grabaciones de las cámaras de vigilancia entregándole el bolígrafo a Emelie Rydén. Era el autor del intento de violación en Rålambshovsparken.

Ove le devolvió el iPhone.

—¿Tu tío es muy tecnológico?

—¿Qué quieres decir?

—¿Domina de ordenadores y tal?

Katja soltó una carcajada.

292 —Es un auténtico *nerd*. Es su gran *hobby*, aparte de la fotografía. Antes trabajaba de fotógrafo, él es quien ha tomado las fotos esas de ahí —dijo Katja, señalando las fotos enmarcadas.

Los parientes que iban a visitar a los internos tenían que entregar sus teléfonos e iPads. Todas las pertenencias se guardaban bajo llave en un armario en recepción. Tom Lindbeck podría haber hackeado el teléfono de Emelie. Era así como había podido descubrir que Emelie estaba sola la tarde en que fue asesinada. Ella lo había reconocido y lo había dejado entrar. Tom Lindbeck se metía en los móviles. Podía seguir a sus víctimas. Escuchar sus conversaciones. Leer sus mensajes.

Ove se quedó mirando su propio teléfono.

Los policías no eran ninguna excepción a la hora de entregar sus pertenencias cuando iban de visita o a hacer un interrogatorio en los centros penitenciarios. ¿Estaría Tom Lindbeck también en su teléfono? ¿Y en el de Vanessa? Si era así, los dos estaban al borde del peligro. Tom sabría que se estaban acercando.

Ove se levantó y le estrechó la mano a Katja.

—Gracias por la ayuda. Te llamaremos.

Cerró la puerta del piso, bajó a pie por las escaleras.

El móvil le resultaba incómodo en la mano. Ove estaba sudando. Solo tenía que ir a comisaría. Conseguir un teléfono nuevo. Llamar a Vanessa. Las cabinas telefónicas habían desaparecido hacía tiempo, hasta ahora nunca las había echado en falta. Ove se moría de ganas de contárselo todo a Vanessa, le gustaba ponerla contenta.

Ove giró el pestillo de la cerradura y justo iba a abrir la puerta del portal cuando oyó un ruido a sus espaldas.

293

5

Vanessa aparcó en el garaje de los grandes almacenes Nordiska Kompaniet, se bajó del coche y se quedó esperando apoyada en la carrocería. Hizo una mueca, la boca le sabía a ceniza.

Después de Nicolas, había quedado con Trude Hovland y Ove en comisaría. Se notaba tensa. El descubrimiento, que alguien se hubiese metido en la red doméstica de los Sjölander solo dos días antes de que Rakel Sjödin fuera asesinada, lo cambiaba todo. Con un poco de suerte, Trude tendría algo más que aportar acerca del ordenador que se había conectado al rúter. Trude le había explicado, sin entrar demasiado en detalles, que cuando accedías a la red wifi de alguien ya no era tan complicado meterse en el resto de unidades. Móviles, tabletas, ordenadores. Eso podía explicar por qué el hombre que Börje Rohdén había visto que Rakel dejaba entrar en la casa sabía que ella iba a estar allí. Pero ¿por qué ella, precisamente?

Vanessa vio a Nicolas acercarse siguiendo la fila de coches de lujo aparcados, lo saludó de lejos y se sentó en el asiento del conductor. Él abrió la puerta del copiloto.

—¿Has quedado con él?

—Él y Karim no son amigos. Más bien lo contrario. Se odian. Por lo visto, Karim es bastante impopular.

—¡Qué sorpresa! —dijo Vanessa con sarcasmo.

Notó que la invadía el desánimo. Miró el reloj de reojo. Ove y Trude la esperaban en comisaría.

—Pero me ha contado otra cosa que me parece que puede interesarte. ¿Te suena el nombre de Eyup Rüstü?

Vanessa pensó un momento, dijo que no con la cabeza.

—Estaba preso al mismo tiempo que Ivan —dijo Nicolas—. Lo soltaron en verano. Poco después, lo detuvieron como sospechoso de haber asesinado a su novia. Lo dejaron libre. El crimen está aún por resolver.

—Hay algo en todo esto que me asusta —dijo Vanessa—. Hombres que matan a mujeres con las que tienen o han tenido una relación es habitual. Celos, rupturas, peleas por los niños. Normalmente, los identificamos a la primera. Karim Laimani es el perfil típico. Violento. Criminal. Ya había amenazado a Emelie de muerte en una ocasión anterior. La sangre de ella en la suela de su zapato, el pelo. Pero no fue él.

—¿Cómo lo sabes?

Vanessa podía confiar en Nicolas, al mismo nivel que confiaba en sí misma. Incluso más.

—Coartada. Durante un permiso violó a una mujer a la misma hora en que Emelie Rydén fue asesinada. Karim y dos hombres más.

Nicolas se la quedó mirando.

—¿Por qué...?

—Porque ella no quiere que salga a la luz. No estoy de acuerdo, pero es su voluntad. Tampoco les he dicho a mis compañeros de quién se trata.

Una mujer que iba bien vestida pasó por delante del coche con bolsas de compra en las manos. Vanessa se quedó callada y la siguió con la mirada.

—Ayer apareció un testigo que asegura haber visto a un hombre uniformado a quien Rakel Sjödin dejó entrar en la casa. Hoy hemos descubierto que alguien accedió al rúter de los Sjölander. Probablemente, esa persona haya podido seguir las comunicaciones entre Oscar y Rakel. Gracias a ello podría haber sabido que estaban en la casa de verano en Tyresö.

Nicolas parecía pensativo.

—Entonces, ¿no la ha matado Oscar Sjölander?

—Eso parece.

—¿Crees que hay una conexión entre Emelie y Rakel?

—No lo sé. No tienen nada en común. Eran guapas y jóvenes, pero aparte de eso, nada. Excepto que primero teníamos un autor del crimen evidente y luego ya no.

Tras el descubrimiento en la casa de los Sjölander, Vanessa les había pedido a los informáticos que comprobaran también el rúter de Emelie Rydén. Pero por el momento no habían observado que ningún desconocido se hubiese conectado a él.

—Hay una conexión entre Eyup y Karim —dijo Nicolas—. Los dos estaban en la cárcel de Åkersberga.

Vanessa se miró la ropa, los pantalones azules y la camisa blanca. De pronto golpeó el volante con la palma de la mano.

—El uniforme.

—¿Qué quieres decir?

—El hombre al que Rakel Sjödin dejó entrar llevaba uniforme. Pensé que podría ser un policía, quizá una guarda de seguridad de algún tipo. Pero los funcionarios de prisiones llevan un uniforme parecido al nuestro. Sin duda, Emelie dejaría pasar a alguien que llevara uno de carcelero. Y Rakel podría haber confundido a su asesino por un policía.

Vanessa arrancó el coche. Miró rápidamente a izquierda y derecha y salió del hueco donde estaba aparcada. Habían estado cerca todo el tiempo. Los guardias de la cárcel. La Agencia de Servicios Penitenciarios había celebrado una conferencia en el hotel Palacio de Rosersberg. Un funcionario de prisiones le había dado el bolígrafo a Emelie Rydén. Vanessa se había empecinado en buscar entre los internos, lo cual quizá no era tan extraño. Las probabilidades de encontrar a un asesino entre ellos eran más altas que entre los que se dedicaban a tenerlos vigilados.

—Te dejaré por el camino —dijo.

Nicolas se puso el cinturón mientras avanzaban a toda velocidad junto a los coches de lujo aparcados.

Salieron del parking, giraron a la derecha dos veces y pasaron por la plaza Sergels Torg. Vanessa cogió su teléfono, marcó el número de Ove. Los tonos se fueron sucediendo sin que nadie lo cogiera. Le pasó el teléfono a Nicolas.

—Vuelve a llamar.

Él hizo lo que Vanessa le había dicho. Activó el altavoz y sujetó el teléfono en alto. Buzón de voz.

—Llama a Trude Hovland.

—Te está llamando ella ahora mismo.

—¿Qué?

Nicolas le pegó el móvil a la oreja.

—Justo te iba a llamar ahora —dijo Vanessa—. ¿Estás con Ove?

—No. Le...

—Tengo que hablar con él.

—Vanessa, le han disparado.

$\mathcal{V}$anessa aumentó la velocidad. Habían encontrado a Ove gravemente herido en el portal de Katja Tillberg y lo habían trasladado a toda prisa al hospital Karolinska, en las afueras de Solna, donde estaba siendo operado de urgencia. ¿Cuánto se habían acercado? Vanessa no albergaba ninguna duda de que era el asesino de Rakel y Emelie quien le había disparado.

—¿Hay algo que pueda hacer? —preguntó Nicolas.

Vanessa casi se había olvidado de que lo tenía al lado.

—No.

—¿Sobrevivirá?

—No lo sé. Te dejo aquí.

Vanessa giró a la izquierda en el Seven Eleven de Scheelegatan y frenó. Nicolas se bajó. Se asomó al interior del vehículo.

—Ten cuidado, Vanessa.

Ella asintió sin decir nada, Nicolas cerró la puerta y el coche arrancó haciendo chirriar los neumáticos. El coche que tenían detrás pitó enfurecido.

Mikael Kask le escribió que iba de camino a la comisaría. Vanessa decidió esperarlo en el garaje. Se metió en las catacumbas del edificio policial. Al cabo de pocos minutos apareció el coche de Mikael. Aparcó a un par de huecos de distancia y se bajó.

—Iba de camino a una cena de cumpleaños —le dijo a Vanessa, se quitó la corbata y se la guardó en el bolsillo de la americana. Estaba pálido, parecía afectado.

—¿Cómo está Ove? —preguntó Vanessa.

—El hospital solo ha dicho que lo están operando, nada más.

—Tenemos que mirar su teléfono móvil.

—¿Por qué?

—Porque lo utiliza para grabar todos sus interrogatorios. Tenemos que saber qué ha dicho Katja Tillberg.

—Pero Vanessa, si alguien lo estaba esperando, no puede deberse a lo que ella le pueda haber contado. ¿Cómo iba a saberlo el autor del crimen, tan rápido?

Mikael estaba entrando en el ascensor. Vanessa le puso una mano en el hombro, lo retuvo.

—A lo mejor he encontrado la conexión entre los asesinatos de Rakel Sjödin y Emelie Rydén. Börje Rohdén ha dicho que el hombre al que Rakel dejó pasar llevaba uniforme. ¿Y si era un uniforme de la Agencia de Servicios Penitenciarios?

—Vanessa... ahora no.

—Otro expresidiario, un tal Eyup Rüstü, fue sospechoso en verano de haber matado a su novia tan solo dos semanas después de salir libre. Luego lo soltaron.

Mikael Kask se pasó una mano por su pelo perfecto.

—Alguien colocó pruebas en la celda de Karim —continuó Vanessa—. Y delante de la casa de Oscar Sjölander. Ayer nos enteramos de que Rakel había dejado entrar a un hombre. Hoy hemos descubierto que alguien ha accedido al rúter de la familia Sjölander.

Mikael pulsó el botón del ascensor. Las puertas, que se habían cerrado mientras hablaban, volvieron a abrirse.

—¿Te refieres a que hay un asesino en serie detrás de todo esto?

—Sí.

Mikael Kask soltó un resoplido.

—Aparte de Peter Mangs y el Hombre Láser, no hemos tenido a un asesino en serie en Suecia desde 1979. Las víctimas no tienen nada en común, excepto que son mujeres.

Mikael Kask se metió en el ascensor, Vanessa lo siguió.

—No, pero sus hombres sí. Karim Laimani, Eyup Rüstü y, hasta cierto punto, Oscar Sjölander son los autores más probables del crimen. Emelie Rydén dejó entrar a su asesino. Hemos dado todo el rato por hecho que ella lo conocía. ¿Y si lo reconoció del centro penitenciario? Karim la había amenazado de muerte apenas unas semanas antes. ¿Y la sangre en la celda de Karim? ¿Quién tiene acceso a las celdas de los reclusos? Los carceleros, Mikael Kask.

El ascensor arrancó con una sacudida.

—¿Oyes cómo suena? —Negó con la cabeza—. Un asesino en se-

rie que trabaja de vigilante en una cárcel. Has visto demasiada tele.
¿Cuál se supone que es el móvil?

—No lo sé.

Las puertas se abrieron. Trude Hovland los estaba esperando.

—Tengo que hablar con vosotros —dijo.

—Tendrás que esperar —dijo Mikael Kask, y trató de pasar por
su lado.

—El tío de Katja Tillberg es funcionario de prisiones. En el Centro Penitenciario de Åkersberga.

7

*T*om abrió el armero y metió sus tres armas de fuego en la mochila negra que había sobre la cama. Solo era cuestión de horas, quizá minutos, para que la policía se presentara. Todo estaba bajo amenaza. Le había entrado el pánico. Había actuado movido por la rabia. Cuando Katja lo había llamado para contarle que los investigadores del caso iban a interrogarla otra vez, se había ido a esperar en su portal. Le había pegado un tiro al policía gordo por la espalda.

Todo estaba bajo amenaza.

Se echó la bolsa de deporte al hombro, se metió en el despacho. Cogió el portátil. Miró a su alrededor. ¿Qué más? Estaba todo preparado. El escondite quedaba lejos de Estocolmo y no guardaba ninguna conexión con nada en su vida. Iba a convertirse de verdad en la sombra que siempre había sido. Todo lo que necesitaba lo tenía allí. Siempre y cuando lograra llegar. La revuelta se extendería por el mundo.

El canadiense Alek Minassian y el estadounidense Elliot Rodger lo miraron desde sus marcos en el alféizar. Tom pensaba hacerlos sentirse orgullosos.

—Caballeros.

Saludó a los retratos con la cabeza.

Tom iba a darse la vuelta y salir de la habitación cuando la pantalla del ordenador comenzó a parpadear en verde. La cámara de la escalera. Amplió la ventana y vio a los agentes provistos de armas automáticas entrando en tropel por el portal.

Vanessa miraba fijamente la pantalla. El equipo de asalto iba equipado con cámaras de visión nocturna en los cascos para que ella y los demás pudieran seguir cada paso que daban. Acababan de entrar en el portal. Los detalles se perfilaban en un color verdoso metálico. La furgoneta oscura en la que estaba sentada estaba aparcada junto al estribo del puente de Mariebergsbron, en el lado de Lilla Essinge. Reinaba un ambiente tenso. Mikael Kask respiraba a golpes, iba dando tragos frenéticos a un vaso de cartón. El borde estaba raído por sus dientes.

La isla de Lilla Essingen estaba acordonada. No se permitía el acceso al tráfico rodado, las líneas de autobús habían sido desviadas, habían ubicado a agentes con armas de refuerzo en puntos estratégicos. Tom Lindbeck había sido visto en el interior de su piso.

No tenía escapatoria.

En breve, todo habría terminado y habrían detenido a Lindbeck.

Los asesinatos de Rakel Sjödin y Emelie Rydén iban a quedar resueltos. Quizá también el de Victoria Ahlberg. Las similitudes saltaban a la vista. Si Vanessa y Ove hubiesen sabido desde un buen comienzo lo que andaban buscando, podrían haber conectado antes los asesinatos. ¿Podrían haberle salvado la vida a Rakel? ¿Podía haber más víctimas? Tendrían que revisar todos los casos de mujeres asesinadas en Suecia en los últimos años. Todavía había pistas que no habían tenido tiempo de seguir. Y en el hospital Karolinska, Ove estaba luchando por su vida, con su mujer y sus hijos a su lado.

Una puerta se abrió detrás de Vanessa y Trude se subió a la furgoneta.

—¿Cómo va?

—Están subiendo —dijo Mikael Kask, conteniéndose—. Pronto lo tendremos.

Había algo que le preocupaba a Vanessa. No sabía decir el qué. Pero la sensación de que habían pasado algo por alto no hacía más que intensificarse. ¿Cuánto tiempo llevaba Tom Lindbeck esquivando a la policía? No podía ser todo tan fácil. Estaban avanzando demasiado rápido. A lo mejor deberían haber esperado un poco, quizá tendrían que haber empezado a vigilarlo.

—¿Puedes parar con eso?

Mikael Kask se la quedó mirando, le señaló los dedos, que estaban tamborileando en la pared de la furgoneta. Vanessa paró. Cerró el puño, lo apoyó en la rodilla.

El equipo de asalto avanzó un poco más.

—Tercera planta —murmuró Mikael Kask—. Vamos.

301

En la pantalla, Vanessa vio a las figuras vestidas de negro cambiar de formación. Contó ocho personas. Sacaron un ariete rompepuertas. El mando del equipo levantó un puño. Dio la señal.

La cabeza del ariete golpeó la puerta.

Luego, todo se volvió negro.

El viento tiraba de la ropa de Tom. Recogió la cuerda, no pudo evitar echar un vistazo a la ciudad de Estocolmo, la avenida Essingeleden y las aguas negras que se extendían alrededor de sus pies.

Echó a correr. Se conocía este tejado como la palma de la mano. ¿Cuántas veces había escapado por aquí con un grupo de policías imaginarios persiguiéndolo? Ahora ya no era un simulacro. Acababan de penetrar en el mundo de Tom, estaban jugando según sus normas. Sus pies repicaban sobre la chapa. Cuando la policía comprendiera por dónde había escapado ya sería demasiado tarde. Lo perseguirían por toda Suecia, por toda Europa, pero se verían forzados a constatar que se estaban enfrentado a alguien superior a ellos. Nadie lo encontraría hasta que él quisiera ser encontrado.

302

Sería famoso en todo el mundo. Las mujeres desearían ser fecundadas con su semilla. Transmitir sus genes. Tom podría elegir y descartar.

La explosión retumbó a sus espaldas. Apagada. Lejana. Tom hizo un alto. Escuchó un momento el silencio posterior antes de reemprender la marcha a toda velocidad.

En la furgoneta se hizo un silencio sepulcral. Mikael Kask se inclinó hacia delante y se quedó mirando la pantalla con los ojos de par en par. Trude fue la primera en reaccionar. Se quitó los auriculares, abrió las puertas y saltó afuera. Vanessa le siguió los pasos. Corrieron por la calle Essinge Brogata. Detrás y delante de ella: policías corriendo por todas partes. A su alrededor se fueron abriendo las ventanas, los pisos iban encendiendo las luces. La gente comenzó a asomarse a la calle empujada por la curiosidad. Tom Lindbeck se había volado a sí mismo por los aires, llevándose a los agentes del equipo de asalto por delante. Por las ventanas rotas de la tercera planta de la escalera salía una columna de humo plateado que ascendía hacia el cielo nocturno.

El portal estaba abierto. Los gritos de los heridos resonaban por el hueco de la escalera. Vanessa siguió la espalda de Trude hacia arriba. Los agentes que estaban heridos de menor gravedad iban bajando por su propio pie, ayudando a sus compañeros.

—¿Cuántos muertos? —gritó Vanessa.

Tom abrió la pesada puerta de metal del tejado, sacó la linterna del bolsillo y apuntó hacia sus pies. Le encantaba el sonido del caos. Las sirenas desgañitándose, los gritos desesperados que llegaban desde la calle. Se sentía como un director que por fin contaba con una orquesta a la que dirigir. Finalmente, podía crear música con el odio que tanto tiempo había estado atrapado en su cuerpo.

Pudo bajar a la primera planta sin verse perturbado. Abrió la ventana. Salió por ella. Aterrizó suavemente en el césped, estiró las piernas y oteó la oscuridad. No había ni un solo coche pasando por la calle Gamla Essinge Brovåg. Dobló a la izquierda, corrió a paso ligero por la calle desierta. Vio las columnas de hormigón que sostenían la carretera E20. El tráfico retumbaba. Aminoró el paso, se metió por Primusgatan, vislumbró el edificio de ladrillo de color burdeos de la Policía Nacional entre los árboles.

El día anterior, ninguna de las personas de ahí dentro sabía quién era Tom Lindbeck; al día siguiente, toda la jornada, las semanas siguientes, se las pasarían hablando de él. Más aún después de lo que iba a tener lugar el sábado. Tom había estado todo el tiempo a la vuelta de la esquina, los había engañado a todos. Los periodistas, sus antiguos compañeros de trabajo, se volverían locos. A lo mejor le ofrecería una entrevista en exclusiva a alguno de ellos, si lograba encontrar una forma segura de concederla. La citarían por todo el mundo. Despertaría a otros. Los haría actuar. Redujo el paso hasta ritmo de paseo, bajó hacia el agua y el Club Náutico de Essinge.

Pegó la tarjeta al lector, el LED rojo pasó a verde y la cerradura electrónica se abrió con un chasquido.

El otoño anterior, cuando Tom estuvo en el embarcadero y le mostraron cómo funcionaba el barco, oyó que el club náutico olía a gasóleo y a alquitrán. Se preguntaba cómo olería eso.

Las olitas iban chapaleando. Los barcos se mecían en el agua. Al otro lado del pequeño canal se erguían los grandes y oscuros peñas-

303

cos. En el puente de Mariebergsbron, a la derecha, brillaban las luces azules. Se detuvo un momento, a disfrutar.

Estaban allí por él. Era él quien había creado aquello.

El barco estaba en el penúltimo sitio. Blanco. Discreto. Se subió a bordo. El pequeño motor de popa arrancó casi en el acto, Tom ni siquiera tuvo tiempo de inquietarse. Pilotó tranquilamente siguiendo las rocas de Fredhälls, llegó al barrio de Kristineberg, vio las luces de Pampas Marina, el puerto deportivo. No se cruzó con ni un solo barco.

A su alrededor, la ciudad tocaba su registro de sonidos. Pero en el agua el mundo era otro. Tranquilo. Oscuro. Solitario.

Se sintió invencible.

Lo que había ocurrido en el piso era estrictamente necesario, lo que seguía ahora era venganza. Contra las mujeres que le habían negado el acceso a sus cuerpos, contra los hombres cobardes que se habían mofado de él, contra Suecia, contra el mundo.

Pero primero de todo, antes de resituarse, de prepararse, la persona que había estado a punto de estropearlo todo tenía que morir.

8

*U*n muerto, tres heridos graves. Eran las once y los vecinos de Tom Lindbeck habían sido evacuados. La Unidad de Explosivos examinó el piso de dos habitaciones en busca de otras cargas sin detonar. Los estragos no eran tan grandes como todo el mundo se había temido en un primer momento. Había indicios de que la explosión había sido provocada por una granada que se había activado al forzar la puerta. Tom no se encontraba en el interior del apartamento.

Mikael Kask estaba sentado en un armario eléctrico. Sus largas piernas se balanceaban a dos palmos de la acera. Su mirada era vidriosa, vuelta hacia dentro. La presión estaba haciendo mella. Primero, *Kvällspressen*, como era de esperar. La redacción quedaba a apenas cien metros del lugar. Los fotógrafos se apretujaban en el cordón policial, los reporteros les iban gritando preguntas a los agentes uniformados que se movían por dentro del recinto marcado por las bandas blanquiazules de plástico.

Vanessa se puso de pie al lado de Mikael. Él la miró con ojos lúgubres.

—Vamos a cogerlo —dijo él.

Vanessa asintió con la cabeza.

—La pregunta solo es a qué precio.

—Todos los policías de Estocolmo lo están buscando en este momento, las salidas de la ciudad están cortadas. No puede salir.

—¿Ove?

—No lo sé. Vete a casa y duerme un poco, Vanessa. No puedes hacer nada más. Te necesito mañana. Descansada.

—Con un poco de suerte, no lo harás.

Mikael Kask la miró sin entender.

—Si lo detenemos esta noche, quiero decir.

Mikael Kask esbozó una sonrisa fugaz con los labios apretados.

—Has estado fantástica. Lamento no haber confiado en ti de buenas a primeras. Sin ti, no habríamos dado nunca con él.

Vanessa se agachó para pasar por debajo del cordón policial, enderezó la espalda e hizo caso omiso de las preguntas que los excitados reporteros le iban soltando. Caminó a paso lento por Gjörwellsgatan en dirección al centro. El contorno del rascacielos del periódico *Dagens Nyheter* se perfilaba contra el cielo oscuro. Los coches patrulla iban pasando a tandas por su lado. Pudo oír un helicóptero en alguna parte.

Le vino a la cabeza la caza del terrorista cuyo nombre se negaba a recordar, el que había arrollado a la gente con su camión en Drottninggatan. Una ciudad sumida en el pánico. Una ciudad en revuelta controlada. Holmienses volviendo a pie a sus casas en largas columnas. Asustados pero desafiantes. En aquella ocasión, el terrorista dirigió su odio contra el mundo occidental, la sociedad libre, contra todos ellos. En mitad de la tristeza y el caos, Vanessa había podido vislumbrar algo hermoso en la unión. Había podido sentir amor por sus semejantes. Ahora solo sentía vacíos. Soledad. Quizá algo que le recordaba al miedo. Tom Lindbeck no quería morir. Estaba muy lejos de verse vencido.

Tenía el coche aparcado en la comisaría de Kronoberg. Le sería imposible conseguir un taxi en las proximidades de Lilla Essingen, todo el tráfico estaba siendo parado y controlado. Pero quizá en el puente de Västerbron sí podría.

Si no, tendría que ir caminando hasta la plaza Fridhemsplan y parar a un taxi allí. Podría pasar a recoger el coche al día siguiente. El aire fresco le haría bien.

Cuando Vanessa abrió la puerta de su piso, estaba totalmente despierta. Se quitó la ropa, que había quedado sucia de polvo, sangre y suciedad. Luego se desabrochó la cartuchera. Lo dejó todo en un montón en el sofá y se metió en la ducha.

Mientras el chorro de agua caliente la iba mojando, pensó en Ove. Probablemente, ahora mismo estaba tumbado en una camilla en el hospital, con tubos y máquinas conectados al cuerpo. Deseaba que saliera con vida de aquella, que sus hijos no tuvieran que crecer con su padre como un mero recuerdo borroso. El rostro de Tom Lindbeck le vino a la memoria, pálido, como un pájaro. La Agencia de Servicios Penitenciarios les había enviado una foto. Vanessa se estremeció al pensar que se había cruzado con él en el centro penitenciario, que había hablado con él. Los había engañado a todos. Faltaba por ver cómo lo había hecho. Por la mañana, muchas cosas quedarían más claras.

Rakel. Emelie. Quizá Victoria Ahlberg. Los agentes de policía de la calle Essinge Brogata. Uno al que le había desgarrado la barriga y había muerto desangrado, tres que en estos momentos estaban luchando por sus vidas. ¿Con cuántas personas había acabado en total? ¿Y a cuántas se llevaría por delante antes de que lograran pararlo?

Vanessa cerró el grifo, tiritó por el aire frío y se estiró para coger la toalla. Se secó despacio. En el salón puso en marcha el televisor. Una emisión de última hora del informativo *Rapport* mostraba imágenes de Lilla Essingen.

«La explosión está vinculada a una operación en un domicilio —decía el presentador de noticias—. El portavoz de la policía no quiere comentar cuál ha sido la causa de la explosión que le ha costado la vida a una persona.»

Vanessa no tenía ni pizca de sueño. Su cerebro iba demasiado acelerado. Se levantó, se sirvió un vaso grande de whisky. Fuera, el viento azotaba el andamio. Habían quitado los cobertores de plástico de las ventanas.

Vanessa volvió al sofá con el vaso de whisky y cambió de canal.

La diferencia entre ella y la mayoría de sus compañeros del cuerpo era que ellos tenían familia, personas que les esperaban al volver a casa y que les permitían pensar en otras cosas. Otro contexto. Después del ataque terrorista, Svante la había estado esperando despierto.

La relación ya llevaba un par de años que iba mal, probablemente ya se estaría acostando con Johanna Ek, pero había estado ahí, pese a todo. La había abrazado. Le había hecho mil preguntas con las que ella le había pedido que esperara. Había optado por contarle algo gracioso de su jornada. Al meterse en la cama habían hecho el amor. No con dureza, como solían hacer, sino con ternura. Con seriedad.

Se oyó un crujido en el andamio. Vanessa alzó la vista, intuyó un movimiento por fuera de la ventana. Lo primero que pensó fue que

307

ya era de día, que los operarios habían llegado pronto. Un hombre la estaba mirando. Antes de que tuviera tiempo de entender nada, el hombre alzó un arma. Vanessa miró directamente al orificio del cañón, bajó los pies al suelo, empujó con todas sus fuerzas y volcó el sofá y a sí misma hacia atrás.

El fogonazo de un disparo. Tendida en el suelo, con el sofá separándola del hombre, notó un dolor agudo en el costado y comprendió que le había dado.

9

*L*a redacción de *Kvällspressen* estaba sumida en el caos ordenado que siempre se crea en momentos de noticias de gran magnitud. Los reporteros a los que habían llamado por teléfono para que se presentaran en las oficinas hacían un fugaz alto en la mesa de reuniones para recibir órdenes del Bollo entre salpicones de saliva y luego iban corriendo a sus mesas. Jasmina ya había tenido tiempo de visitar el lugar de la detonación y hablando con un vecino había conseguido dos datos interesantes. Le dio al *play* de su dictáfono.

«El hombre al que han bajado es policía.»

«¿Estás seguro?», se oyó decir a sí misma entre el bullicio de gritos, *flashes* y agentes que les gritaban que se alejaran.

«Sí. Llevaba casco, ropa negra. Dos policías más lo han bajado a rastras por las escaleras. Tenía toda la barriga rebanada. Es lo peor que he visto en mi vida.»

De fondo se oían las sirenas. Un agente comenzó a tirar del testigo con el que Jasmina estaba hablando, le pidió que lo acompañara.

«Espera. ¿Quién vivía en el piso?»

«Es el piso encima del mío. Tom, se llama.»

Antes de hablar con el Bollo quería enterarse de todo lo posible por su cuenta. Escribió el nombre de Tom y la dirección en el buscador de personas hitta.se y consiguió el apellido. Luego, entró en Facebook. La página de Tom Lindbeck estaba bloqueada. No tenía ningún dato público. Lo único que podía verse era la foto de perfil. Un selfi. Estaba mirando fijamente a la cámara con los ojos de par en par. Su rostro era inexpresivo, tenía la boca cerrada.

Jasmina buscó su nombre en Google. Para su gran sorpresa, en la página dos encontró varios aciertos de artículos de *Kvällspressen*. Eran de hacía varios años. Abrió uno y enseguida comprendió la si-

309

tuación. Tom Lindbeck había sido fotógrafo del periódico. Se puso de pie, fue a paso ligero hasta la mesa de reuniones, donde el Bollo estaba sentado con el móvil pegado a la oreja mientras iba escribiendo con el portátil. Le dijo a la persona que tenía en línea que esperara un momento.

—¿Sí? —preguntó, mirando a Jasmina.

—Tom Lindbeck.

El Bollo arrugó la frente.

—¿Qué pasa con él?

—El piso es el suyo.

—¿El que ha explotado?

—Sí.

—Ven conmigo.

El Bollo cogió el teléfono, colgó la llamada sin decirle nada a la persona del otro lado y puso rumbo al despacho de Tuva Algotsson. Jasmina tuvo que corretear para seguirle el paso. El Bollo entró sin llamar a la puerta y Tuva alzó la cabeza desde su escritorio.

—Tom Lindbeck —dijo el Bollo, y le hizo una señal a Jasmina para que cerrara la puerta.

—¿El fotógrafo? ¿Qué pasa con él? —preguntó Tuva, y bajó la pantalla del portátil.

—El piso de Lilla Essingen en el que ha habido la explosión es el suyo. ¿Sabes adónde fue cuando dejó de trabajar aquí?

—Ni idea. Pero esto nos da una ventaja sin parangón frente a la competencia. Tom Lindbeck era un tipo realmente incómodo.

Jasmina, que había estado todo el rato un poco por detrás del Bollo, dio un paso adelante.

—¿En qué sentido?

Tuva cruzó los brazos y se reclinó en la silla.

—Era... raro. Nos lo pareció a todos desde un buen comienzo. Pero era un buen fotógrafo. Leal. Siempre estaba disponible cuando lo llamábamos, fuera la hora o la fecha que fuese. Al cabo de un par de meses observamos un patrón preocupante. Las compañeras reporteras comenzaron a recibir mensajes desagradables, amenazas, preguntas sexuales, fotos de pollas. Siempre después de haber trabajado con Tom. Le sacamos el tema, él lo negó todo, evidentemente, pero aun así lo acabamos echando.

—¿Y las mujeres?

—Ninguna quiso denunciar. Eran otros tiempos.

Llamaron a la puerta de vidrio. Max entró con los ojos encendidos de excitación.

—Mi fuente policial dice que la operación en Lilla Essingen está relacionada con el caso de Oscar Sjölander. Y no solo eso. También la mujer que fue asesinada en Täby. Y el agente de policía al que han disparado hoy mismo en Blackeberg.

311

10

Vanessa estaba tirada bocabajo detrás del sofá volcado, procurando permanecer todo el rato pegada al suelo. Oyó un nuevo disparo. La bala perforó la tela del sofá y se hundió en el parqué.

Una pequeña lluvia de cristales.

Vanessa comprendió que el hombre estaba tratando de entrar. Acercarse. ¿Quién cojones era?

No podía quedarse allí tumbada. Desarmada estaba totalmente indefensa. Sonó otro disparo. Aunque él no pudiera verla detrás del sofá, tarde o temprano una nueva bala daría en el blanco. ¿Qué había hecho con la cartuchera?

Un cuarto disparo.

El tiempo se estaba agotando. En breve el agujero de la ventana sería lo bastante grande como para que el hombre pudiera atravesarla.

En alguna parte debajo del sofá volcado tenía que estar su Sig Sauer. Vanessa reptó a la derecha. Todavía tenía el cuerpo húmedo tras la ducha, pudo deslizarse fácilmente por los listones de madera. Le quemaban las costillas donde había penetrado la bala. La sangre tiñó de rojo la toalla, pero la herida no debería de ser muy grave. Si lo fuera, no podría moverse como estaba haciendo. Metió la mano por debajo del sofá, hurgó entre la tela azul de los pantalones, notó la funda de cuero por ahí debajo.

Vanessa le quitó el seguro al arma. Asomó la pistola por el canto del sofá y abrió fuego a ciegas. Giró la muñeca a la izquierda. Apretó de nuevo el gatillo. El hombre respondió a los tiros, pero había dejado en paz la ventana. Ahora que su víctima iba armada parecía haber desistido en sus intentos de entrar.

Vanessa echó un vistazo rápido por encima del sofá y se echó al suelo al instante. La bala le pasó a pocos centímetros de la cabeza y se perdió en la pared del salón.

Oyó pasos en el andamio. El hombre estaba huyendo.

Vanessa iba descalza, solo llevaba la toalla alrededor del cuerpo. Las esquirlas de cristal brillaban sobre el suelo de madera. Empujó el sofá hacia delante para no tener que pisarlas. Se detuvo a medio metro de la ventana. Hizo equilibrios sobre el borde del sofá. Cogió uno de los almohadones y lo usó de protección al golpear la ventana para poder salir.

Se agachó, tiró el cojín sobre los cristales y dio un brinco. Aterrizó en los tablones donde se había encontrado el hombre hacía apenas unos instantes. Estuvo a punto de perder el equilibrio por culpa del dolor, pero se agarró a tiempo a una barra de metal. Miró abajo y sintió un vahído. Vanessa detestaba las alturas.

Dos pisos más abajo vio la coronilla de su agresor. Vanessa corrió hacia la escalera. El andamio se movía con fuertes sacudidas. Se aferró a la barandilla, aceleró el paso a la par que trataba de mirar al frente, no hacia abajo. Él casi había llegado a la planta baja. Vanessa se detuvo. Sujetó el arma con las dos manos, apuntó a la calle y esperó a que el hombre corriera un par de metros y así tener tiro libre.

Él echó un vistazo arriba antes de lanzarse a la acera. Corrió pegado a la fachada, en dirección a Odengatan. Vanessa abrió fuego. Vio la bala clavarse en el adoquín a un palmo de su objetivo. Volvió a disparar. Cruzó los dedos para verlo doblarse por la mitad, caer, quedarse tendido en el suelo. En breve llegaría al cruce de Surbrunnsgatan, doblaría la esquina y desaparecería del campo de visión de Vanessa.

En el piso de al lado se encendieron las luces del techo. Vanessa apretó el gatillo rápidamente, dos veces seguidas, pero falló los dos tiros y la espalda del hombre se desvaneció.

313

*T*ras amarrar el barco en la gasolinera de Pampas Marina, Tom cogió su mochila y se alejó por el embarcadero. Lo único que podía hacer era esperar. El piso de Vanessa Frank en Roslagsgatan 13 no quedaba lejos del muelle de embarcaciones menores. Tom se sentó en un banco cerca de la orilla, miró a su alrededor, sacó el portátil y se conectó a Internet. El teléfono de Vanessa estaba en el piso. A lo mejor ya estaba muerta. Esperó que así fuera. La odiaba.

Tom sopesó la opción de llamar para ver cómo había ido, pero no quería molestarlo. Ahora no. Además, le gustaba este sitio. Era tranquilo, apacible. Él llegaría a su debido tiempo y entonces podrían partir los dos. El día siguiente sería jornada de descanso, lo repasarían todo una última vez, para así el sábado regresar a Estocolmo.

Al principio él no había querido participar. No había ningún indicio de que fueran a descubrirlo ni vincularlo con Tom. Pero la situación había cambiado en los últimos días. Vanessa Frank y Ove Dahlberg habían estado espeluznantemente cerca.

Tom cogió el portátil y conectó los auriculares, abrió el vídeo de despedida del asesino en masa Elliot Rodger, grabado tan solo unos días antes de vengarse del mundo. El estadounidense estaba sentado en un coche deportivo con asientos de cuero negro. El sol, que se estaba poniendo en California, bañaba su rostro juvenil de un resplandor amarillento.

«Los adolescentes populares que han llevado vidas hedonistas mientras yo me he estado pudriendo en mi soledad. Todos me han mirado por encima del hombro. Las veces que he intentado relacionarme con ellos me han tratado como a un ratón. Ahora me voy a convertir en un dios, comparado con vosotros. Sois animales. Y yo os sacrificaré como tales.»

314

Cada palabra parecía salir de Tom como surgida de su ser más profundo.

Halló consuelo en el rostro determinado del norteamericano de veintidós años, deseaba haberlo podido conocer en persona cuando aún estaba vivo.

Dos faros bajaron por el camino. Tom se levantó despacio. Guardó el ordenador y fue al encuentro del vehículo. Tan pronto abrió la puerta del conductor vio que algo no iba según lo planeado.

—¿Ha conseguido salir viva?

El hombre asintió sin decir palabra.

—No pasa nada —dijo Tom—. Ella no es importante. En realidad, no.

—Lo sé.

Tom le dio una palmada amistosa en el hombro y rodeó el Land Rover. Abrió la puerta del maletero. El hombre apagó el motor y lo siguió. Tom se subió al espacio de carga, tanteó con la mano en la oscuridad hasta que encontró la palanquita. Se oyó un chasquido. Retiró la protección que ocultaba el doble fondo y se metió dentro. El hombre le pasó el saco de dormir y Tom se acurrucó con el saco sobre el abdomen.

—Nos vemos dentro de dos horas —dijo.

315

12

*D*espués de llamar a Mikael Kask y darle las escasas señas que tenía del hombre, el personal sanitario había convencido a Vanessa para que se dejara llevar al hospital universitario Karolinska. Allí habían podido comprobar que la bala solo le había raspado una costilla y le habían curado la herida. Ahora estaba esperando en una pequeña habitación a que regresara el doctor que la había atendido.

Llamaron a la puerta y Trude Hovland y Mikael Kask entraron a verla. Traían semblantes serios, sus miradas recorrieron intranquilas todo el cuerpo de Vanessa, de abajo arriba.

—¿Lo habéis cogido?

—Desgraciadamente, no —dijo Mikael Kask.

Se sentaron como sincronizados en sendas sillas de visita y las acercaron hasta quedar a apenas un metro de la cama.

—¿Crees que tiene algo que ver con Tom? —preguntó Mikael con cuidado.

—No lo sé —dijo Vanessa. Se sentía confundida. Lo único de lo que estaba segura era de que no había sido Tom quien había aparecido en el andamio. Que la Legión o la Red de Södertälje hubiesen decidido dar un golpe justo ese día era poco probable—. Pero seguramente.

Se quedaron un momento en silencio.

—Vanessa, ¿tienes algún familiar o conocido al que podamos llamar?

La pregunta llegó de sopetón. La cogió por sorpresa. Vanessa apretó los labios, negó con la cabeza. Trude pareció entender el cambio en su estado de ánimo y se apresuró a cambiar de tema.

—Hemos encontrado varias cosas interesantes en el piso de Tom Lindbeck. Entre otras, fotografías de Alem Minassian y de Elliot

Rodger. Creemos que Tom es un *incel*. O al menos está muy influido por ellos.

—¿Qué es un *incel*?

Vanessa tenía la garganta seca. Tosió un par de veces, hizo un gesto en dirección al lavabo. Mikael Kask se levantó y abrió el grifo.

—*Incel* es el acrónimo de *involuntary celibacy* —dijo Trude—. Celibato involuntario. Un movimiento de decenas de miles de hombres en Internet unidos por su odio contra las mujeres. En Estados Unidos hay miembros vinculados al movimiento detrás de por lo menos cuarenta y cinco asesinatos. Alek Minassian y Elliot Rodger son dos iconos en la esfera *incel*. Asesinos en masa.

—¿No asesinos en serie?

—No.

Mikael le ofreció el vaso de plástico a Vanessa. Ella bebió con cuidado para no derramar el agua. Unas gotas le rezumaron por la barbilla y cayeron en la bata del hospital.

—Aún estamos elaborando un mapa sobre el círculo social de Tom. Pero parece reducirse a su sobrina. Mañana sabremos más.

Mikael Kask se retorció en la silla.

—Lo que nos inquieta es cómo te han podido encontrar tan deprisa.

—Y a Ove —añadió Trude—. ¿Has observado que te siguiera alguien?

—No —dijo Vanessa. Dejó el vaso de agua en la mesilla de noche.

—También hay otra cosa —dijo Mikael. Parecía incomodado—. Existe el riesgo de que te aparten del caso, teniendo en cuenta las circunstancias. Obviamente, me opondré a ello. Sin ti... Oscar Sjölander seguiría siendo el sospechoso. Lo mismo que Karim. Yo quiero que sigas. Si te ves con fuerzas. Pero la decisión la toman los de arriba.

Cuando se hubieron marchado, Vanessa se estiró en la cama.

Al otro lado de la puerta oyó pasos y las voces apagadas de las enfermeras. En el resplandor de la pantalla del móvil leyó un poco más sobre el movimiento *incel*. Sobre Alek Minassian y Elliot Rodger. Miró el vídeo de despedida que Elliot Rodger había grabado antes de matar a seis personas y herir a otras catorce en California. La detención de Alek Minassian después de que arrollara a veintiséis personas en Toronto con su furgoneta, matando a diez de ellas. Pero no estaban solos, había más. En Reddit había un grupo que contaba

317

con cuarenta mil miembros. Cuarenta y cinco vidas cobradas podían vincularse al movimiento *incel* en Estados Unidos.

Tom Lindbeck había sido delatado, ya no podría actuar libremente. Pero Vanessa estaba convencida de que Tom no desaparecería, no se rendiría así sin más. Algo más estaba por venir. Algo más grande. Pero ¿el qué?

Cerró los ojos e intentó dormir. A los veinte minutos tiró la toalla. Llamó a un taxi, se levantó, recogió su ropa y salió al pasillo.

13

*T*ras dos horas acurrucado en el espacio rehabilitado debajo de los asientos traseros, Tom pudo volver a estirar la espalda. Bajó la ventanilla un par de centímetros, disfrutó del aire fresco de la noche que se colaba dentro del habitáculo.

Fueron pasando por pequeñas localidades olvidadas a lo largo de la autovía E20. No habían conseguido matar a la furcia de la policía, pero sí la habían asustado. Le habían enseñado que podían actuar cuando menos se lo esperaba. Tom se sentía invencible, casi como un *Chad*. Según la terminología *incel*, los *Chads*, los hombres sexualmente exitosos, conformaban el veinte por ciento de la población masculina, pero se acostaba con el ochenta por ciento de las mujeres. Esa matemática era la que hacía que los hombres como Tom se quedaran sin pareja sexual. Incluso había visto gráficas que mostraban que, dentro de diez años, el veinticinco por ciento de todos los hombres sería *incel*.

Faltaban treinta kilómetros para llegar a Eskilstuna. Tom seguiría su camino hacia la E18, cambiaría de rumbo, se dirigiría al norte.

—¿Cómo se te ocurrió reformar el coche? —preguntó el hombre que iba a su lado.

—Los ciudadanos de Berlín Este solían modificar sus coches de esta manera —dijo Tom—. ¿Sabes qué estaba sintiendo cuando estaba ahí atrás? Libertad.

Vio una pequeña larva verde reptando por el salpicadero y se inclinó hacia delante. La cogió. Por un momento pensó en aplastarla entre las uñas.

—De pequeño, los chicos de mi clase solían arrastrarme al bosque que había detrás de la escuela. Al principio solo me pegaban y me escupían, pero luego se cansaban. Entonces se ponían a escarbar en el suelo en busca de escarabajos y lombrices que luego me obligaban a comer.

Tiró al bicho por la ventana, luego la subió.

—Pero un día, cuando llevaban unas semanas haciéndomelo, me di cuenta de una cosa: que lo peor no era comérmelos, sino que me obligaran a hacerlo. Así que en lugar de mantenerme apartado y tratar de esconderme cuando sonaba el timbre del patio, subí corriendo al bosque. Busqué los gusanos más gordos que pude encontrar. Cuando tuve las manos llenas comencé a agitarlos en el aire y a llamar a los demás niñatos. Cuando llegaron me metí todas las lombrices en la boca y me las comí.

El otro esbozó media sonrisa.

—¿Dejaron de fastidiarte?

Tom negó lentamente con la cabeza.

—Por un tiempo. Unos días, quizá.

El hombre tosió. Volvió el silencio dentro del coche. Fuera vieron otro pueblo dejado de la mano de Dios, como una isla de luz en mitad de la oscuridad.

320

—Métete aquí —dijo Tom—. Tengo hambre.

Estaban solos en la gasolinera. Tom quería dos salchichas vegetarianas y un botellín de agua. Se quedó en el coche para no arriesgarse a que lo captaran las cámaras de vigilancia. Echaba de menos las ratas. Probablemente, las sacrificarían a todas. Si hubiese tenido tiempo, las habría soltado antes de irse.

Una mujer de unos cuarenta años se bajó de un Peugeot de color gris. Sus miradas se cruzaron fugazmente antes de que ella apartara la cara. Nadie miraría para otro lado nunca más. Su rostro aparecería en todas partes, su nombre estaría en boca de todo el mundo. Ya sabía lo que iba a decir, había pulido cada frase al detalle mientras estaba en el hueco de debajo de los asientos. Pero tendría que esperar un poco. Hasta que no hubiese dado el golpe no podía hacer nada que pudiera poner en riesgo la acción.

La puerta del acompañante se abrió. Tom cogió las salchichas, bajó la ventanilla y dejó caer los panecillos al asfalto. El motor se puso en marcha.

—Espera un poco —pidió Tom.

—¿Por?

Tom le dio un gran bocado a la salchicha. Aunque no pudiera notar el sabor le gustaba la consistencia. Dejó que sus dientes fueran moliendo poco a poco la masa caliente. Tuvo tiempo de dar dos bocados más antes de que la mujer volviera a su coche. Tom la siguió con la mirada.

—¿De qué va eso?

—Es la última mujer que me ningunea —dijo Tom.

En el foro de *incels* se comentaba que una vez te habías tragado la pastilla negra, y habías comprendido que las esperanzas de conocer a una mujer se habían terminado, solo había tres caminos. Aceptarlo, quitarse la vida o hacer como Elliot Rodger. «*To go E.R.*», como se le solía llamar. Pero el hombre que tenía al lado había sugerido que había un cuarto camino. Una guerra de baja intensidad contra el sistema. Victoria Ahlberg, Emelie Rydén y Rakel Sjödin. Las tres eran *Staceys*. Diosas del sexo. Perfección genética.

A Victoria y a Emelie Rydén, Tom las había estado vigilando desde la primera vez que las había visto en el Centro Penitenciario de Åkersberga, adonde habían acudido para dejarse follar por sus machos alfa. Por mucho que Tom había elegido el camino de Rodger, había querido ayudar. Cuando las féminas entregaron sus teléfonos móviles en recepción, él los hackeó. Se lo había montado para poder hacer un seguimiento de la actividad telefónica tanto de Victoria como de Emelie, pinchar sus llamadas, ver dónde se encontraban. Ni Tom ni el hombre al que había ayudado habían tenido ninguna expectativa de que Eyup Rüstü ni Karim Laimani fueran a ser condenados. Lo que sí sabían era que, cuando los investigadores, finalmente, se dieran cuenta del error que habían cometido, ya sería demasiado tarde. La policía siempre buscaba a hombres violentos del entorno de las mujeres asesinadas.

Era el crimen perfecto.

El asesinato de Rakel Sjödin había sido diferente. Un bonus que había surgido cuando Katja le contó la relación que su amiga mantenía con Oscar Sjölander. Más improvisado. Además, era una oportunidad de destrozarle la vida a un auténtico *Chad*. Sin embargo, en el fondo Tom no creía en la baja intensidad. El camino de Rodger y Minassian era mejor. Notablemente más efectivo. Otra manera, que muchos *incel* comentaban, eran ataques con ácido. Abrasarles la cara a unas *Staceys* elegidas para mostrarles lo que era realmente el sufrimiento.

Abandonaron la gasolinera, se incorporaron a la autovía.

—Tu sobrina, Katja, ¿a ella también la odias?

Tom se encogió de hombros. Visualizó la cara de Katja. Ella era una *Becky*. Una mujer de aspecto normal, pero también ellas aspiraban a ser folladas por *Chads*.

—Ella nunca se habría relacionado conmigo si no fuéramos familia. Y por mucho que yo sea su tío, no puede dejar de despreciarme, aunque no se dé cuenta.

14

$\mathcal{N}$icolas abrió la puerta al ver que la que estaba ahí fuera era Vanessa. Asomó la cabeza al rellano, comprobó que no hubiera nadie y luego cerró con llave.

Vanessa se dejó caer en el sofá.

—Lamento presentarme de esta manera, pero no tenía adónde ir —dijo—. No me he visto capaz de quedarme en el hospital.

—¿Qué ha pasado? —le preguntó Nicolas, y le pasó la mano por la frente. Estaba pálida.

—Me han atacado. En casa, en el piso.

Le resumió los acontecimientos de las últimas horas, todo lo que había pasado desde que lo había dejado delante del Seven Eleven de Scheelegatan. La explosión en Lilla Essingen. El paseo hasta casa. La aparición repentina del hombre en el andamio. El tiroteo. Las palabras salían en torrente de su boca. Inconexas. A golpes. Quizá era por la morfina que debían de haberle administrado. Quizá era por su presencia. Por el hecho de saber que entendía lo que ella le estaba contando, a pesar de todo. Esperaba que así fuera. Vanessa se subió la camisa arrugada y le mostró el vendaje.

—¿Y tu compañero, al que han disparado?

Ella negó con la cabeza.

—Le han dado en la espalda. Está entre la vida y la muerte.

—Me alegro de que tú estés bien.

Nicolas la cogió de la mano, le acarició el reverso con el pulgar antes de soltarla enseguida. Estiró la espalda. Miró intranquilo a Vanessa. Trató de dilucidar si la habría incomodado, pero su rostro se mostraba inexpresivo.

—¿Quieres tomar algo? ¿Agua? ¿Té? —preguntó.

Vanessa dijo que sí con la cabeza.

323

—Un té estaría bien.

Después de poner el agua a calentar volvió al salón y ella le sonrió levemente.

—Lamento haberme enfadado cuando me contaste que te ibas a Londres —dijo—. Fue muy infantil por mi parte. Me alegro por ti.

—No hace falta que te disculpes. Te voy a echar de menos.

—¿Ah, sí? —preguntó ella.

—Sí.

La preocupación comenzó a mitigar. Ahora ella estaba aquí. Con él. Nicolas se alegraba de que hubiese elegido ir a su casa. Si le hubiese pasado algo a Vanessa... No, no podía permitirse darle espacio a ese pensamiento, desarrollarlo. La miró de reojo. Vanessa tenía la cabeza apoyada en el respaldo del sofá, estaba cerrando los ojos.

Nicolas regresó con dos tazas humeantes.

Se quedó un momento de pie en el centro del salón, contemplando la cara dormida y apacible de Vanessa. Dejó las tazas en la mesita de centro. Se inclinó y la levantó con cuidado.

Nicolas llevó a Vanessa en brazos por el piso y la acostó en la cama del dormitorio contiguo.

Ella lo miró con ojos entreabiertos.

—Gracias —murmuró.

Estiró una mano hacia Nicolas, le acarició el antebrazo. El contacto físico le quemó en la piel, lo reconfortó hasta el músculo. Nicolas tapó a Vanessa con el edredón y apagó la luz, luego se tumbó a su lado, juntó las manos detrás de la cabeza y se quedó mirando al techo.

Parte VII

Me tomaré una cerveza en honor a cada víctima que resulte
ser una mujer de entre dieciocho y treinta y cinco años.

HOMBRE ANÓNIMO

1

A través del cristal, Vanessa vio al hombre que la enfermera le había asegurado que era Ove. Yacía en la oscura habitación de hospital, con una mascarilla cubriéndole la parte inferior de la cara. Aparatos que se erguían alrededor de la cama, manteniendo la muerte a raya.

Tocó la manilla de la puerta sin lograr decidirse. Al final entró, se quedó de pie a los pies de la cama. Deslizó la mirada por su cuerpo, hasta la cara tapada. Recordaba a Ove como un hombre grande y corpulento, pero aquí dentro se le veía pequeño y miserable.

Notó un escozor en el ojo. Vanessa se apresuró a enjugarse la mejilla y lanzó un rápido vistazo al pasillo para asegurarse de que el agente de policía de fuera no se hubiera dado cuenta. Retiró la silla de visitas, anduvo con cuidado de no golpear ninguna de las máquinas.

La gente confiaba pocas veces en Vanessa. Solían pensar que era complicada y difícil de entender. Ove también, seguramente. Pero ya desde el principio le había mostrado, a su manera ruidosa, que confiaba en ella.

—No te mueras —susurró.

Si Ove hubiese sabido que Vanessa estaba allí sentada hablando sola, se habría reído de ella. Buscó en la memoria, trató de recordar si alguna vez le había expresado el aprecio que le tenía. Lo más probable era que no. No era su estilo, de la misma manera que no se veía capaz de contarle a Nicolas lo que él significaba para ella. Pero algo le decía que Ove lo sabía de todos modos. Si es que podía saber o sentir algo, ahí en la cama.

Vanessa quería hablar con él. Le daba igual si resultaba ridículo y él no la podía oír.

327

—Lo que me pregunto es por qué te disparó —dijo en voz tan baja que apenas era audible—. No es propio de él. Él no mata a hombres, él mata a mujeres. Entiendo que Katja dijo algo que lo puso nervioso. Pero podría haber desaparecido. Huido. A lo mejor era algo personal, quizá se cabreara porque nos habíamos acercado demasiado. Pero yo creo que no. Yo creo que sabía lo que hacía.

Vanessa sacó el móvil, lo sostuvo en la mano. Miró directamente a la cámara mientras puso en marcha la grabadora de voz y se acercó el micrófono a la boca.

—Sé que puedes oír esto, Tom Lindbeck. Sé que estás en mi teléfono, en mi vida, desde la segunda vez que fuimos a interrogar a Karim Laimani al centro penitenciario. ¿O quizá desde la primera? Es así como trabajas. Eres un pobre cobarde.

Destrozó el teléfono a pisotones.

—Me gustas, Ove —dijo, asintiendo lentamente con la cabeza—. Eres una buena persona. Alguien que persigue el bien, que no juzga a los demás. Cuando te recuperes, nos comeremos un *wrap* en mi coche.

328

El taxi se fue arrastrando por una Estocolmo que parecía inmóvil. Al principio el taxista trató de charlar un poco, pero se quedó callado al observar que Vanessa no hacía ningún esfuerzo por mantener viva la conversación. Subió el volumen de la radio y se fue quejando en voz baja de otros conductores.

Tom Lindbeck podía hallarse en cualquier parte del país. O solo o en compañía de algún ayudante. Vanessa se inclinaba más por lo segundo. Dudaba que el hombre que había tratado de matarla trabajara con alguien que no fuera Tom Lindbeck.

La búsqueda de este se había desarrollado hasta convertirse en la mayor operación policial desde el atentado terrorista de Drottninggatan. Pero Vanessa estaba convencida de que ya no se encontraba en Estocolmo. Al menos por el momento.

Después de comer se iba a celebrar una rueda de prensa en la que el comisario, acompañado de un portavoz, haría público el nombre de Tom Lindbeck y sus señas. Lo describirían como extremadamente peligroso e informarían a la población de que, con toda probabilidad, iba armado.

Vanessa se había despertado en la cama de Nicolas, rodeada de su brazo. Pese a estar tan cerca el uno del otro que Vanessa había podido notar su respiración tranquila en la nuca, pegó la espalda a él. Demoró el momento de levantarse. Deslizó los dedos por su antebrazo. Posó su mano sobre la de él. Al final salió de un salto de la cama y se duchó a toda prisa, y bajó corriendo al taxi que la estaba esperando.

Al día siguiente, Nicolas se iba a Londres. Era mejor así, para ambos. Ella no tendría que darle vueltas a la cabeza. Él podría dedicarse a algo útil. Sin ello, acabaría sucumbiendo. Nicolas necesitaba una motivación. Llenar los vacíos que ella sabía que estaban ahí. Vanessa jamás podría hacerlo. Ella también estaba llena de vacíos. Y aunque hubiese podido, Nicolas no lo habría querido. Vanessa sabía que le gustaba, pero probablemente no lo suficiente como para renunciar a su propia vida.

Y eso era algo que ella respetaba. La vida no era como en las películas.

Al otro lado de la ventanilla vio pasar la isla de Kungsholmen a toda prisa.

Su otro teléfono, el que hasta ahora solo había usado para sus informantes, comenzó a sonar.

—¿Cuándo tardas? —preguntó Trude.

—Llego en dos minutos —respondió Vanessa.

329

2

*E*l Bollo se colocó delante del semicírculo de reporteros. Se cruzó de brazos y se aclaró la garganta. Los periodistas callaron, doblaron los periódicos que habían tenido abiertos a la espera de que arrancara la reunión. El Bollo se paseó lentamente por delante de todos sin mentar palabra. Después de dedicarles una mirada a todos y cada uno se detuvo. Irguió la espalda.

—Buen trabajo. —Alzó un ejemplar de *Aftonposten*—. Los estamos destrozando. No tienen nada que aportar. ¡Nada!

Lanzó el periódico al aire, donde se desplegó para luego caer deslizándose hasta el suelo.

—Hacer un periódico es un trabajo en equipo, soy el primero en afirmarlo, pero... Max Lewenhaupt —dijo el Bollo, y señaló a Max—. Primera plana y el titular más grande. Un aplauso.

Jasmina se sumó a la celebración. A lo mejor eran imaginaciones suyas, pero ¿podía ser que Max no se mostrara tan altanero como de costumbre cuando lo elogiaban? Agachó la cabeza y, al terminar el aplauso, miró de reojo a Jasmina.

—Hoy continuaremos de la misma manera. Ya sabéis todos y todas lo que tenéis que hacer.

Jasmina dio la vuelta para volver a su escritorio, pero el Bollo la retuvo.

—¿Tienes un minuto?

La dirigió al despacho de Tuva Algotsson y la dejó pasar primero. Tuva sonrió afable. La puerta se cerró detrás de Jasmina y el bullicio de la redacción se apagó.

—Bien hecho, Jasmina. Rápida y efectiva. Como supongo que entenderás, estamos mirando las opciones de publicar el nombre de Tom. Contar la historia de su vida. Hoy van a registrar su domicilio y seguro que aparecerán más datos. Max es el responsable de conseguir detalles, y cuando lo haya hecho quiero que tú lo ayudes a redactar un artículo. ¿De acuerdo?

—Sí.

Sería el texto más importante del día siguiente. Que Tuva quisiera que Jasmina participara en su redacción significaba que valoraba su trabajo.

—Bien.

Tuva se estiró para coger su café. Jasmina observó que era un café comprado, de la cafetería italiana de la acera de enfrente.

—Lo importante es que no nos olvidemos de toda la historia. Ayer soltaron a Oscar Sjölander. Quiero que intentes hacerle hablar. Lo más probable es que se vaya del país en los próximos días, así que es importante que vayas a buscarlo lo antes posible.

El Bollo, que había permanecido callado con las narices metidas en el móvil, le pasó una nota escrita a mano a Jasmina.

—Nos ha llegado el dato de que se esconde en este hotel.

Jasmina escudriñó la retorcida caligrafía. El informante incluso tenía un número de habitación. ¿El portero? ¿El recepcionista? Oscar Sjölander había estado retenido, acusado de haber asesinado a Rakel Sjödin. Aunque fuera inocente, su carrera televisiva se había terminado. Los testimonios de su agresividad contra mujeres eran de conocimiento público. Ningún canal querría tocarlo ni con un palo.

Jasmina cogió el papel y se levantó de la silla.

—Voy directa para allá.

3

$\mathcal{T}$rude Hovland dejó la caja de Ikea en una de las mesas plegables que los técnicos de la Científica habían llevado y estaban usando para clasificar todo lo que iban encontrando en el piso.

En la caja había cientos de fotos. Todas estaban meticulosamente indizadas en el reverso, con fecha y lugar. En el domicilio de Tom Lindbeck había cinco técnicos trabajando en monos blancos, habían obtenido el permiso hacía apenas unas horas, después de que la Unidad de Explosivos hubiese confirmado que el sitio era seguro. Un olor dulzón a podredumbre y a suciedad acumulada flotaba en el aire. Vanessa respiraba con la boca abierta para no sufrir arcadas.

—¿Cómo podía soportar este olor?

—Según la sobrina es anósmico —dijo Trude—. Carece de sentido del gusto y del olfato.

Vanessa cogió un puñado de fotos.

—Entonces, si lo he entendido bien —dijo mientras las examinaba—, la explosión debió de ser una granada. Al empotrar la puerta, saltó el seguro. Tom vio el equipo de asalto a través de la cámara que había instalado en el hueco de la escalera. Abrió la ventana, donde colgaba una cuerda, y subió al tejado. Corrió en dirección al puente.

—Correcto. La última puerta del tejado, la que queda más cerca del puente, no estaba cerrada con llave. Bajó por la escalera. Lo que no sabemos es cómo abandonó la isla.

Casi todas las fotos eran de mujeres ligeras de ropa en espacios públicos. Probablemente, inconscientes de que Tom las estaba fotografiando.

—La cosa se pone peor —dijo Trude.

Le pasó un grueso sobre de tamaño DIN A4 a Vanessa, que lo pesó en la mano. Lo abrió. Al principio no entendía lo que estaba viendo. A diferencia de las otras fotos, estas eran borrosas y oscuras. La primera estaba sacada de noche, a través de una ventana. Se veía a tres personas desnudas en una cama. Dos hombres y una mujer. Sus cuerpos, enredados. En otra, una pareja consumía cocaína y practicaba sexo.

—Documentar la vida privada de las personas parece haber sido una especie de *hobby* perverso. Hemos encontrado grabaciones en un viejo disco duro.

—¿Grabaciones?

Trude asintió con la cabeza.

—Vídeos. Y audios. Ha grabado a gente en sus casas. Conversaciones. Sexo. Broncas. Ha montado vídeos y les ha puesto música de fondo.

Vanessa dejó el sobre con fotos y se quedó mirando el salón. Los muebles eran pesados y anticuados. Si no hubiese sabido que Tom Lindbeck tenía treinta y tres años, habría dicho que en esa casa vivía alguien mucho mayor.

Le vino a la memoria lo que Ivan le había contado a Nicolas: que los carceleros solían mirar cuando Victoria Ahlberg se acostaba con su novio.

—¿Hay grabaciones del centro penitenciario?

—Todavía no lo sé. No hemos tenido tiempo de revisar todo el material. Todos los armarios están llenos de cajas viejas, papeles, basura y cartones. ¿Estás pensando en algo en concreto?

—Victoria Ahlberg.

—Aún no hemos encontrado nada vinculado a ella. Pero tampoco hemos encontrado nada que sugiera que Tom Lindbeck tenga nada que ver con los asesinatos de Rakel y Emelie. Aunque es probable que lo hagamos en las próximas horas. Ahora me gustaría enseñarte otra cosa.

Se metieron en un despacho. El mal olor se intensificó. Cerca de una pared, el suelo estaba delimitado por una pantalla de plástico de medio metro de altura, tras la cual se apretujaban ocho ratas grandes entre restos de comida podrida, huesos de pollo raídos y excrementos. Vanessa se acercó un poco, miró dentro. Seis de las ratas tenían las colas atadas entre sí. Ninguna podía moverse si las demás no la seguían. Los animales chillaban y arañaban el plástico con las uñitas.

Trude se puso al lado de Vanessa.

—Es lo que se conoce como un rey de las ratas —dijo—. A veces ocurre en la naturaleza, cuando las cosas se pegan por culpa de la sangre y las deposiciones. Este lo ha hecho él mismo con ayuda de alambre. En el dormitorio hemos encontrado varios libros de ratas. Casi tantos como de sexo y masculinidad.

Trude se acercó al escritorio y volvió con una libreta, la abrió.

—Las ha estudiado de cerca. Mira esto —dijo.

El rey de las ratas y las ratas sueltas estaban clasificadas por columnas. Tom había ido anotando sus pesos, tamaños y colores. Diagramas y tablas pulcras.

—¿De dónde ha sacado las ratas?

—Parques, el sótano, quién sabe... Hemos encontrado trampas con las que suponemos que las ha atrapado.

Vanessa se dio la vuelta, se acercó a la ventana.

El tráfico en la avenida Essingeleden era denso, avanzaba poco a poco. Gente de camino al trabajo, a las segundas residencias, a citas amorosas. Cada persona en su propio universo de pensamientos prohibidos, angustia, familias rotas, fantasías eróticas. Igual que Tom. Este era su mundo. Había estado solo en él. No había sabido cómo hacer para conocer a otras personas fuera de él. Por eso se había obsesionado con meterse en la vida de los demás. Descubrir sus secretos. Pero ¿por qué se conformaba con espiar a algunas mujeres mientras a otras las mataba? A lo mejor era tan simple como que se pensaba que había encontrado la manera de salir indemne.

En el alféizar de la ventana había una tira de papel. Vanessa se inclinó. Una entrada para un partido de Damallsvenskan, la liga de fútbol femenino de primera división, entre el Djurgården y el Linköping, en Stadion. Se fijó en la fecha, sábado 4 de mayo. Inicio del partido, 11.30 horas. El corazón le dio un vuelco. Sin duda, a Tom Lindbeck le había dado tiempo de ir en coche desde Tyresö hasta el Estadio de Estocolmo. Pero entre medio tenía que trasladar el cuerpo de Rakel desde la casa de verano hasta el agua, ir al domicilio de Oscar Sjölander en Bromma y colocar el arma homicida y el jersey ensangrentado en la papelera. Los tiempos no encajaban.

Tom Lindbeck no había matado a Rakel Sjödin.

—¿Trude? —Un técnico asomó la cabeza por la puerta—. Hemos encontrado algo peculiar en la nevera. Ven.

334

Vanessa los siguió hasta la cocina. Uno de los técnicos estaba sujetando un pequeño tarro de plástico. Vanessa no podía ver qué había dentro.

—¿Qué es eso? —preguntó Trude.

—Creemos que es esperma —respondió su compañero.

335

4

$\mathcal{N}$icolas oyó un silbido a su espalda y se dio la vuelta. Celine lo saludó con la mano. La mochila comenzó a botar cuando la niña aceleró el paso. Él aguantó la puerta del portal con el pie. Ahora no le quedaba otra que contárselo, decirle que se mudaba.

—¿Te vienes al centro? —le preguntó ella.

—Hoy no. —Nicolas no podía seguir callándoselo. Si lo hacía, terminaría por desaparecer sin despedirse—. ¿Tienes un momento para hablar?

—Tendrá que ser rápido. Solo vengo para dejar la mochila, luego me voy al centro a comprarme ropa. Mañana voy al Pussy Power.

—Seré breve.

Celine lo miró con suspicacia.

—¿He hecho algo malo?

Por un segundo, a Nicolas le pareció atisbar una pizca de inseguridad en aquel rostro siempre tan seguro de sí mismo.

—No —se apresuró a decir.

Ella se encogió de hombros.

—Vale.

Nicolas señaló un banco en el patio interior. Antes de sentarse limpió la madera con la mano. Celine se puso la mochila en el regazo y la abrazó.

—¿Necesitas que te preste dinero o qué?

Se rio por lo bajini. Nicolas esbozó una sonrisa. Negó con la cabeza. Hizo de tripas corazón, pero Celine se le adelantó con otro tema.

—He estado entrenando. A aguantar la respiración.

Nicolas la miró sin entender.

—En la bañera. Para poder hacer el servicio militar. Me dijiste que puedo hacer lo que quiera, si realmente lo deseo. Ahora ya puedo aguantar sin aire cuarenta y siete segundos. Bien, ¿no?

Celine lo miró llena de expectación.

—Me voy a mudar. A Londres.

La niña no se inmutó.

—¿Cuándo?

Una urraca dio unos brincos delante de una papelera.

—Mañana.

Pequeños espasmos alrededor de sus ojos.

—Ah, vale. Ya nos veremos. Ahora tengo que irme.

—¿No quieres saber por qué?

Celine se echó la mochila a la espalda y se puso a caminar. Nicolas se puso en pie, la alcanzó y le puso una mano cautelosa en el hombro.

—Celine, espera. Lo siento, pero no me queda otra opción.

Con cuidado, le hizo dar la vuelta y, para su asombro, vio que Celine estaba llorando.

—Volveré a casa de vez en cuando y vendré a verte. Podremos ir a nadar. O a bucear. Te lo prometo.

Ella no dijo nada. Una lágrima corrió lentamente por su mejilla. Nicolas tendió una mano hacia Celine, pero ella se la apartó.

—No será lo mismo.

Nicolas no tenía ninguna intención de mentirle a base de contradecirla. La abrazó suavemente y le pegó la cara a su pecho. Ella se dejó rodear. La tela de la camiseta se humedeció con su aliento. Nicolas le pasó una mano por el pelo lacio mientras la sostenía.

—Será como antes de que vinieras a vivir aquí —dijo ella entre sollozos—. ¿No te das cuenta? No tengo amigos. Eres la única persona que me entiende. A quien le caigo bien. Por favor, Nicolas, no me dejes.

—Tengo que hacerlo —dijo él en voz baja—. Lo siento, pero tengo que hacerlo.

Tragó saliva. Contuvo el nudo en la garganta.

—No, Nicolas. Por favor. No puedes.

Celine se liberó de sus brazos. Comenzó a pegarle.

—¡No puedes! —gritó—. ¡No puedes! ¿Me oyes? ¡No puedes dejarme!

337

5

Jasmina bajó la mano y se quedó esperando. Le resultaba desagradable ser intrusiva, pero sabía que formaba parte del trabajo. Pegó la oreja a la puerta, aguzó el oído en busca de señales de vida, pero dentro reinaba un silencio sepulcral. Todos los trabajos tenían sus contras, y el de reportera no era menos.

Volvió a llamar con los nudillos.

Más fuerte.

Por unos segundos se imaginó el cuerpo inerte de Oscar Sjölander allí dentro, con las muñecas rajadas en la bañera, o colgando de una cuerda del techo.

La puerta de la habitación 1316 se abrió y una cara barbuda se asomó por la ranura.

—¿Sí?

Oscar Sjölander entornó los ojos por la luz que inundaba el pasillo. Sus labios temblaron mientras esperaba a que ella dijera algo.

—Me llamo Jasmina Kovac y soy reportera de *Kvällspressen*. ¿Podría hablar un momento contigo?

El alivio que había sentido de hallarlo con vida se esfumó. Jasmina tensó el cuerpo, se preparó para recibir una bronca, pero él se limitó a mirarla tranquilamente.

—¿Qué hora es? —preguntó con voz ronca.

—La una menos veinte.

Oscar abrió la puerta y dio media vuelta. Llevaba un albornoz blanco de hotel. Debajo, solo calzoncillos y una camiseta. Las cortinas estaban corridas. Jasmina entró y se quedó delante de la puerta del baño. Delante de la ventana había un sillón y una mesita de centro. Oscar descorrió un poco las cortinas, una fina estría de luz se coló en el cuarto.

338

—¿Por qué te han enviado justo a ti? —preguntó.

Balbuceaba, Jasmina echó un vistazo a la mesita de noche. Pastillas, botellitas pequeñas de alcohol del minibar.

La situación le parecía inadecuada. Las políticas del periódico exigían que los entrevistados estuvieran sobrios. El hombre que tenía delante estaba claramente bajo el efecto de algo, lejos de contar con sus facultades al cien por cien.

—¿Crees que es porque eres una mujer joven? ¿Porque me gustan las mujeres jóvenes?

Las mandíbulas de Oscar Sjölander se iban moviendo mientras la observaba con mirada hueca.

En la habitación hacía calor. Había humedad. Olía a cerrado. ¿La cama o el escritorio? Jasmina retiró la silla de la mesa, la giró para encararla a Oscar.

—A lo mejor —dijo con sinceridad—. O quizá porque los dos somos de Växjö.

Oscar soltó una carcajada desprovista de toda alegría.

—Eso no te lo crees ni tú —dijo, de pronto serio—. Pero bueno, te daré algunas citas, Jasmina de Växjö.

Oscar comenzó a pasearse de aquí para allá entre la cama y el sillón. El cinturón del albornoz se arrastraba por el suelo.

Tenía aspecto de animal atormentado, herido de bala.

—Mi mujer me ha dejado —dijo, y se detuvo delante de Jasmina—. No quiere saber nada de mí, y no se lo puedo reprochar. Me he comportado como un auténtico cerdo.

Jasmina se apoyó el dictáfono en el muslo, lo puso en marcha.

Era surrealista. Las palabras que Oscar Sjölander dijera ahora iban a ser leídas por cientos de miles de personas, quizá millones. El texto saldría citado en todas partes. Haría que Jasmina fuera conocida en toda Suecia. No tendría que preocuparse de si tendría trabajo en los próximos diez años. Pero debía concentrarse en lo que Oscar Sjölander decía, prolongar su estancia al máximo. Él podría terminar la entrevista en cualquier momento y echarla de allí.

—Lo único que pido es que la gente deje en paz a Therese y a mis hijas. Que las mantengan al margen de todo esto.

Se hizo un silencio.

—¿Qué vas a hacer ahora? —preguntó Jasmina con tacto.

—Mi carrera profesional se ha terminado. Todo el trabajo que

339

he hecho ha sido en vano. No me malinterpretes. Es culpa mía. Solo mía. Ningún telespectador podrá volver a mirarme jamás sin pensar en mí como un cerdo infiel. ¿Que qué voy a hacer? No lo sé. Para empezar, a lo mejor me voy lejos, muy lejos. Para evitar las miradas, el desprecio.

Se dejó caer en la butaca. Se metió el nudillo del dedo índice entre los labios, lo chupó.

—Ya nada tiene ninguna importancia —dijo en voz baja—. ¿Lo entiendes? No importa lo que pase conmigo. Que ya no sea sospechoso de la muerte de Rakel, eso no cambia nada. Todo lo que alguna vez significó algo ha desaparecido. Quizá lo mejor es que me muera.

Oscar hundió la cabeza en las manos. De repente alzó la mirada, turbia y hostil.

—A lo mejor *Kvällspressen* quiere emitir en directo mi suicidio. Sería bueno para los clics. Luego compráis también los derechos del funeral. Cerrando el círculo.

Negó con la cabeza.

—Ahora quiero que te vayas.

340 Para su asombro, Jasmina notó que estaba sintiendo lástima por él. Delante tenía a una persona cuya vida había sido arrasada. Si había alguien que sabía lo que quería decir que te privaran de tu dignidad, esa era ella. Romperse en pedazos. Verte reducida a un animal estresado.

Lanzó una mirada a las pastillas, se preguntó si serían suficientes para que Oscar Sjölander se pudiera suicidar. Se obligó a sí misma a centrarse.

—Una última cosa. ¿Quieres decirle algo a la familia de Rakel Sjödin?

Oscar Sjölander entrelazó las manos sobre la rodilla.

—Solo que era una persona maravillosa que no se merecía lo que le ha pasado —murmuró.

Jasmina se levantó. Quería salir. Irse. Metió la silla debajo del escritorio y recogió sus cosas.

De camino a la puerta se detuvo, se volvió hacia Oscar. Él la miró desconcertado.

—Fui violada en grupo —dijo Jasmina—. Tres hombres me drogaron, me violaron y me maltrataron tanto que luego apenas pude mantenerme en pie. No lo denuncié, ni se lo conté a nadie. Por la vergüenza que sentía. Por el miedo. Sigo estando muerta de miedo. Tengo pesadillas. Pero decidí sobrevivir. No es que mi vida sea una fiesta, pero si no, ellos ganarán y las violaciones continuarán. Cada día, cada hora. Haz algo útil con tu vida. Es lo que yo pienso hacer.

Mientras salía por el *lobby* del hotel miró el teléfono. La había llamado un número desconocido. Miró las cifras y justo en ese momento el móvil comenzó a sonar de nuevo.

—¿Cómo ha ido, lo tienes? —preguntó el Bollo lleno de excitación.

Las puertas se deslizaron delante de Jasmina.

—No estaba —mintió.

Jasmina era periodista, quería salir adelante, convertirse en alguien, pero, por encima de todo, era una persona. No debería haber entrevistado a Oscar Sjölander, el hombre apenas era consciente de lo que decía. Su cerebro era incapaz de tomar decisiones racionales.

Era un titular del que Suecia podía prescindir.

Ella no pensaba exponer a la familia de Oscar Sjölander a esto. Ya habían sufrido lo suficiente. Que el trabajo sucio lo hiciera otro.

6

*D*espués de solicitar un arma de servicio nueva, Vanessa se metió en su despacho y cerró la puerta. Necesitaba estar sola. Dejó la pistola nueva sobre la mesa, bajó las persianas y se quedó de pie con los brazos colgando.

La peste del piso seguía impregnada en su ropa. Quería ducharse, sentirse limpia. Pero no la dejarían acceder a su piso hasta más tarde. Si quería lavarse, tendría que bajar al gimnasio de la comisaría o reservar habitación en un hotel.

Todos los policías del país estaban buscando a Tom Lindbeck. Pero la entrada del partido en el Estadio de Estocolmo indicaba que no era él quien había asesinado a Rakel Sjödin. Si es que había ido al partido. ¿Por qué iba a ir un hombre que odia a las mujeres a un partido de Damallsvenskan? ¿Estaba intentando engañarlos con una falsa coartada? No, seguro que Tom Lindbeck sabía que hacían falta más pruebas que eso. Vanessa pensó en el hombre que la había disparado. ¿Era él quien había matado a Rakel?

Vanessa encendió el ordenador, un memorando interno había sido enviado a todos los investigadores con los escasos datos que se habían podido recopilar sobre el *background* de Tom Lindbeck.

Había nacido en 1986 en Trelleborg. Padre desconocido. Cuando Tom tenía cuatro años, su madre Agata Lindbeck se mudó con él y con su hermanastra Ingela, de doce años, a Farsta, Estocolmo. Tanto la madre como Ingela estaban muertas. La madre en 2006, Ingela tres años más tarde. Aparte del contrato en la Agencia de Servicios Penitenciarios, donde llevaba cuatro años trabajando, había trabajado como fotógrafo *freelance* para *Kvällspressen* como único cliente.

El memorando se iría completando a lo largo de la jornada con nueva información, había catorce investigadores dedicados a entrevistar a personas del entorno más próximo de Tom Lindbeck —compañeros de trabajo, vecinos, la sobrina—, para así poder generar una imagen más clara del hombre más buscado del país.

Tras la conferencia de prensa, todas las grandes redacciones habían hecho público su nombre. Los canales de televisión iban repitiendo cortes de vídeo de las declaraciones del comisario.

El teléfono empezó a sonar. Mikael Kask. Vanessa oyó al instante que eran malas noticias.

—Lo siento, Vanessa. Los jefes temen que los periodistas empiecen a hurgar en aquel asunto de conducción ebria que te apartó del cuerpo el año pasado. Quieren que descanses, también teniendo en cuenta lo que ha pasado en tu piso. Me parece de lo más injusto, sinceramente. Sé lo que habéis significado tú y Ove para este caso.

Mikael sonaba tenso, debía de esperarse que Vanessa se pondría como una mona. Pero ella solo sintió indiferencia.

—Está bien, Mikael. Gracias por intentarlo.

—¿Seguro? —dijo él sin poder disimular su asombro.

Vanessa titubeó.

—Sí. Sé que te va a parecer una locura, pero ya no tengo tan claro que Tom haya asesinado a Rakel Sjödin.

—¿De qué estás hablando?

La voz de Mikael había pasado de pedir disculpas a sonar irritada.

—En su piso había una entrada para un partido en el Estadio de Estocolmo. El partido tuvo lugar el cuatro de mayo a las once y media. Si realmente fue él, no cabe ninguna posibilidad de que tuviera tiempo de mover el cuerpo de Rakel y luego llegar a Bromma.

—Puede haberse hecho con esa entrada en cualquier sitio. Puede haberla encontrado en la calle y haberla guardado. Puede haberla comprado sin ir. ¿Estamos de acuerdo?

—A lo mejor sí. Pero me parece oportuno que lo sepáis. Al menos, mirad las cámaras del estadio.

—Partimos de la idea de que Tom ha asesinado también a Rakel Sjödin. Todo apunta a ello.

—Haced como queráis, pero también deberíais buscar un autor alternativo del crimen. Al menos del asesinato de Rakel.

Colgó.

Sin ella y Ove, nadie habría llegado a conocer a Tom Lindbeck.

343

Y él estaba implicado, de alguna manera. Pero había otra persona ahí fuera. Vanessa estaba convencida de ello. Dos años atrás habría llamado a todos los jefes que tuviera. Dando voces. Gritando. Tratando de que la vincularan de nuevo con el caso. En cambio, ahora comenzó a recoger sus pertenencias.

Sus ojos se detuvieron sobre la nueva arma de servicio. Vanessa la pesó en la mano. Notó la densidad del metal. La seguridad que infundía. No era ninguna fetichista de las armas, pero había situaciones del oficio en las que necesitaba ir armada. Como en Latinoamérica el año anterior. O como ayer. Metió la pistola en la bolsa y cerró la cremallera.

Vanessa abandonó la comisaría, dejó el coche aparcado en el garaje y se fue caminando en dirección al metro de Rådhuset.

7

*B*örje cogió las escaleras mecánicas para subir al andén de Farsta. Estaba casi vacío. Al fondo descubrió a Elvis, que iba sentado en su silla de ruedas motorizada con una lata verde de cerveza en la mano. No sabía cómo respondería Elvis a sus disculpas, si las aceptaría siquiera. Estaba angustiado ante la posibilidad de que fuera a rechazarlo. Ya había perdido a Eva y no soportaba la idea de perder también al único amigo que tenía.

Elvis tenía la mirada perdida en los bloques de pisos. Hasta que Börje no llegó justo a su lado no giró la cabeza con un sobresalto.

Börje se movió inquieto en el sitio.

—¿Te he asustado?

Elvis negó lentamente con la cabeza.

—Te he visto venir —dijo, y se señaló los ojos con el muñón—. Mirada de halcón. Lo he heredado de mi vieja.

—Quería pedirte perdón, Elvis. Te dije cosas que… joder, me siento avergonzado. Eres mi único colega. Lo sabes, ¿verdad? Sé que solo pretendías ayudarme cuando escondiste las botellas.

Elvis asintió sin decir nada y sin quitar los ojos de Börje. Luego dejó al descubierto sus dientes parduzcos con una sonrisa.

—Disculpas aceptadas. Gran corazón y alma perdonante, también eso lo he sacado de mi madre. Pero oye, ¿qué te ha pasado en la jeta?

—Pensaba arrojarme a las vías del tren. Pero terminé en el cuartucho, con los vigilantes.

—Te dieron una buena tunda, por lo que veo. Te lo tienes merecido —dijo Elvis, y le guiñó un ojo—. Ahora ya somos dos los que hemos fracasado intentando suicidarnos aquí.

El tren que venía del centro frenó detrás de ellos. Una veintena de pasajeros se bajaron. Uno tras otro se dirigieron a las escaleras mecánicas. Pero una mujer rubia se desprendió de la muchedumbre y puso rumbo a Börje y a Elvis. Cuando estuvo un poco más cerca, Börje vio que era Vanessa Frank.

—Te he llamado.

Börje sacó el teléfono. La pantalla estaba negra. Muerto.

Elvis hizo un giro y aparcó al lado de Börje, señaló la cesta de la silla de ruedas eléctrica.

—¿A la señorita le apetece una cerveza?

—Gracias, estoy bien —respondió Vanessa. Se volvió de nuevo hacia Börje—. Necesito tu ayuda.

Sacó una foto impresa del bolso. Börje cogió la hoja DIN A4 y miró con ojos entornados la imagen el hombre calvo.

—¿Es él a quien Rakel dejó entrar en la casa?

Börje le devolvió la hoja.

—A ese nunca lo he visto.

Algo cambió en el rostro de Vanessa. Por alguna razón, la respuesta de Börje la había afectado.

346

—¿Estás seguro?

Él asintió.

Jasmina sabía que se la estaba jugando. Si alguien del periódico se enteraba de que había mentido sobre Oscar Sjölander, no la dejarían quedarse. La lealtad al periódico lo era todo. A lo mejor al final Tuva Algotsson habría decidido no publicar la entrevista, si Jasmina le hubiese contado que el presentador iba colocado. Pero no se atrevía a correr ese riesgo.

Max se sentó a su lado. Ella mantuvo la mirada fija en la pantalla, fingiendo leer la noticia sobre Karim. Por lo visto, le iban a conceder la custodia de su hija.

—Acabo de hablar con mi informador de la policía —dijo Max—. Están en el piso de Tom Lindbeck. ¿Sabes qué han encontrado?

Ella no dijo nada.

—Ratas, grandes. Y vídeos guarros. Ha estado espiando a gente, filmándola en sus casas. Es demencial. Tenemos que encontrarle un buen nombre para los titulares. Ya sabes, como hicieron con el Hombre Láser y el Hombre VIH. ¿El Hombre Rata? No, maldita… Joder, lo tengo. El Rey de las Ratas. ¿Qué te parece?

Jasmina giró lentamente la silla.

—Entiendo que veas esto como una primicia —dijo conteniéndose—. Pero para mí y el resto de mujeres es más que eso. Es a nosotras a quien odia. Es a nosotras a quien quiere matar.

Notó que se le calentaba la cara. Jasmina, la que nunca alzaba la voz, la que nunca se enfadaba. Ahora estaba hirviendo por dentro. En este momento podría cruzarle la cara.

—Ha asesinado a dos mujeres de mi edad, puede que a más. ¿Crees que se trata de un juego? ¿Crees que es el único? Estamos escribiendo de la vida real. Y cuando escribes sobre la vida real demasiado a menudo, al final se vuelve irreal. Es lo que te ha pasado a ti.

347

«Y a mí», había pensado decir. Pero para ella era todo lo contrario. Karim se había encargado bien de eso.

—Jasmina, no entiendo qué he hecho mal ni por qué estás enfadada conmigo.

Ella respiró hondo, se tranquilizó.

—Eres un idiota, Max. Esto es grave.

—Claro que no me parece divertido. Pero es mi trabajo —dijo Max, abriéndose de brazos.

Jasmina le aguantó la mirada. Tragó saliva. El teléfono de Max comenzó a sonar. Él miró la pantalla desalentado.

—Tengo que cogerlo —dijo.

Miró a su alrededor en busca del dictáfono, pero enseguida tiró la toalla. Como alternativa, cogió el de Jasmina, se peleó con el cable al meterse el auricular en la oreja y se dirigió al pasillo para hablar sin verse importunado por nadie.

—El Rey de las Ratas —dijo el Bollo, y trazó un titular rectangular en el aire con los dedos—. Lo tenemos.

Jasmina se cruzó de brazos y se reclinó en la silla de visitas del despacho de Tuva Algotsson. Ya no podía seguir jugando a aquel juego.

El Bollo, que había estado de pie inclinado sobre la mesa impoluta de la jefa de redacción, comenzó a caminar en círculos.

—El periódico de mañana está prácticamente terminado. A menos que lo cojan antes, claro. Pero ahora mismo tenemos tus dos artículos, Max, sobre los hallazgos que la policía ha hecho en el piso, y el que es un poco más largo que llamamos «La historia del Rey de las Ratas». Tengo a otros dos reporteros que están llamando a gente que ha formado parte de la vida de Tom Lindbeck, pero quiero que lo escribas tú.

Se detuvo. Se rascó la barbilla.

—Joder, habría quedado de lujo con la entrevista a Oscar Sjölander. Podría haber sido titular en portada. ¿Tienes idea de dónde se puede haber metido, Jasmina? ¿O qué planes tiene?

—No. No estaba en la habitación del hotel. Y, sinceramente, no creo que tenga demasiadas ganas de hablar.

Max la miró desconcertado, ¿o se lo estaba imaginando? La entrevista a Oscar Sjölander estaba en su dictáfono. Pero Max no se lo revisaría. Él sabía que ella podía tener fuentes en él. Informantes que querían permanecer en el anonimato. Por otro lado, tres semanas atrás Max le había robado el artículo.

—¿Y su mujer, Therese? —preguntó el Bollo, mirando de reojo a Tuva.

La jefa de redacción se lo pensó un momento, pero terminó por negar con la cabeza.

—Demasiado pronto —dijo con decisión—. Mantenla apartada de esto.

Tuva clavó los ojos en Jasmina.

—¿Va todo bien? Te veo alicaída.

*L*a maleta negra de cabina que Nicolas había comprado en la plaza Hötorget estaba abierta encima de la cama. Lo poco que quería llevarse a Londres cabía perfectamente en ella. Solo tenía tres fotografías, que conservaba en una funda de plástico. Una era de sus compañeros del SOG durante unas maniobras en el norte de Suecia. Estaban sosteniendo los esquís en alto como una panda de turistas felices de vacaciones delante de un bosque blanco, helado. Pero como sus identidades eran secretas no podían ser retratados y llevaban todos pasamontañas.

La otra foto era de él y Maria, sacada una Nochebuena en el piso de Sollentuna. Nicolas tenía cinco años, iba vestido con camisa blanca y pajarita roja y miraba serio a la cámara. A su lado estaba Maria, con rostro inexpresivo y un gorrito de Papá Noel torcido en la cabeza.

Debajo del todo estaba la foto de su madre. Durante todos los años que había conservado la fotografía después de su muerte, nunca había sido capaz de mirarla. Metió la funda de plástico y la boina verde en la maleta, la cerró y la bajó al suelo, se estiró sobre la cama y se quedó mirando al techo.

La despedida de Celine no había ido como habría deseado. La niña era especial. Inteligente. Divertida. Pero Nicolas no podía renunciar al trabajo de Londres y a su propia vida solo para ser amigo suyo.

Ya lo superaría.

Sonó su teléfono. Vanessa.

—Hola —dijo Nicolas.

—¿Qué haces?

—El equipaje.

Vanessa se quedó callada.

—He pensado un poco en Karim —dijo Nicolas—. Es una mierda que vayan a soltarlo. Se tendría que poder hacer algo.

—¿Como qué?

Vanessa volvió a guardar silencio. Cogió carrerilla. De fondo se oyó un ruido de motor.

—Estaba pensando… mañana. ¿Cómo vas a ir al aeropuerto?

—En tren, supongo.

—¿Quieres que te acompañe? —dijo ella en tono neutral.

Él sonrió.

—¿A Arlanda? ¿Te da tiempo?

—Teniendo en cuenta lo sucedido ayer, quieren que dé un paso al lado —dijo Vanessa.

Nicolas pudo oír que se estaba esforzando para sonar indiferente. ¿Cómo podían tratarla de aquella manera? Si no fuera por ella, seguirían ciegos y habrían metido entre rejas a dos personas de forma errónea. Pero que Nicolas montara en cólera no sería de ninguna ayuda. Y si conocía bien a Vanessa, no era lo que quería de él. Bastaba con que entendiera que Nicolas estaba enfadado. Que estaba de su lado.

—Pues eso —dijo tranquilamente—. Nos vemos mañana.

Colgaron.

Algo había cambiado entre ellos. Nicolas no sabía decir ni cómo ni cuándo, pero era ineludible.

Recordó la noche anterior. Nunca la había visto de aquella manera, tan vulnerable. Al contrario, Vanessa siempre había vigilado mucho mostrar que no necesitaba ninguna ayuda.

Una parte de él se había puesto contenta, aunque jamás fuera a reconocerlo, de que Vanessa hubiese acudido a él y no a otra persona. Igual que se ponía contento cuando, de pequeños, Maria iba a buscarlo cuando necesitaba consuelo. Nicolas quería ser importante para Vanessa. No lograba entender sus sentimientos. No sabía lo que quería. Ni lo que quería ella.

Desde el primer momento, entre ellos dos había habido algo tácito, una carga de algún tipo. Sin duda, él se sentía atraído por Vanessa. No solo físicamente, ella era claramente guapa de una forma que resultaba sugerente. Nicolas no podía pensar en la persona de Vanessa Frank sin sentir… ¿sin sentir el qué? Algo que dirigía su sistema y no lo dejaba en paz.

351

10

Jasmina se dejó caer en la cama con el teléfono en la mano. Tenía el cuerpo envuelto en una toalla y el pelo mojado.

«Has mentido, sí que hablaste con él. ¿Te das cuenta de la que has liado?»

Se habían enterado de que había entrevistado a Oscar Sjölander. Max, sin duda. Solo él podía saberlo. El Bollo la había informado de que la trasladaban a la redacción de entretenimiento hasta que terminara su sustitución. Y aunque no lo hubiese expresado verbalmente, quedaba entendido que en *Kvällspressen* ya no había ningún futuro para ella.

Al día siguiente le tocaba personificarse en el Estadio de Estocolmo para hablar con visitantes del festival Pussy Power.

—Mierda —murmuró.

Jasmina estaba convencida de que había obrado bien, Oscar Sjölander no había estado en condiciones, ninguna persona debería ser entrevistada con el cuerpo lleno de pastillas y alcohol. A lo mejor Tuva Algotsson y el Bollo habrían pasado de publicar la entrevista si ella les hubiese explicado cuál era la situación, pero no se había atrevido a jugársela. Había tomado su propia decisión. Y le había costado la carrera.

Pero la familia de Oscar Sjölander no se vería castigada porque ella fuera una cerda. Quería llamar a Max, desahogar con él la rabia que sentía. Pero de alguna manera se alegraba de que la hubiesen pillado. El encuentro con Oscar Sjölander la había hecho reconsiderar muchas cosas.

Jasmina quería ser periodista de prensa, pero no pensaba comprometer aquello en lo que creía. No pensaba sacrificar a otros para poder ella avanzar a su costa. Terminaría las semanas que le quedaban en la redacción de entretenimiento, luego volvería a casa, a Växjö. Suplicaría que le devolvieran su antiguo trabajo. Si le decían que no, se buscaría otra cosa.

Jasmina se levantó de la cama. Necesitaba salir, respirar un poco de aire fresco, despejar la mente. Acababa de ponerse el sujetador y se estaba poniendo los vaqueros cuando llamaron al timbre de la puerta. Acercó el ojo a la mirilla y comprobó que era Vanessa Frank.

Encontraron un banco junto a la fuente del parque Tessinparken. El sol teñía las nubes huidizas de color naranja. Una pareja se sacó un selfi delante de la columna de agua antes de alejarse cogidos de la mano en dirección al parque infantil. Un padre estaba jugando a pelota con su hija. En una manta en el césped había un par de jóvenes tumbados bocarriba, escuchando Avicii y fumando marihuana.

Vanessa sacó un cigarro electrónico y le dio una calada.

—Solo quería saber cómo te va —dijo, mirando para otro lado mientras echaba el vapor.

—Estoy bien. —Jasmina se rio—. Bueno, mejor dicho, estoy hecha una mierda. No me van a renovar el contrato en el periódico y mañana me toca ir a hacer encuestas al Pussy Power.

—¿Qué es eso?

—Un festival sin hombres.

—Ah.

El balón salió rodando hacia la fuente, botó sobre el canto y cayó al agua. El padre se arremangó las perneras. La niña aulló de alegría mientras él vadeaba para recuperar la pelota.

—¿De verdad has venido solo para preguntarme cómo estoy? —preguntó Jasmina con cautela.

Vanessa dijo que sí con la cabeza.

—No te lo tomes a mal, pero tengo la sensación de que eres una persona bastante solitaria.

—Lo soy —reconoció Jasmina con una sonrisa.

—Solo quería asegurarme de que mantienes la entereza, después de lo que pasó. ¿Por qué no te van a renovar en *Kvällspressen*?

En la fuente, el hombre había cogido la pelota y estaba retrocediendo. Le salpicó un poco de agua a la niña, que lo esperaba junto al borde.

353

—Hoy he entrevistado a Oscar Sjölander.

—Entonces, tus jefes deberían estar contentos, ¿no?

Una gaviota graznó en el cielo.

—Les he dicho que no lo he encontrado. Estaba desequilibrado. Pero en realidad no he mentido por él, sino por su mujer y sus hijas. En cualquier caso, mis jefes se han enterado. Un compañero de trabajo, Max, ha oído la grabación que tenía en mi dictáfono.

La gaviota trazó unos círculos por encima de sus cabezas, plegó las alas y aterrizó en una farola.

—Karim —dijo Jasmina—. ¿Es verdad que le van a dar la custodia de la hija de Emelie Ry... de su hija, cuando salga?

Vanessa apartó la mirada. Jasmina tuvo la sensación de que estaba avergonzada. Al cabo de un rato volvió a mirarla.

—¿No has cambiado de idea, respecto a lo de denunciar?

Jasmina negó lentamente con la cabeza.

Se oyó un tintineo en la bolsa de Vanessa. Esta se disculpó, sacó el teléfono. Toda ella se quedó de piedra y su mirada se perdió en el vacío que tenía delante. Volvió a guardar el móvil.

—¿Va todo bien? —preguntó Jasmina con cuidado.

Vanessa dejó caer la cabeza. Su labio comenzó a temblar. Giró la cara, Jasmina no tuvo tiempo de ver si estaba llorando.

—Mi compañero, Ove. Ha muerto.

PARTE VIII

Las masacres no son más que venganza, combustible vital, una forma de disfrutar haciendo sufrir a tus enemigos. Es evidente que eso no va a cambiar de fondo a la sociedad.

HOMBRE ANÓNIMO

1

Vanessa se detuvo delante del quiosco Pressbyrån de la Estación Central, donde las portadas sueltas de *Aftonposten* y *Kvällspressen* brillaban en amarillo.

«Se le busca por cuatro asesinatos», pregonaba *Aftonposten* con una foto de Tom Lindbeck.

«La doble vida del Rey de las Ratas: odia a las mujeres», replicaba *Kvällspressen*, pero empleando la misma fotografía.

O sea, el Rey de las Ratas. Había alguien en comisaría que estaba filtrando datos del examen técnico del piso de Tom Lindbeck.

Cuatro mujeres con camisetas idénticas de color rojo pasaron con botellas de cerveza en las manos, música *house* iba sonando de un pequeño altavoz que una de ellas llevaba encima. En la espalda llevaban escrito SIN HOMBRES: NADIE TOCA, NADIE MOLESTA.

—Ahí estás.

Nicolas iba vestido con camiseta negra de manga larga y vaqueros negros, e iba arrastrando una maleta de cabina. Vanessa notó un escozor en las costillas cuando se abrazaron.

—¿Todavía te duele?

—No es tan grave —dijo—. ¿Nos vamos?

Siguieron los carteles que señalizaban el Arlanda Express.

Nicolas iba a empezar una nueva vida, conocería a otra gente, mujeres más jóvenes. Se lo había ganado. Merecía ser feliz. Pero Vanessa detestaba los cambios. Ella se iba a quedar aquí. Sola. Volvería a su piso lleno de agujeros de bala, en unos días la mandarían a algún punto del país, donde se pasaría las noches sentada en bares de hotel vacíos. La próxima vez que hablaran, todo habría cambiado.

—Puedes venir a verme. Londres no está tan lejos —dijo él para animar.

—Claro.

Vanessa estaba siendo egoísta. Debería hacer un esfuerzo, fingir que estaba contenta. Si no, él la recordaría como una amargada. Se detuvo.

—Detesto las despedidas, Nicolas.

Él sonrió y le acarició la mejilla.

—Lo sé.

Los ojos de Nicolas se hundieron en los de Vanessa. Sacudiéndola. Desgarrándola.

—Tú... significas algo para mí —dijo Vanessa—. ¿Entiendes? Pocas personas lo hacen.

La música resonaba entre los muros de ladrillo, salía por las verjas negras e inundaba la avenida Valhallavägen. Al otro lado de las vallas se apretujaban cientos de mujeres de distintas edades. Tomaban cerveza y vino en vasos de plástico y cantaban encima de la música. Había baños químicos y paraditas de *merchandising* alineadas en la alameda de Valhallavägen, y también grupitos de chicas esparcidos por la hierba, bailando canciones que Jasmina nunca había escuchado.

Por encima de su cabeza, alguien había tensado una gran banderola entre dos árboles con el lema del festival: Amor Sororidad Música. Incluso estaban representados los partidos políticos: voluntarios de los partidos del Parlamento iban repartiendo *flyers*. Más gente llegó de los alrededores. Venían caminando desde los cuatro puntos cardinales para unirse al mar de personas danzantes. Los vigilantes de seguridad oteaban la masa de gente. Dentro del recinto vallado había un par de sanitarios con los brazos cruzados, apoyados en una ambulancia. Ya estaban dejando entrar a la gente, pero la mayoría de los visitantes del festival se demoraban delante del estadio.

Jasmina y la fotógrafa Freja Kjellberg, una profesional autónoma que rondaba los veinte años, se paseaban entre las mujeres, se presentaban y les hacían dos preguntas: ¿qué artista has venido hoy a ver aquí y por qué son necesarios los festivales sin hombres?

Jasmina se dejó arrastrar por el ambiente festivo, enseguida se olvidó de que la habían degradado y que no tenía futuro laboral.

Cuando terminaron con las entrevistas se dirigieron a la entrada de prensa de la avenida Reina Sofía, pasaron junto a dos ambulancias aparcadas y se identificaron ante una funcionaria con chaleco naranja. La mujer les entregó sendos pases de periodista para que se los colgaran del cuello y luego las invitó a pasar a una pequeña zona de *backstage*. Estaba compuesta por un par de mesas plegables, algunas sillas de plástico destartaladas y una pantalla de televisión en la que los periodistas podían seguir los acontecimientos del estadio.

Jasmina cogió una manzana de un frutero, saludó a un par de compañeros. En la pantalla, el estadio se iba llenando de público expectante. Quería salir a sentir la atmósfera que se respiraba allí dentro.

Sintió un tirón en el costado, Vanessa se palpó el vendaje con los dedos y notó que estaba húmedo.

—Tengo que mirarme la herida un momento —dijo.

—Voy a comprar los billetes, mientras tanto. Nos vemos en el andén.

Vanessa deshizo el camino en dirección a la terminal de salidas, bajó las escaleras mecánicas que llevaban a los baños. Había una veintena de mujeres agolpadas, saltando y cantando «Dancing On My Own», de Robyn, con las manos estiradas hacia el techo. Algunas personas que pasaban por allí se detuvieron, sacaron los móviles y lo grabaron. Delante del espejo, Vanessa se desabrochó la camisa blanca, desprendió el esparadrapo que mantenía la gasa ensangrentada en su sitio. La cambió por una nueva.

A sus espaldas, las puertas de las cabinas se iban abriendo y cerrando.

—¿Dónde queda el estadio? —preguntó una mujer con acento sureño mientras se lavaba las manos.

Vanessa la miró por el espejo. Era una de las que habían estado cantando el tema de Robyn hacía un momento.

—Coge el metro, la línea roja, hasta Mörby Centrum —respondió otra mujer.

—Gracias.

Vanessa se abotonó la camisa, pasó una mano por encima para alisar la tela. Se miró a sí misma en el espejo. «Aguanta —pensó—. Pronto habrá terminado. Nicolas desaparecerá y tú podrás volver a tu monótona vida de beber a solas y mirar documentales de Animal Planet y reemisiones de *realities*.»

Dio un paso en dirección a la puerta, pero de golpe paró en seco. El estadio. Un pánico gélido le recorrió el cuerpo. Los festivales libres de hombres se debatían con frenesí. Eran un tema candente, sobre todo para los antifeministas. Incluso Vanessa se sentía dividida, por mucho que entendiera perfectamente a esas mujeres que reclamaban poder ir a escuchar música sin que nadie les metiera mano.

Hurgó en busca del teléfono móvil mientras avanzaba a paso ligero hacia las escaleras mecánicas.

—Vanessa, ¿qué tal? —dijo Mikael Kask.

—Escúchame. No sé dónde os pensáis que está Tom Lindbeck ni lo cerca que creéis estar, pero tenéis que mandar a gente al estadio.

—¿Por qué?

—El Pussy Power. El festival sin hombres.

—No te preocupes. Tenemos la situación bajo control. Tom Lindbeck no está en Estocolmo. Tenemos…

Vanessa colgó, se abrió paso entre dos personas que estaban quietas en mitad de la escalera, llegó a la terminal de salidas. Atravesó corriendo la zona de comidas, salió por las puertas de cristal y llegó al andén. Un tren amarillo de Arlanda Express se estaba llenando de pasajeros.

Jasmina y Freja estaban de pie en medio de la masa de gente. Los altavoces crepitaron al mismo tiempo que una figura vestida con capa negra y la capucha puesta salía a escenario en el extremo norte y ocupó la cabina de DJ.

—Vale, chicas. ¿Estáis preparadas para amor, sororidad y música?

Las mujeres del público soltaron un ¡Sí! al unísono, y al instante siguiente se vieron bañadas por un torrente de música. Llegaba de todas partes, transformó a las mujeres en un solo cuerpo bailante y cantante. La artista se despojó de la capa, la tiró a un lado, alzó el puño en el aire y se sumó a los movimientos rítmicos. Los graves sonaban tan fuerte que Jasmina podía notarlos en el estómago. Sus órganos vibraban. Se vio arrastrada, comenzó a dar botes. Freja soltó una carcajada. También se sumó.

La canción llegó a su fin, pero la DJ no les dio tiempo para que recobraran el aliento. Nueva melodía. Freja tiró a Jasmina del brazo, se inclinó hacia delante y le gritó algo. Señaló el área de prensa, Jasmina dijo que sí con la cabeza y la acompañó.

Mostraron los pases de prensa que llevaban colgando y las dejaron pasar. Abrieron la puerta, cruzaron el pasillo y la música bajó de volumen al instante.

—Tengo que enviar las fotos —dijo Freja—. El jefe de entretenimiento quiere las encuestas lo antes posible.

—Pues voy a transcribir las entrevistas.

Jasmina sacó el móvil. Tres llamadas perdidas. Dos de un número desconocido de *Kvällspressen*, que supuso que sería el jefe de entretenimiento. Una de Max.

En la sala de prensa, los colegas estaban inclinados sobre sus portátiles. Eran casi todo mujeres, aunque también había un par de hombres. Las redacciones habían obtenido permiso para enviar a reporteros varones, pero la productora del concierto había dejado muy claro que prefería que fueran mujeres. El aire estaba cargado. Quieto. Jasmina cogió un botellín de agua con gas, le quitó el tapón y se sentó en un sitio libre.

Abrió el portátil e introdujo su contraseña. Abrió Newspilot, el programa de escritura que usaban por regla general las redacciones suecas, y se conectó al wifi.

La puerta se abrió, la música entró en tromba por unos segundos y luego volvió a apaciguarse. Jasmina se volvió para ver quién había entrado. Hans Hoffman. Se acercó a la fuente de fruta, cogió una manzana y le dio un bocado. Paseó la mirada por la sala. Jasmina dejó de escribir y retiró la silla.

—Hans —gritó—. ¿Qué haces aquí?

Él pareció sorprendido de verla.

—Lo mismo digo, ¿tú no trabajas en noticias? —le preguntó.

Ella negó con la cabeza.

—¿Has tenido problemas?

El tono era de broma, pero cuando vio la expresión de Jasmina se puso serio al momento.

—Podría decirse que sí —dijo ella—. Pero no sabía que tú ibas a estar aquí. Me alegro de verte.

Se inclinó y le dio un abrazo, notó la barba del mentón rozándole el cuello.

361

—Una de las otras reporteras ha fallado, así que me han llamado a mí a última hora —dijo él—. Pero oye, voy a entrevistar a las artistas. Tengo que irme pitando al *backstage*.

—El festival —dijo Vanessa—. El festival libre de hombres en el estadio.

—¿Qué le pasa?

Vanessa recuperó el aliento, trató de sincronizar el habla con la respiración.

—Creo que van a atacarlo. En el piso de Tom había una entrada a un partido de fútbol. Creo que estuvo allí en misión de reconocimiento.

Nicolas se la quedó mirando fijamente.

—Celine está allí.

Se levantó y echó a correr por el andén con la maleta en la mano. Delante de las puertas de la terminal de salidas giró a la izquierda, hacia la fila de taxis. Vanessa lo vio abrirse paso a empujones entre un grupo de personas hasta llegar al primer taxi de la cola. El taxista estaba cargando una maleta de un señor mayor en el maletero de su Volvo V70. Nicolas se la quitó de las manos, la volvió a dejar en la acera. El taxista se puso como una moto, comenzó a pegar berridos. Vanessa le sacó la placa de policía.

—Necesitamos este coche. Ahora.

El taxista se abrió de brazos.

—Pero no podéis llevaros mi coche así sin más.

El hombre mayor los miró a todos sin entender. Nicolas metió su propia maleta, rodeó el coche y abrió la puerta del conductor. Vanessa se sentó de copiloto.

—¿Cómo estás de segura de esto? —preguntó él sin mirarla.

—Muy segura —dijo ella.

Nicolas fue esquivando coches hasta llegar a Kungsgatan, donde dobló a la derecha.

—Llama al ciento doce —dijo Nicolas—. Di que se están oyendo disparos en el festival.

Jasmina volvió a su ordenador, conectó los auriculares para poder escuchar el dictáfono, dejó el móvil en la mesa y comenzó a teclear. Se vio interrumpida por una llamada de Max. Le colgó. Se pasó irritada una mano por el pelo y continuó transcribiendo las encuestas. El teléfono volvió a sonar. Jasmina soltó un suspiro, se puso de pie y salió al pasillo con el móvil en la mano.

—¿Qué pasa?

—Me he enterado de lo que ha pasado y solo quería decirte que yo no le he dicho nada al Bollo.

—Deja de mentir, Max. Por una vez en la vida, deja de mentir. ¿De verdad hace falta que seas un ladrón y un mentiroso a la vez?

—Oscar Sjölander llamó ayer a la redacción para pedir que no se publicara la entrevista. Lo pasaron con el Bollo, quien dedujo que sí habías conseguido hablar con él.

Si después de la conversación que había tenido con Oscar Sjölander este se había echado para atrás, sabía de sobras cómo funcionaban los periódicos como para ponerse directamente en contacto con ellos y pedirles que no publicaran la entrevista. Cuando Jasmina salió de su habitación de hotel, él no podía saber que ella había cambiado de idea.

—¿Hola? —dijo Max.

—¿Qué?

—Tienes que creerme.

Jasmina suspiró de nuevo. Se quedó mirando la pared de ladrillo. Al fondo del pasillo la puerta se abrió de un bandazo. La música volvió a colarse. Rebotó entre las paredes. Los pasos se fueron acercando.

—Ahora tengo que trabajar.

—¿Qué tal el festival?

—Bien. Hoffman está aquí.

—¿Hans Hoffman?

—Sí. Lo han llamado esta mañana.

Max se quedó un momento callado.

—A Hoffman lo han despedido. Les estuvo mandando amenazas a compañeras periodistas y a políticas. Tuva tiene sus razones para no haberlo hecho público. Yo lo sé porque fui yo quien lo delató. Por eso me dejaron volver, bajo promesa de no contárselo a nadie.

En Kungsgatan el tráfico estaba parado. Nicolas puso los cuatro intermitentes, pitó y subió las ruedas derechas a la acera. Los pea-

363

tones se echaron a un lado, pegándose a la fachada, gritando y ges-ticulando al paso del coche.

—¿Qué ha dicho la central de alarmas?

—No me creen. Hay policías en la zona y no han informado de ningún tiroteo.

—Si tenemos suerte, los encontraremos antes de que lo haya.

Nicolas se pegó a la bocina y una mujer mayor lo esquivó de un salto en el último momento.

Vanessa reconocía esa mirada concentrada. Contenida. Inhuma-na. Ya se la había visto antes. De camino a Täby, en mitad de la no-che. Otro coche. Otra vida. En aquella ocasión habían llegado dema-siado tarde.

En la plaza Stureplan, un autobús azul ocupaba todo el carril. Nicolas se metió en el carril de la izquierda, en contradirección. De alguna manera, consiguió avanzar a medio palmo del autobús sin perder velocidad.

—¿Estás seguro de que Celine está allí? —preguntó Vanessa.

Nicolas asintió con la cabeza.

Avanzaron siguiendo el parque de Humlegården. Las fachadas pasaban a toda prisa. Vanessa miró el velocímetro: ciento noventa kilómetros por hora. Estiró el cuello. Se preguntó a qué altura ha-brían cortado la avenida Valhallavägen. ¿Cuántos visitantes al con-cierto? ¿Mil? ¿Dos mil? ¿Cinco mil? Todo mujeres. Podrían disparar a ciegas y aun así estar seguros de que darían en el blanco. Todas las mujeres eran un objetivo. Al mismo tiempo, el hecho de que todo el público fuera femenino hacía que a ellos les resultara más difícil es-conderse.

En la calle Klaravägen el semáforo se puso rojo. Nicolas redujo la marcha. Miró a izquierda y derecha, adelantó a un Porsche de color rojo y pisó el acelerador. Estuvo a punto de colisionar con un Peugeot que llegaba desde Östermalm, pero dio un volantazo, el coche dio un bandazo y, por un instante, Vanessa estuvo convencida de que iban a volcar, hasta que Nicolas logró enderezar el vehículo.

Llegaron a Valhallavägen. Nicolas frenó. Solo música. Ningún disparo, ningún grito de socorro. Solo gente bailando felizmente en largas colas, esperando a poder acceder al recinto.

2

Tom estaba sentado en la camilla de la ambulancia que había aparcada en el largo lateral oeste del recinto, el que corría siguiendo la calle Reina Sofía. Fuera del vehículo había mujeres cantando y chillando. Tom cerró el puño hasta que notó una tirantez en la muñeca. Lo relajó. Volvió a cerrarlo. Deseaba poder salir. Sembrar muerte a su alrededor. Ver la sangre correr. Oír los gritos. Por fin se vengaría de todo aquello a lo que le habían expuesto.

Hans Hoffman sería el primero en disparar. A la artista del escenario. Seguramente, una feminista con tatuajes y el pelo de colores. Cuando la gente saliera corriendo en dirección a las salidas, Tom entraría en escena. Haría barridos con el arma. Tenía siete cargadores llenos para su Glock. Ciento diecinueve balas, en total.

Deseaba poder disponer de más, haber tenido tiempo de colocarlas a todas en fila delante de una pared e ir apretando el gatillo. Mataría a todas las que pudiera. Le daba igual la edad. Ninguna era inocente. Solo las misándricas acudían a sitios en los que los hombres no eran bienvenidos. Era una guerra. Él era un soldado, y las féminas de ahí fuera eran el enemigo. Querían acabar con él. Habían estado a punto de conseguirlo. ¿Cuántos *incel* se suicidaban cada año? ¿Cuántos se cortaban las venas, se llenaban el cuerpo de pastillas, se tiraban de un puente?

Tom estaba aquí presente por ellos.

Se pellizcó un par de pestañas con el índice y el pulgar y se las arrancó. Notó un escozor. Se quedó observando los vellos negros un momento antes de dejarlos caer al suelo. Vio a las mujeres a través de las lunas tintadas.

—Qué furcias que sois —dijo—. Voy a sacrificaros a todas.

Miró la hora y abrió la puerta. Echó un vistazo. Gordas, delgadas, viejas, jóvenes. *Beckys* y *Staceys*. Repulsivas. Ninguna reparó en él. El uniforme verde amarillo de ambulanciero y la peluca castaña lo volvían invisible. Subió un par de peldaños de la escalera, cruzó la bóveda. Paseó la mirada por el mar de gente. Comenzó a bajar las gradas.

La música cesó.

Tom no había oído el disparo, había quedado ahogado por el bullicio. Le siguieron dos petardazos pesados. Gritos de las personas que estaban en primera fila, a los pies del escenario. Los gritos se extendieron cuando más comenzaron a entender lo que había pasado. Tom alzó su arma. Una mujer de unos cuarenta y cinco años con un vestido lila, botas y pantalón de cuero soltó un grito al mirar la boca del cañón. La puta gorda levantó las manos en alto, dos mechones negros despuntaron de sus sobacos. Sus labios se movieron. Tom se tomó su debido tiempo, apuntó sin prisa y apretó el gatillo.

Justo en el momento del disparo la mujer giró la cabeza, la bala le entró por la sien.

Tom se rio y miró a su alrededor en busca de su siguiente víctima.

Vanessa y Nicolas se acercaron a una mujer con chaleco naranja que estaba gestionando la entrada de personas por el acceso Maratonporten, ubicado en el lateral corto que daba a la avenida Valhallavägen. Vanessa se identificó como policía. La mujer la miró con indiferencia y luego se quedó mirando a Nicolas. La música era ensordecedora. Desde su posición podían ver el escenario a través de la bóveda de piedra.

—Viene conmigo.

La mujer negó con la cabeza.

A su espalda la música paró de golpe. La mujer que había desdeñado a Nicolas se dio la vuelta y oteó el mar de personas. Dos disparos resonaron. Por un breve instante todo quedó en absoluto silencio, para luego romper en un estallido de gritos desesperados que salían del centro del estadio y llegaban hasta la calle. Un nuevo disparo siguió, desde otro sitio.

Resultaba imposible ubicar las posiciones de los tiradores, puesto que el sonido de los disparos rebotaba entre los grandes muros de piedra. Vanessa apartó a la mujer de un empujón, se abrió paso y desenfundó su arma de servicio. Cuando cientos de visitantes comenzaron a empujar en dirección a las salidas de emergencia se desató el pánico. La valla de más de un metro y medio se convirtió en una trampa mortal. Algunas cayeron y fueron pisoteadas por las que venían detrás. Vanessa y Nicolas corrían en sentido contrario, en dirección al escenario, pegándose a las paredes para poder avanzar.

Nuevo disparo. Más gritos.

—¡Abajo! —bramó Vanessa—. ¡Echaos al suelo!

La congestión empeoró. Mujeres llorando y gritando desesperadas pidiendo ayuda. Nicolas y Vanessa consiguieron superar la primera muralla humana y alcanzar el campo de hierba que para el concierto había sido cubierto con un suelo de plástico blanco. Cerveza, refresco y agua se mezclaban en un cóctel resbaladizo. Tras los primeros disparos, las mujeres habían soltado todo lo que llevaban en las manos. Nicolas rodeó a Vanessa y dobló a la derecha, se pegó a los cimientos de hormigón de las gradas para evitar el peor atasco. Estiró las manos hacia arriba, subió a pulso.

—¿Los ves? —gritó Vanessa, pero su voz se vio ahogada por los gritos.

Nicolas subió un poco más. Vanessa le siguió.

Era imposible tener una visual de toda la situación hasta que más gente hubiese abandonado el estadio. En las entradas reinaba un caos total y absoluto, los cuellos de botella no hacían más que empeorar, las mujeres trepaban, se tiraban de la ropa las unas a las otras para poder salir.

Aunque Vanessa no pudiera ver a Tom Lindbeck y a su ayudante, les dejaría claro que no estaban solos.

Apuntó con su Sig Sauer al cielo azul y efectuó un disparo. Esperó un par de segundos antes de disparar de nuevo.

Jasmina se dejó caer en la silla, se subió las gafas en la nariz y se puso los auriculares. ¿Qué estaba haciendo Hans Hoffman allí? La canción terminó de golpe. Por acto reflejo, Jasmina miró a la pantalla de televisión. La mujer, que hacía un instante estaba bailando en el escenario, yacía ahora junto a la capa negra que se había quitado. El bullicio de dedos repicando en los teclados cesó. Las patas de las

367

sillas rasparon el suelo cuando los reporteros se pusieron en pie para acercarse a la pantalla y ver mejor.

Hoffman salió corriendo al escenario. Alzó un arma y disparó al mar de gente que conformaba el público.

—¡No! —se oyó a sí misma gritar.

Sacó el teléfono con mano temblorosa, sus dedos no querían obedecer cuando trató de introducir el código para desbloquearlo. Tras lo que le pareció una eternidad, consiguió pulsar el nombre de Max. Los tonos se fueron arrastrando mientras Jasmina miraba la pantalla como hipnotizada.

—¡Les está disparando! —gritó en cuanto él descolgó.

—¿Qué?

—¡Hoffman! ¡Les está... les está disparando!

Una mujer joven se había hecho un ovillo junto a una de las gradas. Tom se sentó de cuclillas, la miró fijamente a los ojos antes de colocarle la pistola en la frente.

—Uno, dos, tres —contó.

Ella cerró los ojos con fuerza, él apretó el gatillo. Dio un respingo cuando la sangre caliente le salpicó la ropa y la cara. Una bala por mujer. Nada de derrochar. Se secó la cara con la manga del jersey y dio la vuelta. La peluca se escurrió de su cabeza. Ahora ya daba lo mismo.

En el centro del estadio había unos cuantos cuerpos tendidos, algunos se movían débilmente. Hoffman estaba en el otro extremo, disparando a todas las que trataban de huir presas del pánico. La imagen era divertida. Deberían haber conseguido un par de granadas de mano para lanzarles.

Tom se sentía vivo, en auge. Como un animal atrapado a quien habían soltado en la naturaleza por primera vez. Una máquina de matar. Efectuó dos disparos al tuntún hacia dos mujeres que estaban corriendo. Uno lo falló, mientras que la otra mujer cayó en plena corrida.

Se oyó un disparo. Luego otro.

No parecían provenir del arma de Hoffman, sino de las gradas junto a la calle Lidingövägen. Tom miró hacia allí. Al mismo tiempo, vio a un hombre subido a la grada, y que lo estaba mirando a él. Sus ojos se cruzaron. ¿Era policía? Delante del hombre había una mujer rubia. Tom entornó los ojos para enfocar mejor la cara, que le resultaba familiar. Vanessa Frank. La muy puta. Contuvo el impulso de correr hasta allí.

La mujer a la que acababa de abatir se estaba arrastrando. Tom la alcanzó, se movió en paralelo a su cuerpo mientras se deslizaba torpemente por el suelo y le hundió una bala en la espalda.

Tom llamó a Hoffman, pero su voz se perdió en el estado de alarma.

—¡Hans! ¡Aquí!

Aunque la muchedumbre se hubiera disipado un poco, aún quedaban cientos de féminas en el estadio. En realidad quería continuar, pero no podía, ahora que Vanessa Frank estaba aquí. Había llegado la hora de pasar a la segunda fase. Salir de allí. Al ver que Hans no reaccionaba, Tom fue corriendo hasta allí. Tenía los ojos abiertos como platos, la mirada era salvaje.

—Tenemos que largarnos.

—¿Ahora? —dijo Hoffman, y disparó contra un grupo de mujeres.

Tom no le quitaba los ojos de encima, no sabía si acababa de dar en el blanco. Echaron a correr en dirección a la ambulancia.

369

Jasmina intentó llamar al ciento doce para darles el nombre de Hans Hoffman, pero los tonos se fueron sucediendo sin que nadie lo cogiera.

—¡Bloquead las puertas! —gritó una mujer en la sala de prensa.

Los periodistas se levantaron de las mesas, cogieron todo el mobiliario que pudieron y lo arrastraron hasta el otro lado de la sala.

Jasmina no podía quedarse. Estaba obligada a facilitarles el nombre de Hoffman a los policías que estuvieran allí. Apartó una silla de un tirón y tiró de la puerta. Alguien le gritó algo, pero Jasmina salió al pasillo vacío y echó a correr a la zona del concierto.

La vigilante que había estado controlando la entrada de prensa había desaparecido. A la izquierda quedaba el escenario. Evitó mirar los cuerpos que yacían tendidos en el centro del estadio. No se veía a ningún policía en ninguna parte. Jasmina corrió siguiendo las gradas en dirección a la salida de Valhallavägen. Allí debería haber algún agente.

Los disparos habían cesado. Se oían gritos sueltos, Jasmina hizo de tripas corazón. Atravesó a toda prisa la cúpula de piedra, pero tuvo que detenerse casi al instante. Una pared de espaldas empujaba contra la salida. Le impedían continuar. ¿Y si se presentaban aquí? Y si se ponían a disparar otra vez. Jasmina estaba hiperventilando, luchaba consigo misma para no entrar en pánico. Miró a su alrededor. Volvió corriendo al estadio. En el centro del mismo vio a un hombre y a una mujer entre algunos cuerpos. Vanessa Frank. Jasmina trató de no mirar los cadáveres que había a los pies de Vanessa.

—Uno de los tiradores es un compañero de trabajo mío. Se llama Hans Hoffman —dijo entre jadeos.

—¿Foto?

Jasmina le mostró con mano temblorosa la pantalla del móvil.

—Mándamela a mi *mail*. Me encargaré de que les llegue a mis colegas. Corre a las ambulancias. Consigue que venga personal sanitario.

370 La foto que Jasmina le había enseñado era del mismo hombre que había atacado a Vanessa en su piso.

El póster, en el que ponía AMOR SORORIDAD MÚSICA estaba manchado de sangre.

Vanessa respiraba pesadamente, notaba olas de adrenalina recorriéndole el cuerpo. El olor a pólvora le picaba en la nariz. Se pegó las sientes con los puños, apretó las mandíbulas y ahogó un grito. Debajo del cartel había una policía. El cuerpo estaba retorcido, le habían disparado a la cabeza. La sangre que no había terminado sobre el póster había bombeado de su cabeza y había formado un charco en la hierba. Esparcidas en un semicírculo había otras cuatro mujeres. Algunas se movían débilmente, otras gritaban de dolor. Llamaban a sus madres, a Dios, a sus hijos.

En la salida, las mujeres intentaban alejarse a empujones del festival.

Las sirenas de la policía y de la ambulancia sonaban cada vez más cerca, se desgañitaban como si también ellas estuvieran en pánico.

Vanessa intuyó un movimiento a su lado. Nicolas le estaba tirando de la manga. Ella lo miró consternada. Entornó los ojos. La boca de él se movía, pero Vanessa no oía nada de lo que decía.

De pronto Nicolas se abalanzó sobre una de las chicas y se tiró al suelo a su lado. Era apenas una niña, pequeña y delgada. El pelo de color verde.

Vanessa dio un paso hacia ellos, pero las piernas le flaquearon, trastabilló. Estuvo a punto de caerse. Logró mantenerse en pie y se acercó a Nicolas y a la niña. Él le estaba sosteniendo la cabeza con las manos. El pelo se colaba entre sus dedos. Él gritaba y pegaba la frente a la de ella.

Hasta ahora Vanessa no se dio cuenta de quién era la chica. Deslizó la mirada por su cuerpo. Un gran agujero se abría en su estómago. Nicolas le había soltado la cabeza y estaba ahora presionando la herida con las manos para impedir que la sangre abandonara el cuerpo.

—¿Está viva? —gritó Vanessa.

La mayoría de las mujeres se hallaba ahora al otro lado de las verjas negras. Reinaba el caos. En la alameda de la avenida Valhallavägen, algunas se detuvieron a recuperar el aliento, otras se sentaron en el suelo apoyadas en los coches aparcados para gritar y expulsar así el pánico que llevaban dentro. Otras deambulaban con ojos vacíos, inertes. Buscando a sus allegadas. Gritando preguntas para las que nadie tenía aún respuesta.

Jasmina dobló a la derecha, hacia donde antes había visto las ambulancias. A lo mejor el personal sanitario también había sucumbido al pánico. Quizá se habían escondido. Los vehículos parecían abandonados, allí quietos detrás de la grada oeste. Estaban colocados delante de la verja de la calle Reina Sofía, que no se veía ni desde Valhallavägen ni desde el acceso principal. Jasmina tiró de la manilla de la que estaba más cerca. Cerrada. Golpeó la carrocería y trató de ver el interior a través de las lunas tintadas.

—Por allí hay mujeres heridas —gritó.

En ese mismo momento, la puerta trasera de la otra ambulancia se abrió. Hans Hoffman bajó de un salto, vestido con una chaqueta amarilla de conductor de ambulancias. Jasmina trató de acurrucarse, hacerse pequeña, pero él ya la había visto. Hoffman alzó el arma. Detrás de él había otro hombre, Tom Lindbeck. También vestido con ropa de personal sanitario. Jasmina comprendió que se había terminado todo, que estaba a punto de morir.

—No dispares, Hans —dijo—. Por favor.

Alzó las manos como para protegerse mientras iba retrocediendo.

El rostro de Hans Hoffman era inexpresivo. Impasible. Tom Lindbeck le dijo algo, Hoffman bajó un poco el cañón del arma y, al mismo tiempo que Jasmina gritaba aterrorizada, apretó el gatillo. Jasmina notó cómo la bala destrozaba algo dentro de su muslo y se desplomó en el suelo. Los dos hombres se acercaron corriendo y la arrastraron hasta la ambulancia.

Los labios de Celine se movían débilmente. Su cuerpo temblaba por las convulsiones. Vanessa miró el acceso sur, donde estaban aparcadas las ambulancias.

—El personal sanitario la ayudará. Tenemos que seguir a Tom.

Nicolas le lanzó una mirada hueca a Vanessa. Ella le cogió la cara y se la volvió hacia ella.

—Te necesito —le gritó.

Vanessa se alejó hasta la policía muerta para cogerle el arma de servicio. Evitó cruzarse con sus ojos vacíos mientras le daba la vuelta al cuerpo, retiró el arma y volvió corriendo junto a Nicolas. Limpió la culata sobre su pernera antes de ponérsela en la mano con decisión.

Los disparos habían cesado. Tom Lindbeck y su cómplice habían terminado la matanza. Por esta vez. Vanessa había tenido la oportunidad de pararle los pies de una vez por todas. No pensaba fracasar de nuevo. Miró a su alrededor. Reflexionó sobre qué camino habrían cogido. A esas alturas, sus compañeros ya deberían haberse emplazado alrededor del estadio. Dos hombres no podrían salir sin ser vistos y desaparecer. Jasmina había doblado la esquina y estaba fuera de su campo de visión.

Vanessa sacó el teléfono, entró en la aplicación Signal y mandó la foto a sus colegas. No tardarían en acordonar todo el estadio. Solo el personal sanitario y los agentes de policía podrían entrar y salir. Pasar los controles.

—¡Joder! —gritó.

La ambulancia que habían robado en Fittja. Tenían que haber sido Tom Lindbeck y Hans Hoffman.

Vanessa cruzó corriendo los carriles de la pista de atletismo.

El silencio se vio interrumpido por un disparo. Si era lo que ella sospechaba —que pensaban huir disfrazados de personal sanitario—, había enviado a Jasmina Kovac a una muerte segura. Dobló la esquina y vio a los coches patrulla y las ambulancias intentando abrirse paso entre la muchedumbre que había delante de la verja de entrada. Cuando llegó detrás de las gradas comprendió que había acertado. Solo quedaba una ambulancia. La verja estaba abierta. Al final de la calle Reina Sofía, los faros traseros de la ambulancia desaparecieron por la colina.

Llamó a la central de alarmas para informarles de cómo habían escapado los dos autores de la matanza. Sin obtener respuesta. Debían de estar colapsados. Marcó el número de Mikael Kask, pero le saltó el buzón de voz de buenas a primeras.

Jasmina estaba tumbada en la camilla dentro de la ambulancia, que iba dando sacudidas sin parar. Los cristales estaban tintados, podía ver las copas de los árboles y los edificios pasando a toda prisa por fuera. Estaba atada con correas, incapaz de mover las piernas ni los brazos. La mano derecha la tenía atada a la camilla con una brida. En una silla, a su lado, estaba Tom Lindbeck. Le ardía el muslo. Jasmina levantó la cabeza. Sus tejanos estaban pringosos de sangre. La bala le había entrado en el muslo derecho y, por un momento, Jasmina había perdido el conocimiento. Tenía frío, sus dientes estaban castañeteando. La vida la estaba abandonando poco a poco.

Tom vio que se había despertado.

—Hans me ha hablado de ti. El buenazo de Hans. Que tanto te ha ayudado —dijo Tom, y sonrió burlón.

Jasmina no dijo nada. ¿Qué más daba? Ya no tenía necesidad de entender, pronto estaría muerta. Se desangraría por la herida de bala, o la ejecutarían con un tiro en la cabeza en cuanto ya no la necesitaran para nada.

—Tu artículo sobre casos de mujeres asesinadas no resueltos, en el que aparecía Victoria Ahlberg, hizo que Hans tuviera que vigilarte más de cerca. Sobre todo, después de que la jodida Tuva Algotsson empezara a hacerte caso. Llevo tiempo siguiéndote, Jasmina. Maldita furcia enchufada.

Nicolas cargó a Celine en brazos y corrió tras Vanessa. La niña no aguantaría vivía muchos minutos. Las ambulancias tardarían demasiado en superar la barrera humana de la avenida Valhallavägen. Al lado del Estadio de Estocolmo estaba el hospital Sophiahemmet. Era la única oportunidad que tenía Celine. Mientras corría, Nicolas trató de hablar con ella para que no se desmayara. Tenía la cara pálida, los ojos entrecerrados, la cabeza colgando.

—Mantente despierta. Por favor, Celine, mantente despierta.

Delante del hospital vio a personal sanitario vestido de blanco que bajaba corriendo por la cuesta. Iban arrastrando camillas y maletas de material médico. Nicolas vio a Vanessa, que estaba de pie junto a una ambulancia abandonada por dentro del vallado.

—Aguanta un poco más. Celine, ¿me oyes? Pronto recibirás ayuda.

Nicolas salió por la verja a la calle asfaltada en dirección al aparcamiento mientras gritaba para captar la atención del personal sanitario. Una enfermera lo vio, tiró del brazo a una compañera y ambos se desviaron en dirección a él. Cuando Nicolas llegó al césped del otro lado de la calle Reina Sofía, se detuvo y tumbó a Celine en el suelo con sumo cuidado. Las dos mujeres se sentaron de rodillas.

—Herida de bala en el abdomen, no hay orificio de salida —jadeó él.

—¡Traed una camilla! —gritó una de las enfermeras.

Vanessa apareció.

—Tenemos que ir a por ellos. No puedes hacer nada más por ella. Si desaparecen, los habremos perdido.

Nicolas acarició a Celine en la mejilla antes de salir corriendo tras Vanessa en dirección al aparcamiento. Detrás de un Volvo XC90 de color negro había un hombre agachado. A su lado, en el suelo, una sillita de coche con un bebé dentro.

—¿Es tu coche? —dijo Vanessa, señalando el SUV.

El hombre miró el Volvo y luego a Vanessa. Titubeó, abrió la boca para responder, pero Vanessa lo apuntó con la pistola.

—Dame las llaves.

El hombre hurgó en los bolsillos, encontró las llaves y Vanessa se las pasó al instante a Nicolas, que se subió al volante y arrancó el motor. Pisó el acelerador a fondo y se llevó por delante la fina valla que separaba el aparcamiento de la calle Reina Sofía.

—*A*paga las sirenas —dijo Tom—. Llaman la atención más de lo necesario.

Por fin dejaron atrás la calle Reina Sofía, el carril bici por el que habían ido se convirtió en una calle de dos carriles. La ambulancia bajó de la acera con una sacudida y se incorporó a la avenida Södra Fiskartorpsvägen.

Hans Hoffman toqueteó los mandos en el salpicadero con la mano y el ruido cesó de golpe. Se volvió y le lanzó una mirada a Tom. A la izquierda se extendía el bosque de Lill-Jansskogen. A la derecha había un concesionario Porsche. Detrás de este, a la derecha, estaba el complejo deportivo Östermalms IP. Al otro lado del campo de césped artificial pudieron divisar la travesía Lidingövägen.

Tom abrazó la culata, reprimió el deseo de meterle una bala a Jasmina Kovac en el cráneo. No tendría que esperar demasiado. Había formado parte del plan el llevarse a una mujer, por si a la policía le daba tiempo de montar un cordón. Así podrían simular que iban de camino al hospital Karolinska en caso de que los pararan. Pero entonces había aparecido Vanessa Frank y apenas habían tenido tiempo.

En cuanto llegaran al barco, Jasmina podía morir.

—¿Cómo han podido llegar tan rápido? —preguntó Hans Hoffman con la mirada fija en la carretera.

Tom no tenía que darle indicaciones. Si seguían hacia delante, llegarían a Ropsten. Allí tendrían que cruzar el puente Lidingöbron hasta el barco que los esperaba.

—No lo sé —dijo Tom, negando con la cabeza—. ¿A cuántas te has cargado?

—Seis, me parece. ¿Y tú?

—Más o menos igual. Hemos conseguido más que Rodger y que Minassian.

—Lo hemos conseguido —dijo Hoffman, y golpeó el techo con el puño—. Joder, lo hemos conseguido.

Un coche patrulla pasó a toda velocidad en dirección contraria con las sirenas puestas. Tom se rio y Hoffman se sumó al regocijo.

—Estoy contento de que me convencieras para que eligiera vivir —dijo Hoffman.

Habían estado discutiendo sobre qué surtiría un efecto mayor, si sobrevivir o dejarse matar por la policía dentro del estadio. Hoffman se había decantado por *suicide by cop*, pero Tom se había negado. El plan de huida funcionaría, siempre y cuando lograran llegar al barco. Después procurarían pasar desapercibidos durante un mes antes de salir del país con los pasaportes falsos que habían conseguido en Darknet. Otros *incel* los protegerían. Los ayudarían a esconderse. El movimiento y sus miembros estaban por todas partes, ocultos en las cloacas de las grandes ciudades, adonde los ciudadanos normales y funcionales nunca acudían.

376   Tom quería redactar un manifiesto. Hacer que más gente se percatara de lo desquiciado de la situación, del genocidio de hombres que estaba teniendo lugar. En el peor de los casos, los pillarían al cabo de unos meses. Los juzgarían. Pero en Suecia la peor sentencia no pasaba de cadena perpetua.

Estaban forzados a sobrevivir las próximas horas. Tom sabía cómo funcionaba la policía. Si se rendían ahora, la poli se inventaría alguna historia de que habían opuesto resistencia y que iban armados, razón por la cual habían tenido que abatirlos.

Tom no pensaba morir. Quería vivir. Mucho. Jasmina Kovac lo miraba fijamente. Tom se molestó, alzó la pistola y la golpeó con la culata en la frente.

Fueron por el camino del bosque, bordeando la Facultad de Deporte y Ciencias de la salud. Un helicóptero circulaba en el aire, Vanessa bajó la ventanilla y asomó la cabeza. «Policía», ponía en la cara inferior. Volvió a marcar el número de Mikael Kask, y esta vez sí que sonaron los tonos.

—Han desaparecido en una ambulancia hacia el norte, pero podrían dar media vuelta y volver a la ciudad. ¿El servicio de emergencias no tiene GPS en todos sus vehículos?

—Deberían, voy a investigarlo. ¿Cómo sabes que tienen una ambulancia?

—Los he visto irse del estadio. Me llevan tres o cuatro minutos de ventaja. El helicóptero que está sobrevolando el estadio, ¿puedes ponerme en contacto con él?

—Voy a intentarlo.

—Bien.

—¿Estás sola?

Vanessa miró de reojo a Nicolas, quien estaba maniobrando el SUV con máxima atención por el estrecho camino de tierra.

—Sí, estoy sola.

—Lamento no haberte hecho caso.

Vanessa no sintió ninguna irritación porque no hubiesen confiado en ella, solo tristeza por la terrible escena que había presenciado.

—Yo también, Mikael.

—Le pediré al copiloto del helicóptero que te llame. Vanessa, ve con cuidado.

Nicolas salió de golpe del bosque, estuvo a punto de arrollar a un ciclista que circulaba por el estrecho arcén.

—Es muy dura, Nicolas. Se salvará.

—No puedes saberlo.

—No, no puedo saberlo.

Nicolas guardó silencio, giró en dirección a la avenida Lidingövägen. El velocímetro del coche marcaba ciento cuarenta kilómetros por hora. A la altura de Tegeluddsvägen llamaron a Vanessa al móvil. Una voz chillona trataba de superar el ruido de fondo.

—¿Ves algo?

—Ambulancia dirigiéndose a la zona este de la isla, por la carretera Norra Kungsvägen.

—Son ellos. Colocaos a contraviento. Mantened las distancias. E infórmame de dónde se meten —gritó Vanessa.

Poco a poco, Jasmina fue volviendo en sí. La ambulancia corría a toda velocidad rodeada de bosque a ambos lados. Tom Lindbeck tenía la mirada fija al frente, iba mirando por las ventanillas traseras. Durante el rato que Jasmina había estado inconsciente él había tensado aún más las sujeciones que la mantenían atada a la camilla. Ahora ya no podía mover el torso. Tenía la cabeza a punto de estallar, la sangre le brotaba de la frente y se le metía en los ojos. El muslo le ardía. Palpitaba. Con cada curva que daban creía que iba a vomitar. Aun así, Jasmina quería que el trayecto continuara. En cuanto Tom Lindbeck y Hans ya no tuvieran que preocuparse por los controles de carretera, la matarían.

La ambulancia aminoró la marcha. Se metió por una superficie más irregular. ¿Debería hablar con Tom Lindbeck, suplicarle, negociar con él para salvar la vida? No, se negaba a darle eso, no pensaba permitirle jugar a ser Dios. La muerte sería rápida. Un tiro en la cabeza, luego se habría terminado todo. A lo largo de la historia, miles de millones de personas habían superado la prueba de la muerte. Jasmina también lo conseguiría. Lo único que lamentaba era no haber tenido tiempo de despedirse de su madre. Decidió no pedir piedad. Nadie sabría cómo había muerto, pero para ella era importante no dejarlos ganar a ellos dos. Su madre siempre hablaba de vivir con dignidad. Ahora Jasmina iba a morir con dignidad.

378

La ambulancia se detuvo. Se hizo silencio absoluto. Ni sirenas ni tráfico. Jasmina trató de ubicarse, pero cerró los ojos para que Tom no viera que estaba despierta. Él estaba recogiendo sus cosas. Abrió las puertas traseras y bajó de un salto. La puerta del conductor se abrió. Jasmina alzó con disimulo la cabeza para ver lo que estaba pasando. Todo estaba borroso, sin contorno. Vislumbró la espalda de Tom. Detrás, algo verde. ¿Copas de árboles? ¿Un bosque? ¿Dónde estaban? ¿Habían cambiado de idea, iban a dejarla vivir?

—¿Lo tienes todo? —preguntó Hoffman.

—Sí.

—¿Qué hacemos con ella?

—Lo dejo en tus manos.

Tiraron las chaquetas de personal sanitario al interior del vehículo.

—Cierra detrás, y...

Las puertas se cerraron con un golpe y las voces se volvieron más débiles. La conversación continuó, pero resultaba imposible discernir lo que decían. Jasmina miró a su alrededor en busca de algo que pudiera servirle para liberarse. ¿Qué pretendían? ¿Qué estaba a punto de pasar?

Había alguien detrás de ella, en el asiento del conductor. De pronto la ambulancia se puso en movimiento, pero el motor permanecía apagado. Habían quitado el freno de mano. La ambulancia comenzó a ganar velocidad y Jasmina sintió que ya no podía contenerse más. Se puso a gritar mientras zarandeaba el cuerpo desesperadamente en un intento de soltarse.

Vanessa se sujetaba al asa que había encima de la ventanilla, el coche tembló cuando Nicolas, después del puente Lidingöbron, giró el volante y pisó el acelerador. Las casas unifamiliares iban pasando a toda prisa. Una gasolinera. Nicolas adelantó un coche. Un vehículo que venía en sentido contrario tuvo que meterse en el carril bici. Pitó enfurecido. A la izquierda se erguía un barrio de bloques de pisos. Vanessa observó por un momento los altos edificios de hormigón gris. Visualizó la cara de Tom Lindbeck. Pensaba matarlo a él y a su cómplice por lo que habían hecho hoy. Por lo que le habían hecho a Nicolas, disparando a una niña de doce años. Lo miró por el rabillo del ojo. Él había dejado de ser una persona para convertirse en un instrumento. Vanessa estaba asustada y fascinada a partes iguales.

379

—Mi madre —dijo de pronto Nicolas—. La otra noche, en Djurgården, me preguntaste por qué nunca hablo de ella.

Vanessa se volvió sorprendida hacia él. Recordó el banco, las botellas de whisky y las ocas. El cumpleaños de Adeline. El día que Nicolas le dijo que había aceptado el trabajo. Ella se había puesto de pie y se había marchado.

—Era la persona más brillante que he conocido jamás. Habría podido ser cualquier cosa en la vida. Investigadora, escritora, parlamentaria. Pero se vio obligada a matarse a trabajar, por mí y Maria. Protegernos. La única vez que mi padre movía un dedo era para pegar. Ella se sacrificó por nosotros. Nunca tuvo la oportunidad de dar rienda suelta a todo su potencial, igual que tampoco van a poder hacerlo todas las mujeres que están tendidas en el suelo del estadio.

«O como Adeline», pensó Vanessa, y se le hizo un nudo en la garganta. Buscó las palabras, pero no las halló.

—Métete por aquí.

Nicolas pegó un frenazo, giró a la izquierda. Un camino de bosque. La tierra empezó a salpicar los bajos del coche. Entre los árboles pudieron ver agua.

Vanessa esperó llegar antes que los compañeros.

Tom Lindbeck y Hans Hoffman no iban a ser detenidos y juzgados por un tribunal sueco.

Jasmina gritaba mientras la ambulancia iba acelerando cuesta abajo. Las muñecas le escocían cada vez más por culpa de los tirones que daba para liberarse. Pero era imposible. Al instante siguiente notó que las ruedas se aligeraron y que el vehículo flotaba en el aire. Cerró los ojos. Tensó todos los músculos de su cuerpo a la espera del golpe. Se pegó a la camilla. El chasis chocó con algo duro. Jasmina abrió los ojos, miró a su alrededor.

«He sobrevivido», pensó. Levantó la cabeza. Intentó ver lo que había fuera, y se vio azotada por un pánico tan violento que dejó de respirar de golpe.

Agua.

Agua oscura.

Tom vio la ambulancia volando en el aire antes de caer en la superficie, levantando una cascada de agua. Cogió su bolsa y se dirigió al embarcadero donde el barco los estaba esperando. Los estaban buscando todos los policías de Estocolmo. Una ambulancia podía verse claramente desde el aire. Hundirla era lo más obvio que podían hacer. A Jasmina Kovac la esperaba un final horripilante. Morir lentamente mientras la ambulancia se llenaba de agua. Y así Tom se ahorraba una bala que podría servirle para otra cosa.

El barco no llamaría ninguna atención. Con él se adentrarían en el lago Mälaren. Irían rumbo a Råby, al sur de Bålsta, donde tenían un coche preparado. Con él podrían ir hasta la cabaña y permanecer escondidos durante un mes antes de abandonar el país. Mientras esperaban, Tom comenzaría a pulir su manifiesto.

Por fin le escucharían. Entenderían lo que le habían hecho.

Tom oyó un motor que se acercaba por el camino del bosque, se dio la vuelta y vio dos faros blancos entre los árboles.

ϒ

—¡Allí! —gritó Nicolas.

Dos hombres vestidos de negro se estaban alejando por un embarcadero donde había un barco esperando. Miró a la izquierda. La ambulancia con la que habían escapado estaba flotando en el agua y estaba a punto de verse engullida por la masa líquida.

Se metió en el trozo de césped que había delante del embarcadero y pisó el freno. El coche dio un trombo, los neumáticos desgarraron la hierba y se detuvieron a unos cincuenta metros de los hombres.

Tom Lindbeck y Hans Hoffman los descubrieron y abrieron fuego.

La primera bala dio en el parabrisas, siguió atravesando todo el coche y abrió un agujero en la luna trasera. Nicolas abrió la puerta de un bandazo con el arma en ristre y buscó protección. Las balas iban castañeteando contra la chapa del coche. Oyó gritos desde el agua. Asomó la cabeza, miró el barco. No pudo ver a nadie más, aparte de los dos hombres.

—La ambulancia —gritó Vanessa—. Está en la ambulancia.

Vanessa se acurrucó en el hueco del conductor. Se quedó agachada con una mano al volante.

—¿Qué haces?

Soltó el freno de mano.

—Tenemos que acercarnos.

La intensidad del tiroteo fue en aumento mientras Nicolas se agazapaba detrás del vehículo en movimiento.

381

Tom estaba desconcertado. Todo había salido según lo esperado, habían logrado largarse sin ser vistos, y de repente los habían descubierto. Reconocía a la mujer que se había bajado del Volvo. Era la furcia esa policía, Vanessa Frank. La que ya había estado a punto de estropearlo todo antes, la que ya debería haber muerto. Disparó a voleo contra el coche, más que nada para impedirles que se acercaran.

¿Qué había hecho con los cargadores? Se pegó al suelo, hurgó en la bolsa, pero no pudo encontrarlos.

—¡Arranca el motor! —le gritó a Hoffman—. ¡Iremos a la otra orilla y seguiremos a pie!

Tenía el cargador vacío.

Tom se arrepintió de no haber subido a Jasmina a bordo. Podrían haberla retenido como rehén. Negociar con su vida para conseguir un salvoconducto.

Hoffman titubeó, miró el coche, que estaba cada vez más cerca, y luego el fueraborda.

—¡Ahora! —gritó Tom.

Hoffman se puso en pie. Dio un par de pasos. Recibió un disparo y cayó al suelo. Tom soltó un rugido. El coche casi había alcanzado el pie del embarcadero, donde se detuvo. Solo llevaba un faro encendido, el otro había sido destrozado con un disparo. Tom no podía ver a Vanessa Frank en el puesto del conductor. En cualquier caso, estaba a resguardo detrás del motor. Las balas de nueve milímetros no podrían penetrar hasta allí.

Hans Hoffman yacía de costado, le habían dado en el pecho, la sangre brotaba del cuerpo de su compañero. Trató de decir algo, sus labios se movían lentamente, como la boca de un pez intentando coger aire.

—No —jadeó Tom—. No.

Había dejado de disparar.

Tom se palpó la pierna, el tobillo, donde llevaba su cuchillo de combate. Haría cuanto estuviera en sus manos con tal de sobrevivir.

Si Vanessa no se había descontado, le quedaban cuatro balas en el cargador. De la ambulancia solo asomaba el techo. En el barco reinaba un silencio aterrador.

—Uno ha caído —dijo Nicolas—. Me queda una bala.

Le ofreció el arma y Vanessa comprendió al instante lo que Nicolas pensaba hacer. Vanessa se guardó la otra Sig Sauer en la cintura del pantalón, en la baja espalda, se levantó con cuidado y salió al embarcadero con el arma de servicio en ristre.

El casco iba crujiendo, los sonidos sonaban extraños, resonaban. Jasmina estaba hiperventilando. Ya no tenía fuerzas para gritar. Le dolían los pulmones. Notaba cómo iba siendo engullida por el agua. Hacia el fondo. Cuando la masa de agua hubiese llenado la cabina, la presión reventaría el cristal de separación y el compartimento para pacientes empezaría a inundarse. Jasmina se ahogaría. El nivel del agua iría subiendo sin que ella pudiera moverse. Se preguntó si llegaría a tocar el fondo, si notaría el golpe, antes de perder el conocimiento.

4

Como buzo de combate, una vez Nicolas había llegado a contener la respiración durante cuatro minutos. Pero en aquella ocasión estuvo todo el rato quieto, había permanecido inmóvil para que sus músculos no consumieran ni un gramo de oxígeno. También había hecho apnea hasta treinta metros de profundidad y se había mantenido en movimiento durante tres minutos. Pero entonces era más joven, estaba en mejor forma, había estado entrenando varias veces a la semana.

Mientras se dirigía agazapado hacia el borde de la roca, llenó los pulmones durante siete segundos, retuvo el aire el mismo tiempo y luego lo soltó de nuevo. En realidad, debería prepararse durante cinco minutos para poder vaciar las células de todo el oxígeno viejo y llenarlas con oxígeno nuevo. Pero no había tiempo. Veintiún segundos tendrían que bastar.

Siempre y cuando pudiera localizar rápidamente la ambulancia sería posible salvar a Jasmina.

Nicolas respiró hondo. Notó que los pulmones se le hinchaban por debajo de las costillas. Retuvo el aire y se lanzó al agua. Rompió la superficie. Dejó que la inercia del salto lo chupara hacia abajo. Se vio rodeado de oscuridad. A las dos brazadas vio el reflejo de la ambulancia amarilla. Se estaba hundiendo con aire fantasmagórico. No se oía ningún grito. Las burbujas de aire ascendían en racimos hacia la superficie.

Dio unas cuantas brazadas más, trató de ver el fondo más abajo, pero estaba demasiado oscuro. Las puertas de atrás quedaban descartadas. La presión del agua en la cara exterior era demasiado poderosa. Pasó nadando por al lado de las lunas tintadas en dirección a las puertas delanteras, donde las ventanillas estaban bajadas. Nicolas estaba junto al capó. Miró dentro. La cabina estaba llena de agua. Entre la cabina y el compartimento trasero había un cristal.

Las ventanillas que rodeaban el compartimento trasero cedieron. El aire se vio expelido del interior en una enorme burbuja de aire y del interior de la ambulancia le llegó un grito de pánico.

Vanessa avanzaba a hurtadillas hacia el barco. Reprimió el impulso de mirar hacia Nicolas, pues ahora él era un blanco fácil y ella tenía que estar preparada para abrir fuego al menor movimiento que vislumbrara con tal de cubrirlo.

Un chapoteo en el agua la hizo entender que se había sumergido. Que estaba fuera del alcance de las balas.

Vanessa exhaló. Se detuvo. Aguzó el oído. El barco chapaleaba contra el embarcadero. ¿Podría haberse equivocado Nicolas? ¿Los había abatido a los dos? ¿Ya estaban muertos?

Barrió el perímetro del barco con la pistola antes de subirse a bordo de un brinco. Estuvo a punto de perder el equilibrio, pero logró mantenerse erguida. Poco a poco se desplazó hacia la popa. En el camino se oían sirenas de policía. Tendría que darse prisa. Comprobar que estuvieran muertos. No pensaba darle a Tom la oportunidad de pronunciarse en un juicio. Hacer campaña. Golpearse el pecho. Los terroristas siempre lo hacían, independientemente de la causa. A matar a personas inocentes, mujeres, niñas y niños, lo llamaban guerra. Pretendían hacerlo sonar como un acto heroico. Una proeza.

Tom Lindbeck iba a morir por lo que les había hecho a las mujeres del festival. Vanessa dio dos pasos rápidos, asomó la cabeza por la esquina. Vio un cuerpo. Era el otro, Hoffman. Yacía de lado en un charco de sangre oscura, y su cuerpo todavía seguía bombeándola al exterior. A sus pies había una bolsa de deporte negra. Vanessa giró el cuerpo en un movimiento sincronizado con el arma, preparada para abrir fuego, y apuntó hacia abajo con el cañón, a la cabina principal.

Vacío.

Lanzó una mirada al camino, vio las luces azules acercándose entre los árboles y la maleza.

Los pasos se acercaban. Tom se sujetaba a una defensa blanca de babor, tenía todo el cuerpo excepto la cabeza metido en el agua. Se pegó al casco del barco para no ser visto desde arriba. Las sirenas sonaban cada vez más fuerte. Tenía que actuar, y rápido.

Tiró con los brazos para subir lentamente a pulso, descubrió la espalda de Vanessa Frank.

Ella estaba mirando al interior de la cabina con el arma preparada. No había visto a Tom. No se esperaba que él la hubiese engañado. Tom disfrutaría apuñalándola. Al mismo tiempo que ella bajaba el primer escalón de la escalerita, él tensó los músculos de los brazos y pasó por encima de la borda.

Se agachó, desenfundó el cuchillo de combate y fue a hurtadillas a por ella.

Jasmina gritó de pánico cuando las ventanillas estallaron en una cascada de cristales y el torrente de agua comenzó a llenar el compartimento. Cuanto antes absorbiera agua con los pulmones, antes se habría acabado todo. No quería sufrir. Solo dejar de existir. Dejar de tener miedo.

El agua le salpicaba en los brazos.

Daba igual que instantes antes hubiese pensado que no pensaba resistirse, no alargarlo a base de contener la respiración. Su cuerpo reaccionó de forma instintiva. Estaba desesperado por sobrevivir. Jasmina cogió todo el aire que pudo y cuando el agua le llegó a la cara cerró la boca.

Nicolas se vio obligado a esperar un par de segundos mientras el compartimento trasero se iba llenando. Permaneció inmóvil, oscilando a pocos palmos por encima de la ambulancia que seguía hundiéndose, con tal de que los músculos no consumieran más oxígeno de lo necesario. Las burbujas de aire que iban saliendo eran cada vez más reducidas. Aún quedaba una bolsa de aire en el techo, pero Nicolas no podía esperar. Empujó con las piernas, se agarró al canto de lo que había sido la ventanilla y asomó la cabeza.

Estaba oscuro. Apenas podía verse la mano, puesto que el techo de la ambulancia impedía la entrada de la poca luz que lograba bajar hasta esas profundidades.

Pataleó de nuevo con las piernas para entrar, tanteó con las manos hasta llegar al centro. Se golpeó la rodilla.

Sus manos toparon con algo blando, tejido humano en forma de pierna. Nicolas se aferró a la camilla y se desplazó en paralelo al cuerpo de Jasmina. Todavía quedaba algo de aire en el techo. Pero si salía a coger una nueva bocanada, se pondría a jadear, su cuerpo le pediría más, y sería más perjudicial que otra cosa. Nicolas se quitó la idea de la cabeza. Se obligó a concentrarse. Deslizó las palmas de las manos sobre Jasmina. Tenía dos correas gruesas cruzadas por encima del cuerpo. Por eso no había podido salir.

Tiró de las correas, pero estaban demasiado apretadas. Deslizó la mano hasta el borde de la camilla, encontró la hebilla, soltó la de la primera correa. Se movió hacia atrás. Soltó la segunda. Intentó notar si Jasmina respondía al contacto de sus manos, comprobar si estaba consciente.

Nicolas tiró de ella. Pero Jasmina seguía sujetada. Había algo que todavía la retenía. Su cuerpo era pesado, debía de estar inconsciente. A lo mejor ya estaba muerta. Nicolas tiró más fuerte. Sus músculos gritaban. El brazo derecho.

386

Los dedos de Nicolas encontraron el duro plástico alrededor de la muñeca. La habían atado con una brida a la camilla. Nicolas no disponía de cuchillo, no tenía nada afilado con que cortar. En alguno de los armarios debería de haber bisturíes, pero no le daría tiempo. La cabeza le centelleaba y el pulso le martilleaba en las sienes.

Nicolas no podía soltarla de la camilla. Se acabó. Jasmina iba a morir.

Vanessa solo tuvo tiempo de percibir un leve cambio en la escasa luz que le llegaba desde atrás a través del acceso a la cabina. Comprendió que se trataba de Tom y se lanzó de frente, por el rabillo del ojo vio el filo brillante del cuchillo cortando el aire. Aterrizó con un fuerte golpe a los pies de la escalera, notó cómo uno de sus tobillos se doblaba por el peso de su cuerpo. Alzó el arma para apuntar al pecho de Tom. Apretó el gatillo. No pasó nada. Tom, que se había detenido en mitad de un movimiento, creyendo que estaba a punto de morir, volvió en sí de repente. Se abalanzó sobre ella. Vanessa apretó el gatillo una vez más. El mismo chasquido ensordecedor.

ϒ

El pánico llamaba, le susurraba. Pero Nicolas sabía que, si le hacía caso, moriría.

Ahora no le quedaba más remedio que salir de allí. Ya no podía más.

Pero ¿y la camilla? ¿No era móvil? Tenía que poderse retirar. Nicolas hizo caso omiso al dolor, a las protestas de sus músculos, buscó el mecanismo de cierre que esperaba hallarse en alguna parte debajo de la camilla. ¿Acaso tenía alguna importancia?

Lo más probable era que ya estuviera muerta.

Nicolas ya no aguantaba más. No le quedaba otra que tirar la toalla. Ya no quedaba ni una molécula de oxígeno de donde sacar fuerzas. El vértigo casi lo hacía desmayarse. Si se quedaba más tiempo allí dentro, se iría con la ambulancia hasta el fondo. Tom Lindbeck saldría vencedor. Otra persona moriría.

Nicolas se aferró a la camilla para darse impulso y notó una palanquita, poco más grande que un pulgar. Las fuerzas volvieron. Solo unos segundos más. Tiró de la palanca, la dobló de aquí para allá. El pelo de Jasmina ondeó en el agua, se esparció sobre su cara.

Nicolas tiró de la camilla. Estaba suelta. Lo acompañaba en sus movimientos. Ella seguía atada, pero podría llevársela a la superficie. Nicolas dio un giro, nadó hasta las puertas de atrás.

Ya no quedaba aire junto al techo.

El mundo era oscuro, grueso y turbio. Debería poder abrir las puertas de atrás. Hizo presión, los músculos se quejaron, pero al final las puertas cedieron. Nicolas se quedó un instante atónito mirando la luz. La ambulancia había llegado casi al fondo. Se estiró hacia atrás, cogió la camilla y tiró de ella. Se dio impulso con las piernas. Hacia arriba. Pronto, pronto. Aire. Oxígeno. Luz. Vida.

Tom aterrizó sobre Vanessa. Su rodilla se le clavó en el diafragma, pero ella apenas se dio cuenta. Tenía toda la atención puesta en impedir que él le hundiera la hoja del cuchillo. Vanessa consiguió sujetarle la muñeca izquierda, la retuvo con la mano derecha. Tom era demasiado fuerte.

—¡Ahora vas a morir, mala puta! —gritó él.

387

Tom intentó cambiar de postura, mover todo el peso para apoyarlo sobre el cuchillo. Pero el suelo resbalaba, no lograba enderezarse.

—Muere. Muere. Muere.

Vanessa retorcía el cuerpo de un lado a otro. Pataleaba frenéticamente. Notó la desesperación. Cómo la vida, el tiempo, se le estaba escurriendo entre los dedos. La hoja se iba acercando. No tendría fuerzas para retenerla mucho más rato. El cuello. El pecho. Era allí donde Tom se la quería clavar. Allí se escondía la muerte. Si le hundía el cuchillo en el músculo del brazo, le daría un respiro a Vanessa. Medio segundo. Quizá algo más. Era la única oportunidad que tenía. Esperaba que Nicolas hubiese calculado bien. Que la última bala siguiera en la recámara. Si no, Vanessa moriría.

Se convertiría en la última víctima de Tom.

Vanessa lo miró a los ojos. Giró el cuerpo para proteger sus órganos vitales, apoyó el antebrazo en la punta del cuchillo y le soltó la muñeca con la mano izquierda. Tom apretó. Ella gritó de dolor, pudo ver el triunfo en la mirada de Tom.

388

Vanessa se palpó la rabadilla con la mano izquierda. Tom retiró el cuchillo. El músculo del brazo se desgarró. Vanessa soltó un bramido. De rabia, de dolor, de odio. La sangre salía a chorro del antebrazo, sobre sus caras. Tom volvió a alzar el cuchillo. Tenía los ojos abiertos de par en par, el rostro desbocado. Vanessa apoyó la boca del cañón debajo de su barbilla, apretó el gatillo y notó la pequeña explosión que le mandó una bala de nueve milímetros directa al cerebro.

Nicolas jadeaba mientras trataba de llenar los pulmones de oxígeno. Sacó a Jasmina, mantuvo su cabeza por encima de la superficie. Solo pensaba respirar un poco más, luego nadaría hasta la orilla. En la linde del bosque aparecieron varios coches patrulla. Intentó ver a Vanessa junto al barco, pero no la vio por ninguna parte. ¿Había oído un disparo mientras estaba saliendo del agua o eran alucinaciones fruto de la falta de oxígeno? No, Nicolas estaba seguro, había oído el tiro.

Se tumbó bocarriba, pegó el cogote de Jasmina a su pecho y se dio impulso con las piernas. La camilla se iba arrastrando en el agua, se iba hundiendo. Veinte metros para alcanzar la orilla. Dos agentes

de policía lo descubrieron, se acercaron corriendo al muelle. Salta-
ron al agua. Nadaron para echarle una mano. Nicolas miró de reojo
el rostro inerte de Jasmina. No respiraba. Tenía los ojos cerrados. Le
rezumaba agua de la comisura de la boca. Los agentes llegaron hasta él, le hicieron el relevo.

—Estoy bien —dijo él con un jadeo cuando uno de los agentes
comenzó a tirar de su ropa.

Tierra firme bajo los pies. Vadeó hasta la orilla. Se dio la vuelta, miró al embarcadero y al barco. ¿Dónde estaba Vanessa? Los policías en el embarcadero estaban perplejos. Nicolas trastabilló hacia
el pantalán. Trató de acelerar el paso, levantar los pies, pero las suelas se iban arrastrando por los tablones.

—Quieto —le gritó un agente.

Nicolas lo ignoró, alcanzó el barco. Se subió a bordo. Vio al hombre al que había abatido. ¿Dónde estaba Vanessa? La escotilla de la
cabina estaba abierta. Nicolas echó un vistazo en la oscuridad, se
secó los ojos. Le escocían, picaban. Dos cuerpos. Tom Lindbeck encima de Vanessa. Nicolas se detuvo a media escalera. No quería acercarse. No quería ver, no quería saber. Se aferró a la barandilla para
mantenerse en pie.

—¿Vanessa?

Oyó un leve jadeo. Nicolas bajó los últimos peldaños de un salto,
tiró el cuerpo de Tom a un lado y se dejó caer junto a Vanessa. En el
brazo derecho le vio un corte profundo que sangraba a raudales, pero
parecía ser la única herida que tenía.

Vanessa, que había tenido los ojos cerrados, los abrió y sonrió ex-
hausta.

389

Epílogo

Vanessa se levantó del banco, agachó la cabeza antes de lanzar una última mirada al ataúd que había en el altar.

El órgano se despertó, los tonos de *Mozo pobre de granja* de Astrid Lindgren resonaron entre los muros de piedra mientras la decena de personas que habían acudido para despedirse iban saliendo a paso lento y solemne por el pasillo de la iglesia. Fuera, la gente fue haciendo grupos reducidos, todos los presentes tenían los ojos enrojecidos. Vanessa no se sentía pertenecer a ninguno.

Suecia se había recuperado del ataque en el Estadio de Estocolmo de hacía apenas un mes. Las muertas estaban enterradas. El día a día había recobrado su ritmo natural. La gente se había ido de vacaciones, hablaba del tiempo, y los periódicos hacían reseñas de los mejores vinos que se comercializaban en formato *bag-in-box*.

Once mujeres habían sido asesinadas en el estadio. Si Vanessa y Nicolas no hubiesen frustrado la matanza, probablemente habrían sido muchas más. Otras catorce habían sufrido heridas, pero habían sobrevivido, en gran parte gracias a que el estadio quedaba cerca del hospital Sophiahemmet, donde el personal médico y de enfermería les había salvado la vida a varias de las mujeres heridas.

Las investigaciones alrededor de Tom Lindbeck y Hans Hoffman prosiguieron y el informe definitivo estaría listo para presentarse en otoño. Hasta la fecha, había quedado claro que ambos pertenecían al creciente, y cada vez más misógino, movimiento *incel*. Pero era tal y como Vanessa había sospechado: Tom Lindbeck no había asesinado a Rakel Sjödin, a Victoria Ahlberg ni a Emelie Rydén. Su implicación había consistido en, mediante su empleo como funcionario de prisiones, hacer seguimiento de las tres mujeres y darle acceso a

Hans Hoffman a sus teléfonos móviles. Tom era quien había entrado en la casa de la familia Sjölander en Bromma. Por lo que parecía, el objetivo de Tom había sido todo el tiempo el ataque en el Estadio de Estocolmo.

Por eso se había visto presa del pánico y había matado a Ove, cuando las pesquisas habían señalado en su dirección apenas dos días antes del atentado. No había podido arriesgarse a ser detenido ni a que le pusieran vigilancia, pues eso lo habría hecho fracasar en su proyecto de venganza. Y sus huellas dactilares coincidían con las encontradas en el intento de violación de Klara Möller.

La radicalización de Hans Hoffman seguía siendo un misterio. En su ordenador, que había sido hallado en la finca que habían usado de escondite, cerca de Sala, la policía había encontrado cientos de amenazas dirigidas a mujeres en cargos de poder, principalmente periodistas y políticas. Parecía culpar a las mujeres de que lo hubieran echado del trabajo en *Kvällspressen* la primera vez. El plan de huida exacto que tenían planeado seguía sin quedar claro. Los investigadores sospechaban que tenían pensado mantenerse escondidos durante un tiempo antes de salir del país con pasaportes falsos. En la casa había comida para varias semanas.

El teléfono móvil de Vanessa comenzó a vibrar en el bolso, lo sacó, miró la pantalla y sonrió.

—¿Vas a tardar mucho? No podemos llegar tarde. Es la primera vez que vuelve a casa. ¿Y si el avión se adelanta y no hay nadie allí esperándolo? ¿Sabes lo triste que se va a poner Nicolas?

—Estaré en tu casa en veinte minutos. No te preocupes, tenemos tiempo —dijo Vanessa.

—Bien.

—Nos vemos ahora.

—*So long, sucker* —dijo Celine, y colgó.

Vanessa se metió un analgésico en la boca y se encaminó hacia su BMW. Le dolía la herida del antebrazo. Sacó las llaves del coche, pulsó el botón para abrirlo.

—Vanessa.

Börje Rohdén llevaba el pelo repeinado con agua, los pantalones de traje le terminaban a mitad de las pantorrillas. Llevaba la camisa arrugada.

—Te veo elegante —dijo Vanessa.

Empleó la mano para protegerse los ojos del fuerte sol de junio.

—No sé cómo agradecerte que me ayudaras a brindarle esta despedida.

—No te preocupes por eso. —Vanessa le puso una mano en el hombro—. Lamento tu pérdida.

—Espero que por fin haya encontrado la paz —murmuró Börje, y miró al suelo—. Algunos pensábamos irnos ahora al Sky Bar para brindar por ella, no sé si querrías acompañarnos.

Vanessa negó con la cabeza.

—Lo siento, pero no tengo tiempo. Además, no puedo mezclar alcohol con los analgésicos, por muy atractiva que me resulte la idea.

—Yo prefiero limitarme al café —dijo Börje.

—Me parece muy sensato.

Le dio un abrazo, se sentó al volante y puso en marcha el motor. Börje se quedó en el sitio. Vanessa bajó la ventanilla.

—La carta de Eva. ¿Obtuviste respuestas?

Börje asintió con la cabeza.

—Bien.

392 Un rato más tarde, Vanessa tomó la salida de la autovía, pasó por delante de la pizzería de Bredäng. El cristal roto había sido reparado. En la terraza había varias familias comiendo pizza. Continuó por la calle Ålgrytevägen. La llamaron al teléfono, Vanessa supuso que volvía a ser Celine y descolgó.

—Estoy delan...

—¿Te has enterado de lo de Karim?

Vanessa sonrió.

—No —mintió.

Jasmina Kovac se rio.

—La policía lo detuvo en un control de carretera, el mismo día que lo soltaron. En el asiento trasero llevaba una bolsa negra de deporte con cincuenta mil coronas en metálico y un arma. Lo van a meter otra vez en la cárcel.

—Qué descuidado, el tío, así no le darán la custodia de Nova —dijo Vanessa.

El portal de Celine se abrió de un bandazo. Bajo una boina totalmente desproporcionada se veía un pelo de color rosa brillante.

—Jasmina, tengo que colgar. Pero me alegro de que Karim reciba alguna suerte de castigo, aunque me gustaría que fuera más de dos

LOS QUE ODIAN A LAS MUJERES

o tres años en prisión. Llámame si quieres que nos veamos, la próxima vez que bajes a Estocolmo.

Celine abrió la puerta del coche de un tirón. Costaba creer que apenas unas semanas atrás hubiese recibido un tiro en la barriga. Un muro de perfume golpeó a Vanessa cuando se inclinó para abrazar a la niña.

—¿Puedes bajar la ventanilla, corazón? —dijo, y ahogó un tosido.

—¿Me he puesto demasiado?

—No no, qué va.

Vanessa metió la marcha y dio la vuelta con el coche.

—Bonita boina.

—Es de las fuerzas especiales —dijo Celine llena de orgullo—. Estaba en la cama del hospital cuando me desperté.

Vanessa sonrió.

—¿Lo has echado de menos? —preguntó, y miró a Celine de reojo. La niña había bajado la visera y estaba toqueteando el emblema de los boinas verdes en el espejito rectangular.

—Sí.

—Yo también. 393

Agradecimientos

*E*n primer lugar, quiero darles las gracias a mi novia Linnea y a mi hermana pequeña Manuela, que durante tres meses en Chile estuvieron leyendo a diario, compartiendo sus puntos de vista y ayudándome a crear este relato. Sin vuestra ayuda habría estado totalmente perdido, de verdad lo digo.

Os quiero.

Luego hay varias personas que han sido instrumentales en este proceso. Mi editorial, Bookmark. Claes y Ebba. Mi fantástica redactora Johanna, que a ratos también ha ejercido de psicóloga en momentos en los que he podido sufrir algún que otro *mental breakdown*. Christina Saliba. Camilla Läckberg. Mi agente Joakim Hansson y toda la Nordin Agency. Mi familia, que siempre me muestra su apoyo. Los agentes de policía Therese y Ewa-Marie, que semanalmente han revisado el manuscrito y me han ayudado a no perderme demasiado en la ficción.

Alice Stenberg, Sean Canning, Johannes Selåker, Lars Johansson, Simon Strand, Nikos Georgellis y Kim Jensen.

Por último, también quiero mencionar a la editorial Piratförlaget y a Ann-Marie Skarp, la persona que me convirtió en escritor y a quien le tengo tantísimas cosas que agradecer.

Este libro utiliza el tipo Aldus, que toma su nombre
del vanguardista impresor del Renacimiento
italiano, Aldus Manutius. Hermann Zapf
diseñó el tipo Aldus para la imprenta
Stempel en 1954, como una réplica
más ligera y elegante del
popular tipo
Palatino

Los que odian a las mujeres se acabó
de imprimir en un día de verano
de 2021, en los talleres
gráficos de Liberduplex, S. L.
Crta. BV 2241, km 7,4
Polígono Torrentfondo
08791 Sant Llorenç d'Hortons
(Barcelona)